Max Claro

Drei Monate im August

Roman

HELLER VERLAG

Die Deutsche Nationalbibliothek verzeichnet diese Publikation in der Deutschen Nationalbibliografie. Detaillierte bibliografische Daten sind im Internet unter *www.dnb.de* abrufbar.

Originalausgabe

1. Auflage 2017
© by HELLER VERLAG, Postfach 1204,
D-82019 Taufkirchen bei München
www.heller-verlag.de

ISBN 978-3-929403-45-9
Printed in Germany   All rights reserved

Umschlaggestaltung: Sigrid Kowalewski, München, *sidko.de*
mit Motiven von 123RF
Satz: Dietmar Schmitz, Heimstetten
Druck und Bindung: Pustet, Regensburg

Dieses Buch gibt's in jeder guten Buchhandlung und im Internet auf allen großen Portalen sowie unter *www.heller-verlag.de*
Die eBook-Version ist unter der ISBN 978-3-929403-60-2 erschienen.
Website zum Buch: *www.dreimonateimaugust.de*

Frei nach wahren Begebenheiten.
Die verrücktesten Geschichten
schreibt das Leben selbst!

Inhalt

Prolog

Die Charaktere in diesem Buch wurden anonymisiert. Jede Übereinstimmung mit real existierenden Personen ist rein zufällig. Die Namen *Zentral-, Nord-, Süd-, Ost- und Westklinikum* sind ebenso frei erfunden wie der private Rettungsdienst *Berger Ambulanz* und der Funkrufname des Einsatzfahrzeugs. Die Bezeichung *Bezirkskrankenhaus* steht deutschlandweit für psychiatrische Fachkliniken. Dort angesiedelte Handlungen des Romans haben nichts mit tatsächlichen Vorkommnissen in psychiatrischen Einrichtungen zu tun. Illegale Verhaltensweisen der Figuren in diesem Roman sind, sofern sie tatsächlich stattgefunden haben, längst verjährt. Vor einer Nachahmung wird dringend abgeraten.

Den Artennamen *Südamerikanische Königskakerlake* gibt es nicht. In Wirklichkeit handelt es sich hierbei um die Art *Periplaneta Americana,* auf die alle beschriebenen Eigenschaften und Fähigkeiten zutreffen.

Die Berufsbezeichnung und Qualifikation für Sanitäter hat sich im Laufe der Jahre mehrfach geändert: von *Rettungssanitäter* über *Rettungsassistent* bis *Notfallsanitäter.* Der Einfachheit halber werden die Protagonisten in diesem Buch trotz höchster Qualifikation nur volkstümlich *Sanitäter* genannt.

Das beschriebene, regelmäßige Lachyoga-Treff im Münchner Westpark gibt es tatsächlich. Es ist für jedermann kostenlos zugänglich. Freies Lachyoga wird zudem in vielen deutschen Großstädten und zahlreichen Metropolen weltweit praktiziert.

Zur Entschlüsselung der Fachbegriffe aus Rettungsdienst, Fallschirmsport und Luftfahrt sowie einzelner, in bayerischem und österreichischem Dialekt gehaltener Sätze dient das Glossar am Ende des Buches.

KAPITEL 1

Auf Abruf

Samstag, 1. August, 11:15 Uhr

Die beiden routinierten Fallschirmspringer konzentrierten sich auf den Absprung: Der drahtige, kleine Peter Pfeifer, genannt *Pfiff*, öffnete langsam die Schiebetüre und stellte sich auf das Trittbrett. Sein hoch gewachsener, schlanker Teamkamerad Thomas Baumann, den alle nur *Tom* nannten, hockte im Innenraum. Tom umfasste mit seiner rechten Hand Pfiffs linkes Handgelenk und Pfiff mit seiner Rechten das linke Handgelenk von Tom. Pfiff blickte an den Fußspitzen seines rechten Schuhs vorbei senkrecht nach unten.

Nun schien der richtige Moment gekommen zu sein. Pfiff nickte einmal kräftig und schaute seinem Partner tief in die Augen. Beide brüllten laut: »Ready – Set – Go!« und wippten dabei mit den Oberkörpern mit, bevor sie absprangen. Timing ist beim Formationsspringen alles und ein *gelinkter Exit*, bei dem sich beide Springer schon beim Absprung festhalten, bildet eine solide Basis für weitere, in die Formation einfliegende Springer. Die beiden waren Mitglieder des *Blind-Aerospasticus*-Teams, einer 4er-Formation, die bei deutschen Meisterschaften seit einigen Jahren immerhin unter den ersten fünf Rängen mitmischte.

Heute waren Tom und Pfiff jedoch nur zu zweit. Und sie sprangen nicht, wie an den meisten Wochenenden, aus 4000 m Höhe. Ihre Absprunghöhe lag heute gerade mal bei zwölf Zentimetern. So hoch liegt der Antritt des Rettungswagens der *Berger Ambulanz* über dem Bürgersteig. Hier, am Abrufplatz *Freiheit* im Herzen Schwabings, standen sie nun schon viereinhalb Stunden, warteten vergeblich auf einen Einsatz und trainierten aus lauter Langeweile ein paar *Dirt Dives* – simulierte Fallschirmabsprünge am Boden. Nebenbei konnten sie ein wenig davon träumen, was sie bestimmt gerade lieber gemacht hätten, als warten, warten und nochmals warten.

»Was machen die Männer da?«, fragte ein Erdbeereis leckender, sommersprossiger Rotschopf seinen Papa.

»Die üben, wie sie am schnellsten aus dem Auto kommen, wenn das mal brennt!«

»Aber die sind doch selber Feuerwehr!«, entgegnete der Kleine.

»Eben deswegen«, fiel dem Vater spontan, aber nicht gerade lehrreich ein, bevor er das Kind am Arm packte und forschen Schrittes weiterzog.

Es war ein schöner, sonniger Samstagmorgen. Die Tische am *Café Münchner Freiheit* füllten sich. Ein Ehrenplatz ganz hinten, nahe dem Eingang zum Kinderspielplatz, war immer besetzt: Dort saß Helmut Fischer, der als *Monaco Franze* aus der gleichnamigen Fernsehserie bekannte Münchner Volksschauspieler mit dem treuen Dackelblick, an seinem Stammtisch: in Bronze verewigt. Die Mittagssonne näherte sich ihrem Zenit. Die heiße Luft flirrte über dem Asphalt.

»Noch zwanzig Minuten, dann ist es so weit!«, raunte Tom.

»Was ist *so weit*?«, fragte Pfiff.

»Sag bloß, du weißt nicht mehr, was wir gewettet hatten, wenn wir mal fünf Stunden keinen Einsatz bekommen?«

»Ach, du heilige Scheiße! Das hatte ich tatsächlich völlig vergessen!«

»Jetzt tun wir erst mal was Gutes und dann treffen wir die Auswahl.«

›Was Gutes tun‹ war für die beiden ein Code, um sich auf altbewährte Weise die Zeit zu vertreiben: Pfiff griff zum Hörer, schaltete auf Außenlautsprecher und verkündete mit dem Unterton eines Staubsaugervertreters:

»Achtung, Achtung! Bis zum nächsten Einsatz kostenloses Blutdruckmessen hier im Rettungswagen. Achtzigjährige in Begleitung ihrer Eltern bekommen auch noch Sauerstoffsättigung und Blutzuckermessung obendrauf!«

Keine drei Minuten waren vergangen, bis ein leicht untersetzter Mann mit dunkelrotem Kopf vor dem Rettungswagen erschien.

Er atmete schwer.

»I hob scho owei an Blutdruck, aber etzat wui i's genau wissen!«[1]

»Jeder hat einen Blutdruck, aber auf die Höhe kommt's halt an«, belehrte ihn Pfiff und unterdrückte ein Lächeln.

»Des woas i scho – des moan i ja«[2], entgegnete der Mann, während er im Patientenraum Platz nahm und seinen linken Ärmel hochkrempelte.

Pfiff legte die Manschette an und startete die Messung. »Hundertsiebzig zu hundert«, raunte er mit kritischem Blick dem Mann zu.

»Das ist eindeutig zu viel, aber nicht akut lebensgefährlich. Sie sollten die Sonne meiden und am Montag mal zu ihrem Hausarzt gehen«, riet Pfiff.

»Ha! Hundertsiebzge! Des is ja goa nix! Sonst hob i oiwei üba zwohundert! Dankschee und Servus!«[3]

Sichtbar glücklich und erleichtert entschwand der Mann so schnell, wie er gekommen war.

Als Nächstes war eine bildhübsche Dame an der Reihe: blondes, schulterlanges, leicht gelocktes Haar, große grüne Augen, erdbeerrote Lippen, aristokratische Gesichtszüge, blütenweiße Rüschenbluse, filigranes Goldkettchen mit einem pfeilförmigen Anhänger, dessen Spitze den Blick unweigerlich zwischen ihre wohlgeformten Brüste wandern ließ. Ein hellbeiger, enger Rock um die leicht ausladenden Hüften beflügelten die Fantasien eines jeden Mannes, insbesondere die von Tom.

»Jetzt bin ich mal dran«, flüsterte er kaum hörbar zu Pfiff und im gleichen Atemzug laut und deutlich:

»Hereinspaziert, schöne Frau! Was kann ich für Sie tun?«

»Nachdem ich ja noch keine achtzig bin und meine Eltern zu Hause gelassen habe, bleibt mir nur noch das Blutdruckmessen«, lächelte die Blondine und zwinkerte verführerisch. Tom war sich seiner Wirkung auf Frauen durchaus bewusst. Seine stattliche Körpergröße, das kräftige dunkle Haar, die ebenmäßigen Gesichtszüge, die makellosen schneeweißen Zähne, die vollen Lippen, die rehbraunen Augen und vor allem seine offene Ausstrahlung kamen gut an bei den Doppel-X-Chromosomen aller Altersklassen.

»Wer mir so ein tolles Lächeln schenkt, der hat auch eine Zugabe verdient«, begann Tom zu flirten und überlegte für den Bruchteil einer Sekunde, ob sie eine einfache Kaufhaus-Strumpfhose oder vielleicht sogar echte Nylons mit Strapsen unter ihrem engen Rock trug. Während er die Blutdruckmanschette anlegte, musterte er den hautengen Rock auf eventuelle Abdrücke von Höschen und Strapsen. Eine feine Duftwolke strömte in Toms olfaktorisch gut geschulte Nase. »*Gaul-*

tier Classique!« konnte er gerade noch ausrufen, da dröhnte es plötzlich aus dem sehr laut gestellten Funkgerät:

»An alle verfügbaren Einsatzkräfte! Ich wiederhole: An alle verfügbaren Einsatzkräfte! Fahren Sie mit Sondersignal Richtung Flughafen! Näheres kommt!« Ein Einsatzbefehl, der auch den Adrenalinspiegel hart gesottener Rettungsdienstler in die Höhe schnellen ließ!

In Toms Denkdärmen herrschte wildes Chaos. Sollte er den Moment verfluchen, der seinen Flirt so jäh beendete? Sollte er sich freuen, weil endlich Action geboten war? Oder sollte er sich seelisch schon mal auf die schlimmste Katastrophe vorbereiten, die er je in seinem Leben gesehen hatte?

»Wir müssen leider los!« Tom komplimentierte die Lady aus dem Rettungswagen, schloss die seitliche Schiebetüre zum Patientenraum, hechtete auf den Fahrersitz, startete den Motor und schaltete die Blaulichter ein. Pfiff saß schon auf dem Beifahrersitz und versuchte ebenfalls, seine Gedanken zu ordnen.

»*Berger Rettung 49/71/1* unterwegs zum Flughafen«, bestätigte er den Funkauftrag.

Das Pressluftlhorn sorgte für die nötige Aufmerksamkeit und für ein paar verschüttete Kaffeetassen im Café. Die Zieleingabe ins Navi erübrigte sich. Der Weg über Leopold- und Ungererstraße auf die A 9 Richtung Flughafen war den beiden bekannt.

»Betriebsausflug zum Flughafen, auf geht's!«, rief Pfiff. In seiner Stimme schwang bei allem Enthusiasmus ein kleiner Magenkrampf mit.

Als Tom bereits von der nahen Leopold- in die Ungererstraße eingebogen war, meldete sich wieder diese unwiderstehliche Dame in seinen grauen Zellen. Ihre naturgeile Ausstrahlung und ihr Zwinkern hätte man als Aufforderung verstehen können, sie an Ort und Stelle zu vernaschen, am besten gleich auf der Krankentrage. Eine derartige Anmache von weiblicher Seite hatte er schon lange nicht mehr erlebt.

Tom riss das Steuer herum und bog über eine kleine Stichstraße wieder auf die Fußgängerzone an der Münchner Freiheit ein, von der sie gerade gestartet waren.

»Wo ist die Frau, der ich gerade noch den Blutdruck messen wollte?«, schrie er Pfiff fragend an.

»Die läuft da vorne an den Kaskaden gerade die breiten Treppen zum Untergeschoss runter«, entgegnete Pfiff etwas verdutzt.

Tom gab Gas, fuhr bis zur ersten Treppe, bremste scharf, schnappte sich den Funkhörer und stellte auf Außenlautsprecher:

»Die Dame mit der weißen Bluse – Sie haben etwas vergessen!« Drei Damen drehten sich erschrocken um, aber nur die, die gemeint war, lief flugs die Treppen hinauf zu Tom, der ihr aus dem Fenster ein Handy reichte.

»Mein Zweithandy! Meine Nummer ist eingespeichert. Zum Blutdruckmessen und für Zugaben!«

Tom hatte meist ein zusätzliches Prepaidhandy dabei, das er billig in einem Second-Handy-Shop erstanden hatte und auf dem nur die Nummer seines eigenen Smartphones eingespeichert war. Mit diesem Überraschungsangriff hatte er schon so manche Eroberung gemacht.

Wortlos nahm die Dame das Handy entgegen, ließ es in ihre Handtasche gleiten, küsste ihre linke Handfläche, blies den Kuss zu Tom und lächelte nachdenklich und anzüglich zugleich.

Tom grinste charmant zurück, winkte päpstlich und rief Richtung Pfiff:

»Das holen wir wieder rein!« – Das Intermezzo hatte mindestens zwei Minuten Zeit gekostet.

»Wieder die Nummer mit dem Handy … du bist echt ganz schön durchgeknallt, Alter«, bemerkte Pfiff kopfschüttelnd.

»Ich wette, die meldet sich noch heute! Und wie hat schon unser Mathelehrer immer gesagt: Es gibt nichts Schöneres, als sich die ganze Nacht mit einer Unbekannten herumzuschlagen«, lachte Tom.

Dann war eine Weile Funkstille im Cockpit.

»Was glaubst du, was da los ist, wenn mal so ein voll besetzter Airbus beim Start oder bei der Landung crashed und in Flammen aufgeht! Oder gleich zwei davon zusammenstoßen?«, sinnierte Pfiff laut.

»Jetzt mal nicht gleich den Teufel an die Wand«, konterte Tom.

»Du glaubst doch nicht im Ernst, die schicken uns mit allen verfügbaren Wagen zum Flughafen, nur, weil bei 'ner Cessna das Seitenruder nicht mehr steuerbar ist?«, warf Pfiff ein.

Tom wurde ganz ruhig. Während er *Speedy* – so nannten sie liebevoll ihren Rettungswagen – mit hoher Geschwindigkeit und verkehrsbedingtem Einsatz der Pressluthörner durch den Samstagsverkehr lavierte, malte er sich im Kopf das Flammeninferno eines abgestürzten Flugzeuges aus.

»Pass auf!«, brüllte Pfiff, als Tom aus seiner Spur geriet und auf die linke Leitplanke zudriftete. Dieser reagierte jedoch nicht, sondern überfuhr mit starrem Blick die

Standspur, immer weiter Richtung Leitplanke. Als *Speedy* nur noch wenige Zentimeter von einer Kollision entfernt war, brüllte Pfiff nochmals:

»Pass doch auf, Tom! Wo fährst du denn hin?« Pfiff griff in letzter Sekunde ins Lenkrad um das Schlimmste zu verhindern.

»Sorry«, hauchte Tom, wie gerade aus einer tiefen Hypnose erwacht und übernahm wieder die Kontrolle des Fahrzeugs.

»Hat dich mal wieder deine Vergangenheit eingeholt?«, fragte Pfiff.

Tom nickte:

»Ich hatte einen kurzen Blackout. Die Straße verschwamm vor meinen Augen. Aber jetzt geht's wieder.«

»Bist du sicher?«

»Ja, ganz sicher!«

Der Gedanke an den gigantischen Feuerball hatte ihn für Sekunden an das Ereignis erinnert, das seinen ganzen Lebensweg bestimmt hatte: Als Vierjähriger hatte er, Thomas Baumann, beim Spielen mit einem Feuerzeug den Hof seiner Eltern angezündet. Weil das Feuer nicht gleich bemerkt worden war und die Flammen rasch um sich gegriffen hatten, starben darin seine beiden Eltern, zwölf Kühe, zwei Pferde, fünf Schweine und eine unbekannte Zahl Hühner. Als Vollwaise wurde ihm ein Vormund bestellt, der ihn zuerst in ein Kinderheim und dann auf das Internat Reichenbeuern schickte, während er sich selbst kräftig am Erbe bediente.

Mit 18 – Tom hatte gerade ein überdurchschnittlich gutes Abi hingelegt – bekam er immerhin noch satte 3,8 Millionen Euro und ein Grundstück im Tölzer Hinterland, das rund 1 Million wert war. Tom studierte vier Semester Medizin in München, stellte dann aber fest, dass der Arztberuf seine Freiheit zu sehr einschränken würde und er mit der Anlage und Verwaltung seines Erbes besser leben konnte. Er verstand es tatsächlich, sein Vermögen innerhalb von zehn Jahren zu verdreifachen.

Seine beste Investition war das SKYHIGH, eine In-Kneipe im Münchner Osten. Zwei Jahre hatte er Tag und Nacht geschuftet, um dieses Juwel der Münchner Gastro-Szene aufzubauen. Dann war es ein Selbstläufer, »ein Dukatenscheißer, bei dem ich gelegentlich den Mist wegräume«, wie es Tom selbst ausdrückte.

An der Autobahnzufahrt kamen Einsatzfahrzeuge aus allen Himmelsrichtungen zusammen. Ein Symphoniekonzert aus Presslufthörnern ertönte bedrohlich über einem Meer von Blaulichtern. Speedy, gefolgt von drei weiteren Rettungsfahrzeugen, setzte gerade zum Überholen eines schwerfälligen Feuerwehrlöschzugs an, da krächzte das immer noch sehr laut gestellte Funkgerät:

»An alle Einsatzfahrzeuge, die sich auf dem Weg zum Flughafen befinden: Der Einsatz ist abgesagt! Kehren Sie zu Ihren letzten Standorten zurück! Ich wiederhole: Der Flughafeneinsatz ist abgesagt! Kehren Sie zu Ihren letzten Standorten zurück!«

Die Fanfaren verstummten und langsam erloschen – Fahrzeug für Fahrzeug – die Blaulichter der gespenstischen Meute.

»*Berger Rettung 49/71/1*, zurück zur Freiheit«, quittierte Pfiff ordnungsgemäß die Funkanweisung.

Tom nahm, nachdem er den Überholvorgang beendet hatte, den Fuß vom Gaspedal und fuhr am Kreuz München Nord wieder Richtung Stadt, immer noch die anderen Einsatzkräfte im Schlepptau, bis sich auf Höhe des Frankfurter Rings ihre Wege trennten.

»Wahrscheinlich hat das Fahrwerk geklemmt und sich dann doch noch gelöst. – Oder das Lämpchen im Cockpit hat einfach nur falsch angezeigt«, spekulierten die beiden.

»Aber wir haben heute eh noch Besseres vor«, raunte Tom mit einem Zwinkern.

KAPITEL 2

Pat-Napping

Samstag, 1. August, 12:00 Uhr

Tom parkte wieder am gleichen Platz an der *Münchner Freiheit* ein, von dem sie gekommen waren. Vor ihnen das gleichnamige Café, links angrenzend ein riesiger, von hohem Buschwerk eingesäumter Abenteuerspielplatz, davor eine Reihe ehemals grüner Holzbänke, deren Lack größtenteils abgeblättert war. Hier buhlte ein bunt gemischtes Publikum um die besten Sonnenplätze. Motor aus, Türen auf.

Tom legte die Stirn in Falten und blickte auffordernd zu Pfiff: »Und jetzt?«

»Jetzt haben wir wenigstens eine Leerfahrt gehabt«, sagte Pfiff mit einem erleichterten Unterton.

»Eine Leerfahrt ist kein Einsatz«, gab Tom zurück.

»Natürlich ist eine Leerfahrt ein Einsatz«, belehrte ihn Pfiff.

»Vielleicht für die Statistiker in der Rechnungsabteilung, aber wir sind doch keine Sesselpfurzer! Für uns ist das doch kein Einsatz, wenn wir keinen Patienten hinten drin hatten, oder?«, stellte Tom eine Suggestivfrage, die keine falsche Antwort zuließ.

»Im Prinzip hast du ja recht«, konstatierte Pfiff.

»Ich hab' immer recht«, antwortete Tom, um im gleichen Atemzug zu relativieren, »fast immer!«

»Warten wir noch ein Stündchen«, schlug Pfiff vor, nahm dabei leicht nervös seine Piloten-Sonnenbrille aus dem Gesicht und schob sie sich auf den blond gelockten Wuschelkopf.

»Was ist denn los mit dir, Junge? Du musst auch Lust dazu haben, sonst lassen wir's gleich! Wir machen das alles hier doch bloß wegen der Action. Willst du wirklich, dass dieser Tag heute als der langweiligste in die Geschichte unseres Erdendaseins eingeht?«, fragte Tom und steckte sich eine Zigarette an.

»Is' ja gut, wir ziehen das durch, wie schon zweitausendsiebenhunderteinundfünfzig Mal durchgekaut. Ich will ja selber wissen, wie's ausgeht«, antwortete Pfiff.

»Gut. Das ist doch der ideale Tag heute. Ein besserer kommt nicht mehr! Kurzes Briefing, damit's keine Pannen oder Missverständnisse gibt!«, frohlockte Tom.

»Also, zum zweitausendsiebenhundertzweiundfünfzigsten Mal: Wenn wir mal fünf Stunden keinen Einsatz haben, ...«

»Das hatten wir schon«, unterbrach ihn Tom ungeduldig.

»Lass mich doch mal ausreden: Wenn wir mal fünf Stunden keinen Einsatz haben, greifen wir uns einen x-beliebigen Passanten aus der Menge, schleifen ihn in unseren Speedy, fixieren ihn auf der Vakuummatratze und hoffen, dass er sich ein kleines bisschen wehrt. Dann rufen wir die Bullen, lassen uns eine Einweisung in die Psychiatrie geben und liefern ihn dort ab. Du wettest einen Riesen drauf, dass er länger als eine Woche drinbleibt, und ich wette dagegen, dass er früher wieder raus ist.«

»Und genau so machen wir's jetzt!«, nickte Tom sichtlich zufrieden, sprang aus dem Fahrersitz, trat seine noch nicht fertig gerauchte Zigarette aus und stürmte in den Patientenraum. Pfiff folgte wortlos.

»Richten wir schon mal die Vakuummatratze her. Es muss alles ganz schnell gehen.«

Beide hievten die an der Seitenwand aufgehängte, mit zigtausend Styroporkügelchen gefüllte Vakuummatratze auf die Patiententrage und schüttelten sie locker auf. Dann kehrten sie zurück ins Führerhaus, musterten die lange Menschenreihe auf den Holzbänken: Frauen und Männer aller Alters- und Gewichtsklassen. Einige unterhielten sich und schieden damit aus.

»Du hast die Wahl«, bot Tom großzügig an.

»Was hältst du von dem Penner da drüben?« Pfiff deutete mit seinem spitzen Kinn auf einen bärtigen, zerlumpten Mann mit einer halb vollen Bierflasche in der Hand.

»Da verlierst du aber die Wette«, meinte Tom, »der ist doch heilfroh, wenn er ein Dach über den Kopf bekommt, lässt sich bis Ostern durchfüttern und schlägt uns dann noch für den Nobelpreis für ›Humanitäre Hilfe‹ vor!«

»Hast ja schon wieder recht … und die komische, zerknitterte Dame da ganz links außen mit der zerrissenen Jeanshose und dem grünen Trachtenjanker, der überhaupt nicht dazu passt?«

»Die Würde des Alters ist unantastbar! Wenn die 'nen Herzinfarkt kriegt, dann haben wir das Schlamassel!«

»Dann nehmen wir doch den eisschleckenden Bunten da drüben.«

»Rassist! Der kommt überhaupt nicht in Frage!«

»Und der große, glatzköpfige Rocker rechts am Eck?«

»Das wär zwar schon 'ne richtige Herausforderung«, meinte Tom, dem der Gedanke für einen kurzen Moment gefiel, »aber der zerlegt am Schluss noch unseren Speedy und prügelt uns beide krankenhausreif.«

»Dann mach doch du mal 'nen Vorschlag«, seufzte Pfiff.

Tom musterte wie ein hochauflösender Präzisions-scanner alle Leute in seinem Blickfeld: Die auf den Bänken sitzenden, die herumstehenden, die Kaffeehausgäste der ersten Tischreihen, ja sogar die Bedienungen. Kinder, ältere Leute, Familien und Gruppen fielen sofort durch das Raster. Da knarrte plötzlich das Funkgerät:

»*Berger Rettung 49/71/1*, bitte kommen!«

Tom und Pfiff schauten sich erschrocken an, so als hätte sie gerade jemand bei den Vorbereitungen zu einem Bankraub gestört.

Pfiff griff langsam zum Hörer und Tom bedeutete mit einem Nicken sein Einverständnis.

»*Berger Rettung 49/71/1* hört.«

»Wo sind Sie?«

»Münchner Freiheit.«

»Dann drücken Sie doch an Ihrem Funkgerät mal die Statuskennung *einsatzbereit*.«

»Oh! Sorry. Ist erledigt«, entschuldigte sich Pfiff.

Sie hatten es tatsächlich versäumt, sich nach der Rückkehr zum Abrufplatz wieder mit dem entsprechenden Funkcode einsatzklar zu melden. Es knisterte vor Spannung. Würde jetzt, nachdem die Funkzentrale sie wieder offiziell als einsatzbereit geführt hatte, ein Auftrag kommen?

Nach ein, zwei langen Minuten war ihnen klar: Wenn sie bis jetzt nicht wieder gerufen wurden, lag auch nichts Aktuelles für sie an.

»Was hältst du vom dem Krawattenheini im dunkelblauen Anzug, der gerade auf uns zukommt?«, fragte Pfiff, der sich eingestehen musste, dass auch er inzwischen Lust bekommen hatte, die Sache durchzuziehen.

»Wie kann man nur an so einem heißen Tag mit Anzug und Krawatte durch die Gegend stapfen? Was glaubst du, was der beruflich so macht?«, fragte Tom zurück.

»Der könnte alles sein: Versicherungsmakler, Banker, Arzt, Rechtsanwalt, Lehrer …«

Sie nickten sich zu und beiden war schlagartig klar: Das ist der perfekte Kandidat!

Nahezu gleichzeitig sprangen sie aus dem Rettungswagen und warteten, bis der Mann sich in Höhe der geöffneten Schiebetüre des Patientenraums befand.

»Ich oben – du unten!«, brüllte Tom, der blitzschnell den Oberkörper des verdutzten Passanten im Rautek-Griff umklammerte, während Pfiff seine beiden Beine aufnahm und – schwupps – lag er schon auf der Vakuummatratze.«

»Was fällt euch ein!«, brüllte der Mann, nach Fassung ringend, während Tom die Seiten der Vakuummatratze um ihn herumdrapierte und Pfiff die Absaugpumpen an deren Leistungsgrenzen jagte.

Nach wenigen Sekunden würde der Mann bewegungsunfähig wie eine Mumie in der Matratze fixiert sein. Er brüllte wie am Spieß, strampelte und zappelte, so gut er noch konnte. Tom, der für *oben* zuständig war, legte sein rechtes Knie auf den Oberkörper des Mannes, drückte seine Arme in die Vakuummatratze und zog diese mit einem Gurt zusammen. Pfiff, für *unten* zuständig, drückte die Knie des Mannes in die Vakuummatratze.

Plötzlich sah er einen grellen Blitz, verspürte einen heftigen Schmerz im linken Auge und dann – Dunkelheit!

»Mein Auge! Mein Auge! Scheiße! Scheiße! Scheiße!«, brüllte er.

Dem Mann war es offensichtlich gelungen, sein rechtes Knie kräftig in Pfiffs linkes Auge zu hieven, bevor dieser ihn richtig fixieren konnte.

»Ich war mal Karatemeister! Das könnt ihr mit mir nicht machen!«, brüllte der Mann, während der athletische, einen Meter zweiundneunzig große Tom den Gurt straff über dessen Knie zog.

Dann riss Tom schnell ein Ice-Pack aus einer der unteren Schubladen, knickte es durch und reichte es Pfiff.

»Drück dir das mal aufs Auge, ich schau mir das gleich an«, sagte er ruhig zu Pfiff, griff den Funkhörer an der Stirnseite des Patientenraums und rief: »Leitstelle für *Berger Rettung 49/71/1* – dingend!«

»*Berger Rettung 49/71/1* kommen!«

»Wir haben eine Schlägerei an Bord. Bitte dringend Polizei zum Wagen!«

»Polizei zur Münchner Freiheit, Schlägerei im Rettungswagen. Genügt eine Streife?«, tönte es aus der Leitstelle.

»Eine Streife genügt«, bestätigte Tom, während der Mann im Hintergrund immer noch herumbrüllte und sie wüst beschimpfte, sich aber nicht mehr bewegen konnte.

»Zeig mal her«, sagte Tom zu Pfiff, der daraufhin kurz das Ice-Pack liftete.

»Wird ein schönes Veilchen, aber bis zu deiner Hochzeit sieht man nichts mehr«, frotzelte Tom, dessen Stimme immer ruhiger wurde, je lauter der Patient im Hintergrund schrie.

»Ich zieh schon mal ein Spritzchen auf, bis die Bullen da sind! Was würdest du als Anästhesiepfleger sagen: ein oder zwei Milliliter Midazolam?«

»Intravenös reicht ein halber Milliliter«, antwortete Pfiff, »sonst müssen wir noch reanimieren, wenn der Typ nix verträgt. Aber gib ihm auch noch einen Milliliter Halo i. m. – das beruhigt ungemein und hält 'ne Weile an.«

»Zu Befehl, Herr Doktor!«, juxte Tom und machte sich daran, die beiden Spritzen aufzuziehen.

»Mir gibt keiner 'ne Spritze! Lasst mich hier sofort hier raus!«, brüllte der Mann.

In diesem Moment öffnete sich die Seitentüre und zwei Streifenpolizisten betraten den Innenraum des Wagens: ein älterer, kräftig gebauter mit ergrauten Haaren, markanten Gesichtszügen und einem Grübchen am Kinn und ein junger mit abstehenden Ohren und Schuljungengesicht.

»Servus! Was ist los?«, fragte der ältere und zweifellos erfahrenere.

»Der Mann hat plötzlich rumgeschrien, randaliert, ist auf die Leute losgegangen. Als ihn mein Kollege beruhigen wollte, hat er ihm fast das Auge ausgeschlagen«, log Tom.

»Polizei! Ja gut, Polizei! Die haben mich einfach in ihren Wagen gezerrt! Ich will hier raus! Sofort!«, brüllte der Mann.

»Aha!«, sagte der ältere Polizist, der plötzlich die unangefochtene Autoritätsperson im Raum war.

»Wie heißen Sie denn?«, fragte er den Mann.

»Uwe Bärlauch! *Doktor* Uwe Bärlauch!«

»Hört sich gesund an«, entfuhr es leise Tom.

»Welchen Doktor haben Sie denn? Mediziner? Mathematiker? Physiker?«, fragte der Polizist mit dem Grübchen väterlich.

»Das geht Sie gar nichts an! Sie befreien mich hier jetzt sofort auf der Stelle oder Sie bekommen ein

Dienstaufsichtsverfahren, das sich gewaschen hat«, wütete Bärlauch.

Der Polizist blickte zu Pfiff: »Der hot da jo a saubers Veilchen gschlong. Soi ma eam a weng aufmischn?«[4]

In diesem Moment wussten Tom und Pfiff, dass sie gewonnen und die Staatsgewalt auf ihrer Seite hatten.

»Nein, das braucht's nicht«, antwortete Tom für Pfiff, »aber vielleicht könnt ihr uns helfen, sein Sakko auszuziehen und mal kurz seinen Arm festhalten.«

»Ihr seid ja alle völlig verrückt!«, brüllte Bärlauch, der langsam merkte, dass seine Gegner in der Überzahl waren.

»Ich kann mein Sakko schon selbst ausziehen!«

Tom ließ etwas Luft in die Vakuummatratze strömen, die sich sofort auflockerte und öffnete den Gurt um Bärlauchs Oberkörper.

Die Polizisten stülpten Bärlauchs Sakko über dessen Kopf und hielten mit geübtem Griff zuerst seine Oberarme und dann seine Hände fest, während sie ihm das Kleidungsstück abstreiften. Als Bärlauch versuchte, sich loszuschütteln, drückte ihn der ältere Polizist kraftvoll auf die Vakuummatratze zurück und herrschte ihn an: »Psychiatrie oder Chirurgie?«

Während der ältere Polizist Bärlauchs rechten Arm und Oberkörper kontrollierte, hielt der jüngere Polizist dessen linken Arm gerade und Tom setzte mit den Worten »tolle Venen hat der Mann!« das vorbereitete intravenöse Spritzchen, das sehr schnell wirkte.

Danach war es ein Leichtes, Bärlauch auf die Seite zu drehen und ihm auch noch die länger anhaltende, intramuskuläre Injektion in die rechte Gesäßbacke zu rammen. Anschließend wurde er wieder auf der Vakuummatratze fixiert.

Der ältere Polizist wies den jüngeren an, im Sakko Bärlauchs nach Identitätspapieren zu suchen.

»Uwe Bärlauch – ohne Doktor! Hob i ma glei denkt!«[5]

»Da mach ma a Einweisung wegen Selbst- und Gemeingefährdung. Den Bericht fax i ans Bezirkskrankenhaus. Soi ma eich begleitn?«[6]

»Nein, passt schon! Und danke für eure Hilfe!«, sagte Tom und verabschiedete die Polizisten.

Tom gab kurz in der Einsatzzentrale Bescheid und fuhr, obwohl eigentlich keine Eile geboten war, mit Blaulicht und Martinshorn Richtung Bezirkskrankenhaus.

Bärlauch war sehr ruhig, zu ruhig fast! Pfiff hielt mit einer Hand einen neuen Ice-Pack an sein immer noch schmerzendes Auge, kontrollierte alle paar Minuten Bärlauchs Puls und war jedes Mal froh, wenn er noch einen fand.

* * *

Der junge Aufnahmearzt im Haus A des Bezirkskrankenhauses musterte den Patienten kurz mit kritischem Blick.

»Der schläft jetzt erst mal«, diagnostizierte er messerscharf und bat dann die Sanitäter: »Bringt ihn auf Haus B. Ich schau' ihn mir später an.«

Am Eingang zu der geschlossenen Männerstation mussten sie läuten und auf Einlass durch Pflegepersonal warten. Als sich die Türe öffnete, schlug Toms Herz höher. Schwester Anni, mit der er schon ein paar hammerscharfe Techtelmechtel gehabt hatte, stand in ihrer vollen Schönheit vor ihm: ein ungeschminktes, bildhübsches Engelsgesicht mit strahlend blauen Augen und einer sommersprossigen Stupsnase, dazu lange, gelockte, kupferrote Haare, wohlgeformte Brüste und etwas ausladende Hüften. Für den allgemeinen Zeitgeschmack wäre sie vielleicht eine Spur zu mollig gewesen, aber Tom liebte ihre Formen, so wie sie waren. Und er mochte Anni, vor allem, weil sie so unkompliziert war. Man konnte mit ihr viel Spaß und guten Sex haben, ohne sich gleich fest binden zu müssen.

»Mensch, Tom und Pfiff! Euch beide hab' ich ja schon lange nicht mehr gesehen!«, rief Anni sichtlich erfreut.

»Freut mich auch, dich zu sehen«, lächelte Tom, der ihr am liebsten ein Küsschen auf die Wange gedrückt hätte.

»Sag mal, wer ist denn der neue Aufnahmeschnösel da unten?«

»Dr. Müller, der ist nicht neu. Er hasst Wochenenddienste, tauscht sie meist weg, aber zweimal im Jahr muss er doch ran. Dann ist er etwas stinkig und zieht seinen *Dienst nach Vorschrift* durch. Aber sonst ist der ganz okay«, antwortete Anni und fügte hinzu: »Euer Neuer kommt erst mal in den großen Schlafsaal. Mir nach!«

›Nichts lieber als das!‹, dachte Tom, der es genoss, bei jedem Schritt die Bewegungen ihres wohlgeformten Pos unter dem Schwesternkittel zu beobachten.

Im Schlafsaal lagerten sie den immer noch tief schlafenden Bärlauch mit vereinten Kräften auf ein bereitstehendes Bett um.

»Anni…«, setzte Tom gerade an, als plötzlich ein lautes Krachen und Klirren das allgemeine Gemurmel im Saal durchbrach. Ein älterer, vollbärtiger, etwas ungepflegt wirkender Mann hatte mit voller Wucht seinen mit Nudelsuppe gefüllten Teller auf den gefliesten Boden geschleudert und begann lauthals zu schreien:

»Kreizkruzifix, kreizkruzifix sapparament no amoi – der Herrgott wui mi mit dera Suppn vakocha! Kreizkruzifix, kreizkruzifix sapparament no amoi – der Herrgott wui mi mit dera Suppn vakocha!«[7] Er wiederholte den Spruch noch ein paarmal und war selbst durch die tröstende Zuwendung von Schwester Anni kaum zu beruhigen. Auf diesen Vorfall hin rannte ein junger, gut aussehender Mann mit dem Kopf so heftig gegen die Wand, dass das Blut aus seiner Stirn spritzte. Trotz klaffender Platzwunde schlug er den Kopf immer weiter heftig gegen die Wand. Pfiff und Tom stürmten sofort los, um ihn von weiteren Eigenverletzungen abzuhalten.

Anni rief so laut sie konnte, aber dennoch in einer souveränen, unaufgeregten Tonlage:

»Alle Pflegekräfte in den Saal! Alle Pflegekräfte in den Saal!«

Schnell erschienen zwei kräftige Psychiatrie-Pfleger, die Tom und Pfiff ablösten und den Patienten wegschleiften. Bei so viel Muskelmasse stellte sich Tom unweigerlich die Frage, ob Anni sich schon mit einem oder vielleicht sogar mit ihren beiden Kollegen eingelassen hatte. Er verdrängte den Gedanken so schnell, wie er gekommen war.

Auf dem Weg zum Ausgang, den Anni wieder aufsperren musste, nahm Tom sie kurz zur Seite.

»Bei euch ist ja ganz schön was los!«

»Das kannst du laut sagen! Vor zwei Stunden ist hier die krasseste Action abgegangen, die ich je erlebt habe«, antwortete Anni.

»Kannst du mir das vielleicht heute Abend erzählen?«, fragte Tom und flüsterte mit eindeutigem Blick: »Ich hätte ohnehin mal wieder Lust auf – na, du weißt schon.

Wir könnten uns doch heute mal wieder einen richtig heißen Abend machen!«

Anni gefiel die Idee nicht schlecht, zumal sie in den Nächten mit Tom immer viel Spaß gehabt hatte.

Andererseits kam das Angebot nun doch etwas überraschend. »Mal sehen, wann ich heute hier rauskomme. Ich schick' dir 'ne WhatsApp«, antwortete Anni mit einem freundlichen, aber unverbindlichen Lächeln, während sie den Sanitätern die Stationstüre aufschloss.

* * *

Pfiff schob seine Pilotensonnenbrille in den blonden Lockenkopf und begutachtete sein linkes Auge im Spiegel der Sonnenblende.

»Zeig doch mal her«, bat Tom.

»Ist nicht so schlimm, wie es sich im ersten Moment angefühlt hatte«, spielte Pfiff das Nahkampfandenken herunter.

»Lass lieber mal deine Sonnenrille auf der Nase, sonst laufen uns die letzten Patienten auch noch weg – falls wir heute überhaupt noch welche kriegen«, antwortete Tom.

Pfiff meldete sich wieder einsatzklar.

»*Berger Rettung 49/71/1*, fahren Sie Richtung Stadt«, lautete die Anweisung der Leitstelle, die bedeutete, dass kein neuer Einsatz vorlag.

»Seit sieben Uhr im Dienst«, seufzte Tom, »und nur ein einziger Einsatz, den wir uns auch noch selbst gemacht haben! Jetzt könnte nur noch ein Date mit Anni den Tag retten.«

»Gehst du morgen springen?«, fragte Pfiff und wollte ihn damit auf andere Gedanken bringen.

»Ja, aber nicht so früh«, antwortete Tom, »ich leite von elf bis zwölf die Lachyoga-Sonntagsgruppe. Danach fahr ich raus. Das reicht immer noch für ein paar Teamsprünge und ein paar Tandems. Es ist ja zurzeit lange hell.«

»Ich bring' morgen vielleicht mal wieder Laura mit«, bemerkte Pfiff.

»Laura! Wie geht's denn der süßen Maus? Arbeitet sie immer noch in der gleichen Bank, in der ihr euch vor zwei Jahren kennengelernt habt? Vielleicht haben wir ja gerade ihren Chef eingefangen. Dann hat sie gute Aufstiegschancen!«, scherzte Tom.

»Ja, sie arbeitet noch in der Bank, aber es gefällt ihr nicht so sonderlich. – Was glaubst du, was die jetzt mit dem Bärlauch machen?«, fragte Pfiff.

»Pesto! Nö, Quatsch … gar nichts! Es ist Wochenende. Der Aufnahmearzt sorgt dafür, dass er bis Montag durchschläft und macht sich sicherlich keine zusätzliche Arbeit.«

»Muss nicht noch ein Richter innerhalb von vierundzwanzig Stunden die Unterbringung prüfen?«

»Genau! Aber was meinst du, was ein Richter am Sonntag mit einem schlafenden Patienten macht? Er hakt den Fall ab und heftet nach guter deutscher Beamtenmanier den Einweisungsbericht der Polizei hinten dran.«

»Spätestens am Montag fliegt die Sache dann auf und ich sehe jetzt schon die Schlagzeilen am Dienstag in der BILD-Zeitung: *Sanitäter entführen Staatsanwalt in die Psychiatrie* – Könnte ja sein, dass er tatsächlich einen Doktortitel hat und Staatsanwalt oder Richter ist, oder?«, fragte Pfiff.

»Sein könnte alles. Genau das ist doch der Reiz an der

Sache! Warten wir doch einfach mal ab«, versuchte ihn Tom zu beruhigen und fuhr fort:

»Soll ich dir mal was verraten?«,

»Nur zu, Alter!«

»Mir wäre lieber, wenn dieser Bärlauch in ein paar Tagen wieder in Freiheit wäre und ich die Wette verlieren würde.«

»Warum wettest du dann dagegen?«, fragte Pfiff erstaunt.

»Weil ich ganz einfach an unserem Rechtssystem zweifle und fürchte, dass ich gewinne. Letztlich ist es doch ein Experiment, das zeigt, wie leicht hierzulande ein unbescholtener Bürger in der Psychiatrie landen kann. Da sitzen bundesweit bestimmt hunderte wenn nicht tausende grundlos in geschlossenen Anstalten!«

»Dann machen wir, die großen Retter, also gerade ein *Experiment* mit einem unschuldigen Menschen? Weißt du, woran mich das erinnert?«, empörte sich Pfiff und bekam Magenschmerzen.

»Hör auf! Ich will's gar nicht wissen! Außerdem hinkt der Vergleich, an den du gerade denkst, ganz gewaltig! Entweder die Sache erledigt sich von selbst, oder wir holen den Typen da wieder raus, laden ihn zu 'nem Bier ein und ich zahl' ihm notfalls noch 'ne Entschädigung«, konterte Tom.

KAPITEL 3

Kopflos

Samstag, 1. August, 14:30 Uhr

»*Berger Rettung 49/71/1*, wo ist Ihr Standort?«, tönte es aus dem Funkgerät.

»*Deutsches Museum*«, antwortete Pfiff kurz.

»Bewusstlose Person am Sendlinger Tor, in der Tramlinie 16 stadteinwärts, vorderer Waggon, Tram fährt gerade zur Haltestelle ein und erwartet Sie dort. Notarzt ist auch unterwegs.«

Pfiff wiederholte leicht abgekürzt: »Bewusstlose Person am Sendlinger Tor, Tramlinie 16 stadteinwärts, vorderer Waggon, NEF kommt auch!«

Tom schaltete das Blaulicht und die Presslufthörner ein und gab Gas. Dann lavierte er Speedy routiniert über Isartorplatz, Frauen- und Blumenstraße zum Sendlinger Tor, scheuchte mit dem Martinshorn die wartenden Fahrgäste auf und parkte auf der schmalen Verkehrsinsel zwischen einem Wartehäuschen und dem vorderen Waggon der Linie 16. Der Straßenbahnfahrer winkte unübersehbar und deutete auf einen ans Fenster gelehnten, glatzköpfigen, älteren Mann direkt in der ersten Reihe hinter dem Führerhaus.

»Vor a paar Minuten hat a no gsogt, dass eam schlecht is!«[8], sagte der Straßenbahnfahrer, dessen Gesichtsfarbe genau so weiß war wie die des Patienten.

›In der ersten Reihe stirbt man nicht!‹, schoss es Tom durch den Kopf, während er sofort den Unsinn dieses Gedankens erkannte und ihm einfiel, dass die allermeisten Soldaten in der ersten Reihe ihr Leben lassen mussten.

33

Pfiff stürzte sich sofort auf den Patienten, griff nach dessen Puls, sprach ihn an, zwickte ihn kräftig in den unter einem hellblauen, kurzärmeligen Hemd frei liegenden Oberarm, hielt ihm seine Sonnenbrille dicht vor den Mund, um zu sehen, ob sie durch den Atem des Patienten beschlagen würde und wandte sich zu Tom: »Nichts! Aber ich glaub', ich hab' am Anfang noch ein paar Pulsschläge gefühlt. Los – Reanimation!«

Sie legten den Patienten auf den Gang zwischen den Sitzreihen und Pfiff begann sofort mit der Herzdruckmassage.

»Kann i was helfen?«, fragte der Straßenbahnfahrer.

»Ja«, antwortete Tom, »jagen Sie alle Leute aus dem Waggon und helfen Sie mir dann, die Trage reinzubringen!«

Während der Straßenbahnfahrer die Durchsage machte, rannte Tom zum Wagen, riss die hinteren Türen auf, zog die Trage raus und warf einen mittelgroßen Guedel-Tubus und einen Beatmungsbeutel drauf.

»Durch die mittlere Tür, die ist am breitesten!«, rief der Straßenbahnfahrer und half, die Trage ans Fußende des Patienten zu positionieren. Pfiff griff dankbar nach dem Tubus und dem Beatmungsbeutel. Der Guedel-Tubus war blitzschnell eingelegt und verhinderte zumindest mal die Blockierung der Atemwege durch die Zunge des Patienten. Pfiff verabreichte dem Patienten zwei Beatmungsstöße mit dem Beutel und fuhr dann sofort mit der enorm anstrengenden Herzdruckmassage fort.

Tom gab Anweisung Richtung Straßenbahnfahrer und Pfiff: »Wir müssen den Patienten schnell auf die Trage legen und in unseren Wagen bringen. Nehmen Sie die Hosenbeine, ich pack ihn am Gürtel und du, Pfiff, nimmst den Oberkörper. Auf drei! Eins, zwei drei!«

34

Kaum lag der Patient auf der Trage, kniete sich Pfiff zwischen zwei Sitzreihen und fuhr mit der Herzdruckmassage, die möglichst wenig unterbrochen werden durfte, fort.

Tom kletterte über mehrere Sitze ans Kopfende des Patienten und bat den Straßenbahnfahrer, die Trage am Fußende hochzunehmen. Während sie sich langsam dem mittleren Ausgang näherten, hüpfte Pfiff wie ein Hürdenläufer über jede Sitzreihe und verabreichte dem Patienten je 20 kräftige Stöße auf das Brustbein und vor dem Einladen noch mal zwei Beatmungsstöße aus dem Beutel.

»Hol' den Defi! Ich mach jetzt weiter!«, rief Tom und löste den nach vier Minuten Herzdruckmassage völlig schweißgebadeten Pfiff ab. Der *Defi* war ein Kombinationsgerät aus EKG-Anzeige und Defibrillator, mit dem man bei vorhandenem Kammerflimmern das Herz in vielen Fällen wieder zum Schlagen bringen konnte.

Als Pfiff gerade die Elektroden des Defi eingegelt und auf den Brustkorb des Patienten aufgesetzt hatte, flog die Tür auf und der Notarzt platzte herein. Ein kleiner, drahtiger Mann mit blassem Gesicht und öligem, nach hinten gekämmtem, schütterem Haar.

›Dr. Lukas Hecht! Ausgerechnet dieser Oberarsch, der uns schon mal wegen *Überschreitung der Notfallkompetenz durch einen invasiven Eingriff* angezeigt hatte‹, schoss es Tom und Pfiff gleichzeitig durch den Kopf.

Dabei hatten sie lediglich einem Unfallopfer eine Infusion angelegt. Das Gericht verurteilte damals Tom zu einer Zahlung von 1000 Euro an eine gemeinnützige Organisation.

»EKG-Null-Linie. Geschätztes Alter: Mitte sechzig.

Wie lange bearbeitet ihr den denn schon?«, fragte Dr. Hecht.

Tom setzte die Herzdruckmassage fort und Pfiff antwortete: »Vielleicht sechs oder sieben Minuten.«

»Dann könnt ihr jetzt aufhören. Ich mach schon mal den Totenschein fertig!«, meinte der Arzt grob.

»Ich glaube, er hat noch 'ne Chance. Wir haben ihn wahrscheinlich relativ früh erwischt«, wagte Pfiff zu widersprechen.

»Ich bin hier der Akademiker!«, herrschte ihn Dr. Hecht an, »und ihr seid nur die jämmerlichen Helferchen! Wenn ich als weisungsbefugter Arzt sage, ihr könnt aufhören, dann hört ihr auf!«

Da platzte Tom der Kragen. »Mach du weiter«, nickte er Pfiff zu, der die Herzdruckmassage sofort weiterführte. Dann packte er den deutlich kleineren und schmächtigeren Dr. Hecht mit beiden Händen am Revers seiner Notarztjacke und warf ihn mit den Worten: »Und ich bin hier der Hausherr und wage es bloß nicht, diesen Wagen noch einmal zu betreten, du jämmerliches Akademikerwürstchen!« aus dem Rettungswagen.

»Der Arroganzbolzen soll mich ruhig noch mal anzeigen. An einem *Toten* können wir nichts mehr falsch machen. Los, wir gehen jetzt in die Vollen! Willst du intubieren?«, fragte Tom Pfiff.

»Nichts lieber als das!«, freute sich Pfiff, dem während seiner Ausbildung zum Anästhesiepfleger ein wohlgesonnener Oberarzt die Technik der endotrachealen Intubation beigebracht hatte und der gerne jede Gelegenheit wahrnahm, das Gelernte anzuwenden.

»Hilf mir erst mal, *Stomping Harry* anzulegen, dann intubier' ich, dann fahren wir los«, sagte Pfiff.

Stomping Harry war ein neues Gerät, das um den Brustkorb des Patienten geschnallt wurde und die Herzdruckmassage übernehmen konnte.

Hundert Mal pro Minute drückte der breite Kunststoffstößel, kräftig wie ein Dampfhammer, das Brustbein des Patienten genau fünf Zentimeter Richtung Wirbelsäule.

Pfiff entfernte den Guedel-Tubus aus dem Mundraum, schob einen *Endotrachealtubus*, Größe 7,5, unter Sicht entlang eines *Laryngoskopspatels* schnell und geschickt zwischen die Stimmritzen des Patienten in dessen Luftröhre und blockierte ihn dort durch Aufblähen eines kleinen Ballons mit einer Luftspritze. Dann setzte er den Beatmungsbeutel auf den Tubus und ließ auch noch reinen Sauerstoff über einen kleinen Schlauch in den Beutel fließen. Nun drückte er mit dem Beutel alle paar Sekunden Sauerstoff direkt in die Lungen des Patienten. Ein kurzes Abhören mit dem Stethoskop bestätigte ihm, dass der Endotrachealtubus richtig lag und beide Lungenflügel gut belüftet wurden.

Tom fuhr mit Blaulicht und Getöse Richtung Zentralklinikum und funkte an die Leitstelle:

»Wir reanimieren, sind in drei Minuten im Zentralklinikum, bitte melden Sie uns an!«

Das Zentralklinikum war wirklich sehr, sehr nahe.

An der Pforte lief ihnen gleich mit wehendem Kittel ein junger Arzt entgegen, dessen bübchenhaftes Gesicht eine dicke Hornbrille zierte.

»Ich bin Dr. Winter von der Aufnahme. Bringt den Patienten gleich auf Intensiv in den zweiten Stock. Ich habe dort schon Bescheid gegeben und begleite euch.«

»Warum müssen Intensivstationen immer im zweiten

Stock liegen, wo die Patienten doch im Erdgeschoss ankommen?«, sinnierte Pfiff laut.

Schnell schoben sie den Patienten in den riesigen Aufzug, der sich langsam nach oben bewegte. Dr. Winter fühlte routiniert den Puls des Patienten und blickte auf seine Armbanduhr.

»Der Puls ist genau einhundert«, sagte Pfiff und fügte hinzu: »Genau so oft drückt unser *Stomping Harry* den Herzmuskel zusammen.«

»Eigentlich logisch. In der Klinik haben wir so ein Gerät nicht«, entschuldigte sich Dr. Winter mit einem verlegenen Lächeln.

Auf der Intensivstation übergab er sichtlich erleichtert an seinen deutlich älteren und erfahreneren Kollegen, Oberarzt Dr. Ulf Fischer, der allein schon durch seine Körpergröße, seine Leibesfülle und das schlohweiße, schulterlange Haar eine natürliche Autorität ausstrahlte.

»Was bringt ihr uns denn da Schönes an?«, fragte Dr. Fischer ruhig und blickte dabei über den Rand seiner Nickelbrille hinweg.

»Herzstillstand in der Straßenbahn. Reanimation seit zirka fünfzehn Minuten, EKG-Nulllinie nach etwa sieben Minuten. Danach nicht mehr gemessen, aber durchgehend Herzdruckmassage und Sauerstoffbeatmung. Ich glaube, wir haben ihn relativ früh erwischt!«, übergab Pfiff alle wichtigen Parameter.

»Erst mal 'nen venösen Zugang legen und einen Milliliter Adrenalin i. v., dann die Höllenmaschine abschalten, dann EKG und Defi, wenn ich es sage!«, wies Dr. Fischer seine Leute an.

Alle waren in grüne Kittel gekleidet und schwirrten um den Patienten herum wie ein Haufen Ameisen um einen noch frischen Kadaver. Fünf dieser Arbeitstiere hievten den Patienten von der Trage auf das Intensivbett und folgten den Anweisungen des Oberarztes.

»Für einen venösen Zugang hattet ihr wohl keine Zeit«, bemerkte Dr. Fischer väterlich, »aber wenigstens hat euer Notarzt gut intubiert! Wo ist der denn überhaupt?«

»Der ist nicht mitgekommen«, bemerkte Tom trocken.

»*Nicht mitgekommen?* Bei einer Reanimation? Die Kollegen sind auch nicht mehr das, was sie mal waren!«, seufzte Dr. Fischer und schüttelte kurz den Kopf.

Eine grüne Ameise entkleidete den Patienten und suchte in seiner Geldbörse nach dessen Personalien.

»Oh, die bräuchte ich dann bitte auch noch«, sagte Pfiff.

»Fritz Otto … Otto mit Nachnamen, geboren am 2. August 1957 … dann hätte der ja morgen Geburtstag!«, gab die Ameise freudig Auskunft.

»So jetzt nehmt mal eure Höllenmaschine ab«, bat Dr. Fischer die Sanitäter.

Eine andere grüne Ameise drückte dem Patienten zwei gut eingegelte Defibrillatorpads auf den Körper und rief:

»Er flattert mit 300!«, womit sie meinte, dass das EKG zwar keinen Herzschlag, aber immerhin eine elektrische Aktivität in den Herzkammern mit einer Frequenz von 300 anzeigte.

Dr. Fischer blickte kurz auf das EKG und rief:

»Bett frei und 150 Joule!«

»Bett frei, 150 Joule!«, wiederholte die grüne Ameise mit den Defi-Pads. Alle anderen grünen Ameisen entfernten sich vom Bett.

»Und jetzt!«, rief Dr. Fischer.

Für wenige Millisekunden strömte eine Spannung von 4000 Volt mit einer Energie von 150 Joule durch den Körper des Patienten und ließ seinen Brustkorb explosionsartig in Höhe schießen.

Erneut wurden die Pads aufgesetzt, um das EKG des Patienten anzuzeigen.

Tom und Pfiff standen in einer Ecke des Raumes und fieberten mit wie andere bei einem Elfmeter in der Champions-League.

»*Komm schon, spring an!*«, entfuhr es Tom laut.

»Flattert immer noch mit 300«, konstatierte die grüne Ameise.

»Herzbrett drunter, zwei Minuten Herzdruckmassage, noch einen Milliliter Adrenalin und Defi mit 200 Joule, wenn ich es sage!«, ordnete Dr. Fischer an und die grünen Ameisen reagierten prompt. Das auf jeder Intensivstation immer griffbereite Herzbrett wurde unter den Rücken des Patienten geschoben, damit die Stöße der Herzdruckmassage nicht sinnlos in der Matratze verpufften.

Nach exakt zwei Minuten spritzte eine der grünen Ameisen nochmals einen Milliliter Adrenalin in die Vene des Patienten und eine andere setzte die eingegelten Pads auf dessen Brustkorb. »Kammerflimmern mit 350!«

Ein wirklicher Fortschritt war das nicht. Die Chance, dass Herrn Ottos Herz jemals wieder selbst schlagen würde, sank nun rapide von Minute zu Minute und von Maßnahme zu Maßnahme.

»Bett frei und 200 Joule!«, befahl Dr. Fischer.

»Bett frei, 200 Joule!«, wiederholte die grüne Ameise mit den Defi-Pads. Alle anderen grünen Ameisen entfernten sich vom Bett.

»Und jetzt!«, rief Dr. Fischer wieder.

Herrn Ottos Brustkorb bäumte sich unter dem Stromstoß auf, als wollte er sich endgültig von dieser Welt verabschieden – oder es ihr noch mal ganz gewaltig zeigen!

Totenstille herrschte im Saal, als die grüne Ameise mit den Pads diese zur EKG-Kontrolle wieder auf Ottos Brustkorb setzte.

»Piep – piep – piep – piep«, dröhnte es da aus dem EKG, das diesmal schöne, regelmäßige Ausschläge zeigte.

»Wir haben ihn wieder!«, brüllte eine der grünen Ameisen.

Tom, Pfiff und einige der Intensivschwestern konnten und wollten ihre Freudentränen nicht verbergen.

Nur Dr. Ulf Fischer blieb cool und erklärte mit der Miene eines Automechanikers, dessen Team es gerade geschafft hatte, den Motor eines Oldtimers wieder in Gang zu setzen:

»Die Schlacht ist noch nicht gewonnen! Aber ihr habt alle sehr gute Arbeit geleistet!«

Im Hinausgehen fragte Tom: »Dürfen wir nächste Woche mal nachfragen, ob er überlebt hat?«

»Klar dürfte ihr das!«, antwortete Dr. Fischer und winkte ihnen einmal päpstlich nach.

* * *

Wortlos und ungewöhnlich schnell desinfizierten Tom und Pfiff die Trage, bezogen sie neu, hängten *Stomping Harry* ans Ladegerät und machten Speedy rundum wieder flott – für den Heimweg, denn das Dienstende nahte.

Tom checkte kurz sein Smartphone in der Hoffnung auf eine Nachricht von Schwester Anni. Leider erfolglos.

Pfiff meldete sich wieder einsatzklar und von der Leitstelle kam die Weisung:

»*Berger Rettung 49/71/1*, Richtung Heimat!«

Zur Bestätigung klickte Pfiff nur zweimal kurz die Sprechtaste.

Auf ihrer Heimfahrt zur *Berger Rettung* im Münchner Osten brach Pfiff nach einer Weile das Schweigen: »Jetzt könnten *wir* diesen arroganten Dr. Hecht wegen unterlassener Hilfeleistung anzeigen.«

»Machen wir aber nicht«, antwortete Tom, »das Leben ist einfach zu kurz, um die Zeit mit Rechtsstreitigkeiten zu vergeuden.«

»Es ist schon ein Wahnsinn, wie unterschiedlich die Ärzte entscheiden. Die meisten sind dir dankbar, wenn du schon mal 'nen guten Zugang gelegt hast oder mokieren sich sogar – wie soeben – wenn du es nicht getan hast. Die anderen zeigen dich – wie dieser Dr. Hecht – dafür an und verbieten dir auch noch, mit einer Reanimation weiterzumachen.«

»Deine Intubation war übrigens wieder super, Herr Doktor«, lobte Tom und zwinkerte Pfiff anerkennend zu.

»Gelernt ist eben gelernt!«

»*Berger Rettung 49/71/1*, Ihr Standort?«, ertönte das Funkgerät.

»Kreillerstraße, kurz vor unserer Wache«, antwortete Pfiff.

»Ich hab' im Osten gerade keinen Wagen und hätte da noch was. Können Sie noch einen übernehmen?«

»Machen wir!«, antwortete Pfiff spontan.

»Ihr müsst erst einmal auf der A 8 bis Holzkirchen fahren, dort wenden und wieder Richtung München. Zwischen der Ausfahrt Holzkirchen und der Ausfahrt

Hofolding befindet sich bei Kilometer 12,5 ein Rastplatz. Dort erwartet man euch.«

»Wie lautet die Diagnose?«, fragte Pfiff.

»Unklar … der Anrufer klang verwirrt und hat was von *Mann ohne Kopf* gesagt. Polizei ist auch unterwegs. Vielleicht gibt es auch 'ne Einweisung«, klang es aus dem Funkgerät.

Tom schaltete Blaulicht und Presslufthörner ein, riss das Steuer herum und preschte zur nahen Autobahneinfahrt Richtung Salzburg. Dort drückte er das Gaspedal bis auf den Boden durch und holte aus Speedy raus, was der hergab.

»Du willst wohl schnell einen kopflosen Verrückten einfangen, damit du es noch mal bei Anni versuchen kannst«, lästerte Pfiff.

»Keine schlechte Idee!«, antwortete Tom.

Auf der Fahrt zur Umkehrschleife an der *Ausfahrt Holzkirchen* scannten sie schon mal die Gegenfahrbahn: Ein Lastwagen, der wohl eine Panne hatte, stand nahe der Ausfahrt Hofolding auf dem Standstreifen, der besagte Rastplatz erschien unauffällig.

Tom erkannte im Rückspiegel, wie gerade eine Polizeistreife dort einfuhr. Nach acht Minuten erreichten sie das Einsatzziel.

Ein Mann saß mit blutdurchtränktem, bunt kariertem Hemd und einer patschnassen, dunkelblauen Wolljacke über dem Oberkörper auf einem der grün lackierten Metallsitze vor einem Picknicktisch aus grauem Beton, umgeben von seiner leichenblassen und am ganzen Körper zitternden Frau und zwei kleinen Mädchen.

Eine Handvoll Rastplatzbesucher und ein Polizist standen fassungslos im Halbkreis.

Tom hob vorsichtig die dunkelblaue Wolljacke hoch und traute seinen Augen nicht: So etwas Grausames hatte er in seinem ganzen Leben noch nie gesehen.

»Da fehlt der Kopf«, stammelte er leise zu Pfiff, »dem kann keiner mehr helfen.«

»Was ist passiert?«, fragte er den Polizisten.

»Das wissen wir auch nicht. Der Kollege sucht gerade nach dem Kopf. Der Herr da drüben meinte, er hätte einen großen Reifen mit hoher Geschwindigkeit wie eine Frisbeescheibe durch die Luft fliegen sehen und dann einen schnalzenden Laut gehört. Die Frau und die Kinder sprechen kein Wort Deutsch«, fasste der Polizist die bisherigen Erkenntnisse zusammen.

Tom versuchte dennoch, mit der Frau ins Gespräch zu kommen: »English, Español, Türkçe, Polski, Ruski, Magyar, Hrvatski, Srpski?«, fragte er, bekam aber statt einer Antwort nur einen verzweifelten, Hilfe suchenden Blick, der tief in die Seele ging.

»Bitte jeder mal zu seinem Auto!«, forderte er die Rastplatzbesucher auf. Das einzige Auto, das übrig blieb, war ein uralter, klappriger Fiat Punto mit Länderkennung *AL*.

»Alban?«, fragte Tom die Frau, ohne zu wissen, was *Albanisch* auf Albanisch heißt. Die Frau nickte langsam.

Aus einer Wiese, nur 50 Meter entfernt, winkte der zweite Polizist.

»Schau doch mal, was der gefunden hat«, sagte Tom zu Pfiff. »Ich fordere inzwischen professionelle Hilfe für die Leute hier an.«

»*Berger Rettung 49/71/1!*«

»*Berger Rettung 49/71/1, kommen!*«

»Wir haben hier tatsächlich eine Köpfung«, berichtete Tom diesen unglaublichen Notfall, »Ursache noch unklar. Wir brauchen dringend ein Kriseninterventions-team und einen Albanisch-Dolmetscher!«

»Wie viele Betroffene?«

»Familienangehörige sind eine Frau und zwei Kinder, die nur Albanisch sprechen. Die meisten der fünf Rastplatzbesucher können aber auch Hilfe brauchen.«

»Verstanden«, kam es von der Leitstelle.

Als Tom den Hörer aufgelegt hatte, standen Pfiff und die beiden Polizisten an der Türe.

»Wir haben den Kopf gefunden und ein paar Meter weiter einen großen Lastwagenreifen«, sagte der zweite Polizist, der sich kurz vorher übergeben hatte.

»Da stand doch ein Laster auf der Standspur, als wir hergefahren sind. Vielleicht hat der in voller Fahrt einen seiner Zwillingsreifen verloren«, kombinierte Tom.

»Das werden wir gleich überprüfen«, meinte der erste Polizist und setzt hinzu: »Leichenwagen ist auch schon angefordert.«

»Ich hab' mich selten *so* hilflos gefühlt«, flüsterte Pfiff mit tränenerstickter Stimme und sah Tom dabei an.

»Mir geht's auch nicht besser!«, reagierte der.

»Wir können die nicht mal trösten, weil die kein Wort verstehen!«

»Und das nur, weil du in der Schule im Albanisch-Unterricht gepennt hast«, versuchte Tom die Situation etwas aufzulockern und fügte noch hinzu: »Ich hab' vor ein paar Tagen erst gelesen, dass *Schnitzel* auf Albanisch *Shnicel* heißt.«

»Das hilft uns ja ungemein weiter! Wir können zu denen doch jetzt nicht *Shnicel* sagen, nur, weil das das einzige albanische Wort ist, das du kennst. – Und einfach heimfahren können wir auch nicht«, meinte Pfiff mit einem Unterton der Verzweiflung.

»Nein, das können wir nicht. Wir nehmen die jetzt ganz fest in den Arm, bis das Kriseninterventionsteam da ist. Ich die Frau und du die Kinder!«, schlug Tom vor.

Und das taten sie auch. 60 lange Minuten dauerte es, bis der Leichenwagen kam. Als die Leiche in den Zinksarg geladen wurde, presste Tom den tränenüberströmten Kopf der Frau ganz fest an seine Brust und auch Pfiff sorgte dafür, dass die Kinder das grausige Einladen des blutüberströmten Torsos und des Kopfes nicht mit ansehen mussten.

Nach 30 weiteren, wie eine Ewigkeit erscheinenden Minuten traf das 4-köpfige Kriseninterventionsteam ein – natürlich ohne Dolmetscher.

Tom erklärte kurz die Situation.

»Wie ihr die ohne ein Wort Albanisch trösten wollt, weiß ich auch nicht, aber das ist jetzt euer Problem«, übergab Tom, dem das Ganze auch ganz schön an die Nieren ging.

Auf dem Weg vom Einsatzort bis zu ihrer Rettungswache in der Kreillerstraße sprachen Pfiff und Tom kein einziges Wort.

Erst beim Einparken sagte Pfiff:

»Hast du heute Vormittag nicht mal gesagt, dieser Tag soll nicht als der langweiligste in die Geschichte unseres Erdendaseins eingehen?«

»Manchmal kommt es eben anders, als man denkt«, antwortete Tom und checkte seine Nachrichten auf dem Smartphone.

WhatsApp von Anni 16:23 Uhr:

☺☺☺ – *heute 19 uhr bei mir! freu mich!* – ♥♥♥ – *bussi, anni!*

»Anni hat angebissen!«, frohlockte Tom.

»Und, triffst du sie?«

»Eigentlich würde ich jetzt lieber entweder alleine sein oder mit dir auf ein Bierchen gehen. Auf Sex hab' ich gerade überhaupt keine Lust.«

»Die Lust kommt mit der Anni«, meinte Pfiff, »ich weiß nicht, ob ich Laura von der Köpfung erzählen soll.«

»Tu's lieber nicht, solange du den Einsatz nicht selbst einigermaßen verarbeitet hast. Erzähl ihr besser nur von der Reanimation. Das war doch ein Erfolgserlebnis!«, riet ihm Tom und tippte eine WhatsApp an Anni:

Kann erst um 20 Uhr – freu mich auch – ♥♥♥ *– Tom*

KAPITEL 4

Annis Nacht

Samstag, 1. August, 18:30 Uhr

Es dauerte eine Weile, bis Tom im Stadtteil Haidhausen endlich einen Parkplatz für seinen knallgelben *Porsche Panamera Hybrid* gefunden hatte. Mit großen Schritten nahm er die Holztreppen zu seinem *Wohnklo*, wie er selbst seine zweckmäßig eingerichtete 38-Quadratmeter-Eigentumswohnung direkt über seinem Bistro SKYHIGH in der Breisacherstraße 26 nannte, fütterte die Kakerlaken und stellte sich unter die Dusche.

Tom war Erster Vorstand des *Oberbayerischen Zuchtvereins für südamerikanische Königskakerlaken e. V.* und schmückte sich gerne mit diesem Titel, mit dem er auch eigene Visitenkarten hatte drucken lassen. Er liebte diese Tierchen, die schon seit 350 Millionen Jahren unseren Planeten bevölkern – 140-mal länger als der Mensch – und bewunderte aufrichtig deren Widerstandskraft, Ausdauer und Sozialverhalten.

Frisch geduscht, einparfümiert und in eleganter Abendgarderobe schnappte er seinen LURU (Lust-Utensilien-Rucksack), der rein äußerlich nur durch ein kleines Schlüsselring-Herzchen am Tragegriff von einem Rettungsrucksack zu unterscheiden war, fuhr zum Ostbahnhof, ließ dort noch eine langstielige rote Baccararose aus dem Automaten und brauste weiter zum Bezirkskrankenhaus. Auf der Fahrt überlegte er kurz, wie hoch wohl die Dosis an Neuroleptika gewesen war, mit der man Bärlauch ruhiggestellt hatte. Anni wusste es sicher. Aber danach fragen ...? Ob sich Bärlauch unwohl fühlte, oder ob ihm unter dem Einfluss der üblicherweise auf solchen Stationen verabreichten Drogen, eh alles egal war?

Tom entschloss sich, seinen Wagen auf dem Ärzteparkplatz der Klinik abzustellen und die letzten 400 Meter zum Schwesternwohnheim zu Fuß zurückzulegen, da der gelbe Sportwagen direkt vor dem Schwesternwohnheim zu sehr auffallen würde.

Als Schwester Anni die Türe öffnete, rutschte Tom förmlich das Herz in die Hose. Er trat intuitiv einen Schritt zurück, um außer ihrem von dichten, kupferroten Haaren umsäumten Engelsgesicht mit den strahlend blauen Augen, dem unwiderstehlichen Lächeln und der Stupsnase mit den Sommersprossen ihre ganze Erscheinung erfassen zu können.

Die Abdrücke der Brustwarzen unter ihrem weißen Schwesternkittel ließen erahnen, dass sie keinen BH trug. Die schwarzen Strümpfe erweckten seine Hoffnung, dass sie sich noch an seine Vorlieben erinnert und extra für ihn Strapse angelegt hatte.

»Komm rein, Tom! Die Rose ist ja wunderschön. Und wie die duftet! Das ist echt lieb von dir. Und dein LURU... ha! Ist da was Neues drin?«

»Den brauchen wir erst mal gar nicht. Weißt du, an was ich gerade denken muss?«

»An den Patienten, den ihr uns heute gebracht habt?«, riet Anni.

»Nein, Quatsch!« Tom wollte nicht zulassen, dass die ohnehin schon schwer zu verdrängenden Gedanken an Bärlauch seine beginnende Erektion wieder abflauen ließen.

»Ich denke gerade an die Kampftrinker in meiner Kneipe, die immer das erste Bier auf Ex trinken und alle weiteren dann genussvoll runterziehen.«

»Du willst mich doch nicht mit einem *Bier* vergleichen?«, entrüstete sich Anni.

»Natürlich nicht!«, beschwichtigte Tom, »aber ich hätte jetzt einfach Lust auf einen tierischen Quickie!«

»Dann tu's doch einfach!«, forderte ihn Anni unverhohlen auf und warf sich ergeben auf das Bett ihres 1-Zimmer-Apartments.

Tom riss sich die Kleider vom Leib und begann Anni von Fuß bis Kopf zärtlich zu küssen und zu streicheln. Soviel Zeit musste einfach sein – auch bei einem Quickie!

Tatsächlich hatte Anni extra für ihn einen schwarzweiß gestreiften Strapsgürtel und schwarze Nahtstrümpfe angezogen. Statt des Höschens leuchtete ihm eine herzförmig ausrasierte, kupferrote Schambehaarung entgegen.

»Anni, du hast das Herz am richtigen Fleck!«, entfuhr es Tom. Anni kicherte. Zärtlich massierte er die Innenseiten ihrer Oberschenkel, küsste ihre schon leicht feuchte Liebesgrotte und wanderte mit seiner Zunge über den Bauchnabel zu ihren Brustwarzen, die er zuerst mit der Zungenspitze umkreiste und dann leicht anlutschte. Anni bäumte sich lustvoll auf und sie küssten sich tief und innig.

Tom unterbrach kurz und fummelte ein Kondom Marke *gefühlsecht* aus der Seitentasche seines LURUs, bevor er Anni von allen Seiten, also von vorne, von hinten, von oben und von unten, von links, von rechts und dann wieder von vorne durchvögelte wie ein wild gewordener Hengst.

Als Tom merkte, dass es ihm kam, brach er – wie immer, wenn er einen Orgasmus hatte – in lautes, schallendes Gelächter aus und warf die Hände hoch wie ein Tour-de-France-Fahrer, der gerade als Erster durchs Ziel gefahren war.

Daraufhin musste auch Anni lauthals lachen. Sie saugte mit ihrer Vagina noch ein paarmal an Toms übersensiblem Penis, was weiteres Gelächter auslöste.

Dann legte sich Tom entspannt auf den Rücken und Anni schmiegte ihren roten Lockenkopf an seine Brust.

»Sex mit dir ist saugeil!«, stellte Anni fest, »und ich kenne keinen einzigen Mann außer dir, der beim Orgasmus lacht.«

»Soll ich vielleicht weinen oder grunzen?«, fragte Tom, »wenn ich so ein Wahnsinnsglücksgefühl empfinde, muss ich halt einfach lachen!«

»Iss ja gut so … ich find das ja toll und lach' auch gerne mit!«

Die beiden kuschelten noch eine Weile und Tom streichelte sanft über Annis Rücken.

»*Chloé* passt gut zu dir«, meinte Tom.

»Geraten oder gerochen?«

»Gerochen! … Du wolltest mir doch noch von der Action heute auf eurer Station erzählen«, erinnerte sie Tom.

Anni setzte sich ruckartig auf und ihre Augen fingen Feuer. »Richtig! Du kennst doch unseren Stationsdrachen, Schwester Hildegard, fast so groß wie du, zwei Zentner schwer und ständig am Rumschreien.«

»Ja, die hab' ich heute schon vermisst«, scherzte Tom.

»Und du kennst auch unseren Herrn Zimmermann, den jungen, sportlichen Typen, der heute mal wieder seinen Kopf gegen die Wand geschlagen hat, bis du ihn mit Pfiff weggezogen hast.«

»Das war ja auch so 'ne Nummer. Wie du das den ganzen Tag da drinnen aushältst?«, antwortete Tom kopfschüttelnd.

»So und jetzt pass auf«, fuhr Anni fort:

»Dieser Herr Zimmermann hat seit dem Tag seiner Aufnahme, immer wenn Hildegard lautstark ihre Befehle erteilte, zu ihr gesagt: ›Mein General, Ihnen gehört mal ordentlich in den Arsch gebissen!‹ – Anfangs haben wir uns darüber amüsiert, dann konnten wir es schon gar nicht mehr hören, und heute, als sie mal wieder rumgeschrien hat, hat er ihr blitzschnell den Rock hochgeschoben, das Höschen runtergezogen und ihr mit voller Kraft in den blanken Arsch gebissen … mit voller Kraft in ihren blanken, fleischigen Arsch! Kannst du dir das vorstellen?«

»Verdient hatte sie's ja!«, lachte Tom.

»Die Hildegard hat geschrien wie ein Schwein am Spieß, dass man es bis in die Nachbarstation gehört hat. Das muss richtig wehgetan haben. Es kamen dann sogar Kollegen von dir. Wir haben vom Stationsfenster aus gesehen, wie sie bäuchlings auf der Trage lag und in den Rettungswagen geschoben wurde und konnten unsere Schadenfreude kaum verbergen. Natürlich haben das auch die halbwegs wachen Patienten mitbekommen, Freudentänze aufgeführt und den Zimmermann gefeiert wie einen Helden.«

»Ein Menschenbiss kann richtig gefährlich sein«, wusste Tom, »wenn sich der Zimmermann vorher nicht extra die Zähne geputzt hat, kann sich das auch noch infizieren. Dann habt ihr 'ne ganze Weile Ruhe von eurer Kommandantin.«

»Die würde uns überhaupt nicht fehlen«, antwortete Anni und kuschelte sich wieder an Tom. Nach einer Weile bemerkte dieser:

»Anni, du bist so herrlich unkompliziert! Mit dir kann man guten Sex haben, lachen und wieder guten Sex haben, ohne dass du gleich heiraten willst und immer einen Riesensack an Problemen im Schlepptau hast. Ich liebe dich!«

»Woher weißt du denn, dass ich nicht heiraten will?«, fragte Anni.

Tom fuhr erschrocken hoch und stammelte:

»Erstens, bist du noch viel zu jung dafür und zweitens …«

»Und *zweitens*?«, hakte Anni nach.

»Und zweitens bis du einfach nicht der Typ zum Heiraten.«

»Wie sieht denn dein *Typ zum Heiraten* aus?«, fragte Anni.

Tom rang nach Luft und antwortete spontan:

»Wenn du noch kochen, waschen, bügeln und meine Marotten akzeptieren könntest und – mindestens eines meiner Hobbys mit mir teilen würdest – eigentlich genau wie du! Aber jetzt reicht's mit dem Quatsch!«

»Ich kann kochen, waschen und bügeln und von deinen Marotten würde ich gerne noch mehr kennenlernen … aber keine Sorge, ich will dich nicht heiraten«, sagte Anni, »ich würde nur manchmal gerne mit dir noch was anderes machen, als immer gleich ins Bett zu hüpfen.«

»Was denn zum Beispiel?«

»Zum Beispiel mal wieder mit zum Lachyoga gehen oder in ein Konzert. Heute spielt *Pink* in der Olympiahalle. Da wär' ich so gerne mit jemandem hingegangen.«

Beim Stichwort *Olympiahalle* schoss Tom eine Nummer durch den Kopf, die er vor einiger Zeit mal mit Pfiff durchgezogen hatte.

»Willst du wirklich heute noch zu der Krawallschwester?«

»Ist schon vor 'ner Stunde losgegangen. Außerdem sind die Karten schon seit drei Wochen ausverkauft«, antwortete Anni.

»Also um zwanzig Uhr ist das Konzert losgegangen, dann spielt erst mal zwei Stunden irgendeine Vorgruppe und *Pink* kommt dann frühestens um zweiundzwanzig Uhr auf die Bühne«, rechnete Tom laut.

»Kann schon sein«, antwortete Anni etwas gelangweilt.

»Willst du immer noch hin?«, fragte Tom.

»Das hat doch keinen Sinn« meinte Anni resigniert, »selbst, wenn es noch ein paar Karten am Einlass gegeben hat, dann sind die jetzt auch schon weg und die Arena ist abgeschlossen wie ein Hochsicherheitstrakt. Vergiss es!«

Tom schaute Anni ganz tief in ihre wunderbaren blauen Augen und meinte mit ruhiger, fast hypnotisierender Stimme:

»Wenn du wirklich auf das Konzert willst, dann zieh' dir jetzt 'ne Jeans und irgendwas Unerotisches an und vertrau' mir einfach!«

Mit gemischten Gefühlen und einem Schuss Neugierde folgte Anni Toms Anweisungen.

Am Auto angekommen, bestaunte sie Toms auffälliges Gefährt.

»Neues Auto?«

»Hybrid – man denkt ja auch an die Umwelt«, grinste Tom, steckte sich eine Zigarette an und legte einen filmreifen Kavaliersstart hin, der Anni in den Sitz drückte.

»Du rauchst?«, fragte Anni.

»Gelegentlich. Es heißt doch immer ›Rauchen macht impotent‹. Stell dir mal vor, ich würde nicht rauchen. Dann müsste ich dich jeden Tag dreimal vernaschen und in den Pausen dazwischen auch noch onanieren.«

»Angeber!«, antwortete Anni und verpasste Tom einen leichten Faustschlag auf den Oberarm.

»Lass' uns schnell noch an der Wache vorbeischauen«, meinte Tom und bog auf den Parkplatz im Hinterhof der *Berger Ambulanz* an der Kreillerstraße ein. Es brannte kein Licht mehr. »Bin gleich wieder da.«

Nach wenigen Minuten erschien Tom in Sani-Dienstkleidung: weiße Hose, weißes Hemd, rote Jacke mit Reflektorstreifen. Auf dem Rücken stand *Sanitäter*, darunter *Berger Ambulanz*.

»Wir müssen umsteigen«, sagte er.

Tom ging mit Anni zu einem Einsatzfahrzeug mit der Aufschrift *Behindertentransport*, komplimentierte sie auf den Beifahrersitz und fuhr sofort los.

»Was hast du vor?«, fragte Anni.

»Lass dich überraschen, meine süße Aphrodite.«

Tom schaltete Blaulicht und Presslufthorn ein, als die Ampel an der *Baumkirchner Straße* auf Rot sprang und war froh, dass an dem erst kürzlich umgebauten, ehemaligen Krankenwagen die Sondersignale noch dran waren.

Am *Leuchtenbergring* bog das Einsatzfahrzeug Richtung Norden ab und tauchte kurz darauf mit 120 Sachen in den 1500 Meter langen Richard-Strauss-Tunnel ein, obwohl nur 60 Stundenkilometer erlaubt waren.

»Achtung! Jetzt bitte mal kurz in die Kameras da oben lächeln!«, rief Tom und grinste über beide Ohren.

»Gibt das nicht Ärger?«, fragte Anni, die von der gespenstischen Reflektion der Blaulichter in den Kacheln des Tunnels und dem Echo des Martinshorns schon etwas beeindruckt war.

»Sicher nicht! Einsatzfahrzeuge sortieren die bei der Auswertung aus.«

»Und wenn überhaupt jemand dahinterkommt, dass wir hier einfach so mit Blaulicht und Martinshorn durch die Gegend fahren?«, sorgte sich Anni.

»Ha! Da muss ich dir was erzählen! Wir hatten vor zwei Wochen eine *Sondersignal-Belehrung*, mussten extra in die Wache kommen, einen Vortrag anhören und unterschreiben, dass wir belehrt wurden. Und weißt du, was die Kernaussage des ganzen Vortrags war?«, fragte Tom und fuhr fort, ohne eine Antwort von Anni abzuwarten:

»Die unberechtigte Verwendung von Sondersignalen kann mit einem Bußgeld von zehn Euro belegt werden! … Zehn Euro! Und dann lag die Betonung auch noch auf dem Wörtchen *kann*! Seit dieser *Belehrung* fahr' ich fast nur noch mit Sondersignalen, egal, ob zu einem Einsatz oder zum Pizzaholen.«

»Und was sagt dein Chef, wenn er merkt, dass du dir einfach ein Dienstfahrzeug genommen hast?«

»Der alte Berger? Bei dem hab' ich 'nen Freibrief, weil ich immer ohne Bezahlung für ihn arbeite«, antwortete Tom.

Dass er Berger schon des Öfteren mit beachtlichen Geldsummen ausgeholfen hatte und ihm der Chef der Privatambulanz auch aus diesem Grunde verpflichtet war, erwähnte er nicht.

»Du arbeitest ohne Geld? Aber warum machst du das dann?«, fragte Anni.

»Ich brauch' das Geld vom Berger nicht. Die Einnahmen vom SKYHIGH reichen mir völlig. Ich glaube, die wenigsten Ehrenamtlichen machen den Job wegen der paar Kröten Aufwandsentschädigung. Es macht einfach Spaß, zwischendurch das eine oder andere Leben zu retten, ein wenig Doktor zu spielen und im Straßenverkehr immer Vorfahrt zu haben. Außerdem fasziniert mich das breite, medizinische Spektrum, das wir bedienen dürfen und die unterschiedlichen sozialen Einblicke: Mal hast du ein Kind, das im Kindergarten von der Schaukel gefallen ist, mal 'nen Opi mit Schlaganfall im Altenheim, mal 'nen Promi, der sich mit einem zerbrochenen Sektglas die Pulsadern geöffnet hat, mal 'nen dehydrierten Hartz-IV-Empfänger, mal 'nen schweren Arbeitsunfall. Und überall kannst du nicht nur helfen, sondern darfst auch hinter die Kulissen blicken!«

»Und zwischendurch läuft dir auch mal ein Psycho über den Weg«, ergänzte Anni.

Mit den eingeschalteten Blaulichtern wurde das Fahrzeug ohne weitere Fragen durch die von mehreren Ordnern streng abgeriegelte Einfahrt zum Olympiagelände gewinkt.

Tom suchte in der riesigen Parkharfe eine ruhige Ecke und bat Anni, vom Beifahrersitz in die Patientenkabine umzusteigen.

»Du willst aber nicht, dass ich mich auf den Rollstuhl da setze?«, schwante es Anni.

»Nicht nur«, antwortete Tom, »das Schwierigste wird für dich sein, dass du ernsthaft mitspielst und bei der ganzen Aktion nicht lachst … aber da musst du jetzt durch. Vertrau' mir einfach!«

Dann fuhr er weiter zum *Lieferanteneingang*, wie sie

unter Kollegen den separaten Zugang zur Sanitätsstation der Olympiahalle nannten. Tom öffnete die Hecktüren des Behindertenfahrzeugs, klappte die Rollstuhlrampe aus, fuhr Anni heraus, klappte die Rollstuhlrampe wieder ein und verschloss das Fahrzeug. Als er Anni, der ihre Rolle große Überwindung abverlangte, durch die Sanitätsstation schob, sprach ihn ein junger Kollege, vielleicht gerade mal zwanzig, mit knabenhaftem Gesicht und weit abstehenden Ohren an: »Hey, wo kommst du denn her?«

»*Berger Ambulanz*«, antwortete Tom trocken.

»Warst du schon öfters hier?«

»Ein paarmal schon«, antwortete Tom, der sich auf kein längeres Gespräch einlassen wollte.

»Ich darf heute zum ersten Mal hier Dienst machen«, sagte der Sani, der strahlte wie ein kleiner Junge an Weihnachten bei der Bescherung, und fuhr fort:

»Ganz vorne, in der ersten Reihe im Block C 2, hab' ich zwei freie Sitzplätze entdeckt. Meinst du, wir könnten uns da nachher hinsetzen, wenn keiner mehr kommt? *Pink* hautnah aus der ersten Reihe! Das wär' doch was! Im Notfall erreichen mich die Kollegen ja über Funk.«

»Ich glaube, das ist keine gute Idee«, antwortete Tom, »zwei Sanis in Uniform in der ersten Reihe – das macht keinen guten Eindruck!«

»War ja nur so ein Gedanke«, sagte der Jungspund sichtlich enttäuscht, während Tom aus seinem Blickfeld entschwand.

Tom parkte den Rollstuhl am Durchgang zwischen den Blöcken C und D in einer Ecke unter dem Feuerlöscher und flüsterte Anni ins Ohr:

»Spring jetzt bitte bloß nicht wie ein junges Reh in die

VIP-Lounge, sondern humpel ein wenig und lass' dich von mir stützen. Und – wehe du lachst!«

Tom half Anni aus dem Rollstuhl, klappte diesen zusammen und stützte Anni, die ihre Rolle recht gut spielte, bis sie die beiden noch freien Sitze in der ersten Reihe eingenommen hatten. Dann zog er seine auffällige, rote Rettungsjacke aus und legte diese auf seinen Schoß.

Es dauerte noch gute 18 Minuten, bis *Pink* unter lautem Beifall und Getöse die Bühne betrat und mit ein paar freundlichen Worten ihre Fans begrüßte.

Anni schossen unweigerlich die Tränen in die Augen, als sie die Rockröhre zum Anfassen nahe direkt vor sich auf der Bühne sah und diese ihren ersten Song *So What* zum Besten gab. Außerdem wurde die Show noch auf zwei gigantische Leinwänden links und rechts der Bühne projiziert.

Plötzlich vibrierte Toms Smartphone in einer Seitentasche seiner weit geschnittenen, weißen Rettungsdiensthose. Der Moment war denkbar ungünstig, aber Toms Neugierde überwog.

»Muss mal schnell raus«, flüsterte er nach Ende des ersten Songs Anni ins Ohr, besetzte seinen Platz mit der Rettungsjacke und huschte in gebückter Haltung zum Ende der Sitzreihe und dann flotten Schrittes zur Herrentoilette, wo er sich in eine Kabine einschloss.

Der Anruf war von seinem eigenen Zweithandy, das er am Mittag dieser hocherotischen Blondine in die Hand gedrückt hatte.

›Verdammte Scheiße, warum ausgerechnet jetzt!‹, fluchte er in sich hinein, hielt kurz inne, aktivierte den Rückruf und meldete sich im Moment der Gesprächsannahme:

»Herzlichen Glückwunsch! Sie haben gewonnen: Zwölf Stunden mit dem Mann Ihrer Träume! Rechtsweg und Heirat sind ausgeschlossen!«

Funkstille! Ein, zwei, drei lange Sekunden, dann tönte es aus Toms Handy:

»Eigentlich wollte ich morgen nur mit Ihnen frühstücken! Und mir vielleicht noch den Puls messen lassen. Zwölf Stunden scheinen mir doch etwas lang!«

»Ich verspreche Ihnen, es wird einer der schönsten und unvergesslichsten Tage, die Sie je erlebt haben!«, beschwor sie Tom.

Wieder Funkstille, diesmal nur noch zwei Sekunden, dann:

»Wann soll's denn losgehen?«

»Ich hol' Sie morgen früh um halb elf Uhr ab. Bitte sportliche Kleidung, vielleicht Jeans und ein paar Turnschuhe anziehen oder mitnehmen. Und ein gutes Buch!«

»Gehen wir joggen oder angeln?«

»Lassen Sie sich einfach überraschen! Wo darf ich Sie abholen?«

»Schrottstraße 42, Zufahrt Friedenheimerstraße, bei Dr. Kussmaul läuten. Ich komm dann raus!«

»Schrottstraße 42, bei Dr. Kussmaul«, wiederholte Tom, wie er es von Einsätzen der Rettungsleitstelle gewohnt war, »ich freu' mich. Bis morgen!«

»Bis morgen …« – Die Dame legte auf.

›Kussmaul? Was für ein Name? Für eine Frau!‹

Nachdem Tom auf seinen Platz zurückgeschlichen war, stimmte Pink »Fuckin' Perfect« an.

›Passt irgendwie‹, dachte Tom und legte seine Hand auf Annis Oberschenkel.

Die Rocklady legte eine atemberaubende Show mit zirkusreifen akrobatischen Einlagen hin und brachte den Saal mit seinen rund 15 000 Besuchern zum Kochen. Jeder Song ein Ohrenschmaus. Tom war begeistert, Anni völlig überwältigt.

Als der Star irgendwann gegen ein Uhr nachts nach fünf Zugaben bekannt gab: »*This will definitely gonna be my last song, folks!*«, flüsterte Tom zu Anni:

»Wir gehen jetzt! Schnell, bevor alle raus wollen.«

»Muss das sein?«, fragte Anni mit verklärtem Blick.

»Ja!«, rief Tom und zerrte Anni zum Rollstuhl, der immer noch unter dem Feuerlöscher stand. Anni hinkte nicht, aber niemand achtete jetzt darauf.

Tom schob Anni durch die gähnend leere Sanitätsstation, verlud sie fachgerecht im Behindertenfahrzeug, schaltete das Blaulicht ein und fuhr los.

Als sie das Gelände über die Ausfahrt an der Lerchenauer Straße verlassen hatten, hielt er an, damit Anni vom Patientenraum auf den Beifahrersitz umsteigen konnte.

Sofort fiel Anni Tom um den Hals, küsste ihn innig, wühlte mit einer Hand in seinem Nackenhaar, streichelte mit der anderen seinen rechten Oberschenkel und sagte:

»*Pink* was great! Und deine Nummer war echt gaga. Du bist mein Held!«

»Du hast prima mitgespielt, meine süße Aphrodite!«, lobte Tom. Dann ritt er das Fahrzeug mit Blaulicht flott durch den schwachen, nachmitternächtlichen Verkehr bis zur *Berger*-Wache, zog dort wieder seine Zivilklamotten an und fuhr Anni in seinem Sportwagen zum Schwesternwohnheim des Bezirkskrankenhauses.

»Kommst du noch mit rein?«, fragte Anni.

»Aber gerne! Am besten machen wir da weiter, wo wir vor *Pink* aufgehört haben«, antwortete Tom.

In Annis Wohnung begannen sie sich langsam und genussvoll gegenseitig auszuziehen und küssten sich zärtlich auf die nackte Haut der frisch entblößten Körperteile.

»Ich würde zu gerne wissen, was du alles in deinem LURU hast«, hauchte Anni neugierig.

Tom zog seinen knallroten Lust-Utensilien-Rucksack, der rein äußerlich wie ein Rettungsrucksack aussah, aufs Bett, öffnete den Reißverschluss und präsentierte den Inhalt mit der gleichen Nüchternheit, als würde er die Bestandteile eines Autoverbandskastens im Erste-Hilfe-Kurs erläutern:

Hauptfach
▶ Dildos, Vibratoren, Liebeskugeln und Butt-Plugs in verschiedenen Größen und Farben
▶ Womanizer PRO 40
▶ i.Con Smart Condom
▶ AA- und AAA-Ersatzbatterien
▶ Massage-Noppenbälle mit 6 cm und 8 cm Durchmesser
▶ Gleitgel, Massageöl
▶ vier rote Duftkerzen mit Schraubdeckel und Feuerzeug dazu
▶ Buch *Geheimwissen Männlicher Multi-Orgasmus* von Mike Kleist
▶ Buch *Tantra-Massage* von Kalashatra Govinda
▶ Mini-Stereo-Tower mit USB-Eingang
▶ USB-Sticks mit den Beschriftungen *P, GWMMO* und *SM*
▶ Ingwerwurzel
▶ Baumarkt-Teppichmesser
▶ Handschellen mit rotem Plüschbezug

- Elektrowecker mit Temperaturanzeige
- Zahnbürste, Zahnpasta, Zahnputzbecher, Mundwasser
- Küchentücher, Feuchttücher
- 250 ml Handdesinfektionsmittel

Großes Nebenfach
- Strapsgürtel in Rot, Weiß und Schwarz
- Original verpackte Netzstrümpfe in Rot und Schwarz
- Original verpackte Nylons in Schwarz, Blau und Hautfarben

Seitenfach
- Kondome in den Geschmackrichtungen *Erdbeere*, *Banane* und *neutral/gefühlsecht*
- Latexhandschuhe

»Noch Fragen dazu?«

»Was ist auf den USB-Sticks? Stehst du jetzt auf Sado-Maso?«, fragte Anni.

»Nein«, lächelte Tom, »SM ist der Stick mit der *SchmuseMusik*. Da ist alles drauf von Chopin über Elvis bis Jane Birkin. GWMMO ist das geniale Werk *Geheimwissen Männlicher Multi-Orgasmus* von Mike Kleist, nochmals als MP3-Hörbuch. Da sollten wir mal wieder 'ne Partnerübung zusammen machen. Und auf dem *P-Stick* sind einfach nur ein paar versaute Pornos.«

»Und was soll die Ingwerwurzel? Das wirkt doch nicht so schnell, wenn du das isst, oder?«

»Und wie schnell das wirkt! Wenn man mit dem Teppichmesser ein Scheibchen abschneidet und nur einen Hauch der ätherischen Öle auf die erogenste Zone der Frau bringt, geht richtig die Post ab. Aber dein Vulkan ist schon so heiß, da brauchen wir das nicht«, erklärte Tom.

»Bei dir kann ich immer noch was dazulernen«, nickte Anni anerkennend und fing an, mit einem Butt-Plug zu spielen.

»Möchte meine süße Aphrodite heute noch *analysiert* werden?«

Anni grinste offen und fragte mit gut gespielter Schüchternheit zurück:

»Vorher 'ne schöne Tantra-Massage vom großen Meister?«

KAPITEL 5

Lachyoga

Sonntag, 2. August, 10:00 Uhr

Tom verspürte einen gewissen Druck im Unterbauch, setzte sich auf, sah Anni neben sich, wankte schlaftrunken zur Toilette und entleerte laut plätschernd seine Blase – im Stehen natürlich – wie das der Physiologie des Mannes entspricht.

Auf dem Rückweg zu Annis Bett riskierte er einen kurzen Blick auf seine schwarze *Breitling Avenger Skyland* und erschrak: Zehn Uhr und drei Minuten! In 27 Minuten hatte er ein Date! Unmöglich, das zu schaffen!

Toms Denkdärme ordneten die schlagartige Ausschüttung einer gehörigen Portion Adrenalin an. Er war sofort hellwach, zog sich blitzschnell an und war froh, dass Anni so tief und fest schlief, dass er sich eine zeitfressende Verabschiedung ersparen konnte. Dennoch: Er hielt einige Sekunden inne, erfreute sich an ihrem ebenmäßigen Engelsgesicht und gab ihr einen sanften Kuss auf die Stirn, bevor er sich aus dem Staub machte.

Tom jagte seinen Sportwagen so schnell er konnte über die nahezu leeren Straßen bis vor sein Lokal, parkte in der Hauseinfahrt, sprintete in seine Wohnung und kam nur vier Minuten später mit *Cloudine*, seinem Sprungfallschirm, einem deutlich größeren Tandemfallschirm und seiner Sprungplatztasche, gefüllt mit Springerkombi, Helm, Höhenmesser und einer *GoPro* ActionCam, zurück. Aus dem Kühlschrank warf er noch 4 Dosen *Red Bull* drauf und trank eine weitere sofort – als Frühstücksersatz.

Es war ein wunderbarer, sonniger Sommertag. Kein Wölkchen trübte den strahlend blauen Himmel.

Tom war überzeugter Nassrasierer und benutzte die elektrische Variante nur im äußersten Notfall. Aber dies war ein Notfall. Auf der Fahrt zu seinem Date kramte er den Elektrorasierer aus dem Handschuhfach, dessen schwacher Akku gerade noch – und unter viel gutem Zureden – bis zum letzten Barthaar durchhielt. Hinterher sprühte er sich eine Brise *HUGO BOSS* Eau de Toilette ins Gesicht und versuchte sich zu erinnern: *Schrottstraße, Zufahrt von der Friedenheimerstraße, aber welche Hausnummer war das gleich wieder?*

Irgendwas mit 40 – da war er sich ganz sicher. Und eine gerade Zahl war's auch – da war er sich fast sicher.

Um zehn Uhr und siebenunddreißig Minuten parkte Tom vor Haus Nummer 40. *Schmitt* stand an der Klingel, weiter zu Hausnummer 42: *Dr. Kussmaul.*

Bingo! Der war's. *Ein Name mit nichts zu verwechseln,* frohlockte Tom in seinem Inneren und drückte dreimal kräftig auf den Klingelknopf an der Umrandungsmauer des frei stehenden Doppelhauses, das etwa zehn Meter von der Straße zurückversetzt lag. Nach wenigen Sekunden hüpfte ihm die Blondine, der er gestern am Abrufplatz *Münchner Freiheit* viel zu wenig Zeit widmen konnte, wie eine Studentin auf dem Weg zur Gymnastikstunde entgegen. Die hautenge, blaue Jeans betonte ihre Figur ebenso wie das türkisfarbene Oberteil mit V-Ausschnitt, das tiefe Einblicke zuließ. Über ihrer rechten Schulter hing lässig eine elegante, weiße Ledertasche, groß genug für ein paar Turnschuhe, ein Buch und den üblichen Krimskrams in einer Damenhandtasche.

»Sorry für die Verspätung«, begann Tom und suchte verzweifelt nach einem halbwegs plausiblen Entschuldigungsgrund.

»Macht überhaupt nichts«, antwortete die Blondine, »bin selber gerade erst vor einer Minute fertig geworden«, küsste ihn rechts und links auf die Wange und strahle ihn herzerfrischend an.

Mann, tat das gut!

»*HUGO BOSS* passt zu dir.«

»Danke«, sagte Tom leicht irritiert, ging zum Nebenhaus, wo sein knallgelber Porsche parkte, entriegelte ihn und hielt der Lady kavaliersmäßig die Beifahrertüre auf.

»Ein flotter Flitzer!«, kommentierte die Blondine.

Als Tom hinter dem Steuer Platz genommen hatte und gerade überlegte, wie er sich vorstellen sollte, sagte sie:

»Ich heiße Isabell, und du?«

»Tom, angenehm«, antwortete dieser und fuhr los.

»Ist dein Papa Doktor?«

»Nein, das bin ich selbst: Dr. Isabell Kussmaul.«

»Ärztin?«

»Nicht ganz … Diplom-Psychologin.«

»Eine Diplom-Psychologin mit Doktortitel?«

»Ja, das gibt's! Aber lass' uns lieber über etwas anderes reden. Wo fahren wir eigentlich hin?«

»Hast du Turnschuhe und Buch dabei?«, antwortete Tom mit einer Gegenfrage.

»Ja, hab' ich!«

»Dann wird das heute ein ereignisreicher Tag für dich … schon gefrühstückt?«

»Nur Kaffee, bin zu spät aufgewacht«, antwortete Isabell.

»Ich hatte auch noch nichts. Aber jetzt gibt's erst mal eine Stunde was zu lachen. Dann können wir uns schnell 'ne Kleinigkeit reinziehen.«

»Was zu lachen? Ich lache gerne!«, sagte Isabell.

»Das ist aber etwas anderes. Ich meine, das ist ›ernsthaftes Lachen‹. Oder besser ›künstliches Lachen, aus dem dann richtiges Lachen wird‹. Schon mal was von Lachyoga gehört?«

»Von Yoga schon – aber Lachyoga?«

Tom bog auf den großen Parkplatz am Ende der Westendstraße ein und geleitete Isabell über eine kleine Böschung auf eine Wiese im Westpark, direkt vor dem *Wirtshaus am Rosengarten.*

»Hier treffen sich jeden Sonntag um elf Uhr vormittags zwischen zehn und fünfzig Leute, die Lust haben, gemeinsam zu lachen, und ich bin heute der Trainer, der Vorlacher sozusagen«, erklärte Tom.

»Wenn du mitmachst, wäre das super, Frau Diplom-Psychologin. Wenn nicht, kannst du auf der Bank dort am Rande der Wiese in deinem Buch lesen. Die Stunde ist schnell vorbei.«

»Ich mach' erst mal mit und schau' wie's mir gefällt«, antwortete Isabell mit zurückhaltender Neugierde und ließ sich für alle Fälle ein Hintertürchen offen.

Rund dreißig Leute aller Altersklassen und Couleur standen um einen Schatten spendenden, frei stehenden Baum und hatten dort ihre Rucksäcke, Handtaschen, Jacken und alles, was sonst noch die freie Beweglichkeit einschränken könnte, abgelegt. Einige von ihnen schienen Tom schon zu kennen und begrüßten ihn fröhlich lachend mit Namen.

»Hallo, liebe Leute, bitte macht mal alle einen schönen Kreis«, forderte Tom die Gruppe auf und fuhr fort:

»Conny, die sonst immer anleitet, ist mal wieder bei einem Treffen der Obergurus irgendwo in Indien. Deshalb hab' ich heute die Ehre, vorlachen zu dürfen. Für alle, die noch nie dabei waren, eine kurze Vorgeschichte zu dem, was wir heute hier machen: Der indische Arzt *Dr. Madan Kataria* hatte 1995 die Idee, zunächst mit Fabrikarbeitern in ihrer Mittagspause und dann mit Spaziergängern in verschiedenen Parks von Mumbai gemeinschaftlich laut zu lachen und merkte dabei, dass Lachen nicht nur gesund, sondern auch ansteckend ist. Aber das ist noch nicht alles! Dr. Kataria fand auch heraus und konnte durch Blutabnahmen während des Lachens wissenschaftlich beweisen, dass durch künstlich hervorgerufenes Lachen beim Menschen genauso viele Endorphine und Dopamime, also Glückshormone, in die Blutbahn ausgeschüttet werden wie beim ›echten‹ Lachen. Daraufhin kombinierte er Übungen mit ›grundlosem Lachen‹ und Yoga-Atemtechniken und gründete den ersten Lachclub. Die Idee verbreitete sich schnell. Derzeit gibt es weltweit über 9000 Lachclubs. Obwohl der gesundheitliche Nutzen des Lachyogas erwiesen ist, lacht hier jeder auf sein eigenes Risiko. Ich bin also nicht schuld, wenn sich hier einer tot lacht!«

Und auf geht's: »Hoho-hahaha! – Hoho-hahaha! – Hoho-hahaha!«

Die alten Lachyoga-Hasen klatschten dabei rhythmisch in die Hände und die Neulinge machten es ihnen nach.

»Okay, dann kommen wir zur ersten Übung: Jeder begrüßt drei Leute – möglichst welche, die er noch nicht kennt – laut lachend, so wie zwei sehr gute Freunde sich begrüßen, die sich lange nicht mehr gesehen haben.«

Die Leute liefen durcheinander, begrüßten sich lauthals lachend und mussten anschließend noch mehr über sich selbst und die Komik der Situation lachen. Dann steigerte Tom die Ansprüche mit der japanischen und der skandinavischen Begrüßung. Anschließend folgten ein paar Atemübungen und wieder »Hoho-hahaha! – Hoho-hahaha! – Hoho-hahaha!«, diesmal mit gegenseitigem Abklatschen.

Tom verfolgte genau Isabells Reaktionen. Sie kringelte sich schier vor Lachen und schien ihren Spaß dabei zu haben.

Nun folgten Übungen wie »Lachcreme auftragen«, »sich einen Ast lachen«, »sich biegen vor Lachen«, »Tigerlachen«, »Affenlachen«, »Sorgen weglachen«, »Lachdusche« und einige mehr, immer aufgelockert von Atemübungen und einem lauten, gemeinschaftlichen »Hoho-hahaha! – Hoho-hahaha! – Hoho-hahaha!«. Zwischendurch gab es ein paar Ausraster, wobei einzelne Gruppenmitglieder minutenlang nicht mehr mit dem Lachen aufhören konnten, und wenn sie es dann endlich doch geschafft hatten, bekamen ein paar andere regelrechte Lachkrämpfe. Diese Gruppendynamik war durchaus gewollt, verlängerte allerdings die Zeiträume bis zur nächsten Trainingseinheit.

Nach einer Stunde waren einige Teilnehmer so geschafft, als hätten Sie gerade 200 Kniebeugen und genau so viele Liegestütze gemacht. Die Leute lachten immer noch, umarmten und drückten sich herzlich, sprachen miteinander.

»Und, wie hat's dir gefallen?«, fragte Tom Isabell.

»Das war ja üüübelst geil!«, lachte Isabell und bog sich dabei.

»Teilweise ganz schön kindisch, das Lachyoga. Aber

vielleicht weckt es bei mir ›das Kind im Manne‹. Jedenfalls fühle ich mich hinterher immer richtig gut und ich glaube, den anderen geht es genauso. Und das ist es doch letztlich, worauf es ankommt! – Hast du schon großen Hunger oder hältst du's noch 'n Stündchen aus?«

»Wie du willst!«, prustete Isabell, die immer noch nicht mit dem Lachen aufhören konnte.

»Okay, dann fahren wir erst mal ein Stückchen.«

Als Isabell in den Porsche stieg, konnte sie sich die Frage nicht verkneifen:

»Verdient ihr Sanis wirklich so gut oder hast du im Lotto gewonnen?«

»Weder noch«, antwortete Tom und fügte nach einer theatralischen Pause hinzu, »ich hab' 'ne Kneipe. Das SKYHIGH in Haidhausen. Der Schuppen ist ein Selbstläufer. Im Rettungsdienst fahr' ich einfach nur zum Spaß!«

Tom startete seinen flotten Schlitten und fuhr los.

»Helfersyndrom?«, fragte Isabell.

»Kann auch 'ne Rolle spielen, Frau Diplom-Psychologin«, antwortete Tom, bog in die nahe gelegene Einfahrt zur Lindauer Autobahn ein, gab richtig Gas und fügte hinzu:

»Ehrlich gesagt: Ich hab' ein Drogenproblem!«

Isabell verging schlagartig das Lachen. Sie hatte oft genug mit Drogensüchtigen zu tun und ahnte Schlimmes. Dabei sah sie, wie der Zeiger des Tachometers auf die 200 zuging, obwohl an dieser Stelle der Autobahn nur 80 erlaubt waren.

»Bitte nicht so schnell!«, rief sie ängstlich.

Tom nahm sofort den Fuß vom Gas und entschuldigte sich:

»Das ist echt ein Problem mit der Kiste. Wenn man nur ein paar Sekunden aufs Gas tippt, geht sie ab wie 'ne Rakete.«

»Was nimmst du denn: Koks, Crystal Meth, andere Amphetamine oder ›nur‹ Gras?«, fragte Isabell vorsichtig.

»Keine Sorge«, antwortete Tom, »ich stelle alles selber her.«

»Das auch noch! Jetzt sag schon, was es ist. Ich verspreche dir zu schweigen«, beschwor ihn Isabell.

»Ich bin süchtig nach Adrenalin, Endorphinen und Dopamin – aber nur, soweit es mein Körper selbst produzieren kann.«

Isabell atmete hörbar erleichtert auf.

»Du weißt, wozu diese Hormone im Körper gut sind«, sagte Tom mit ernster Miene, »ich brauche immer Action, Stress, Abenteuer, Spannung, Risiko, Unsicherheit, den gewissen Kick, aber auch Glücks- und Erfolgserlebnisse.«

»*Ein Adrenalin-Junkie?*«, fragte Isabell leicht belustigt.

»Ja, mindestens …!«

»So, und jetzt sag mir bitte wo's hingeht! Ich bin nämlich genau das Gegenteil. Ich bin ein *Angsthase!* Und ich brauche Ruhe, Entspannung, Sicherheit und manchmal einen starken Mann, der mich in die Arme nimmt. Das Lachyoga war echt witzig. Kommt da noch was in der Richtung?«

Damit hatte Tom nicht gerechnet. Er überlegte krampfhaft, wie er Isabell sein Vorhaben beibringen konnte, ohne dass sie ihm vor Entsetzen aus dem fahrenden Auto sprang.

»Wir machen einen Ausflug ins schöne Allgäu. Du weißt schon: Satte, grüne Wiesen, glückliche Kühe, frische Landluft, Berge …«

»Eine Fahrt ins Blaue also? Das Allgäu ist schön und ich liebe die Berge … solange ich sie von unten anschauen kann. Ich habe nämlich Höhenangst!«

»*Waaas?*«, schrie Tom unweigerlich auf.

»Was ist denn da so schlimm dran? Wolltest du mit mir etwa zum Bergsteigen gehen?«, fragte Isabell.

Tom musste Zeit gewinnen und sich eine Strategie überlegen, wie er das Rendezvous und seinen Fallschirmspringertag zusammenbringen konnte.

»Alle Psychologen in meinem Bekanntenkreis haben dieses Studium nur deshalb gewählt, um ihre eigenen Psychomacken aufzuarbeiten. Trifft das auf dich auch zu?«, fragte Tom.

Isabell schwieg einen Moment und Tom überlegte, ob er seine klaren Worte etwas abmildern sollte.

»Kann schon sein … du hast noch zehn Stunden, um das herauszufinden.«

»Hast du auch Flugangst?«, fragte Tom.

»Da verlass ich mich voll und ganz auf den Piloten. Aber ich kann von keiner Brücke 'runterschauen und auch von keinem hohen Gebäude oder von einem steilen Berg.«

»Gut, dann lass' ich jetzt mal die Katze aus dem Sack: Wir fahren zu einem kleinen, schnuckeligen Flugplatz. Dort treffen sich am Wochenende immer so um die hundert Fallschirmspringer. Ich bin einer davon. Ich wollte ein paar Trainingssprünge mit meinem Team machen und dich zwischendurch zu einem Tandemsprung einladen. Ich dachte, ich würde dir damit 'ne Freude machen.«

Nach einer Weile betretenen Schweigens fragte Isabell:

»Wie hoch?«

Toms Herz schlug höher und er fühlte sich, als hätte er gerade die Zusage für eine Liebesnacht bekommen.

»Viertausend Meter. Ich hatte übrigens schon Tandempassagiere mit Höhenangst. Die Höhenangst wird durch die sich verjüngende Perspektive ausgelöst, wenn du zum Beispiel von einem Hochhaus schaust und es wird nach unten immer kleiner. Diese Relation gibt's beim Fallschirmspringen nicht.«

»Aber ich bin doch ein Angsthase!«, warf Isabell ein.

»Die haben auch eine hervorragende Küche im Flugplatzrestaurant«, lenkte Tom ab, »mit Allgäuer Käsespätzle, Wiener Schnitzel, leckeren Salaten und feinen, selbst gemachten Kuchen zum Kaffee! Du bist den ganzen Tag mein Gast und kannst auch mal beim Fallschirmspringer-Absetzen am Copilotensitz mitfliegen und das herrliche Bergpanorama von oben genießen. Wenn du dich zu einem Tandemsprung durchringen kannst, wird das das geilste Erlebnis deines Lebens ... aber natürlich nur, wenn *du* willst.«

»Ich schau mir das einfach mal an«, bemerkte Isabell, die sich den Nachmittag eigentlich ganz anders vorgestellt hatte.

KAPITEL 6

Drop Zone

Sonntag, 2. August, 13:15 Uhr

Der kleine Flugplatz, den sich an Wochenenden Privatpiloten, Segelflieger und Fallschirmspringer teilten, lag malerisch eingebettet zwischen tiefgrünen Wiesen und goldgelben Kornfeldern. Ein Kirchlein mit Zwiebelturm zierte die Zufahrtsstraße. Am Horizont war die Silhouette der Allgäuer Alpenkette auszumachen. Ein paar Wölkchen hingen in großer Höhe wie weiße Tupfer am stahlblauen Himmel.

Als Tom und Isabell am Flugplatzparkplatz aus dem Auto stiegen, stürmte Pfiff auf Tom zu:

»Na endlich! Wir warten alle auf dich. Die anderen sind schon stinksauer.«

Ohne darauf einzugehen, fragte Tom:

»Wie geht's deinem Auge? Zeig mal her!«

Pfiff lüpfte kurz seine Pilotensonnenbrille.

»Ein schönes Veilchen, aber verblüht ja schon langsam«, kommentierte Tom und wandte sich an Isabell:

»Das ist Pfiff, mein bester Freund. Ihr kennt euch ja schon von der abgebrochenen Blutdruckmessaktion gestern.«

»Pfiff, das ist Isabell.« Pfiff schüttelte artig Isabells Hand.

»Ich bin in zehn Minuten fertig. Und sag den anderen, der erste Teamsprung geht auf mich, weil ich als Letzter gekommen bin.«

»Und was ist mit Dirt-Diving?«, fragte Pfiff.

»Trag uns doch in einen Lift ein, der frühestens in

dreißig Minuten hochgeht, und buch Isabell noch als Passagier dazu!«, rief Tom und schaute Isabell fragend an:

»Du willst doch mitfliegen, oder?« Isabell nickte zaghaft.

Während Pfiff entschwand, lief forschen Schrittes ein großer, schlanker Mann, Mitte dreißig, mit langem, hagerem Gesicht, breitem Mund und einem Überbiss mit zwei deutlich hervorblitzenden Hasenzähnen auf Tom zu. Er trug einen orangefarbenen Pilotenoverall, eine dunkelblaue Navy-Schirmmütze und eine Pilotensonnenbrille, die den Eindruck vermittelte, als würde sie seine abstehenden Ohren noch weiter nach unten biegen.

Der Mann grinste über das ganze Gesicht, schüttelte Tom die Hand, schlug ihm auf die Schulter und rief weit hörbar:

»Servus Tom, du oids Scheißhaus![9] Ich muss nachher mal dir reden.«

Ohne eine Miene zu verziehen, wandte sich Tom an Isabell:

»Das ist Florian, ein begnadeter Pilot mit über 7000 Flugstunden. Er fliegt alles: 1-Mot, 2-Mot, Hochdecker, Tiefdecker, Doppeldecker, Spornradflieger, Verstellpropeller, Turbolader, Turbine … mindestens zwanzig verschiedene Flugzeugtypen und jetzt macht er auch noch den Hubi-Schein! Lass' dich nicht von seiner altbayerischen Begrüßungsformel irritieren, diese Ehre gewährt er nur allerbesten Freunden.«

»Und das ist Isabell«, stellte Tom die Frau an seiner Seite vor.

»Angenehm, schöne Frau!«, grüßte Florian mit einer tiefen Verbeugung und angedeutetem Handkuss.

»Siehst du, er kann auch anders«, bemerkte Tom.

Isabell kicherte und folgte den beiden zum Flieger-stüberl, einem schön angelegten Restaurant mit großem Außenbereich, nur durch einen Holzzaun von der Landewiese der Fallschirmspringer getrennt. Von der Mitte des Zauns aus ragte ein riesiger Windsack empor. Tom wies Isabell auf einen der wenigen, noch freien Plätze unter einem schattenspendenden Sonnenschirm.

Florian lief weiter zu seiner *Cessna Caravan*, vor deren Einstieg schon ein Grüppchen Fallschirmspringer abflugbereit wartete.

»Fallschirmspringen fordert viel Geduld und bedeutet warten, warten und nochmals warten. Warten, bis man an der Reihe ist, warten, bis das Flugzeug betankt ist, warten auf den Piloten, warten auf die Kollegen, warten auf passendes Wetter ... letzteres Problem haben wir heute Gott sei Dank nicht«, erläuterte Tom und fuhr fort:

»Deshalb hab' ich dich gebeten, ein gutes Buch mitzunehmen. Bestell dir erst mal was zu essen, schau dem Flugbetrieb zu und wenn du mitfliegen kannst, hol' ich dich. Das wird dich dann für deine Geduld entschädigen!«

Tom legte schnell seine Springerkombi an und eilte zu Pfiff, Markus und Frank an den Exit-Trainer, einer Holzattrappe mit den Ausmaßen der Flugzeugtüre.

Markus, ein Mann mit kantigem, von tiefen Furchen durchzogenem Gesicht, war privat eine Seele von Mensch, beruflich aber als Richter am Münchner Verkehrsgericht wegen seiner drakonischen Strafmaße gefürchtet.

Frank, untersetzt, mit rundlichem, glattem Gesicht, besaß eine kleine Apotheke und einen großen Beliebt-

77

heitsgrad, weil er den ein oder anderen Springerkollegen gelegentlich mit rezeptpflichtigen Amphetaminen und Schlaftabletten versorgte. Die vier bildeten das FS(Formation Skydive)-4er-Team *Blind Aerospasticus.*

Tom und Pfiff trugen knallgelbe Springerkombis, so gelb wie Toms Porsche. Markus und Frank trugen Blau. Alle Sprunganzüge waren mit weißen Griffleisten an den Oberarmen und Unterschenkeln versehen. Wenn sie auf Meisterschaften trainierten, hatten sie meist noch Petra, eine talentierte Kamerafrau, dabei, um ihre Fehler nach dem Sprung ansehen und sich verbessern zu können. Aber heute musste es ohne sie gehen.

»Fangen wir mit 'ner Pizza an, dann Bipole, Opal, Facing Diamond ….«, schlug Markus vor und fügte noch sechs weitere Formationsvarianten hinzu.

Die Springer hatten die Unterteile ihrer Kombis angezogen und die Ärmel vor dem Bauch verknotet – anders wäre die Hitze nicht auszuhalten gewesen –, fassten sich alle vier an den Händen, brüllten ein lautes »Ready – Set – Go!« und zogen einen *Stern*, auch *Pizza* genannt, aus dem Holzrahmen. Dann drehten sich Tom und Pfiff, die sich gegenüberstanden, um jeweils 180 Grad und die anderen beiden Springer ergriffen ihre Beinleisten – fertig war der *Bipole.* Nun drehte sich Markus blitzschnell 90 Grad nach links und griff Pfiffs Bein, während sich Tom 90 Grad nach rechts bewegte und das Bein von Markus ergriff, damit war die *Opal*-Formation perfekt.

»Zehn-Minuten-Aufruf für die Teams *Steffis Angels*, *Blind Aerospasticus* und Passagier *Isabell!*«, tönte eine weibliche Stimme über den ganzen Flugplatz hörbar aus den beiden Druckkammerlautsprechern der Sprungdienstleitung.

78

Die Teammitglieder tanzten noch schnell ihr Formationsprogramm zu Ende und legten dann ihre Ausrüstung an. Tom sprintete zu Isabell, die vor wenigen Minuten ein grandioses Frühstück serviert bekommen hatte.

»Darf ich mal?«, fragte er und griff sich, ohne eine Antwort abzuwarten, mit den Fingern zwei Scheiben saftigen Hinterschinken und zwei Scheiben Emmentaler Käse, die sofort in seinem Schlund verschwanden.

»Wir müssen am Flieger stehen, sobald er landet«, erklärte Tom und reichte Isabell seine Hand. Isabell folgte Tom mit gemischten Gefühlen und fast leerem Magen.

»Du musst das positiv sehen«, versuchte Tom sie zu besänftigen, »wenn du nicht viel gegessen hast, kannst du auch nicht viel kotzen!«

Als *Bravo Bravo* oder *Brigit Bardot*, wie die Springer das Flugzeug mit der Kennung D-FLBB nach ihren beiden Endbuchstaben nannten, gelandet war, half Tom Isabell in die Maschine, geleitete sie auf den Copilotensitz und schnallte sie fest. Die beiden FS-4er-Teams folgten, das Flugzeug startete sofort und gewann rasch an Höhe.

Isabell gefiel das Gefühl, das erste Mal in ihrem Leben auf dem Copilotensitz eines fliegenden Flugzeugs sitzen zu dürfen. Sie empfand keinerlei Höhenangst. Florian grinste sie freundlich an und erklärte ihr, nachdem er einen Funkspruch abgesetzt hatte, die wichtigsten Instrumente: Geschwindigkeitsmesser, Höhenmesser, Variometer zur Messung der Steig- und Sinkrate, künstlicher Horizont zur Erkennung des Neigungswinkels in allen Fluglagen, Kompass und GPS. Auf die Erläuterung triebwerksrelevanter Parameter verzichtete er.

Nachdem der Startvorgang abgeschlossen war, machten es sich die Springerinnen und Springer der beiden Teams bequem und nahmen ihre Helme ab. Einige von ihnen schlossen die Augen und ihre Köpfe und Hände wanderten wie in Trance, mal nach rechts, mal nach links, als sie im Geiste nochmals alle Formationssequenzen durchspielten, die sie in wenigen Minuten im freien Fall erfliegen wollten. Andere genossen einfach nur den erhabenen Ausblick auf das schöne Allgäu mit seinen sattgrünen Wiesen und Feldern, den zahlreichen kleinen Bauernhöfen und das berauschende Alpenpanorama.

Auf etwa 3000 m Höhe schrie Frank, der Apotheker, plötzlich: »Rollladen hoch! Das ist ja hier nicht mehr auszuhalten!«

»Aber wir sind doch erst auf dreitausend Meter«, antwortete eine Springerin aus dem Damenteam, die direkt an dem Rollladen saß, der bei der Fallschirmspringerversion der *Cessna Caravan* die Türe ersetzte.

»Bitte lüfte doch mal durch«, flehte Frank, »hier stinkt's ja wie in einer Jauchegrube.«

Die meisten Springerinnen und Springer in der Maschine nickten zustimmend und kannten die Ursache: Mit zunehmender Höhe sinkt der Luftdruck. Da die Absetzmaschinen im Gegensatz zu großen Verkehrsflugzeugen über keinen Druckausgleich verfügen, dehnen sich Gase im Darm aus und suchen in Form eines mehr oder weniger großen Pfurzes[10] das Freie. Nach drei Minuten war die Luft wieder rein und Frank sichtlich darüber erleichtert, dass der Hauptverursacher des bestialischen Gestanks nun nicht mehr zu ermitteln war.

Auf 3500 m setzten die Springerinnen und Springer ihre Helme auf und prüften den Sitz ihrer Schutzbrillen,

Gurte und Griffe. Bei 3800 m drehte das Flugzeug in den Absetzanflug ein. Auf 4000 m öffnete die Springerin am Ausstieg den Rollladen und blickte senkrecht nach unten. Florian beherrschte sein Handwerk, konnte punktgenau nach GPS absetzen, fuhr das Triebwerk zurück und legte den Kippschalter für das GO-Signal um: Eine grüne Lampe über der Türe signalisierte nun den Springerinnen und Springern die Freigabe zum Absprung.

Steffis Angels rotteten sich zusammen, brüllten laut: »Ready – Set – Go!«, und sprangen ab. Das *Blind-Aero-spasticus*-Team rückte schnell nach und sprang wenige Sekunden später ebenfalls mit einem lauten »Ready – Set – Go!« in die Tiefe.

Der Motorenlärm des Flugzeugs wich plötzlicher Stille. Nur der Wind säuselte angenehm um ihre Ohren. Ein Hochgefühl aus grenzenloser Freiheit, Unbeschwertheit und Leichtigkeit beschlich ihre Springerseelen. War es genau dieses Gefühl, das sie antrieb, sich immer wieder und wieder aus völlig intakten Luftfahrzeugen zu stürzen? Das sie süchtig danach machte? Sie konnten sich im freien Fall im Spiel mit dem Luftwiderstand bewegen wie Fische im Wasser, schneller, langsamer, nach rechts nach links, nach vorne, nach hinten, ja sogar Saltos und Rollen fliegen. Und das auf den Punkt genau und ohne jegliche technische Hilfsmittel. Der *pure freie Fall* hatte etwas zutiefst Sinnliches! *Das Flugzeug war der menschliche Körper selbst!* Hände, Arme, Beine und Füße ersetzten Schwenkflügel, Quer- Höhen- und Seitenruder.

Ihre ganze Konzentration galt nun dem schnellen Umbau ihrer Formationen vom *Stern* zum *Bipol* zum *Opal* zum *Facing Diamond* zum *Stairstep Diamond* zum

Zipper – genau so, wie sie es am Boden einchoreografiert hatten. Zwischendurch ein kurzer Blick auf den Höhenmesser: 1000 m – Trennung der Formation, Drehung, Auseinandertracken, Abbremsen durch Vornehmen der Arme, Abwinken, nach anderen Springern Ausschau halten und in 800 m Höhe: Schirmöffnung! Ruckartig bremsten die sich öffnenden Fallschirme die Springer von 200 Stundenkilometer Freifallgeschwindigkeit auf rund 20 Stundenkilometer Sinkgeschwindigkeit ab.

Cloudine, wie Tom seinen Sprungfallschirm liebevoll nannte, zierte sich ein wenig, bis sie ihre volle Pracht und Tragkraft entwickelte und Tom sie mit einem lauten Lustschrei und zwei steilen 360-Grad-Drehungen der Erde entgegenjagen konnte.

Pfiffs *geiler Sack* öffnete sich mit einem harten Schlag ungewöhnlich schnell. Die Höhe reichte locker für ein paar herzerfrischende Drehungen, bevor es galt, sich auf den Landeanflug zu konzentrieren.

Florian hatte – wie er das immer tat – sofort nach Verlassen des letzten Teams das Flugzeug in einem steilen Winkel auf seine Seite gekippt und unter genauer Beobachtung des Luftraums in engen Spiralen der Erde entgegengeschraubt.

Isabell wurde durch die Zentrifugalkraft so stark in ihren Sitz gedrückt, dass sie weder eine Hand heben konnte, noch ein Krümel Mageninhalt auch nur den Funken einer Chance gehabt hätte, sich in Richtung Schlund zu bewegen. Plötzlich durchströmte sie ein tiefes Glücksgefühl: Sie war nun kein Angsthase mehr und genoss Florians Flugkünste wie ein Kind das Kettenkarussell auf dem Rummelplatz.

Auf 400 m Höhe leitete Florian, der stets den Ehrgeiz besaß, vor den Springern zu landen, die Drehungen aus, ging in den Landeanflug über und ließ das Steuerhorn aus.

»Jetzt darfst du ein bisschen fliegen«, sagte er zu Isabell.

»Nein, bitte! Das kann ich nicht! Nimm das Steuer wieder!«, rief Isabell erschrocken.

Florian, der mit dieser Reaktion gerechnet hatte, nahm das Steuer, setzte die Landeklappen, fuhr gefühlvoll das Triebwerk zurück und landete punktgenau vor der nächsten, bereits wartenden Fallschirmspringergruppe. Er erlöste Isabell von den eng gezurrten Sicherheitsgurten und ermahnte sie noch, keinesfalls vorne um das Flugzeug zu gehen, da der Propeller sonst Hackfleisch aus ihr machen würde.

Isabell kehrte zurück an ihren Tisch. Das Frühstück stand noch immer da. Kaffee und das wachsweich gekochte Ei waren kalt, der Käse und die Wurst dagegen umso wärmer, die Butter halb zerflossen. Am Nebentisch saß Laura, Pfiffs Freundin, und stocherte gelangweilt in einem schwäbischen Apfelkuchen herum. Nach dem Packen der Schirme war nun auch für die Springer Zeit für eine Erfrischung. Als Tom Laura entdeckte, begrüßte er sie herzlich, stellte die Damen einander vor, rückte die beiden Tische zusammen und bestellte bei der Bedienung einen neuen Kaffee für Isabell und ein *Radler Speziale* für sich.

»Stimmt es wirklich, dass du Pfiff gestern ein blaues Auge geschlagen hast?«, fragte Laura.

Tom hielt kurz inne und überlegte, ob sich Pfiff einen Scherz erlaubt oder auf die Schnelle nur keine bessere Ausrede gefunden hatte, und antwortete:

»Ja … ließ sich leider nicht vermeiden. Aber wie geht's dir denn immer so? Lange nicht gesehen! Was macht der Job?«

Laura, eine zierliche Gestalt mit aparten Gesichts-zügen, spitzem Kinn und pfiffigem Pferdeschwanz, bemerkte zwar das Ablenkungsmanöver, wollte aber auch nicht weiter insistieren: »Mein Chef geht mir ordentlich auf den Senkel. Ich überlege gerade, ob ich auf halbtags reduzieren und nebenher was studieren soll.«

»An was dachtest du denn da?«

»BWL oder Psychologie … aber momentan reicht mir die Kohle eh' nicht«, antwortete Laura.

Tom wollte das Gespräch nicht zu sehr vertiefen, sondern lieber Isabell noch etwas näherkommen, und fragte sie:

»Hast du jetzt Lust auf einen Tandemsprung?«

»Lust schon, aber ich glaub', ich trau' mich nicht«, antwortete Isabell.

»Dann machen wir doch nachher eine Ausstiegs-übung an der Holzattrappe da hinten und du kannst es dir überlegen.«

Isabell nickte. Die Bedienung brachte einen Kaffee und ein *Radler Speziale* für Tom.

»Was ist *das* denn?«, fragte Isabell mit großen Augen.

»Das ist ein Radler mit einer Kugel Bourbon-Vanille-eis drin. Schmeckt richtig erfrischend. Hab' ich selbst erfunden!«, entgegnete Tom nicht ohne Stolz.

»Igitt!«

»Nein, das schmeckt wirklich gut«, meldete sich Pfiff zu Wort und bestellte auch eines.

Ohne zu fragen, ob er die Runde mit seiner Anwesen-heit bereichern dürfe, setzte sich ein großer, etwas beleibter, teigiger junge Bursche an den Tisch und stellte sich den Damen vor:

»I bin da Sepp und i hob mit Tom und Pfiff meine

ersten AFF-Sprüng gmacht. Jetzt bin i scho auf Level 7 und derf boid ganz alloa springa!«[11]

»Gut, gut«, lobte ihn Tom und klopfte ihm auf die Schultern: »Und was macht die Lastwagenfahrerei, Sepp?«

»I fahr ja bloß Kieslasta, aba so richtige Zehntonna, woast scho! Da muaß i eich wos vazein: Letzte Woch hat mi oana aus unsara Rundn beim Skat bschissn. Und am nextn Dog is ma amoi wieda so a heubate Tonna Kies übrig bliebn. Dann hob i ma denkt, bevor i de extrig zruckfoa, kipp i s dem Anderl – der mi bschissn hot – einfach vor d' Haustür. Möcht net wissen, wia dea gschaufet und gfluacht hot. Oiso, wenn von eich a amoi oana a Ladung Kies braucht, dann sogt's mas einfach!«[12], lachte Sepp und verteilte großzügig an alle am Tisch seine Visitenkarte.

Nach einer Weile holte Tom seinen Tandemschirm, ging mit Isabell zur Ausstiegsattrappe, zog ihr das Passagiergurtzeug an und übte mit ihr das synchrone Setzen in die Türe und den synchronen Absprung.

»Willst du nun?«, fragte Tom.

»Lust hätt' ich schon, aber ich schau' da nicht aus viertausend Meter runter. Ich will *dich* dabei anschauen. Kannst du mich nicht einfach anders herum einhängen ... ich meine so, dass ich *dich* anschaue und nicht nach unten?«

»Du hast vielleicht Ideen! Erstens geht das nicht und zweitens ist es nicht erlaubt«, erklärte Tom und erschrak zugleich über seine eigenen Worte.

»Dann spring' ich auch nicht!«, reagierte Isabell prompt.

»Obwohl«, beschwichtigte Tom, »genau das waren für mich nie Kriterien ... *Geht nicht gibt's nicht!* ... und was verboten ist, hat mich schon immer besonders gereizt. Lass' mich mal überlegen, wie wir das anstellen könnten!«

Tom machte ein nachdenkliches Gesicht und Isabell sah ihn so fordernd an, als wollte sie sagen: *Na, dann lass dir mal ganz schnell was einfallen, bevor ich's mir anders überlege.*

»Gut«, entschied Tom, »aber es darf keiner was merken! Vergiss, was wir gerade geübt haben. Wir gehen als Letzte raus und ich häng' dich kurz vor dem Ausstieg um. Wenn ich's dir sage, presst du deine Knie rechts und links an meinen Körper und hängst dich einfach an mich ran. Die Hände legst du locker um meinen Hals. Aber halt' mir bloß nicht den Fallschirm zu! Hast du das verstanden?«

Isabell nickte.

»Dann wiederhol' bitte genau, was ich dir gerade gesagt habe. Es darf nichts schiefgehen!«

Isabell wiederholte artig das Verfahren.

»Es darf uns auch keiner so bei der Landung sehen! Ich gebe der Sprungdienstleitung Bescheid, dass wir 'ne Außenlandung machen und sie uns nicht zu suchen brauchen.«

40 Minuten später bestiegen Tom, Isabell, ein weiteres Tandempärchen und ein FS-4er-Formationsteam das Flugzeug.

In 4000 m Höhe fuhr Florian das Triebwerk zurück und legte den Schalter für die grüne GO-Lampe über dem Ausstieg um. Das 4er-Team rückte eng zusammen, brüllte: »Ready – Set – Go!«, und entschwand in der Tiefe.

Tom begann, Isabell mit dem Gesicht zu ihm gewandt, an sein Gurtzeug einzuhängen und festzuzurren, wäh-

rend sich das andere Tandempärchen auf seinen Ausstieg konzentrierte und absprang.

Plötzlich merkte Tom, wie Isabells Lippen nach den
seinen suchten. Der Moment war denkbar ungünstig!

Tom presste die Lippen zusammen, wankte mit 20 kg
Tandemfallschirm auf dem Rücken und guten 65 kg
Lebendgewicht am Bauch baumelnd, schweren Schrittes
und unter höchster Kraftanstrengung die zwei Meter bis
zur Ausstiegstüre, sank auf die Knie und purzelte kopfüber unkontrolliert aus dem Flugzeug. So etwas war ihm
in seiner gesamten Fallschirmspringerkarriere überhaupt noch nie passiert! Nach einem kräftigen Überschlag kam er kurz in Bauchlage und setzte sofort den
Drogue-Chute, einen kleinen, speziell für das Tandemspringen entwickelten Stabilisierungsschirm.

Jetzt spürte er Isabells Arme wie eiserne Klammern
um seinen Hals und ihre heiße Zunge, die sich tief in
seinen Mund bohrte. Ihr Kuss schmeckte nach über-
schäumender Geilheit mit einem Schuss Angst!

Tom nahm ruckartig seinen Kopf zurück, um kurz
Luft zu holen, den Höhenmesser und den Luftraum zu
kontrollieren und in Isabells wunderschönes Gesicht zu
blicken. Diese blinzelte kurz aus ihren zu schmalen
Schlitzen gewordenen Augen, setzte erneut zu Klammergriff und Küssen an und schloss genüsslich ihre
Lider, sobald ihre Zunge wieder mit Toms Gegenstück
spielen konnte.

Tom erlebte ein Wechselbad aus hocherotischen
Küssen und antrainiertem Sicherheitsbewusstsein, kontrollierte immer wieder aus dem Augenwinkel den
Höhenmesser und entschloss sich, statt in der für Tan-
demsprünge vorgesehenen Höhe von 1500 m schon in
1800 m den Fallschirm zu öffnen.

Wer weiß, welche Überraschungen noch auf ihn zukamen?

Der Öffnungsstoß des riesigen Tandemfallschirms öffnete auch Isabells Klammergriff und riss die beiden immer noch küssenden Münder auseinander.

»Mann, ist der schön!«, rief Isabell laut und blickte zu Toms Enttäuschung nicht ihn an, sondern in die regenbogenfarbene Kappe des Tandemschirms.

»Willst du nicht mal nach unten schauen oder auf das herrliche Bergpanorama?«, fragte Tom.

Isabell schüttelte energisch den Kopf.

»Na gut, dann nimm mal hier die Steuerschlaufe und schau in die Fallschirmkappe!« Tom führte Isabells Hand und zog kräftig an der rechten Steuerleine.

Der Schirm machte eine steile Drehung, nicht ganz so steil, wie das mit einem Sprungfallschirm möglich gewesen wäre, aber immerhin: Isabell schien es zu gefallen. Ihre Augen leuchteten und ein paar Tränen kullerten ihr über die Wangen.

»Freudentränen oder der Wind?«, fragte Tom.

»Beides!«, antwortete Isabell.

»Gut, dann drehen wir jetzt in die andere Richtung!«

Sie spielten noch ein wenig mit der Fallschirmkappe und irgendwann traute sich Isabel sogar ganz alleine, nach Toms Weisung zu steuern.

Tom hatte ein Kornfeld neben der Zufahrtstraße zum Flugplatz ausgemacht, in dessen Mitte ein ausgetretener Fleck zu erkennen war. In 600 m Höhe übernahm er die Steuerleinen und lenkte den Schirm genau auf diesen Fleck zu, rief kurz vor der Landung: »Beine hoch!«, und landete sanft auf den Zehenspitzen, bis ihn Isabells Gewicht nach vorne zog und er direkt auf sie drauffiel.

Isabell schaute ihm in die Augen, küsste ihn, diesmal deutlich zärtlicher als zuvor, und sagte: »Ich möchte mit dir schlafen, und zwar jetzt gleich!«

»Jetzt gleich?«

»Jetzt gleich!«, antwortete Isabell und versuchte verzweifelt, ihr Gurtzeug zu lösen.

Tom löste dieses Problemchen mit wenigen Handgriffen, streifte schnell sein eigenes Gurtzeug ab und zog sich bis auf Unterhose und T-Shirt aus. Als er wieder aufblickte, stand Isabell bereits nackt vor ihm, riss ihm sein T-Shirt vom Leib, fuhr mit ihrer Hand in seinen Slip und saugte und biss in seine Brustwarzen, was ihn lustvoll und schmerzvoll zugleich aufschreien ließ.

Tom war erregt und benommen. Noch nie hatte ihn eine Frau so lustvoll und leidenschaftlich angefallen. Er rang nach Atem und fand einen Grund für eine kurze Unterbrechung des allzu rasant einsetzenden Liebesspiels:

»Lass mich noch schnell das Bett herrichten«, bat er Isabell, legte ihren und seinen Sprunganzug so aufeinander, dass sie eine möglichst große Fläche bedeckten, und kramte ein Kondom aus seinem Sprunganzug. *Extra feucht* stand darauf und das Ablaufdatum lag zwei Jahre zurück.

Er hatte sich mal vor Jahren *für alle Fälle* drei Kondome in die Springerkombi gesteckt und kein einziges bis heute verbraucht. Isabell knutschte ihn gnadenlos zu Boden und kaum hatte er den Schutz übergestreift, ritt sie ihn wie eine wild gewordene Stute. Dann Stellungswechsel: Sie unten, er oben.

»Ah, ahh! Au! Au! Au! Autsch!«, drang es laut aus dem Kornfeld.

Tom packte Isabells Hände und hielt sie über ihrem Kopf fest. Nach zwei, drei kräftigen Stößen kam es ihm.

Es war seit vielen Jahren der erste Orgasmus, bei dem er nicht herzhaft lachte, sondern hoffte, dass der Sex rasch vorbei sein würde.

Isabell dagegen lachte fröhlich:

»So eine geile Nummer hab' ich ja noch nie erlebt!«

»Ich auch nicht«, bemerkte Tom leicht sauer, hielt ihr eine ihrer Hände vors Gesicht und fragte:

»Machst du das immer so?«

Von ihren Fingernägeln hingen blutige Hautfetzen – so sehr hatte sie ihm im Eifer des Gefechts mit ihren Krallen den Rücken zerfurcht.

»Ich bin eben eine kleine Wildkatze«, lächelte Isabell.

»Eigentlich sollte ich dir jetzt den Hintern versohlen, aber das würde dir am Schluss auch noch Spaß machen.«

»Vielleicht?«

Tom zog sich schweigend an, schulterte unter nicht unerheblichen Schmerzen den Tandemschirm und zog mit Isabell im Schlepptau zum Flugplatz.

Pfiff eilte ihm entgegen:

»Wo steckst du denn so lange? Machen wir noch 'nen Teamsprung?«

»Bestell einen Whisky und bring ihn mir in fünf Minuten aufs Klo!«, antwortete Tom mit einer Miene, die zeigte, dass er es ernst meinte.

»Mach ich«, sagte Pfiff und schüttelte den Kopf.

Tom warf seinen Tandemschirm in den Kofferraum seines Wagens, zog ein nagelneues, marineblaues *Blind-Aerospasticus*-Team-T-Shirt, Größe XL, aus einem Pappkarton und ging zur Herrentoilette, ohne Isabell eines Blickes zu würdigen.

Pfiff folgte wenige Minuten später mit dem Whisky und erschrak:

»Dein Rücken sieht ja aus, als hättest du gerade an einer hinterphilippinischen Selbstgeißelungszeremonie teilgenommen! Was ist passiert? Hey, und deine Brustwarzen sind ja blauer als mein Auge!«

»Erzähl ich dir alles später!«

Tom zog Pfiff rasch in ein freies Klohäuschen, rollte eine längere Strecke Toilettenpapier ab und schütte den Whisky darüber. »Tupf mir bitte damit mal den Rücken ab! Das desinfiziert.«

Pfiff folgte wortlos dem Ansuchen. Tom entgleisten vor Schmerz sämtliche Gesichtszüge, er biss die Zähne zusammen und atmete am Ende der Prozedur kräftig auf:

»Mann, tut das gut, wenn der Schmerz nachlässt!«

Das mit Whisky und Blut gut durchtränkte Toilettenpapier verschwand in der Spülung.

»Ich bleib' jetzt hier 'ne halbe Stunde am Lokus sitzen, bis es nicht mehr blutet und die Wunden nicht mehr so nässen. Dann zieh ich mir das frische T-Shirt an. Wenn noch was frei ist, trag' uns doch in den letzten oder vorletzten Lift ein. Ich brauch mindestens 'ne Stunde Pause.«

»Mach ich«, antwortete Pfiff, verließ das Klohäuschen und überlegte krampfhaft, wie sich Tom so schwer verletzt haben konnte, während seine Passagierin offenbar unverletzt geblieben war.

Isabell saß vor einer Tasse Kaffee und las in ihrem Buch *Ausweitung der Kampfzone* von Michel Houellebecq. Nach einer halben Stunde tauchte Tom mit frischem blauem T-Shirt auf, bestellte sich ein *Radler Speziale*, setzte sich dazu und schaute sie strafend an:

»Weißt du eigentlich, wie weh das tut?«

»Ein Indianer kennt keinen Schmerz! Und du bist doch ein großer, starker Mann«, antwortete Isabell und schaute ihn dabei mit ihren großen, grünen Augen so verführerisch an wie schon gestern im Rettungswagen.

Pfiff eilte herbei:

»In einer halben Stunde sind wir dran! Kommst du zum Dirt-Diving?«

Tom nickte, trank ein paar kräftige Züge aus seinem Lieblingsgetränk, leckte das mit Bierschaum gemischte Vanilleeis von seiner Oberlippe und machte sich mit Fallschirm, Springerkombi und Helm auf den Weg zur Ausstiegsattrappe. Unter Pfiffs Anleitung tanzte das *Blind-Aerospasticus*-Team zehn Formationswechsel durch, wohlwissend, dass sie bei ihrem Trainingsstand nicht alle schaffen konnten.

Als Tom den Fallschirm anlegte, schmerzte sein Rücken sehr und auch während des Aufstiegs quälten ihn immer wieder stechende Rückenschmerzen, aber diesen letzten Sprung des Tages musste er noch durchhalten.

4000 m, die grüne GO-Lampe leuchtete, das Team drängte in die Türe. Ein lautes »Ready – Set – Go!«, und schon rasten sie gemeinsam der Erde entgegen. Tom verspürte keine Schmerzen mehr. Der Fallschirm drückte nicht, da er gleich schnell mit Toms Körper fiel. Dennoch war Tom unkonzentriert.

Zwei unsaubere Griffe brachten den gesamten Ablauf durcheinander und nach gerade mal vier Punkten und ratlosem Nebeneinander-Herfallen lösten sie in 1200 m Höhe die Formation auf.

Nachdem sich *Cloudine* sauber entfaltet und ihre volle Tragkraft entwickelt hatte, griff Tom zu den Steuerleinen und hielt, wie immer nach der Schirmöffnung, Ausschau nach seinen Mitspringern, um Kollisionen zu vermeiden.

Tief unter sich entdeckte er Pfiff, der außer ihm als Einziger auch eine gelbe Kombi trug, an einer nur halb geöffneten, stark drehenden Fallschirmkappe.

›Pfiff hat eine Störung‹, dachte er, ›gleich wird er die Hauptkappe abwerfen und den Reserveschirm aktivieren!‹

Aber Pfiff warf nicht ab, und zog auch keine Reserve. Die Drehungen wurden immer schneller und es sah so aus, als würde er jeden Moment aufschlagen. Tom bekam Gänsehaut und dachte und schrie zugleich aus Leibeskräften:

»Wirf ab! Pfiff! Wirf aaab!«

Natürlich wusste er, dass ihn Pfiff nicht hören konnte, aber er glaubte daran, dass etwas eintreffen würde, wenn er ganz fest daran dachte!

Unten im *Fliegerstüberl* rief einer der Springer laut: »Da hat einer 'ne krasse Störung und dreht wie verrückt!« Ein anderer ergänzte: »Gelbe Kombi, das kann nur der Tom oder der Pfiff sein! – Es ist der Pfiff. Der hat auch 'nen gelben Schirm!«

Laura, die gerade in einem Buch las und nebenher Kaffee schlürfte, fiel die Tasse aus der Hand.

»Warum wirft er denn nicht ab? Viel Zeit hat er nicht mehr!«, kommentierte ein anderer Springer. Laura hielt sich die Hände vors Gesicht.

Pfiff blickte auf seinen Höhenmesser.

400 m: Spätestens jetzt müsste er den Reserveschirm aktivieren!

Er hatte mehrfach verzweifelt versucht, die Hauptkappe abzutrennen, aber der Kappentrenngriff ließ sich nicht durchziehen.

Würde er bei dieser enormen Zentrifugalkraft den Reservegriff ziehen, so würde sich der Reserveschirm in die halb geöffnete Hauptkappe wickeln, was seinen sicheren Tod bedeutet hätte! Würde er die Reserve nicht ziehen, wäre das ebenfalls sein sicherer Tod!

300 m: Pfiff versuchte nochmals mit ganzer Kraft die Hauptkappe abzutrennen. Ohne Erfolg!

Während er die eingeübten Notverfahren gedanklich durchspielte, die Erde auf ihn zuraste und er nur zwischen Tod und Tod wählen konnte, zog in tausendstel Sekunden sein gesamtes Leben an seinem inneren Auge vorbei: seine alleinerziehende Mutter, eine Oberlehrerin, die ihn zusammenschrie, wenn er schlechte Noten brachte und ihn bei jeder Gelegenheit demütigte. Ihre Teufelsfratze, wenn sie auf ihre Finger zeigte und zu ihm sagte: *Du bist nicht so viel wert, wie Dreck unter meine Fingernägel geht!* Wie er sich entschlossen hatte, das Gymnasium abzubrechen, auszuziehen und die Krankenpflegeschule zu besuchen. Wie er dort der Hahn im Korb war und mindestens die Hälfte der 28 Schwesternschülerinnen seiner Klasse durchgevögelt hatte. Die Gesichter von Sofie, Nele, Annika, Paula und allen anderen zogen schneller als ein Blitz vorbei. Wie er zum ersten Mal mit Tom auf dem Rettungswagen fuhr und sie sich handfest über ihre Kompetenzen gestritten hatten. Wie er mit ihm seinen ersten Fallschirmsprung machte. Wie er Laura eroberte, als er an einem Freitag 500 Euro an ihrem Bankschalter abhob und sie dabei auf ein verrücktes Wochenende einlud. Und immer wieder seine gottverdammte Mutter, die ihn bei jedem seiner Besuche vorhielt, was für ein Versager er war und wie dankbar er ihr sein müsste, weil er später mal ihr Haus erben würde. – Nichts würde er erben! Sterben würde er!

200 m: Noch ein allerletztes Mal zog Pfiff mit beiden Händen und allen Kräften, die er aufbringen konnte, den Abwurfgriff. Die Hauptkappe löste sich. Pfiff zog sofort den Reservegriff – die Tannen am Waldesrand unter ihm waren schon so groß, dass man jeden Zapfen sehen konnte.

›Es war zu spät!‹ – dachte er.

Der aus der Zentrifugalkraft heraus aktivierte Reserveschirm öffnete sich in der Horizontalen, pendelte einmal und Pfiff landete unsanft auf dem moosigen Boden einer Lichtung direkt am Waldesrand.

›Bin ich nun tot oder träume ich?‹, dachte er ›und wenn ich nicht tot bin, dann hab ich mir sicher alle Knochen gebrochen!‹

Pfiff versuchte aufzustehen. Es ging! Er versuchte, ein paar Schritte zu gehen. Ging auch!

Dann wurde er kreidebleich und sackte zusammen.

Zwei Minuten später landeten Tom, Markus und Frank wenige Meter neben Pfiff.

Tom entledigte sich seines Gurtzeugs, sprintete zu Pfiff und kniete sich neben ihn:

»Wie geht's dir?«

»Gut. Ich lebe! Und ich glaube, mir fehlt gar nichts«, sagte Pfiff, während ihm Tränen in die Augen schossen.

»Kannst du aufstehen?«, fragte Tom besorgt.

»Ich glaube schon … aber lasst mich einfach ein paar Minuten in Ruhe liegen!«

Tom nickte, konnte sich aber nach einer Minute die Frage nicht verkneifen:

»Warum hast du denn nicht früher abgeworfen?«

»Ging nicht! Irgendwie war der Abwurfgriff blockiert«, antwortete Pfiff kraftlos.

»Glückwunsch zum Geburtstag!«, sagte Frank, der Apotheker, »hat von oben echt so ausgesehen, als würdest du jeden Moment aufschlagen.«

»Hat auch nicht mehr viel gefehlt«, meinte Pfiff.

»Glückwunsch, auch von mir!«, sagte Markus, der Richter, mit seiner angeborenen, ernsten Miene.

Tom blieb bei Pfiff und maß seinen Puls, der noch im Normalbereich lag. Markus und Frank suchten nach der abgeworfenen Hauptkappe und fanden diese rasch auf einer niedrigen Jungtanne.

Alle liefen zu Fuß zum Landeplatz zurück. Pfiff mit erkennbar weichen Knien. Aber es ging.

Im *Fliegerstüberl* schloss Laura kreidebleich ihren Pfiff in die Arme und sie küssten sich kurz.

Pilot Florian, die Sprungdienstleitung und immer mehr Springer strömten zu Pfiff, umringten ihn, beglückwünschten ihn und er musste wieder und wieder ausführlich erzählen, wie er die Zeit zwischen Störung und Landung erlebt hatte, immer dann, wenn ein neues Springergrüppchen ankam und die Story aus erster Hand hören wollte. Aber das Erzählen erleichterte auch und er fühlte sich langsam wieder lebendig.

Florian nahm Tom zur Seite und ging mit ihm ein paar Schritte Richtung Parkplatz, wo sie keiner hören konnte.

»Ich brauche deine Hilfe, Tom! Es ist wirklich wichtig!«

»Worum geht es denn?«

»Du musst für mich am Dienstag um neun Uhr zum Augenarzt und den Sehtest für Berufspiloten machen. Adresse des Augenarztes und alle meine Daten stehen auf dem Zettel hier.«

»Wieso gehst du da nicht selber hin?«

»Das erklär' ich dir später. Wenn du das für mich tust,

hast du echt was gut: Kunstflug, Alpenflug, was du willst. Von mir aus sag' ich auch nicht mehr *oids Scheißhaus* zu dir.«

»Bloß nicht! Wir sind doch Freunde!«

Tom überlegt kurz.

»Okay, ich mach's, aber nur, weil *du* es bist.«

Florian atmete erleichtert auf und lächelte dankbar.

Zurück im *Fliegerstüberl* bestellte Tom mit den Worten »*in dubio Prosecco*« drei Flaschen Prosecco für alle, zahlte großzügig alle Sprünge seines Teams und alles, was er, Pfiff, Laura und Isabell verzehrt und getrunken hatten.

Markus trank auch ein Schlückchen mit und murmelte mit ernstem Gesicht in sich hinein: »*in dubio pro reo* heißt das.«

»Wenn du deinen Geburtstag noch ein wenig feiern willst, dann komm doch heute Abend noch ins SKY-HIGH. Aber ruf' vorher an, dann mach ich uns was Leckeres zum Knabbern«, bot Tom an.

»Wieder dein kambodschanisches Spezialgericht?«, fragte Pfiff nach.

»Leicht modifiziert à la Tom: Ich backe die frittierten Königskakerlaken jetzt in Bierteig raus. Das schmeckt noch besser!«

»Mal sehen, was Laura dazu meint«, antwortete Pfiff und Tom wusste, dass er nicht kommen würde.

Die Heimfahrt erfolgte schnell und qualvoll. Immer, wenn sich Tom kurz in den Schalensitz legte, schmerzte sein Rücken so sehr, dass er sich bald wieder aufrichten und von der Lehne Abstand halten musste. Tom jagte den *Porsche Panamera* mit 250 Sachen über die nächtliche Autobahn.

»Da stand 120«, hauchte Isabell leise.

»Ich bin Geschwindigkeitslegastheniker und kann leider keine Tempolimits lesen«, antwortete Tom mit seinem Standardspruch für solche Fälle und lieferte Isabell wenig später vor ihrer Haustüre ab.

»Du hattest recht, heute war wirklich einer der schönsten Tage in meinem Leben. Sehen wir uns wieder?«, fragte Isabell und wollte ihn auf den Mund küssen.

Tom setzte sein Pokerface auf und hielt ihr die rechte Wange für ein distanziertes Küsschen hin:

»Schöne Frau, ich weiß nicht, ob wir uns wiedersehen. Aber eines weiß ich sicher: Wenn ich jemals wieder mit dir schlafe, dann nur, wenn du dir Fäustlinge anziehst und 'nen Knochen in den Mund steckst!«

»Und wenn du mich ans Bett fesseln darfst?«

Tom seufzte tief, als sie ausstieg, wie eine Sambatänzerin mit ihrem entzückenden Po wackelte, sich im Kreis drehte und ins Haus tänzelte.

KAPITEL 7

Umsonst rasiert?

Freitag, 7. August, 6:00 Uhr

Der allmorgendliche Ablauf bei den Preusses war gut eingespielt. Um sechs Uhr läutete der Wecker. Ingo Preusse ging als Erster in das riesige, verspiegelte Badezimmer mit den beiden Waschbecken, Dusche, Klo, Bidet und Pissoir und pinkelte. Anschließend machte er im Schlafzimmer 50 Sit-ups und 50 Liegestütze, während sich seine Frau Maike im Bad herrichtete. Dann ging Ingo unter die Dusche, trocknete sich ab, betrachtete seinen gestählten Körper wohlwollend im Spiegel und stellte sich auf die Waage: 72 Kilo bei 180 cm Körpergröße. Nur Muskeln, kein sichtbares Gramm Fett. Das passte!

Maike weckte die Kinder und richtete das Frühstück her. Ingo schäumte zuerst den Rasierpinsel, wie es ihm sein Vater beigebracht hatte, gründlich mit Rasierseife ein, dann das Gesicht. Nun legte er – wie jeden Morgen – eine neue Klinge in den Nassrasierer und begann sich in einem eigens installierten Vergrößerungsspiegel gründlich zu rasieren. Kein Haarstoppel durfte hervorstehen. Hautcreme, Rasierwasser, ankleiden: zuerst die Unterwäsche, dann ein schneeweises Hemd, goldene Manschettenknöpfe mit den Initialen *IP*, die goldene *Rolex Daytona*, welche er vor dem Duschen abgelegt hatte, schnell wieder übers Handgelenk gestreift, die hellblaue Krawatte aus feinster Maulbeerseide neu geknüpft, in den dunkelblauen *Armani*-Anzug mit dem Zweiknopfsakko geschlüpft und zuletzt die schwarzen,

99

aus indischem Ziegenleder handgefertigten Business-
schuhe geschnürt.

Sehr gut auszusehen und perfekt gekleidet zu sein war
seine verdammte Pflicht und Schuldigkeit als erfolgrei-
cher Investmentbanker mit guten Chancen, in Kürze die
Abteilung zu leiten und in den Aufsichtsrat seiner Bank
aufzusteigen.

Aufrecht und mit flottem Doppelschritt eilte er die
Treppen des ehemaligen Bauernhofes am Ortsrand von
Kirchseeon hinab. Er hatte den Hof letztes Jahr günstig
erworben und für über acht Millionen Euro in ein hoch-
modernes Wohnhaus umbauen lassen. Das war genau
die Prämie, die er von seiner Bank für überdurchschnitt-
liche Leistungen erhalten hatte. Man wusste sein gutes
Händchen im Börsenterminhandel zu schätzen und zu
honorieren. Immerhin hatte er der Bank im vergangenen Jahr einen Gewinn von fast einer halben Milliarde
Euro eingefahren!

Dass er eine noch größere Summe in den drei Jahren
zuvor verzockt hatte, war längst vergessen ...

Das Frühstück fiel knapp aus. Ingo begnügte sich mit
einem Spiegelei auf einer Scheibe italienischem Hinterschinken und einer Tasse schwarzem Kaffee. Kohle-
hydrate galt es, strikt zu vermeiden. Es wurde wenig
gesprochen.

Um 7:30 Uhr verließen Ingo, Maike und die beiden
Kinder Lisa (10) und Luis (8) zeitgleich das Haus. Es war
ein herrlicher, sonniger Sommertag. Das Wochenende
stand vor der Tür.

Maike fuhr im silbergrauen Mercedes E 350 Kombi die
Kinder zur Schule. Ingo stieg in seinen nagelneuen, dunkelblauen 7er-BMW-Dienstwagen. Für ein Abschieds-
küsschen reichte die Zeit nicht mehr – oder die Liebe?

Vor ein, zwei Jahren war die Familie noch das Wichtigste in Ingos Leben gewesen. Inzwischen ist es die Karriere. Und natürlich dient das eine dem anderen, denn ohne Ingos steile Karriere könnte seine Familie nicht so gut und luxuriös leben, wie er immer betonte.

Ein leichter Geruch nach Leder erinnerte an die teure Sonderausstattung der Luxuskarosse. Gut lag er in der Hand, der neue Dienstwagen, beschleunigte von Null auf Hundert in rund sechs Sekunden. Da sollte doch deutlich mehr drin sein!

Die Bundesstraße 304 war noch wenig befahren. Ingo gab Gas: 100, 140, 160 Stundenkilometer.

›Was muss es erst für ein Gefühl sein, den Wagen mal richtig auf der Autobahn auszufahren, bis 240, oder mehr?‹, dachte Ingo und tippte das Autoradio an.

»Wann ist ein Mann ein Mann?«, röhrte Herbert Grönemeyer glasklar aus den Stereolautsprechern. Der Song verführte zum Mitsingen. Der Wagen glitt so ruhig und leise dahin, dass Ingo die Geschwindigkeit nicht mehr spürte. Er merkte nicht, dass 160 schon viel zu schnell für die kleine Linkskurve war, die die Bundesstraße hier, am Übergang zur Wasserburger Landstraße, machte.

Plötzlich flog die schwere Limousine wie ein Geschoss über die Leitplanke und prallte frontal gegen eine große, alte Tanne. Ingo saß handlungsunfähig in seinem fliegenden Auto und sah den großen Baumstamm unausweichlich auf sich zukommen.

In Bruchteilen einer Sekunde spielte sich Folgendes ab:

▶ Stoßstange und Kühlerhaube des mit allen Sicherheitsmerkmalen eines modernen Oberklassewagens ausgestatteten Fahrzeugs wickelten sich regelrecht um den Baumstamm.

- Der Airbag wurde aktiviert.
- Ingos Oberkörper wurde mit dem 80-fachen seines Gewichts in die Sicherheitsgurte gedrückt, wobei zahlreiche Rippen brachen und Leber, Milz und Lunge rissen.
- Der Motorblock zermalmte Ingos Knie und zerschmetterte seine beiden Oberschenkel.
- Ingos Kopf schlug so hart auf den Airbag auf, dass dieser Millisekunden nach seiner Aktivierung platzte.
- Nachdem Ingos Körper so abrupt abgebremst worden war, flog nun in der Gegenbewegung sein Kopf ruckartig über die viel zu tief eingestellte Kopfstütze nach hinten.

Ingo wurde schwarz vor Augen. Er spürte keinen Schmerz. Nach einer für ihn undefinierbaren Zeitspanne hörte er in der Ferne die Martinshörner der Einsatzkräfte. Feuerwehrleute murmelten sich unverständliche Befehle zu, schnitten ihn mit schwerem Gerät aus dem Wrack und legten ihn auf eine Wiese.

Tom und Pfiff eilten hinzu. Pfiff versuchte, einen Puls zu finden, entdeckte dann die ungewöhnliche abgewinkelte Lage des Kopfes und strahlte mit seiner Kugelschreiberleuchte in die starren, weiten Pupillen.

»Genickbruch, da ist nichts mehr zu machen«, konstatierte Tom, »und außerdem hätte er bei diesen multiplen Frakturen und inneren Verletzungen ohnehin kaum eine Chance gehabt.«

Pfiff setzte sich im Schneidersitz ins Gras, direkt neben Ingos Kopf und sagte zu Tom:

»Schau ihn dir mal an! Wie arschglatt er rasiert ist. Und wie sauber, ungeachtet der Blutflecken, der Krawattenknoten gebunden ist. Glaubst du, er hätte sich die ganze Mühe gemacht, wenn er gewusst hätte, dass er eine Stunde später tot ist? Sogar das Polieren der Schuhe und exakt gleich lange Binden der Schnürsenkel hätte er sich sparen können. Er hat sich doch völlig umsonst so gründlich rasiert, oder?«

Tom nickte stumm. Ähnliche Gedanken hatte er in ähnlichen Situationen auch schon gehabt.

›Dieses Prolo-Pack! Man muss immer glatt rasiert sein‹, war Ingos letzter Gedanke, bevor seine Seele in einem großen, hellen Tunnel ins Jenseits entschwand. Das Eintreffen des Notarztes, der rechtskräftig den Tod feststellte, hörte er nicht mehr.

Pfiff sinnierte noch eine Weile weiter: »Glaubst du, er hatte Familie? Ob er seine Frau und seine Kinder heute früh noch mal geküsst hat? Was glaubst du, waren seine letzten Gedanken?«

»Ich weiß es nicht«, sagte Tom, »aber angeblich soll das Gehirn noch eine Weile über den organischen Tod hinaus funktionieren.«

Pfiff meldete sich einsatzklar.

»Fahren Sie zu Ihrer Wache. Ihr Chef erwartet Sie!«, drang es aus dem Lautsprecher des Funkgeräts.

»Unterwegs zur Wache!«, quittierte Pfiff.

»Was soll *das* denn?«

Tom zog sein Smartphone und tippte auf *Berger*.

»Berger Ambulanz – der Chef persönlich!«, tönte es aus dem Gerät.

»Servus Berger, wir hatten erst einen Einsatz, VU mit Exitus, warum sollen wir denn in die Wache?«

»Grod woa Bolizä do und ozoagt woan seids aa no!«[13]

»Warum denn das?«, fragte Tom und bemühte sich um einen möglichst unschuldigen Ton.

»Kimmts eina, aba schnoi, es Wahnsinnigen!«[14], schrie Berger ins Telefon, so laut, dass es sogar Pfiff hören konnte.

Tom schaltete Blaulichter und Martinshorn an und jagte Speedy los.

»Warum denn mit Sonderrechten?«, fragte Pfiff.

»Er hat doch *schnell* gesagt! Und wenn er so stark in seinen österreichischen Dialekt abdriftet, bedeutet das meist nichts Gutes. Die Polizei war bei ihm. Offensichtlich wegen uns.«

»Dann hab' ich wohl unsere Wette gewonnen und der Bärlauch ist raus. Aber was nützen mir lumpige tausend Euro, wenn wir beide ein paar Jahre in den Bau wandern«, jammerte Pfiff und bekam ein flaues Gefühl in der Magengegend.

»Mal nicht gleich den Teufel an die Wand! Es gibt kein Problem, das nicht zu lösen wäre«, konterte Tom und relativierte gleich, »… fast keines, jedenfalls.«

Zwölf Minuten später hatten sie ihr Hauptquartier in Sicht, schalteten die Sondersignale ab und bogen gemächlich auf dem Parkplatz im Hinterhof ein.

Hans Berger, den alle Mitarbeiter duzten und einfach nur *Berger* nannten, saß aufrecht, wie selten, an seinem Schreibtisch im Chefzimmer der *Berger Ambulanz*. Sein offenes, rot-weiß kariertes Holzfällerhemd und seine abgetragene dunkelbraune Cordhose entrückten ihn leicht vom gängigen Bild eines Firmeninhabers. Er hatte sich gerade eine dicke Zigarre unter den braun gefärbten Schnauzer seines zerfurchten Gesichts gesteckt, als Pfiff und Tom hereinplatzten.

Berger legte die noch unangezündete Zigarre in den Aschenbecher und kam gleich zur Sache:

»I hob no net amoi mein Kaffäh eigeschenkt, da

woan heit fruah scho zwoa Schandis do und woitn eire Personalien! Es seids ozagt woan, olle zwo und du, Tom, glei zwoa moi. Und de Buidln do hams a mitbrocht!«[15]

Tom sah auf dem Schreibtisch ein Bild von sich und Anni bei der Blaulichtfahrt am letzten Samstag durch den Richard-Strauß-Tunnel.

»Und wegen was bin ich angezeigt worden?«, fragte Pfiff.

»Olle zwoa seids ozoagt woan, von am Dr. Hecht[16] wegen Verweigerung seiner Anordnungen und Körperverletzung!«

»War das alles?«, entfuhr es Tom, der eigentlich, ebenso wie Pfiff, mit Problemen im Fall Bärlauch gerechnet hatte.

Da kochte in Berger, der sonst ein eher gemütlicher Typ war, seine cholerische Seite hoch. Er erhob sich von seinem Chefsessel, was bei seiner geringen Körpergröße und dem ansehnlichen Bauchumfang sein Gegenüber nicht wirklich erzittern ließ, stemmte seine Fäuste wie ein Gorilla auf den Schreibtisch und schrie mit hochrotem Gesicht und dick angeschwollenen Halsschlagadern:

»Ob des ois is? Jo homs enk Dodln etzat ins Hirn gschissn, oder wos? Wissz es übahaupt, wos des hoasst? Wenns bläd laft, griagts es net nua a gscheide Strof – i muass enk a no ausseschmeissn. Und zwoa fua oiwai! Aus, Epfe, Amen! Hobts mi?«[17]

Nach zwei Sekunden betretenen Schweigens bemerkte Tom:

»Das sind zwei ganz verschiedene Sachen.«

»Des woas i a – i bin do net deppat!«,[18] antwortete Berger und fuhr in einem Atemzug fort:

»Fang ma glei amoi mit dene Buidl o. Wos muast'n du am Samstag auf'd Nacht mit unsam Behindertenfahrzeig und hundatzwanzge durchn Richard-Strauss-Tunnel fetzn und a no bläd ins Buidl grinsen? Und wer is'n des kloane Schlamperl do auf m Beifahrersitz? Des is doch koane von uns! Und überhaupt, warum woas i da nix davo?«[19]

»Da hab ich Mist gebaut und muss mich bei dir entschuldigen«, begann Tom kleinlaut.

»Wir hatten einen harten Einsatztag und die Schwester Anni vom Bezirkskrankenhaus, a ganz a Liabe übrigens, wollte abends noch auf das *Pink*-Konzert. Das hatte schon angefangen und uns hat's pressiert.[20] Es tut mir leid, dass ich mir dafür das Auto ausgeliehen habe, ohne dich zu fragen.«

Berger setzte sich wieder, nahm die Zigarre aus dem Aschenbecher und steckte sie an.

›Wie beruhigend und deeskalierend so eine stinkende Zigarre doch manchmal wirken kann‹, dachte Pfiff.

»Dass da leid duat, is scho amoi a guada Ofang. Owa wos mach ma etzat?«[21], fragte Berger.

»Ich hab' da einen guten Springer-Spezl in meinem Team«, erwiderte Tom, »den Markus. Der ist Verkehrsrichter und der wird das schon regeln. Kann ich ihn gleich mal anrufen?«

»Bittschön!«, sagte Berger und schob ihm das alte, rote Diensttelefon auf seinem Schreibtisch zu.

Tom winkte ab:

»Ich hab' seine Direktnummer im Handy eingespeichert.«

Pfiff und Berger lauschten gespannt, als sich Tom mit Markus beriet, wurden jedoch nicht so recht schlau aus dem Telefonat, von dem sie nur eine Seite hörten.

Als das Gespräch beendet war, bat Tom Pfiff darum, ihn kurz mit Berger alleine zu lassen. Pfiff, der immer geglaubt hatte, dass sie keinerlei Geheimnisse voreinander hätten, verließ leicht pikiert den Raum.

»Schaut schlecht aus, Berger. Markus meinte, wenn kein Einsatzauftrag vorliegt, gilt die Straßenverkehrsordnung und das würde mich in diesem Fall 280 Euro Strafe, zwei Punkte in Flensburg und zwei Monate Führerscheinentzug kosten. Er kann da auch nichts drehen und will auch nicht seinen Job riskieren. Du musst mir da irgendwie aus der Patsche helfen ... sagen, dass du den Einsatz angeordnet hast, weil die Sanstation auf dem Olympiagelände Verstärkung brauchte. Notfalls hast du das mit der Dringlichkeit missverstanden und Sondersignal angeordnet. Ich verlängere auch gerne nochmals deinen Kredit, aber das muss Pfiff nicht wissen.«

Berger zog etwas zu kräftig an seiner Zigarre, hustete den Rauch gleich wieder aus und überlegte einen kurzen Moment.

»Eine Kreditverlängerung reicht leider nicht«, erklärte Berger jetzt in astreinem Hochdeutsch, »ich brauche noch mal fünfzigtausend.«

»Willst du mich erpressen?«, brach es aus Tom hervor.

»Na, gwieß net! I wui nua de *Berger Ambulanz* rettn, die i die letztn fuffzehn Joa so miasam aufbaut hob«,[22] konterte Berger mit wehmütigem Dackelblick.

»Maximal dreißig Riesen, wenn du mir versprichst, die Sache mit der Blaulichtfahrt auf deine Kappe zu nehmen und dir endlich mal professionelle Hilfe suchst, damit du aus deinem Schuldenstrudel rauskommst!«, sagte Tom resolut.

»Ich muss bis Monatsende achtundvierzigtausendneunhundertnochwas an Steuern nachzahlen, sonst machen die mir den Laden dicht!«, jammerte Berger – wieder auf Hochdeutsch.

»Okay, fünfzig Riesen!«, nickte Tom, dem diese stattliche Summe auch bei einem Totalverlust nicht wirklich wehgetan hätte – und beorderte gleich danach Pfiff wieder ins Chefzimmer.

»Punkt eins ist mehr oder weniger abgehakt. Hat sowieso nur mich betroffen. Jetzt erzähl doch mal dem Berger die Story mit der Reanimation und unserem lieben Dr. Hecht!«

»Wieso ich?«, fragte Pfiff, »*du* hast doch den Gallensteinkerl aus dem Speedy geworfen!«

»Aber doch nur, um *dir* während der Reanimation den Rücken freizuhalten«, verteidigte sich Tom.

»Mir den Rücken freihalten?«

»Okay … *uns beiden* den Rücken freizuhalten. Wir waren uns doch einig, oder?«

Beide erzählten Berger leicht erregt von der Reanimation in der Straßenbahn am Sendlinger-Tor-Platz, dem Auftritt von Dr. Hecht, dem Erfolg auf der Intensivstation und der Belobigung durch Dr. Fischer und fielen sich dabei gegenseitig ins Wort, wenn einer glaubte, der andere hätte ein noch so winziges Detail vergessen.

Es kam nur sehr selten vor, dass Bergers Zigarre erlosch, weil er vergessen hatte, regelmäßig daran zu nuckeln. Nun war so ein Moment.

Berger riss ein Streichholz an und brachte den Stumpen wieder zum Glühen.

»Und, lebt er noch, euer Patient?«, fragte Berger mit hochgezogenen Augenbrauen und sah Tom dabei an.

»Wie gesagt: Als wir gegangen sind, schlug sein Herz wieder. Mehr wissen wir nicht. Aber Dr. Fischer hat gesagt, wir können jederzeit nachfragen.«

Berger tippte auf die Kurzwahltaste zum Zentralklinikum und ließ sich mit der Intensivstation verbinden.

»Schwester Silke? Bin i do richtig auf da Intensiv?« – Pause

»Hia is Berger vo da *Berger Ambulanz*. Meine Buam hom enk am Samsdog a Reanimation einebrocht. Lebt dea no?« – Pause.

»Otto hot a ghoaßn.« – Pause.

»A des wa leiwand, Schwesta!«[23] – Pause.

Tom und Pfiff blickten sich an und dachten beide das Gleiche. Manchmal war der Berger einfach nur peinlich, besonders, wenn er vorzugsweise gegenüber norddeutschen Gesprächspartnern seine österreichische Herkunft allzu sehr herauskehrte.

»Des verstenga's ned, gei? Des is Estreichisch.[24] Ich meinte: Das wäre wirklich sehr nett von Ihnen!« – Lange Pause.

»Aha!« Berger legte auf.

»Einen Patienten Otto haben die nicht auf Intensiv. Sie wusste aber auch nicht, ob er gestorben ist oder auf Normalstation verlegt wurde«, fasste er das Telefonat zusammen.

»Lass mich mal anrufen!«, flehte Tom.

»Bitte!«

Tom tippt ebenfalls die Kurzwahl zum Zentralklinikum und bat die Dame am anderen Ende der Leitung nachzuforschen, ob es denn irgendwo im Klinikum einen Patienten namens Otto gäbe oder gegeben habe, der am letzten Samstag, den 2. August gegen 15 Uhr eingeliefert worden war.«

Während der endlos langen Wartezeit stellte Tom auf Lautsprecher, sodass sich auch Pfiff und Berger an dem nervigen Warteschlangen-Ohrwurm erfreuen konnten.

Endlich meldete sich das Piepsestimmchen einer Schwesternschülerin namens Maria von Station zwei und Tom trug sein Anliegen mit dem gleichen Elan vor, als hätte er die Stationsschwester dran, jedoch in der festen Überzeugung, noch mehrere Male weitergereicht zu werden.

»Wir haben einen Patienten Otto hier«, antwortete Maria, »ich weiß aber nicht, ob es der ist, den Sie suchen. Er packt gerade seine Sachen und wird mittags entlassen. Wollen Sie ihn mal sprechen?«

»Das wäre super!«, nahm Tom das Angebot freudig an.

»Ja, Otto«, meldete sich eine schroffe Männerstimme.

»Hier ist Thomas Baumann von der *Berger Rettung*. Sind Sie der Patient, den wir letzten Samstag in der Straßenbahn reanimiert haben?«

»Ja, der bin ich! Man hat mir schon erzählt, dass ich nur überlebt habe, weil mich die Sanis so schnell gefunden und so gut behandelt haben. Ich würde euch gerne was schenken. Aber ich bin nur ein armer Rentner.«

»Das schönste Geschenk für uns ist, dass *Sie* überlebt haben! Sie können sich gar nicht vorstellen, *wie* uns das freut!«, antwortete Tom.

»Und mich freut es am allermeisten!«, konterte Herr Otto schlagfertig und fuhr nach einer kurzen Pause fort:

»Ich kann Klavier spielen. Darf ich extra für euch mal einen Abend Klavier spielen?«

»Gerne!«, antwortete Tom spontan und blickte zu Pfiff, der sofort nickte.

»Gut. Ich muss noch etwas üben, aber bitte rufen Sie mich in einer Woche mal an. Dann machen wir was aus.«

Herr Otto gab Tom seine Telefonnummer und allen, die mitgehört hatten, wurde richtig warm ums Herz.

Sogar der Berger bekam vor Rührung feuchte Augen, obwohl er bei dem Einsatz gar nicht selbst dabei gewesen war.

»Darauf trink ma a Schnapsal und a Zigarn kriags a no!«,[25] schlug Berger vor.

»Danke, aber die *Zigarn* haben wir schon gehabt und tagsüber trinken wir nichts«, winkte Tom ab.

»Was machen wir jetzt mit der Anzeige von Dr. Hecht? – Gleich eine Gegenanzeige wegen ›unterlassener Hilfeleistung‹ oder gar ›Anstiftung zum Totschlag‹ oder lassen wir ihn erst bei der Gerichtsverhandlung im Verfahren gegen uns richtig auflaufen und bestellen Presse und Fernsehen dazu?«, fragte Pfiff.

»Dann kriagt dea a saftige Strof und vielleicht sogoa Berufsverbot«[26], mutmaßte Berger.

»Ich zeige niemanden an. Vielleicht fällt mir noch was Besseres ein. Lassen wir das Ganze doch einfach mal locker auf uns zukommen«, schlug Tom vor.

Als sie sich verabschiedeten, um ihren Dienst wieder fortzusetzen, rief ihnen Berger noch nach:

»Am Mittwoch habt ihr einen Praktikanten dabei. Den Sven!«

»Du könntest ja auch mal vorher fragen! Eine neue Vakuummatratze wär' uns lieber!«, rief Tom zurück.

Dabei musste man wissen, dass *Vakuummatratze* unter Sanis das menschenverachtende Synonym für *blonde Praktikantin* war.

KAPITEL 8

Augenarzt

Montag, 10. August, 20 Uhr

»Mayday! – Mayday! – Mayday!«, brüllte eine verzweifelte Pilotenstimme.

Es war der Rufton von Florians Smartphone.

»Servus Tom, du oids Scheißhaus. Was gibt's?«, meldete sich Florian.

»Du brauchst 'ne Brille!«, sagte Tom nüchtern.

»Quatsch! Ich sehe wie ein Adler. Wer hat dir denn diesen Blödsinn erzählt?«

»Der Augenarzt!«

Jetzt ging Florian ein Licht auf.

»Hast du das Attest?«

»Ja! Aber wir müssen reden. Kommst du rüber?«

Wenig später saß Florian, der nur zwei Straßen weiter wohnte, im SKYHIGH mit Tom an einem Tisch und bestellte ein *Radler Speziale*.

Das Bistro hatte erst seit einer Stunde geöffnet und war noch fast leer. Der große, rot-weiße Rundkappenschirm, den Tom mal bei eBay ersteigert hatte, hing dekorativ in der Raummitte. Die Wände zierten großformatige Fallschirmspringermotive, allesamt von Tom selbst fotografiert, darunter spektakuläre Freefly-, Wingsuit- und BASE-Szenen und ein paar Tandemfotos, die von prominenten Passagieren signiert waren.

Franz, der Barkeeper und Toms inoffizieller Stellvertreter, tänzelte zu leiser Merengue-Musik, während er eine Kugel Bourbon-Vanilleeis in ein mit Radler gefülltes Bierglas plumpsen ließ. Alex, der sudanesische Koch mit dem sensiblen Gaumen, wartete gelangweilt auf seinen ersten Auftrag. Eigentlich hieß er ja Ali Ben Hamadi, aber Alex gefiel ihm deutlich besser, zumal er seit zehn Jahren mit einer echten bayerischen Blondine verheiratet war, zwei Kinder und die deutsche Staatbürgerschaft hatte sowie fließend bayerisch sprach.

Die Bedienungen, Gabi, Geli und Julia stellten an ihren Tischen frische Kerzen und gefüllte Bierdeckelhalter auf.

»Gut, dass ich dich zum Augenarzt geschickt habe. Jetzt weißt du wenigstens, dass du 'ne Brille brauchst!«, flachste Florian.

»*Du* brauchst die Brille! Nicht ich. Rechts -0,25 und links -0,5 Dioptrien. Das ist zwar nicht viel, aber bei euch Berufspiloten sind sie wohl besonders pingelig.«

»Damit kann ich leben. Da kauf ich mir so 'n 1-Euro-Fensterglas-Teil im Supermarkt und steck es mir in die Kombi, damit mir bei Lizenzkontrollen keiner ans Bein pinkeln kann. Schieb schon das Attest rüber!«

»Erst, wenn ich weiß, was dir wirklich fehlt«, zögerte Tom.

»Kannst du schweigen?«

»Claro! Kennst mich ja schon lange genug!«

»Ich hab 'ne *Retinitis Pigmentosa*«, sagte Florian mit ernstem Gesicht.

»Kenn ich nicht. Aber *Retinitis* ist 'ne Netzhautentzündung. Das ist doch nicht so schlimm.«

»*Retinitis Pigmentosa* schon! Der Name ist medizinisch nicht ganz korrekt, hat sich aber so eingebürgert. Eine gemeine Erbkrankheit, wo du langsam so 'n Tunnelblick bekommst und dann ganz erblindest. Ich kenn' keinen in meiner Verwandtschaft, der so was hatte, aber das Scheiß-Gen kann schon mal ein paar Generationen überspringen.«

»Muss ich jetzt Angst haben, wenn du mich fliegst?«, fragte Tom mit gespielter Ängstlichkeit.

»Überhaupt nicht! Ich sehe wie ein Adler. Außerdem steigst du vor der Landung eh immer aus und ich muss die Landebahn alleine finden«, scherzte Florian.

»Woher weißt du denn von der Krankheit?«, fragte Tom, während Julia mit einem freundlichen Lächeln das *Radler Speziale* vor Florian abstellte.

»Ich hatte vor ein paar Wochen mal 'ne echte, einfache Retinitis. Da hat sich die Augenärztin die Netzhaut genauer angesehen und die Diagnose gestellt«, antwortete Florian und fuhr nach einer kurzen Pause leise fort:

»Wenn der Augenarzt, der die Flugtauglichkeit prüft, das auch sieht, bin ich für immer meinen Schein los. Und du weißt doch: Fliegen ist mein ganzes Leben und meine ganze Leidenschaft. Bitte sag keinem ein Wort davon und mach bei jeder Verlängerung meinen Augentest, solange ich noch das Gefühl habe, ausreichend zu sehen. – Da hast du dann echt was Gut bei mir!«

Tom schob ein Kuvert über den Tisch. Florian griff gierig darauf zu, öffnete es und entfaltete das darin enthaltene Dokument. Dann wurde er leichenblass.

»Was soll das?«, fragte er Tom.

»Wieso?«

»Das Attest lautet auf *deinen* Namen!«

Tom senkte den Kopf:

»Ja, ich hab' da Mist gebaut und bei der Anmeldung versehentlich *meine* Personalien angegeben. Erst als mich der Arzt mit ›Herr Baumann‹ anredete, ist es mir siedend heiß eingefallen. Aber da war es schon zu spät.«

»Du bist mir vielleicht ein Hirni! Für so blöd hätte ich dich nicht gehalten. Was soll ich denn jetzt mit dem Stück Klopapier?«, fragte Florian sichtlich verärgert.

»Ich dachte«, antwortete Tom kleinlaut, »du könntest das Attest vielleicht einscannen, im *Photoshop* deine Personalien austauschen und es dann wieder ausdrucken.«

Florian schüttelte den Kopf, der inzwischen eine hochrote Farbe angenommen hatte:

»Du spinnst wohl völlig! Wenn das auffliegt, bin ich meine Lizenz genauso los, wie wenn ich gleich selbst zum Fliegerarzt gegangen wäre und bekomme noch eine saftige Geldstrafe oder lande im Knast!«

»Menschen machen Fehler«, meinte Tom demütig, »und ich bin halt auch nur ein Mensch!«

»Das sagt genau der Richtige!«, ereiferte sich Florian, »hoffentlich machst du nicht mal beim Fallschirmspringen oder im Rettungsdienst einen Fehler, da, wo es um Menschenleben geht!«

Tom schwieg einen Moment und dachte darüber nach, wie recht Florian doch hatte. Dann sage er:

»Ich wusste gar nicht, dass es im Großraum München nur zwei Augenärzte gibt, die diese spezielle Untersuchung machen dürfen und wie schwer es ist, bei denen auf die Schnelle einen Termin zu bekommen. Ich war dann noch beim zweiten Augenarzt, mit *deinen* Personalien, und gleichem Untersuchungsergebnis.«

Tom schob ein weiteres Kuvert über den Tisch, das der Pilot sofort öffnete.

Florian grinste breit, als hätte ihn gerade mitten im Sommer der Weihnachtsmann persönlich beschert und meinte:

»Das passt! Mann hast du mir einen Schrecken eingejagt!«

Dann zog er eine Schnute, die für einen kurzen Moment seine sonst immer aus dem Oberkiefer hervorblitzenden Hasenzähne verdeckte, und gab Tom einen dicken, laut hörbaren Schmatz mitten auf den Mund.

Pfiff hatte unbemerkt das Lokal betreten und stand an ihrem Tisch:

»Na, ihr beiden Turteltauben, stör' ich?«

»Ist ja mal wieder typisch: Da will mir Florian endlich den lang ersehnten Zungenkuss geben und du platzt dazwischen und nimmst uns jegliche Romantik«, log Tom, der heilfroh über Pfiffs Erscheinen war.

»Kaffee?«

Pfiff nickte freudig.

Tom winkte eine Bedienung herbei und bestellte zwei Tassen Kaffee mit je einem Glas Wasser dazu.

»Okay, Chef!«, sagte Julia, eine bildhübsche Blondine mit langen, glatten Haaren, einem ebenmäßigen, ovalen Gesicht und einem bezaubernden Lächeln. Ihre schlanke, stattlich Figur sprengte nur an zwei Stellen die Silhouette: knackiger, kugelrunder Po und wohlgeformte Brüste.

»Hast du sie schon vernascht?«, fragte Florian unverblümt, als die Bedienung außer Hörweite schien.

»Nein!«, antwortete Tom, »ich hab' sie erst letzte Woche eingestellt und mit Personal fang ich grundsätzlich nichts an … in der Regel wenigstens.«

»Was weißt du über sie?«, insistierte Florian weiter und auch Pfiff spitzte interessiert die Ohren.

»BWL-Studentin, vierundzwanzig Jahre, fleißig, witzig, bisher immer gut gelaunt, bei den Gästen beliebt. Alles andere musst du selbst rausfinden.«

»Fünfzehn Minuten Kunstflug mit mir und ich hab' sie in der Kiste. Das funktioniert immer!«, übertrieb

Florian und ignorierte dabei die Dunkelziffer derer, die, nachdem sie sich ausgekotzt hatten, für immer aus seinem Blickfeld verschwunden waren.

»Weißt du, Florian, dass ich dir manchmal ein klein wenig neidisch bin. Aber nur manchmal und nur ein klein wenig«, kommentierte Tom in ironischem Tonfall.

»Warum denn?«, fragte Florian mit unschuldigem Gesichtsausdruck.

»Du tust gar nichts für deinen Körper, stopfst selbst noch beim Fliegen jedes Junk-Food in dich hinein, das du nur kriegen kannst, bist trotzdem dürr wie Karl Valentin, hast die blödesten Anmachen drauf, die ich je gehört habe, du oids Scheißhaus, und schleppst am Ende jedes Sprungtags immer die geilsten Mädels oder Jungs ab.«

»Dass mir beides schmeckt, behaltet ihr bitte für euch«, bat Florian, »das braucht nicht jeder zu wissen. Obwohl es wahrscheinlich eh schon jeder weiß. Ich liebe einfach Vögel und Fliegen! Das gehört doch auch irgendwie zusammen.«

»Da hast wohl ein ›n‹ vergessen«, bemerkte Tom.

»Wieso? Ich hab' doch *Fliege-n* gesagt«, witzelte Florian, der genau wusste, was gemeint war.

»Fliegen kommt für mich immer an erster Stelle, seit ich mit sechzehn meine Segelfliegerlizenz gemacht hab'.«

Julia servierte Tom und Pfiff mit einem freundlichen Lächeln und einem »Bitteschön, die Herren!« je einen Kaffee mit einem Glas Wasser.

»Warum trinkt ihr denn um diese Zeit Kaffee?«, wollte Florian wissen.

»Wir haben heute noch was vor«, antwortete Tom und ließ seine rechte Hand im Sturzflug von oben nach unten gleiten.

»Nachtsprünge? Warum weiß ich davon nichts?«, wunderte sich Florian und klang beinahe beleidigt.

»Weil wir dafür kein Flugzeug brauchen. Mehr sag ich dazu nicht!«, bemerkte Tom und hielt den Zeigefinger vor den Mund.

Pfiff und Tom leerten zügig ihre Kaffeetassen und Florian hatte sein *Radler Speziale* auch schon hinuntergespült.

»Geht aufs Haus!«, rief Tom im Hinausgehen Franz, dem Barkeeper, zu.

»Halt' mir den Laden sauber, Schwanzi! Ich komm' gegen halb zwei zur Abrechnung«, fügte er noch hinzu, obwohl er genau wusste, dass er heute Nacht nicht mehr kommen würde.

»Wie immer!«, rief Franz, zu Merengue-Musik tänzelnd und wohl wissend, dass Tom ungeachtet seiner Ankündigungen nur ein- oder zweimal pro Woche zur Abrechnung kam. Er hasste es, wenn ihn jemand wegen seiner Pferdeschwanzfrisur *Schwanzi* nannte, aber bei Tom hatte er sich notgedrungen daran gewöhnen müssen. Tom war der Chef. Und er war ein prima Chef, zahlte überdurchschnittlich gut, stand bei Problemen immer hinter ihm und schenkte ihm nahezu uneingeschränktes Vertrauen – bis auf die Abrechnungsstichproben. Zudem hatte Tom ein unheimlich gutes Gefühl dafür, an welchem Wochentag und zu welcher Jahreszeit mit welchem Umsatz zu rechnen war. Oft schätzte er vor dem Kassensturz den Tagesumsatz und lag dabei immer erstaunlich nahe am Ergebnis. Hatte eine Bedienung mal fünf Prozent weniger Umsatz, als erwartet, tippte er auf Periode oder familiären Kummer und lag auch damit meistens richtig. Deshalb schwor sich Franz, jede Unkorrektheit bei den Abrechnungen zu vermeiden, egal, wie groß die Versuchung auch manchmal war.

KAPITEL 9

BASE-Fieber

Montag, 10. August, 21 Uhr

Tom hatte auf dem Beifahrersitz von Pfiffs altem, silbergrauem *Opel Astra Caravan* Platz genommen und gab die Richtung vor:

»Wir müssen zuerst zum Schwesternwohnheim des Bezirkskrankenhauses. Anni abholen. Sie macht heute unseren Support.«

»Können wir ihr denn hundert Pro vertrauen?«, fragte Pfiff.

»Ich denke schon«, antwortete Tom, während er Anni anrief.

»Anni? Bist du bereit?«

»Zu allem bereit! Bin schon gespannt, was du heute wieder vorhast!«

»Das wirst du bald erfahren, wir sind in zehn Minuten auf dem Parkplatz vor dem Schwesternwohnheim. Komm bitte in ein paar Minuten raus! Und noch etwas: Bring doch meinen LURU mit, den ich letzte Woche bei dir vergessen habe!«

»Geht leider nicht! Der ist auf Station in meinem Spind. Ich hab' gedacht, ich würde dich dort eher sehen.«

»Okay, macht auch nichts ... bis gleich!«

»Hörst du dieses undefinierbare Geräusch?«, fragte Pfiff, »ich war nun schon bei drei Werkstätten und sie finden einfach nicht die Ursache.«

»Klingt wie das Wimmern einer dreiundneunzigjährigen Jungfrau, die erkannt hat, dass der Kelch der körperlichen Liebe für immer an ihr vorbeigegangen ist«, metapherte Tom.

»Du hättest Pfarrer werden sollen«, lachte Pfiff.

»Als Kind wollte ich das tatsächlich mal. Bis ich dann relativ früh zum Agnostizismus konvertiert bin«, erinnerte sich Tom.

»Aber jetzt mal im Ernst: Wie alt ist die Karre und wie viele Kilometer hat sie schon auf dem Buckel?«, fragte der Porschefahrer.

»Sechzehn Jahre und rund 230 000 Kilometer.«

»Mensch, Pfiff! Dann darf sie doch ein wenig rattern und knattern und quietschen und wimmern. Alles andere wäre doch unnormal, oder?«

»Hast wohl mal wieder recht«, antwortete Pfiff und zuckte resigniert mit den Schultern.

Anni wartete bereits auf dem Parkplatz vor ihrem Wohnheim.

Tom rutschte den Beifahrersitz so weit wie möglich nach vorne, sprang aus dem Wagen, begrüßte Anni mit einer tiefen, galanten Verbeugung, öffnete ihr die Tür hinter dem Fahrersitz, schloss sie wieder behutsam, nachdem Anni Platz genommen hatte, rannte hinten um das Fahrzeug herum und setzte sich neben sie auf die Rückbank.

Pfiff begrüßte Anni und fragte sofort nach Bärlauch.

»Am Freitag war er noch da, aber ich hatte seither schichtdienstfrei«, antwortete sie.

»Könnte es sein, dass er übers Wochenende entlassen wurde?«, hakte Pfiff nach, der allzu gerne sein Gewissen entlastet hätte und auch wissen wollte, ob er die Wette gegen Tom gewonnen oder verloren hatte.

»Keine Ahnung«, meinte Annie und zuckte mit den Schultern.

Tom sah sie nachdenklich an. Auch ihn hätte brennend interessiert, was aus Bärlauch geworden war, aber weiter zu insistieren machte wohl keinen Sinn.

Annis Erscheinung brachte ihn schnell auf andere Gedanken. Sie trug ein pink-grau geringeltes T-Shirt mit V-Ausschnitt und einen seitlich geschlitzten Jeansrock, der eigentlich bis zur Mitte ihrer festen Oberschenkel reichte, im Sitzen aber naturgemäß deutlich hochrutschte und den Blick auf ihr pinkes Höschen freigab.

Wieder diese kupferroten Locken um dieses Engelsgesicht ... Annie strahlte eine unwiderstehliche Erotik aus, die Tom beinahe um den Verstand brachte. Als sie dann auch noch verführerisch lächelte und dabei ihre spitze Zunge über die Oberlippe gleiten ließ, war es um ihn geschehen: Er knutschte sie auf der Stelle gnadenlos nieder.

Nach einer langen und intensiven Kussorgie, bei der beide ihre Zungen hemmungslos miteinander spielen ließen, sagte Tom:

»Vodka!«

»Waas?«, fragte Anni.

»Du riechst und schmeckst nach Vodka!«

»Ich dachte immer, Vodka riecht man nicht!«

»Ich schon!«, triumphierte Tom.

»Ich habe etwas vorgeglüht. Du sagtest doch, es wird 'ne lange Nacht«, gestand Anni.

»Vorschlafen hab' ich gesagt, nicht vorglühen! Aber ein bisschen Vorglühen macht auch nichts ... solange du noch Auto fahren kannst!«

»Ich? Autofahren? Was habt ihr denn vor?«, fragte Anni reichlich verwundert.

»Kannst du schweigen?«, fragte Pfiff sie mit ernster Miene.

»Wenn's sein muss! Das heißt, wenn ihr mir sagt, dass ich schweigen muss, dann erzähle ich auch niemandem was … Mann, ihr macht es aber spannend. Worum geht's? Raus mit der Sprache!«

»Kurze Version: Pfiff und ich wollen heute Nacht ein paar BASE-Sprünge von der Europabrücke, ein paar Kilometer südlich von Innsbruck, machen«, antwortete Tom für sich und Pfiff.

»Und jetzt die lange Version!«, forderte Anni.

»Also, beim BASE-Springen hüpft man nicht aus einem Flieger, sondern von festen Objekten. Das B steht für *Buildings*, also Gebäude, das A für *Antennas*, also Sendemasten, das S für *Spans*, also Brücken, und das E für *Earth*, also erdgebundene Objekte wie Berge oder Klippen …«

»So ausführlich auch wieder nicht«, unterbrach ihn Anni, »mich interessiert vor allem, was ich dabei soll!«

Tom lächelte sie an, als würde er gleich den Verlobungsring auspacken:

»Ich wollte dich bitten, am Landeplatz ein wenig die Augen offen zu halten, ob sich da um Mitternacht nicht noch irgendwelches Gesinde herumtreibt, das wir mit unseren Sprüngen erschrecken könnten. Ältere, Gassi gehende Damen, Förster, Polizisten oder so. Und dann wäre es super, wenn du uns ein paarmal zwischen Brücke und Landeplatz hin- und herchauffieren könntest. Dann können wir vielleicht zwei oder drei Sprünge machen.«

»Ich soll also Schmiere stehen und euch chauffieren«, stellte Anni nüchtern fest.

»Du hast es auf den Punkt gebracht«, bestätigte Tom.

»Und was hab' ich davon?«, fragte Anni.

Tom, der mit dieser Frage nicht gerechnet hatte, begann zu philosophieren:

»Du hast ein wahnsinniges, einmaliges Erlebnis! Überleg doch mal: Wie viele Menschen vögeln gerade auf der schattigen Seite unseres Planeten? Mindestens eine Milliarde. Schätze ich jetzt mal, ganz grob. Und geheime BASE-Sprünge werden heute Nacht vielleicht zwanzig oder dreißig gemacht. Wenn das kein besonderes Erlebnis ist?«

Anni streichelte die Innenseite von Toms linkem Oberschenkel und freute sich darüber, wie schnell sie eine Beule in seine Hose zaubern konnte.

»Hast du dich schon mal gefragt, wie viele Menschen heute Nacht bei 140 Sachen auf der Autobahn am Rücksitz eines alten Opels schnackseln?[27] Das sind doch bestimmt noch viel weniger, oder?«, fragte Anni Tom.

»Mensch, Anni, womit hab' ich dich verdient?«, seufzte Tom, während er zuerst sich aus seiner Trekkinghose, dann Anni aus ihrem Jeansrock befreite und seine Hand langsam in ihr Höschen gleiten ließ.

»120 Sachen!«, rief Pfiff nach hinten, »ich fahr nur 120. Sonst klappert er zu laut.«

»Sei still und schau nach vorne – bitte!«, beschwor ihn Tom.

Pfiff nickte, nicht ohne noch einmal gründlich den Innenrückspiegel geprüft zu haben.

Auf der Rückbank hinter dem Beifahrersitz kniend, klappte Tom seine stolzen 192 Zentimeter zusammen wie ein Schweizer Taschenmesser, während sich Anni lustvoll auf dem Platz daneben räkelte, ihre Beine öffnete, ihr T-Shirt über die wohlgeformten Brüste schob und ihre Arme ergeben nach oben streckte. Nachdem Tom sie mit seinen zärtlichen Fingern und seiner spitzen Zunge an den Stellen gründlich verwöhnt hatte, wo sie es am liebsten mochte, tauschten sie die Rollen: Tom fläzte sich lässig auf seine Seite der Sitzbank und ließ sich von Anni verwöhnen. Als sie sein bestes Teil jedoch allzu tief in den Mund nahm, musste er zweimal um ein paar Sekunden Unterbrechung bitten und schnell an etwas Unerotisches, am besten etwas Technisches, denken, um nicht gleich zu kommen. Nach dem Vorspiel rappelte es richtig in der Kiste und Pfiff musste die Geschwindigkeit teilweise bis auf 80 Stundenkilometer drosseln, damit die dynamischen Kräfte auf der Rückbank seine alte Karre nicht aus der Spur trugen.

Irgendwann endete das Ganze – wie immer bei Tom – mit lautem, schallendem Gelächter. Anni und Pfiff mussten unweigerlich mit einstimmen.

* * *

Es war kurz vor 23 Uhr, als sie die Landewiese neben dem Sill-Kraftwerk unterhalb der Europabrücke erreicht hatten. Der Halbmond strahlte, durch ein paar Schleierwölkchen leicht getrübt, sanft vom sonst nahezu sternenklaren Sommernachtshimmel. Nachdem sie ausgestiegen waren, kleideten sich Anni und Tom wieder an und küssten sich zärtlich.

»Jetzt aber an die Arbeit!«, drängte Pfiff, der sonst, wenn es um BASE-Sprünge ging, eher selten die treibende Kraft war.

Tom und Pfiff packten ihre Fallschirme neu und modifizierten sie sorgfältig für das Sprungvorhaben. Slider und innerer Packsack, Teile, die die Öffnung von Fallschirmen bei Sprüngen aus Flugzeugen und 200 Stundenkilometer Endgeschwindigkeit langsam abbremsten, wurden ausgebaut. Den Hilfsschirm, der den Hauptschirm aus der Packhülle ziehen und strecken würde, ersetzten sie durch einen größeren. Bei BASE-Sprüngen ist die Freifallzeit und Geschwindigkeit viel geringer als bei Sprüngen aus Luftfahrzeugen und die Schirme müssen sich blitzschnell und sauber öffnen. Außerdem hat der Springer nur *eine Chance*, denn Zeit und Höhe reichen in der Regel nicht für Notverfahren und Reserveöffnung.

Tom erklärte Anni, wo sie parken und warten sollte, und wies sie kurz auf das mitgebrachte Handfunkgerät ein:

»Lass das Teil einfach immer eingeschaltet, so, wie es jetzt ist! Sag' nie irgendwelche Name über Funk! Auch keine langen Geschichten! Nur, falls nötig: *Förster* oder *Spaziergänger* oder *Bullen* oder was auch immer dir auffällt!«

»Okay!«, bestätigte Anni, der die Sache langsam etwas unheimlich wurde.

»Wenn«, erklärte Tom weiter, »wir das Auto unten stehen sehen und bereit sind, melden wir uns mit *drei Minuten* und *eine Minute*. Das ist die Zeit vor dem Absprung. Wenn du willst, kannst du Fotos oder ein Filmchen mit deinem Smartphone machen und an deine Freundinnen schicken – aber erst, wenn wir wieder zu Hause sind.«

»Okay!«, quittierte Anni wieder.

»Und noch etwas«, flüsterte Tom, sodass es Pfiff nicht hören konnte, »pass doch bitte ganz genau auf, wer höher und wer tiefer am Schirm hängt!«

»Aber wie erkenne ich euch denn, mitten in der Nacht und auf diese Entfernung?«, fragte Anni zu Recht.

»Es reicht, wenn du dir merkst, ob der aus deiner Sicht rechte oder linke Springer höher oder tiefer hing«, erklärte Tom.

Anni stellte den Fahrersitz und die Rückspiegel so ein, dass es für sie bequem war, fuhr auf die Europabrücke, hielt kurz an und entließ Tom und Pfiff mit den Worten:

»Passt bloß auf, Jungs!«

Tom und Pfiff gingen zu einem Pfeiler nahe der geplanten Absprungstelle und duckten sich dort so, dass die vorbeifahrenden Autofahrer sie nicht entdecken konnten.

»Jetzt ist erst mal 15 Minuten Warten angesagt, bis Anni unten angekommen ist«, stellte Pfiff fest und malte sich in Gedanken aus, wie sich Anni als Fahrerin des Fluchtfahrzeuges, noch dazu seines Opels, machen würde, wenn sie mal ganz schnell wegmüssten, weil beispielsweise ein Wachmann herumstreunerte.

»Sag mal«, begann Tom vorsichtig, »jetzt sind wir schon 25 Mal von dieser Brücke gehüpft. Da ist doch irgendwann die Luft raus und es wird langweilig, oder?«

»22 Mal! Ich bin erst 22 Mal hier hinuntergesprungen. Bei *dir* waren es vielleicht 25 Mal! Und ich hab' jedes Mal wieder richtig Schiss! Ich meine, es ist schon irgendwie ein Kick, sonst würd' ich's ja nicht machen. Aber das Wort *langweilig* passt hier überhaupt nicht!«, antwortete Pfiff.

»Ich hab' mir gedacht, wir könnten wetten«, ließ Tom die Katze aus dem Sack.

»Auweia! Was denn? Wer als Erster aufschlägt?«, fragte Pfiff.

»Nicht ganz. Aber du bis schon nah dran. Wer am tiefsten zieht, bekommt vom anderen einen Riesen.«

»Du hast wohl einen Sockenschuss, Alter. Nicht mit mir. Ich bin nach jedem BASE-Sprung schon heilfroh, wenn ich überlebt habe!«, empörte sich Pfiff.

»Die Brücke ist 190 Meter hoch. Du kannst es nach dem Weg-Zeit-Gesetz genau ausrechnen: Nach drei Sekunden durchfällst du 45 Meter, nach vier Sekunden 78, nach fünf Sekunden 122 und nach sechs Sekunden 176. So, wie unsere Schirme gepackt sind, sind sie nach spätestens 50 Meter offen. Wir müssen also nicht immer schon nach drei Sekunden ziehen, sondern könnten es auch mal vier oder fünf Sekunden rauschen lassen. Das wär' doch was!«, insistierte Tom.

»Du kannst mir mal den Schuh aufblasen! Nur eine winzige Öffnungsverzögerung und du schlägst auf!«, erregte sich Pfiff.

»Nur eine größere Öffnungsverzögerung und du schlägst *auch* auf, wenn du nach *drei* Sekunden gezogen hast«, entgegnete Tom, »BASE-Springen ist halt mal gefährlich. *No risk no fun!* Außerdem kannst du mit zwei gewonnenen Sprüngen deine ganzen Schulden bei mir abbauen.«

»Oder verdoppeln, wenn *du* tiefer hängst«, rechnete Pfiff.

»Wenn du zweimal gewinnst, darfst du auf der Rückfahrt auch noch die Anni vernaschen«, bot Tom großzügig an.

Pfiff schüttelte empört den Kopf:

»Meinst du nicht, da hätte *sie* auch noch ein Wörtchen mitzureden? Oder bist du jetzt ihr Zuhälter?«

»Quatsch. Die Anni ist da locker. Wir führen eine offene Beziehung«, meinte Tom, war sich ganz sicher, dass er ohnehin gewinnen würde und hielt Pfiff die ausgestreckte Hand hin:

»Was ist jetzt? Wir machen vier bis fünf Sekunden Freifall. Auf keinen Fall länger als fünf! Dann schauen wir, wer am tiefsten hängt. Schlag ein!«

»Wenn ich gewinne und es nicht überlebe, bringst du dann einen Strauß Blumen und den Tausender meiner Laura?«, jammerte Pfiff, während er einschlug.

»Oh Mann! Du schlägst nicht auf, wenn du nicht mehr als fünf Sekunden Freifall machst! Außerdem hat deine Rechnung einen Fehler: Wenn *du* gewinnst, verringern sich deine Schulden erst mal von 2000 auf 1000 Euro«, sagte Tom nüchtern und fügte nach kurzer Pause hinzu:

»Aber, wenn du tatsächlich aufschlagen würdest, gäbe es Schuldenerlass und ich würde dir natürlich deinen letzten Wunsch erfüllen. Ich bekomme dann ja 'ne halbe Million!«

Pfiff blickte verdutzt drein.

»Die Lebensversicherungen, die wir vor ein paar Jahren mal aufeinander abgeschlossen hatten, hab' ich gerade ganz vergessen! Dann weißt du ja überhaupt nicht mehr, was du mit deiner ganzen Kohle machen sollst«, seufzte Pfiff.

»Mir fällt immer was ein, Kumpel. Mach dir da mal keine Sorgen«, antwortete Tom und fügte hinzu:

»Irgendwann wird der Tod uns scheiden und dann bekommt der Übriggebliebene ein schönes Schmerzensgeld.«

»Du sagst das, als würdest du richtig damit rechnen«, bemerkte Pfiff, der solche Gedanken lieber verdrängte.

»Keiner verlässt lebend diese Welt«, philosophierte Tom, »seit wir uns kennen, haben wir mehr erlebt als die meisten 90-Jährigen, die in irgendwelchen Altersheimen herumtattern. Der Tod gehört zum Leben. Und wenn er zuschlägt, ist es eben Schicksal! Dann haben *wir* aber *gelebt* und was *erlebt*, Junge … und jede Sekunde unseres kurzen Gastspiels auf diesem Planeten ausgekostet. Wir erleben doch jeden Monat so viel wie andere in drei!«

Von der Brücke aus konnte man gut sehen, wie Anni am Landeplatz eingefahren war. Tom und Pfiff zurrten ihre Gurtzeuge fest und kontrollierten gegenseitig ihre Ausrüstung.

»Noch drei Minuten!«, gab Tom über Sprechfunk durch.

»Okay!«, quittierte Anni.

Auf der Mitte der Brücke angekommen, gab Tom durch:

»Noch eine Minute!« – Anni quittierte wieder.

Dann kontrollierten Pfiff und Tom ein weiteres Mal gegenseitig ihre Ausrüstung und stiegen über das Geländer der Brücke.

Nun gab es kein Zurück mehr.

Pfiff hatte ein flaues Gefühl in der Magengegend. Seine Knie begannen zu zittern und er wollte nur, dass die nächsten Sekunden so schnell wie möglich vorbeigingen.

Tom war so cool, als würde er nur aus der Straßenbahn aussteigen, und voller Vorfreude auf die gewaltigen Mengen an Adrenalin und Dopamin, die sein Körper während der Schirmöffnung ausschütten würde – in diesem kurzen Moment der Ungewissheit, ob sich der Fallschirm rechtzeitig und vollständig entfalten würde.

Pfiff und Tom, die nun etwa fünf Meter voneinander entfernt standen, schauten sich in die Augen, nickten und stürzten sich mit einem kurzen »Ready – Set – Go!« synchron in die Tiefe der Nacht.

Pfiff sah den Boden auf sich zurasen und zählte mit zusammengebissenen Zähnen tapfer vier Sekunden ab, bevor er den Hilfsschirm aus seiner rechten Hand in den Luftstrom freigab.

Tom beobachtete Pfiff. Er hatte sich vorgenommen, erst dann seinen Hilfsschirm loszulassen, wenn er sah, dass sich Pfiffs Kappe aus dessen Rückenpaket löste, allerspätestens jedoch nach fünf Sekunden. Mit der Präzision eines Schweizer Uhrwerks handelte er genau so, wie er es sich vorgenommen hatte, und hing nach einer harten, aber schnellen Schirmöffnung wenige Meter tiefer als Pfiff, jedoch viel tiefer als bei allen anderen Sprüngen, die er vorher von dieser Brücke gemacht hatte.

Beide durchströmte ein tiefes Glücksgefühl, das – da waren sie sich einig – kein Außenstehender je nachempfinden konnte.

Zu der Ladung Adrenalin und Dopamin gesellte sich nun noch eine gewaltige Portion Endorphine. Nach der Landung liefen sie aufeinander zu, umarmten sich, drückten sich und wälzten sich im Gras wie zwei frisch Verliebte.

»Saugeil, Alter!«, rief Pfiff mit leuchtenden Augen, als hätte er gerade einen Orgasmus gehabt.

»Komm, wir packen hier gleich im Sichtschutz des Pfeilers!«, schlug Tom vor und gab Anni kurz Bescheid.

Mit frisch gepackten Schirmen liefen sie über die offene Wiese zu Pfiffs altem Opel und stiegen ein.

»Das war ja 'ne krasse Nummer! Ihr seid echt verrückt«, kommentierte Anni die BASE-Aktion von gerade eben und fügte hinzu:

»Der rechte hing tiefer!«

Erst da wurde Pfiff klar, dass er wieder mal eine Wette gegen Tom verloren hatte. Aber das störte ihn im Moment überhaupt nicht. Beim nächsten Sprung würde er es ihm zeigen und gewinnen!

Anni chauffierte die beiden wieder auf die Europabrücke und der Ablauf bis zum Übersteigen des Gelän-
ders glich dem des ersten Sprungs.

Wieder hatte Anni Toms letzten Funkspruch mit
einem breiten »Okay« bestätigt.

Als sich die beiden gerade im freien Fall befanden,
Tom wieder präzise die Sekunden zählte und Pfiff genau
beobachtete, krächzte es aus dem kleinen Funkgerät in
Toms Hosentasche: »Polizei!«

›Zu spät‹, dachte Tom, der nun auch das Fahrzeug auf
der Straße unter der Brücke hervorkommen sah.

Wieder gab Tom seinen in der rechten Hand gehalte-
nen Hilfsschirm frei, als er sah, wie Pfiffs Fallschirm aus
dessen Rückenpaket gezogen wurde. Nur etwas war
diesmal anders: Der Zeitpunkt fiel genau mit der fünften
Sekunde, seinem absoluten Zeitlimit, zusammen!

Für einen Moment war sich Tom nicht sicher, ob es
noch reichen würde. Eine Unmenge Adrenalin schoss in
seine Blutbahn, fast als hätte ihm jemand gerade drei
Ampullen Supra in die Vene injiziert.

Tom blickte in seine geliebte *Cloudine* und sah, wie sie
sich entfaltete. Doch was war das?

Plötzlich klappte die Kappe vorne zusammen und
teilte sich, wie von einem Seil durchschnitten, in zwei
Teile.

Geistesgegenwärtig zog Tom beide Steuerleinen kräftig durch. Die Fallschirmkappe wanderte nach hinten,
füllte sich wieder, Tom pendelte nach vorne und schlug
hart auf seinem Allerwertesten auf. Er wurde kreidebleich. Für einen Moment blieb ihm die Luft weg.

Pfiff rannte sofort zu ihm.

»Polizei ist weg. Alles klar bei euch?«, rauschte es aus
dem Funkgerät.

»Wie geht's dir?«, fragte Pfiff, »kannst du alles bewegen?«

Tom bewegte seine Zehen, seine Füße, zog die Beine an und versuchte aufzustehen, was ihm mit Pfiffs Hilfe gelang, wankte ein paar Schritte und setzte sich dann wieder ins Gras.

»Was war das denn für 'ne Scheiße? Ich wär' um ein Haar draufgegangen«, stammelte Tom.

»Und ich wär' um ein Haar halber Millionär geworden. BASE-Springen ist halt mal gefährlich«, grinste Pfiff.

»Du Loser! Überleg dir genau, was du sagst. Du hast gerade wieder 1000 Euro verloren«, wetterte Tom und fügte hinzu:

»Aber jetzt mal im Ernst: Hast du das Seil da gesehen?«

»Alles klar bei euch?«, rauschte es wieder aus dem Funkgerät.

»Wir kommen gleich«, antwortete Tom, leicht genervt.

Pfiff und Tom analysierten kurz, was passiert war. Beide hatten die dicken Gummiseile gesehen, die die Bungeespringer u-förmig von der Brücke gehängt hatten. Nie war ihnen jedoch aufgefallen, dass die Bungeeseile jeweils mit einem dünnen Seil, das fest im Boden verankert war, stabilisiert wurden, vermutlich, um Schwingungen bei Wind und Wetter zu vermeiden.

Tom, dessen Schirm sich ohnehin erst 20 Meter über dem Boden voll entfaltet haben muss, schoss gleich nach der Öffnung in so ein dünnes Stabilisierungsseil, das dann seine Kappe kollabieren ließ. Er hatte genau richtig reagiert, aber der Bruchteil einer Sekunde und wenige Meter hatten hier zwischen *leicht geprellt, querschnittsgelähmt* und *Tod* entschieden. Kaum jemand wusste das so gut wie Tom und Pfiff, die schweigend zu Pfiffs Auto marschierten und ihre Schirme in den Kofferraum warfen.

Pfiff setzte sich ans Steuer. Anni und Tom nahmen auf der Rückbank Platz.

»Was war denn los?«, wollte Anni wissen.

Tom erklärte ihr kurz und sachlich, was abgelaufen war und verzichtete dabei bewusst auf jegliche Risikobewertung. Dann nahm er Anni in den Arm und genoss einfach nur ihre Nähe.

Sie kuschelte sich eng an ihn. Tom öffnete sein Hemd, legte Annis roten Wuschelkopf sanft auf seine leicht behaarte Heldenbrust und streichelte ihren Rücken.

›Ob sich so *Liebe* anfühlt?‹, überlegte er, ›ob Anni glücklicher wäre, wenn sie eine feste Beziehung hätten und er ihr treu wäre?‹

Tom fand keine rechte Antwort darauf, zumindest keine, die sich mit seiner aktuellen Lebensweise vereinbaren ließ.

Es dauerte nicht lange, da begann Anni tief und fest zu schlafen ... und ganz leicht zu schnarchen.

›Wie süß!‹, dachte Tom. Er hatte das noch nie bei ihr gehört. War es seiner Aufmerksamkeit bisher einfach nur entgangen oder schnarchte Anni nur in dieser ganz speziellen Position?

Fast eine Stunde lang verarbeiteten Toms und Pfiffs Gehirnwindungen intensiv und auf unterschiedlichste Art und Weise das Erlebte, ohne dass sie auch nur einziges Wort miteinander redeten.

An der Rastanlage *Inntal Ost* fuhr Pfiff raus und unterbrach die Stille:

»Kaffeepause, meine Herrschaften!«

Pfiff tankte voll, während Tom und Anni in der Selbstbedienungsraststätte für sich und Pfiff Kaffee und ein paar Snacks organisierten und sich an einem einsamen Ecktisch niederließen.

Als Pfiff dazustieß und genussvoll an seinem Kaffee schlürfte, fragte ihn Tom:

»Dir fehlt doch nur noch das *B* für *Buildings*, um alle BASE-Kategorien vollzubekommen?«

»Richtig«, bestätigte Pfiff.

»Willst du heute noch von einem Hochhaus springen?«, fragte Tom nun ganz direkt.

»Prinzipiell würd' ich schon gern mal von einem Gebäude hüpfen. Aber muss das denn heute sein? Heute haben wir doch schon genug erlebt!«

»*Genug erlebt?*«, entrüstete sich Tom. »Man kann *nie* genug erleben! Das Leben kann so schnell vorbei sein. Wenn du jetzt auf die Autobahn rausfährst und es kommt dir ein Geisterfahrer entgegen, dann war's das. Passiert jeden Tag irgendwo in Deutschland. *Geht nicht* gibt's nicht und *genug erlebt* gibt's auch nicht«, philoso-phierte Tom.

»Dann rück' doch mal raus, was dir so vorschwebt. Aber erst mal ganz unverbindlich«, forderte Pfiff vor-sichtig.

»Die bauen gerade ein neues Bürohaus am Frankfur-ter Ring, 136 Meter hoch, 34 Stockwerke. Das Objekt ist noch unbesprungen, jungfräulich also! Ich hab' das ges-tern Nacht mal ausgespäht. Der Wachmann ist in einer kleinen Holzbaracke stationiert und dreht jeweils zur vollen Stunde für 20 Minuten seine Runde. Landen könnte man auf dem Gehsteig des Frankfurter Rings oder auf der Seitenstraße, die vom Ring abzweigt. Die Baureife ist ideal. Du weißt ja, wenn erst mal ein Pfört-ner im Gebäude sitzt, kommt man kaum mehr rein.«

»Du schaffst das ja auch dann noch!«, grinste Pfiff und zwinkerte Tom vielsagend zu.

»Kennt Anni die Geschichte?«

»Nein!« Tom schüttelte den Kopf und grinste ebenfalls.

»Jetzt will ich's aber wissen!«, meldete sie sich prompt zu Wort.

»Darf ich's ihr erzählen?«, fragte Pfiff.

»Von mir aus. Sie hat ja versprochen zu schweigen und ist durch ihr heutiges Schmierestehen Mittäterin, praktisch eine von uns«, bemerkte Tom.

Anni sah sich zwar nicht als Mittäterin, bekam aber immer größere Ohren. Pfiff erzählte sichtbar vergnügt die Geschichte, als Tom vor wenigen Monaten unter falschem Namen bei der Fensterreinigungsfirma anheuerte, die die Außenfassade des 146 Meter hohen Uptown-Towers am Georg-Brauchle-Ring reinigte. Als er vom Außenaufzug aus die Scheiben des obersten Stockwerks ordentlich gewienert hatte, sprang er zum Schrecken seines Kollegen gleich an seinem ersten Arbeitstag mit dem Fallschirm aus der Wartungsgondel. Und das am helllichten Tag unter den Blicken zahlreicher Passanten, die kräftig Beifall klatschten. Pfiff fuhr das Fluchtauto. Die Aktion, die nur knappe zwei Minuten gedauert hatte, beschäftigte zehn Tage lang die Boulevardpresse. Der *Täter* wurde nie gefasst!

»Das warst *du*?«, rief Anni mit großen Augen.

»Das war sogar bei uns auf Station Gesprächsthema. Einige wollten schon darauf wetten, man würde den Verrückten bald bei uns einliefern. Warum hast du mir das nie erzählt?«

»Du hast ja nicht danach gefragt. Außerdem war ich am gleichen Abend noch bei dir und wir hatten eine wunderschöne Nacht«, antwortete Tom trocken und an Pfiff gewandt:

»Bist du dabei oder nicht? Das Timing wäre ideal. Um die Zeit sind nur Bäcker und Zeitungsausträger unterwegs.«

»Und Einsatzfahrzeuge«, ergänzte Pfiff.

»Das ist doch überschaubar und wir haben auch noch ein wachsames Auge dabei!«

Pfiff nickte zögerlich. Für einen Moment zeichneten leichte Sorgenfalten seine Stirn.

»Ich komme mit, aber ob ich dann wirklich springe, weiß ich noch nicht. Ein Gebäude bei Nacht ist schon 'ne andere Risikoklasse.«

»*Don't worry, be happy!* Wir machen auch keine Tiefziehwette!«, scherzte Tom.

»Das wäre ja das Letzte, was dir einfallen könnte! Da kannst du gleich 'nen Leichenwagen unten hinstellen«, antwortete Pfiff.

Auf dem Weg zu Pfiffs altem Opel fiel Tom plötzlich ein, dass sie ihre Schirme noch nicht gepackt hatten. Im kalten Neonlicht einer Tankstellenlaterne holten sie dies rasch nach und falteten ihre Fallschirme wieder speziell für eine schnelle und saubere Öffnung im Low-Speed-Bereich.

Tom kaufte ein paar Süßigkeiten sowie einen *Red Bull Sixpack* und warf die Wegzehrung mit den Worten »verleiht Flügel« auf den Beifahrersitz.

Dann ging es in alter Konstellation auf die Autobahn Richtung München, Pfiff am Steuer, Tom und Anni auf der Rückbank.

Nach wenigen Minuten schmiegte sich Anni an Tom, öffnete sein Hemd und ließ ihre Hand geschickt zwischen seine Beine gleiten.

›Jetzt nicht, ich muss mich innerlich auf unser Sprung-vorhaben vorbereiten …‹, wollte Tom gerade sagen. Aber noch bevor er seine Gedanken ausgesprochen hatte, übernahm sein bestes Stück die Herrschaft über Geist und Körper.

Nach wenigen Minuten wurde der alte Opel durchge-rüttelt wie bei einem Erdbeben und Pfiff musste wieder das Tempo reduzieren, um die Spur halten zu können, bis endlich ein lautes, befreiendes Gelächter von der Rückbank dröhnte.

»Hat sich nach einem hammermäßigen Quickie ange-hört«, kommentierte Pfiff mit Blick in den Rückspiegel.

»Das hast du mal wieder voll richtig gecheckt. Man erkennt sofort den Fachmann in dir! Und jetzt schau' bitte wieder nach vorne«, antwortete Tom.

Um 3:15 Uhr erreichten sie ihr Ziel, fuhren in die kleine Stichstraße, die direkt nach dem Gebäude vom Frank-furter Ring abzweigte, wendeten das Fahrzeug in »Fluchtrichtung« hin zu der großen Ringstraße, schal-teten die Scheinwerfer aus und betrachten ihr Objekt der Begierde: ein majestätischer Bau mit bläulich schil-lernder Glasfassade. Auf der Rückseite stand, leicht seit-lich versetzt, ein Baukran, etwa halb so hoch wie das Gebäude, mit einem Ausleger, der zwischen Bauwerk und Stichstraße hineinragte. Die umzäunte Baustelle war mit Flutlicht ausgeleuchtet. Aus einem etwa 2 x 5 Meter großen Betonsockel zwischen dem Haupteingang und dem Nachtwächterhäuschen ragten rötlich braune Stahlstäbe wie Nägel aus einem Fakirbrett. Die verfüg-bare Landefläche auf der schmalen Stichstraße und not-falls noch am Gehweg des Frankfurter Rings war denk-bar klein.

Pünktlich um 3:20 Uhr, genau wie Tom es vorhergesagt hatte, kam der Wachmann aus dem Haupteingang. Nach seinem trägen Schritt zu schließen, war er nicht mehr der Jüngste. Er trug eine Uniformmütze, hielt eine riesige Taschenlampe in der Hand und schlürfte, von einem Schäferhund begleitet, in seine Baracke.

»Von dem Hund hast du nichts gesagt«, reklamierte Pfiff.

»Der tut uns nichts«, wimmelte ihn Tom mit einer verächtlichen Handbewegung ab.

»Los, wir gehen!«, raunte er Pfiff zu, gab Anni einen Kuss und letzte Anweisungen:

»Halt' die Ohren steif und die Augen offen und gib über Funk Bescheid, wenn die Bullen auftauchen, der Wachmann mit Strolchi Gassi geht oder sich sonst was bewegt. Wird etwa 'ne Stunde dauern, bis wir oben und sprungfertig sind«.

Pfiff und Tom schulterten ihre Fallschirme. Tom hatte zusätzlich sein Handfunkgerät in einer Seitentasche seiner Trekkinghose stecken und hielt eine leistungsstarke Taschenlampe in der Hand. Sie liefen gebückt, wie zwei mit Geldsäcken beladene Bankräuber, zur Rückseite der Baustelle, die weniger gut ausgeleuchtet war. Tom fand sofort die bereits am Vortag ausgekundschaftete Stelle, wo sich der Bauzaun auseinanderschieben ließ, den Lieferanteneingang und das Treppenhaus.

Die Treppen hatten noch keine Geländer. Die ersten Stockwerke nahmen sie noch im Laufschritt. Beim zehnten und zwanzigsten Stockwerk legten sie jeweils eine kleine Pause ein. Dann wurde der Aufstieg von Stufe zu Stufe anstrengender und schweißtreibender. Die letzten vier Stockwerke keuchten sie, als hätten sie gerade den

Mount Everest erklommen. Es war 4:10 Uhr, als sie endlich das Dach des Gebäudes erreicht hatten.

»Schau' dir diese Aussicht an«, schwärmte Tom, »ganz München liegt uns zu Füßen! Da drüben der Olympiaturm. Und weiter links, da, wo die Lichterketten der Leopold- und der Ungererstraße zusammenfließen, liegt die Münchner Freiheit, wo wir uns den Bärlauch gekrallt haben.«

Pfiff konnte den Ausblick nicht genießen und das Letzte, an das er jetzt denken wollte, war die Bärlauch-Geschichte. Ein leichtes Gefühl der Übelkeit schlich sich bei ihm ein. Seine Knie zitterten.

»Von hier aus sieht die Landefläche verdammt klein aus«, bemerkte er leise.

»Stell dir vor, du rutschst aus und hast deinen Schirm noch gar nicht richtig angezogen«, raunte Tom und zurrte seine Beingurte und seinen Bauchgurt fest, während Pfiff das Gleiche tat.

Tom zog ein Taschentuch aus seiner Hose, ließ es in die Tiefe flattern und beobachtet es, bis es sanft auf dem Betonblock mit den Stahlstäben landete.

»Hast du das gesehen? Es ist praktisch windstill. Idealer könnten die Bedingungen nicht sein. Mann, bin ich geil drauf, das Objekt zu entjungfern!«, jauchzte Tom.

»Mann, hab' ich Schiss!«, brüllte Pfiff.

»Dann lass es! Geh einfach die 34 Stockwerke wieder runter, nachdem ich gesprungen bin. Wenn die Luft rein ist, warten wir auf dich. Wenn wir abhauen müssen, bestell' ich dir ein Taxi«, sagte Tom im Ton eines treusorgenden Vaters.

»Nein! Jetzt is' es raus! Ich musste einfach mal laut und deutlich rausschreien, dass ich wahnsinnig Schiss hab'. Es ist ja auch mein erster Gebäudesprung. Ich zieh' das jetzt durch. Ich springe nach dir«, konstatierte Pfiff.

»Gut, Pincheck und Briefing!«

Sie prüften gegenseitig den richtigen Sitz der Verschlusspins in der Mitte ihrer Fallschirmcontainer.

»In drei Minuten«, funkte Tom zu Anni und begann das Briefing mit Pfiff:

»Am wichtigsten ist eine absolut saubere Absprunghaltung. Aber das kannst du ja! Ich springe zuerst und lass den Hilfsschirm nach genau drei Sekunden aus. Erst dann hat er genügend Luftanströmung für eine saubere Öffnung. Fünf Sekunden nach meiner Schirmöffnung springst du. Dann bin ich schon so tief gesunken, dass wir uns nicht mehr in die Quere kommen können. Du ziehst nach genau drei Sekunden. Keine Zehntel Sekunde weniger und keine Zehntel Sekunde mehr, verstanden?«

Pfiff nickte kräftig und Tom fuhr fort:

»Sofort nach der Öffnung Kappenkontrolle und den Schirm zum Landeplatz steuern, möglichst nah an dein Auto!«

Pfiff nickte.

Anni meldete sich nicht.

»Was ist los da unten?«, funkte Tom.

Keine Antwort.

»*Hallo, hallo!*«, schrie Tom ins Funkgerät.

Nach zwei, drei langen Minuten immer noch keine Antwort. Aber man konnte von oben gut beobachten, wie der Wachmann mit Taschenlampe und Hund in seinem Häuschen verschwand. Die Straßen waren menschenleer. Nur sporadisch fuhr mal ein Fahrzeug auf der Ringstraße, auf der sich in wenigen Stunden die Autos in vierspurigen Schlangen stauen würden.

»Wir springen jetzt. Ich geh nicht wieder runter, nur, weil Anni das Funkgerät nicht eingeschaltet hat«, bestimmte Tom.

Tom und Pfiff bewegten sich in kleinen Schritten an das Ende des Daches, und zwar so, dass ihre Zehenspitzen den Rand des Gebäudes überragten. Tom blickte nach unten. Es war die sich verjüngende Perspektive, die bei den meisten Menschen, auch bei Fallschirmspringern, Schwindelgefühle auslöste. Nicht bei ihm. Er hatte keine Probleme damit und genoss den Blick in die Tiefe. Dann schaute er seinem besten Freund, der nur einen Meter neben ihm stand, ins Gesicht, das blanke Angst verriet. Kalter Schweiß rann Pfiff in Bächen aus dem blonden Lockenkopf über Stirn, Wangen und Hals.

»Schau gerade aus, rüber zum Olympiaturm. Jetzt stehen wir noch am Abgrund – gleich sind wir einen Schritt weiter!«, witzelte Tom. Dann ging er in die Knie und stürzte sich mit einem leisen »und go!« in die Tiefe. Nach exakt drei Sekunden gab er seinen Hilfsschirm frei, der den Hauptschirm aus dem Rückenpaket zog.

Der erste Blick in die Kappe zeigte eine saubere Öffnung. Tom griff in die Steuerleinen und landete wenige Sekunden später neben Pfiffs Auto auf der Stichstraße. Sofort nach seiner Landung hielt er Ausschau nach Pfiff, der ebenfalls unter einer sauber geöffneten Kappe hing und kurz darauf neben ihm landete.

»Saugeil!«, rief Pfiff und fiel Tom in die Arme, während ihm ein paar Tränen der Freude und Erleichterung über die Wangen kullerten.

»Find' ich auch!«, bestätigte Tom.

»Aber jetzt schnell weg hier! Feiern können wir später.«

Pfiff versuchte, den Kofferraum seines alten Opels zu öffnen, damit beide ihre Schirme verstauen konnten. Aber es ging nicht.

Beide hielten ihre Hände wie Scheuklappen neben das Gesicht, um besser ins Wageninnere blicken zu können und glaubten, ihren Augen nicht mehr trauen zu können: Der Fahrersitz war leer. Der Beifahrersitz auch.

Schließlich entdeckten sie Anni zusammengekrümmt auf der Rückbank. Es sah aus, als würde sie tief und fest schlummern.

Pfiff und Tom klopften kräftig an die Scheiben. – Keine Regung.

Beide kauerten sich mit ihren Fallschirmen dicht an den Opel, um nicht so leicht gesehen zu werden, und überlegten:

»Das gibt's doch nicht! Da läuft alles wie geschmiert und dann so was!«, bemerkte Tom.

»Ob wir uns Sorgen machen müssen? So fest kann doch gar niemand schlafen«, gab Pfiff zu bedenken.

Tom hielt sein Ohr an das hintere Seitenfenster, in der Hoffnung, ein leichtes Schnarchen oder Atmen zu hören. – Ohne Erfolg!

Er schaute sich Anni nochmals ganz genau an, konnte aber nichts Außergewöhnliches feststellen. Ob sich ihr Brustkorb hob und senkte? Ob sie atmete? Er konnte es nicht mit Sicherheit sagen.

Pfiffs Idee, lautstark auf dem Autodach herumzutrommeln, verwarfen sie schnell wieder. Der Lärm könnte den Wachmann aus seiner Hütte locken und das musste nun wirklich nicht sein.

Plötzlich nahm Tom sein Funkgerät und brüllte hinein, sodass man es vom Gegenstück aus dem Fahrzeuginnern durch die Scheiben hören konnte:

»*Vor* drei Minuten!«

Tom blickte ins Wageninnere und merkte, wie sich Anni leicht räkelte, offensichtlich in der Absicht, gleich wieder weiterzuschlafen.

»Anni, bitte mach die Tür auf!«, flehte er lautstark ins Funkgerät.

Schlaftrunken setzte sich Anni auf. Die Schlacht war fast gewonnen. Es dauerte noch eine kleine Weile, bis Anni realisiert hatte, was passiert war, und die Türen öffnete.

Nach blitzschnellem Verladen der Fallschirme setzte sich Pfiff ans Steuer und Tom auf den Beifahrersitz.

»Es tut mir leid, ich bin sooo müde«, hauchte Anni leise von der Rückbank.

»Schon gut, schlaf weiter!«, rief Tom nach hinten und Anni folgte aufs Wort.

»Weißt du, wann ich das letzte Mal so ein Glücksgefühl hatte wie nach diesem Sprung?«, fragte Pfiff.

»Du wirst es mir gleich sagen.«

»Als das Herz von unserem Patienten Otto auf der Intensivstation wieder zum Schlagen anfing.«

»Den Moment werd' ich auch nie vergessen«, bestätigte Tom.

»Ich freu' mich schon auf den Klavierabend, zu dem er uns eingeladen hat. Aber jetzt sollten wir erst mal feiern! Was hat denn noch offen?«

»Um 4 Uhr 40 hat in München nichts mehr offen. Außer ein paar Tankstellen mit Imbissecke. Komm, wir fahren zu mir ins SKYHIGH und ich mach' uns ein deftiges bayerisches Frühstück«, schlug Tom vor und Pfiff willigte sofort ein.

Vor Toms Bistro fand sich ein idealer Parkplatz – ein echter Glücksfall. Beide stiegen aus und Pfiff verriegelte die Türen.

»Halt!«, rief Tom, »mach nochmal auf. Anni nehmen wir auch mit.«

Nur mühsam gelang es ihm, Anni zu wecken und in sein Lokal zu dirigieren.

Er flitzte in die Küche, nahm die Butter aus dem Kühlschrank, heizte den Backofen vor, salzte sechs tiefgefrorene Brezen ein, suchte den besten Prosecco, den er im Kühlschrank finden konnte, und schenkte drei Gläser voll.

»Lasst uns anstoßen, Freunde!«, verkündete er mit stolzgeschwellter Brust.

»Erst mal auf mich, da ich endlich mal ein unbesprungenes Objekt entjungfert habe!«, lobte sich Tom lautstark selbst.

Drei Gläser klirrten und leerten sich halb, obwohl Anni nicht so ganz klar war, auf was sie da gerade angestoßen hatten.

»Dann auf Pfiff, der heute seinen ersten Gebäudesprung gemacht hat und damit nun endlich seine BASE-Nummer beantragen kann!«

Drei Gläser klirrten und leerten sich vollständig.

Tom schenkte sofort nach, allerdings nur so viel, wie die Flasche noch hergab, und jedem möglichst die gleiche Menge.

»Und jetzt trinken wir auf Anni, die jeden Scheiß mitmacht und mir so viele Glücksmomente beschert!«

Drei Gläser klirrten, Anni strahlte wie ein Honigkuchenpferd und wurde zunehmend wacher.

Während Tom in der Küche flugs die vorbereiten Brezen ins Backrohr schob, sechs Weißwürste in kaltes Wasser warf und aufwärmte, erzählte Pfiff Anni, was sich abgespielt hatte, als sie im Auto schlief.

Die drei genossen fröhlich das schmackhafte Frühstück bei einer Halben prickelndcm Weißbier.

Pfiff fuhr Anni nach Hause. Beide hatten Spätschicht und nur noch wenige Stunden zu schlafen.

Tom ging in sein Wohnklo gleich über dem Bistro und fiel schnell in das Reich der Träume.

KAPITEL 10

Dr. Hecht heiratet

Dienstag, 11. August, 12:30 Uhr

Tom, der Wecker verabscheute und mit wenig Schlaf auskam, wurde gegen Mittag wach. Er riss die Vorhänge auf und blickte auf das triste Gegenüber eines Altbaus, das schon bessere Zeiten gesehen hatte. Dann warf er sich rücklings wieder in das riesige, mit weinroter Damastbettwäsche bezogene Doppelbett, seine geliebte Spielwiese, die fast die Hälfte seines Schlafzimmers ausfüllte, und genoss für einige Sekunden das Gefühl, dass er sich jetzt einfach auf den Bauch rollen und noch ein oder zwei Stunden Schlaf anhängen könnte, wenn er es nur wollte! Aber sein Erdendasein – davon war er überzeugt – würde ohnehin viel zu kurz ausfallen, um nur einen Bruchteil dessen mitzunehmen, was der Planet zu bieten hatte. Statt einer Stunde mehr zu schlafen, würde ihm heute bestimmt noch etwas Besseres einfallen. Er resümierte kurz die gestrige Nacht: War doch alles perfekt gelaufen – bis auf seine zweite Landung unter der Europabrücke. Das hatte er zwar geschickt verdrängt, aber es war mal wieder verdammt arschknapp gewesen!

›Der Krug geht so lange zum Wasser, bis er bricht‹, schoss es ihm durch den Kopf. Wie lange würde sein Lebensstil noch gut gehen?

Bevor er noch mehr ins Grübeln kam, brachte er seinen Kreislauf durch 20 Kniebeugen + 20 Liegestütze + 20 Sit-ups in Gang, befüllte die Kaffeemaschine und schaltete sie ein. Dann war eine Runde Lachyoga vor dem Spiegel angesagt: Lachen auf alle Vokale und ordentlich Grimassen dazu. Anschließend eine gründliche Nassrasur und Duschen. Dabei genoss er es, sich fröhlich pfeifend im lauwarmen Strahl gründlich einzuseifen und abzuduschen, zum Schluss das Wasser auf eiskalt zu drehen und mit einem lauten Aufschrei aus der Dusche zu hüpfen.

Tom betrachtete im türhohen und wandbreiten, vollverspiegelten Schlafzimmerschrank mit leichter Sorge, wie an seinem athletischen Körper die straffen Bauchmuskeln mit dem Lendenspeck um die Vorherrschaft kämpften und beschloss, heute statt eines Mittagessens ein zweites Frühstück mit gehackten Zwiebeln, Rührei, Schinken, Roma-Salatherzen und Tomaten einzunehmen. Lecker, kohlehydratfrei und gut für die Linie!

Während der Schinken vor sich hin brutzelte, widmete sich Tom seinem riesigen, wohltemperierten Kakerlakarium: Hier tummelten sich Hunderte südamerikanischer Königskakerlaken der Gattung *Periplaneta* in einem für sie äußerst angenehmen Ambiente mit Spielplatz, Klettergarten, Warmlichtpark, zahlreichen Versteckmöglichkeiten, Rindenmulchecke und Futterstelle. Neben dem Kakerlakarium stand ein riesiger Gurkentopf, *die Haftanstalt*, wie Tom sie nannte.

Hierhin wurden einzelne Kakerlaken oder Kakerlakengruppen verbannt, die sich im Kakerlakarium den anderen gegenüber unsozial verhalten hatten. Mit Einzelhaft bestraft wurde beispielsweise das Abdrängen und Wegbeißen kleinerer Kakerlaken bei der Essensausgabe. Im Wiederholungsfall oder bei schweren Raufereien verhängte Tom auch mal die Todesstrafe! Dann wurde das in reiner Bio-Aufzucht herangewachsene Tier in kochendem Wasser schnell und schmerzlos getötet, in Butter herausgebraten und als knusprige Proteinbeilage entweder mit dem Saft einer frischen Limette oder mit einem Tropfen Tabasco neben Rührei und Schinken verzehrt. Heute jedoch war ein harmonischer Tag und der Hausherr beschloss, nach alter chinesischer Tradition einen Teil seines leckeren Mahls an seine Mitbewohner abzugeben.

Während Tom die erste Tasse Kaffee schlürfte, checkte er Kurznachrichten, Börsenkurse und E-Mails auf seinem Smartphone. Seine Aktien standen gut. Die Mails waren diesmal ausnahmslos Spams.

Toms Blick fiel auf eine Visitenkarte, die neben einem Stapel ungeöffneter Briefe, einer angebrochenen Tafel *Ritter Sport*-Schokolade und einer verwaisten Zigarettenschachtel auf dem Esstisch lag. Er musste schmunzeln, als er las:

Sepp Gruber – Lastwagenfahrer und Fallschirmspringer und eine Handynummer. Da hatte der Kerl noch keine zehn Sprünge und schon ließ er sich *Fallschirmspringer* auf seine Visitenkarte drucken! Im Prinzip war das ja auch nicht gelogen, aber trotzdem irgendwie witzig. Der Sepp, der kleine Angeber, war schon ein Unikum – eine ganz besondere Marke. Hatte er doch tatsächlich am Sprungplatz angeboten, unliebsamen Freunden eine Ladung Kies vor die Türe zu kippen. Ob nicht Dr. Lukas Hecht, der ihn und Pfiff nun schon zweimal angezeigt hatte, der richtige Kandidat dafür wäre?

Tom googelte eine ganze Weile, bis er herausfand, wo Dr. Hecht wohnte: in der Hubertusstraße des Münchner Nobelviertels Grünwald. Ob er noch bei seinen Eltern wohnte? Oder reich geheiratet hatte? Aber wer würde dieses Ekel schon nehmen?

Leider war die Satellitenaufnahme von Google-Maps zu ungenau, um die Garageneinfahrt oder einen anderen geeigneten Platz für eine Ladung Schotter eindeutig identifizieren zu können. Tom beschloss, dort gleich mal hinzufahren und die Gegebenheiten vor Ort auszukundschaften. Vorher wollte er jedoch Dr. Hechts Dienstplan recherchieren, rief im Zentralklinikum an und verlangte nach ihm.

Es dauerte eine gefühlte Ewigkeit, bis sich nach mehrfachem Verbinden eine frische, jugendliche Stimme meldete:

»Schwester Petra, Station 6 a!«

»Professor Bockelmann von der Uniklinik Mainz. Kann ich bitte Herrn Dr. Hecht sprechen?«, log Tom und setzte seine ohnehin schon sonore Stimme noch um eine halbe Oktave tiefer an. Wenn jetzt Dr. Hecht ans Telefon käme, würde er auflegen und wissen, dass er dessen Haus samt Umgebung erkunden konnte, ohne dort mit ihm zusammenzutreffen.

»Das sieht schlecht aus«, fiepte Schwester Petra kokett.

»Wieso das?«

»Dr. Hecht heiratet heute und ab morgen ist er für 14 Tage im Urlaub ... Flitterwochen!«, antwortete Schwester Petra.

In Toms Gehirnzellen entlud sich ein wahres Feuerwerk. *Jetzt bloß keinen Fehler machen!*

»Liebe Schwester Petra«, säuselte er in den Hörer, als würde er *ihr* gleich einen Heiratsantrag machen, »der Hecht ist ein alter Studienkollege von mir und ich bin gerade auf der Durchreise in München. Ich würde ihn gerne überraschen und ihm zur Hochzeit gratulieren. Wissen Sie denn, wo und wann er heute genau heiratet?«

»Moment ... unser Dr. Weber hat eine Einladung bekommen, geht aber nicht hin. Die müsste doch hier noch irgendwo rumliegen. Hier hab' ich's: *Herr Dr. Lukas*

Hecht und Frau Annemarie Hecht, geborene Redling, geben sich die Ehre und laden zur Hochzeitsfeier ein … am 11. August, 18 Uhr in der Grünwalder Klause … Um formale Kleidung wird gebeten.«

»Sie sind ein Schatz, Schwester Petra!«, rief Tom und legte auf.

Dann trommelte er mit beiden Fäusten an seine Schlafzimmertüre, jauchzte vor Freude und Übermut, warf sich auf seine Spielwiese und überlegte. Gedankenblitze schossen wie Raketen durch sein Gehirn. Er googelte ein wenig auf seinem Laptop, lud eine paar Dateien auf einen USB-Stick, zückte seine Kreditkarte, googelte wieder, griff zu seinem Handy und drückte eine Kurzwahltaste:

»Hey Amigo, hast du heute schon was vor?«

»Schlafen«, brummte Pfiff.

»Schlafen kannst du, wenn du tot bist, das hatte schon Rainer Werner Fassbinder messerscharf analysiert.«

»Ich bin aber nicht Werner …«, lallte Pfiff schlaftrunken.

»Junge, wach endlich auf! Es ist schon zwei Uhr nachmittags und du hast heute eine Menge vor!«, rief Tom lautstark.

»Was denn? Ich hab' gerade vom Bärlauch geträumt. Hat ausgesehen wie der Engel Luzifer und wollte mich mit einem Elektroschocker traktieren.«

»Na, dann sei mal froh, dass ich dich gerettet hab'!«

»Was ist denn jetzt eigentlich mit dem Bärlauch?«, fragte Pfiff.

»Das würde ich auch gerne wissen. Ich hab' da echt schon Gewissensbisse! Wenn er nicht eh schon entlassen ist, dann bleiben wir da auf jeden Fall dran, bis er wieder in Freiheit ist«, meinte Tom.

»Du? Gewissensbisse?«, provozierte ihn Pfiff.

»*Ja! Ich habe Gewissensbisse!*«, reagierte Tom laut und leicht verärgert, »aber *jetzt* gibt es erst mal was Dringliches zu tun, etwas was *nur heute* getan werden kann. Kennst du die Firma *Minibus-Rental* in der Landsberger Straße 180?«

»Klar, kurz vor der *Jet*-Tankstelle, das ist ja fast bei mir gegenüber.«

»Gut. Dort habe ich gerade einen Neunsitzer reserviert und mit meiner Kreditkarte garantiert. Wir sind beide als Fahrer eingetragen und abholberechtigt. Könntest du bitte den Minibus abholen? Wir treffen uns in einer Stunde vor der HypoVereinsbank, Ecke Pilgersheimer- und Humboldtstraße. Und zieh dir was Ordentliches an! Am besten Anzug und Krawatte. Schaffst du das?«

»Mann, du verlangst Sachen! Wollen wir jetzt auch noch 'ne Bank überfallen? Sag erst mal, was du vorhast!«, forderte Pfiff, der langsam wach wurde.

»Dafür ist jetzt keine Zeit. Ich erklär' dir alles, wenn wir uns treffen. Mach schon, du wirst es nicht bereuen!«, erwiderte Tom etwas ungeduldig.

»Das sagst du immer«, resignierte Pfiff.

Tom stöberte in der Kiste mit Faschingszeug über seinem Kleiderschrank. Schnell fand er den zerknautschten Zylinderhut mit Plastikblume, den er mal als Clochard verkleidet getragen hatte, empfand ihn dann aber doch als etwas unpassend für sein Vorhaben. Schließlich wurde er in dem Edelstahlquader mit seiner Schmutzwäsche fündig: Die von seiner gestrigen Hosenbodenlandung unter der Europabrücke mit Grasflecken und Schmutzstreifen markierte Trekkinghose und das nach echtem Männerschweiß duftende Hemd von vorgestern waren genau das Richtige.

Tom steckte den USB-Stick, die angebrochene Zigarettenschachtel und tausend Euro Bargeld ein, zehn Fünfzigerscheine in die linke und sechs in die rechte Hosentasche, dazu noch ein paar kleinere Scheine. Das sollte erst mal reichen für seinen Plan … und einen lustigen Abend.

Es war nicht leicht, in der Pilgersheimer Straße einen Parkplatz zu finden, aber in der Nähe der U-Bahn-Station Candidplatz hatte er schließlich Glück. Der Treffpunkt mit Pfiff an der Ecke Humboldtstraße lag gut 800 Meter entfernt. Aber das passte perfekt. Die Sonne lachte ungetrübt vom Himmel und er wollte sich ohnehin in der Umgebung des bekannten Obdachlosenheims in der Pilgersheimer Straße ein wenig umsehen.

Vor der Einmündung in die Kupferhammerstraße kauerten drei fröhliche Gesellen, die schon lange keine Seife mehr gesehen hatten, unter einer Baumgruppe und versuchten sich verzweifelt am Deutschlandlied. Tom verlangsamte den Schritt und hörte sofort, was er erwartet hatte:

»Hast mal 'nen Euro Kumpel?«

Tom kramte in seiner rechten Hosentasche, zog ein Bündel Scheine heraus und reichte jedem einen 5-Euro-Schein.

»Nicht schlecht, Herr Specht!«, rief der Eine.

»Vergelt's Gott«, lallte der Zweite aus zahnlosem Mund.

»Wenn du noch mehr hast, singen wir dir ein Ständchen«, bot der Dritte geschäftstüchtig an. Tom reichte ihm einen Zehner. Der Dritte erhob majestätisch Haupt und Hände, als müsste er gleich die *Münchner Philharmoniker* dirigieren, und begann lauthals, aber nicht ganz tongerecht »Deutschland, Deutschland über alles« zu singen. Dann entschuldigte er sich, dass er den restlichen Text vergessen hatte, und wiederholte dreimal den Anfang.

In der Hoffnung, dem spendablen Tom noch weitere Scheinchen zu entlocken, bot er ihm einen schattigen Platz auf dem Trottoir an und stellte sich und seine Freunde vor:

»I bin da King, des is da Matti und der do drübn wui si owei seiba vorstoin.«[28]

Der Gemeinte war zahnlos, hatte eine Glatze und einen grauen Rauschebart. Er trug einen dicken, speckigen Bundeswehrparka, als wäre er im winterlichen Sibirien, und lallte:

»Ich bin der »A-, A-, A-, A-, A- …«

Tom wollte ihm helfen: »Alex?«

»Nein, ich bin der A-, A-, A-, A-, Achim«, stotterte der Zahnlose und hob die Hand zum päpstlichen Gruße.

King musste irgendwie an Wasser gekommen sein, denn er war der Einzige, der rasiert war. Er trug ein rot kariertes Flanellhemd mit hochgekrempelten Armen, eine schwarze Jeans, die vielleicht mal blau war, und ausgelatschte, blaue Turnschuhe. Matti, ein blonder Lockenkopf mit Seemannsbart, hatte ein jugendliches Gesicht mit ein paar Blessuren, die gerade im Abheilen begriffen waren.

»Ich heiße Martin«, stellte sich Tom vor, gab eine Runde Zigaretten aus und fügte hinzu:

»Ich hätte einen Job für euch!«

»Nicht für mich!«, winkte Achim ab, »das klingt nach A-, A-, A-, A-, Arbeit … ist nix für mich!«

»Uns geht's gut«, bestätigte Matti, »wir brauchen keinen Job.«

»Was wär's denn gewesen?«, fragte der King neugierig.

Martin alias Tom brachte es auf den Punkt:

»Ihr müsst nur einem guten Freund zur Hochzeit gratulieren und ein Ständchen singen. Ihr könnt fressen und saufen, so viel ihr wollt. Das Buffet ist vom Feinsten. Außerdem bekommt jeder von euch 100 Euro bar auf die Hand! 50 Euro vor der Party und 50 Euro morgen, hier an dieser Stelle.«

»Das ist a-, a-, a-, a-, alles?«, fragte Achim.

»Das ist alles!«, bestätigte Tom, »aber es gibt da noch ein kleines Problem.«

»Wusst' ich's doch«, nickte Matti in böser Vorahnung.

»Das einzige Problem liegt darin, dass ich mindestens sechs oder sieben Gratulanten wie euch brauche. Habt ihr vielleicht noch ein paar Freunde im Obdachlosenheim da vorne?«

»Pah, Obdachlosenheim?«, fauchte der King, der jetzt auf einmal in astreines Hochdeutsch wechselte, »die haben ja alle ein Dach über dem Kopf und deshalb ist das Wort schon ein Widerspruch. Außerdem lassen die uns gar nicht rein. Die haben feste Regeln. Und das wollen wir nicht. Unsere Kumpels liegen um die Zeit an der Isar, nahe der Wittelsbacher Brücke.«

»Seid ihr dabei oder nicht?«, fragte Tom.

»Was meinst du, King?«, fragte Matti.

»Fressen und Saufen ist keine schwere Arbeit und der Martin schaut auch nicht so aus, als wenn er uns übers Ohr hauen würde. Von mir aus machen wir's!«, sprach der King.

»Wenn da mal kein Ha-, Ha-, Ha-, Ha-, Haken dabei ist«, stotterte Achim, rappelte sich auf und folgte den anderen.

Sie schlenderten gemütlich am Obdachlosenheim vorbei zur Kreuzung Humboldtstraße und King erzählte ein wenig aus seinem Leben. Er habe Abitur, ein paar Semester Germanistik studiert und als Werbetexter in einer großen Agentur mal viel Geld verdient, dann aber den ganzen Druck nicht mehr ausgehalten und sich für ein chilligeres Leben entschieden.

Matti bestätigte:

»Der King ist unser Finanzexperte. Der hat früher sogar mal Aktien gehabt! Und der findet immer einen Weg, wenn der Zaster ausgeht … der Mammon, verstehst du? So was braucht man.«

Tom verstand sehr gut und nickte.

Das Timing war nahezu perfekt. Nach wenigen Minuten erschien Pfiff mit grauer Flanellhose, weißem Pilotenhemd und knallroter Krawatte in einem nagelneuen, weißen VW-T-6-Kleinbus.

Tom riss die Beifahrertüre auf und begrüßte ihn mit »Hallo, Erwin«.

Pfiff zwinkerte kaum merkbar mit dem linken Auge, raffte die Situation sofort und antwortete ihm mit »Servus, Martin!«.

Tom öffnete die Schiebetür, winkte seine drei neuen Freunde mit einer eleganten Verbeugung in den Fahrgastraum und setzte sich auf den Beifahrersitz.

»Was jetzt?«, fragte Pfiff.

»Umkehren und zur Wittelsbacher Brücke oder besser zur Schyrenstraße, da kannst du gut parken!«

Tom erklärte Pfiff kurz im Flüsterton, wie er von Dr. Hechts Hochzeit erfahren und dass er gerade einige Gratulanten verpflichtet hatte. Pfiff lachte und schüttelte ungläubig den Kopf:

»Der Typ hat dich doch schon zweimal angezeigt!«

»Eben deswegen, Erwin«, antwortete Tom und Pfiff wusste nun, weshalb die Aktion unter ihren Pseudonymen laufen musste.

Pfiff bog von der Humboldtstraße nach links in die Schyrenstraße ab und parkte nach wenigen Metern. Von dort war es nur ein kurzer Fußweg zu Münchens gemütlichstem Obdachlosen-Sommercamp unter der Wittelsbacher Brücke.

»*Just give me a second*«, parlierte der King in perfektem Englisch und entschwand.

In der Wartezeit erzählten Matti und Achim ein wenig aus ihrem Leben: Matti kam aus Bremen, wurde dort wegen seiner Heroinsucht aus der Realschule geworfen, war auf Entzug und hatte dann eine Lehre als Zimmermann begonnen. Wenige Monate vor der Gesellenprüfung wurde er rückfällig, ging wieder auf Entzug und begann dann eine Lehre als Bootsbauer. Da alle seine Freunde in Bremen aus dem Drogenmilieu stammten und die Versuchung immer größer wurde, brach er die Lehre ab und trampte nach München, nur um dem Teufelskreis zwischen Drogenrückfall und schmerzhaftem Entzug zu entkommen. Nun sei er seit drei Monaten clean – bis auf ein paar Joints, die für ihn aber kein Suchtpotenzial hätten.

Der zahnlose Achim stotterte und lallte schwer verständlich, er sei mal Fachverkäufer in einem Baumarkt und verheiratet gewesen und sogar der Vater zweier Kinder. Aber das Geld hätte seiner gierigen Frau nie gereicht. Sie stritten oft und er ersäufte seinen Kummer im Alkohol. Es kam zur Scheidung. Da er nicht einsehen wollte, bis zum Ende seines Lebens den Großteil seines ohnehin kargen Verdienstes an Unterhalt zu zahlen, kündigte er, kaufte vom Rest seines Geldes Alkohol und lebt seither

»frei und im Freien«, wie er mit glasigen Augen mehrfach betonte.

Nach einer knappen Stunde – gefühlt waren es zwei – kam der King mit einer lustigen Truppe im Schlepptau gemütlich angewatschelt: Einer sah aus wie *Diogenes aus der Tonne*, einer wie eine lebendige Vogelscheuche und der Dritte kam in seinen Gummistiefeln und blauer Arbeitskleidung daher wie ein Knecht, der gerade den Kuhstall ausgemistet hatte – und genau so roch er auch. Dann war da noch »die Lady«, wie King sie nannte, eine rot-grauhaarige Mittvierzigerin, die bei einer Körpergröße von geschätzten 180 cm gute zwei Zentner auf die Waage brachte und einen Kopfhörer im gepiercten linken Ohr trug, dessen anderes Ende lustlos zwischen ihren mächtigen, von einem pinkfarbenen T-Shirt bedeckten Brüsten pendelte. Ein Sliwowitz-Fläschchen spitzte vorwitzig aus der rechten Tasche ihrer abgerissenen Jeansjacke und ein viel zu enger und zu kurzer Jeansrock umhüllte einen kleinen Teil ihrer festen Schenkel.

Tom begrüßte jeden Einzelnen mit Handschlag, stellte sich als »Martin« vor und fasste für alle kurz zusammen:

»Ein guter Freund von mir, ein angesehener Arzt, heiratet heute in Grünwald. Er hat eine soziale Ader und will unbedingt, dass einige Menschen, denen es nicht so gut wie ihm geht, an seinem Glück teilhaben. Ihr seid deshalb zu seiner Hochzeitsfeier herzlich eingeladen und bekommt auch noch 100 Euro dafür, 50 jetzt gleich und 50 morgen, wenn ihr euch ordentlich benommen und brav gratuliert habt. Wie ihr von Grünwald ›nach Hause‹ kommt, ist eure Sache. Zu Fuß braucht ihr bis hier her ungefähr eineinhalb Stunden, aber ihr könnt euch auch zwei Taxis teilen. Das muss bei dem Honorar mit drin sein.«

Tom drückte jedem beim Einsteigen in den Kleinbus einen 50-Euro-Schein in die Hand und wies Pfiff an, in die Thalkirchner Straße zu fahren und nahe der Kapuziner Straße zu parken. Dann quetschte er sich in den bereits vollbesetzten Passagierraum und setzte sich auf den weichen Schoß der *Lady*, die sofort mit tiefer, rauchiger Stimme raunte:

»Das kostet extra, Süßer!«

Tom drehte sich um, gab ihr einen lauten Schmatz auf ihre schweißgebadete Stirn und antwortete unter dem zynischen Gelächter der restlichen Bande:

»Okay, aber das muss reichen. Wenn du mehr willst, bist du raus.«

Die Lady verdrehte die Augen und schwieg.

Tom schrieb nun von jedem Einzelnen den richtigen Vor- und Nachnamen auf eine Liste.

An der Thalkirchner Straße, gegenüber des Alten Südfriedhofs, kannte Tom eine Schnelldruckerei, mit der er schon oft gute Erfahrungen gemacht hatte. Er gab den Stick mit der von ihm zu Hause gestalteten Einladungskarte und die Namensliste ab und bat um den Druck von sieben personalisierten Karten auf bestem Hochglanzkarton – aber schnell musste es gehen, binnen zehn und maximal fünfzehn Minuten! Das Kopfschütteln des Mannes am Tresen verwandelte sich augenblicklich in ein Nicken, als ihm Tom einen 50-Euro-Schein mit der Bemerkung »stimmt so« ins Hemd steckte.

Die Zwischenzeit nutzte Tom, um im Supermarkt an der Ecke zur Kapuziner Straße vierzehn Tetrapacks Rotwein zu kaufen. *Gemischt aus bester bulgarischer und rumänischer Rebe* stand in einer Ecke des Etiketts.

Jeder der sechs Gentlemen und die Lady erhielten jeweils zwei Tetrapacks. Eines zum gleich Trinken, um etwas in Stimmung zu kommen, und eines als Geschenk für den Hochzeitler.

Nachdem alle eine mit dem eigenen Namen bedruckte Einladungskarte erhalten und sich bereits ein paar Schlückchen von dem edlen Tropfen einverleibt hatten, drillte ihnen Tom noch die wichtigsten Verhaltensregeln ein:

- Die persönliche Einladung nie aus der Hand geben!
- Sich unter keinen Umständen abwimmeln lassen!
- Als Erstes das Buffet stürmen, egal ob es schon eröffnet ist!
- Sich gesellig unter die Gäste mischen und immer wieder Dr. Hechts Großzügigkeit loben!
- Während des Essens laut schmatzen, zwischendurch rülpsen und möglichst auch pfurzen[10], denn der Doktor sei ein Anhänger der chinesischen Kultur, bei der geräuschvolles Essen zum guten Ton gehört.
- Immer freundlich und höflich sein, egal wie andere Gäste oder Sicherheits- und Bedienungspersonal reagieren.
- Sobald sich Gelegenheit ergibt, Dr. Lukas Hecht persönlich gratulieren, die Hand schütteln und den Wein übergeben.
- Die Lady gibt dem Bräutigam einen dicken Schmatz auf den Mund.
- Die Jungs küssen der Braut artig die Hand und verbeugen sich dabei tief.

Punkt 17:50 Uhr hielt der weiße VW-Bus 200 Meter hinter der Parkplatzzufahrt der *Grünwalder Klause* und Tom verabschiedete die illustre Clique mit den Worten:

»Haut rein, was das Zeug hält, und grüßt mir meinen Freund, den tollen Hecht! Ich komm' dann später nach.«

Tom hatte nicht ernsthaft vor, später nachzukommen, aber der Tag war noch jung, und so schlug er Pfiff vor, über Pullach auf die andere Seite der Isar zu fahren und in der Waldwirtschaft, einem der schönsten Münchner Biergärten, bei Live-Jazzmusik mit Blick auf die Isarauen ein wenig abzuhängen.

Nachdem sie mit einer Radlermaß auf ihren Coup angestoßen und sich in den schillerndsten Farben den Verlauf von Dr. Hechts Hochzeitsfeier ausgemalt hatten, fragte Pfiff plötzlich nachdenklich:

»Kannst du mir mal sagen, warum ich hier mit meiner besten Baumwollhose, dem weißesten aller meiner Hemden und mit meiner schönsten Krawatte sitze?«

Tom zuckte die Schultern, grinste und meinte:

»Ich wollte einfach mal sehen, wie *du mit Krawatte* aussiehst!«

Pfiff zog die Stirn hoch, grinste dann ebenfalls, erhob sich langsam und kippte Tom den Rest seiner Radlermaß über den Kopf:

»Und ich wollte schon längst mal wieder sehen, wie *du als begossener Pudel* aussiehst.«

Dann schwiegen beide eine Weile, schauten sich tief in die Augen, grinsten erst verstohlen und lachten schließlich lauthals unter den verstörten Blicken ihrer Nachbarn. Dann holten sie die vielen Anlässe aus ihrer Erinnerung, bei denen sie sich schon mal gegenseitig Bier, Sekt, Wein oder Ketchup über den Kopf gekippt hatten. Ein Highlight war dabei die Geschichte, wo Pfiff einmal bei einem Nobelitaliener einen ganzen Teller Spaghetti Bolognese über Toms Kopf kippen musste, nur damit dieser bei einer Dame am Nachbartisch genügend Aufsehen und Mitleid erregen konnte, um sie letztlich abzuschleppen.

Tom gab noch eine Radlermaß, eine Portion Obatzdn[29] und einen Teller Radi[30] aus. Dann fuhr ihn Pfiff im geliehenen Kleinbus zum Duschen und Umziehen zuerst nach Hause und dann zum Parkplatz seines Wagens nahe der U-Bahn-Station Candidplatz zurück.

Schließlich sollte Toms Flitzer nicht nach Limo und Gerstensaft duften, für den Fall, dass sich mal wieder ein neues Doppel-X-Chromosom auf dem Copilotensitz einfand.

* * *

Die elegant gekleidete Dame am Eingang der *Grünwalder Klause* staunte nicht schlecht über die illustre Obdachlosengruppe, ließ sie aber wegen der ihr entgegengestreckten Einladungskarten passieren. Gut gelaunt stürzte sich die Truppe sofort aufs Buffet, so wie es ihnen Tom eingeschärft hatte.

Achim gingen schier die Augen über. Er schnappte sich mit seiner seit Tagen ungewaschenen rechten Pranke zwei fette Scheiben bestes irisches Räucherlachsfilet, setzte mit der linken einen Schlag Meerrettich drauf und verschlang gierig den Leckerbissen.

Die Lady machte es ihm nach.

Matti ließ direkt vom Buffet drei Scheiben Parmaschinken und zwei Scheiben kalten Schweinebraten in seinen Gierschlund wandern und kommentierte lautstark:

»In der Not isst der Mensch die Wurst auch ohne Brot.«

Schließlich griff der King ein und zeigte seinen Kumpels, wie es richtig geht: Man nehme sich eines der großen Teller am Buffetanfang, lade auf, was draufpasst und einem am besten schmeckt, und gehe dann an einen Tisch, wo man nett mit den anderen Gästen plaudern kann.

Professor Peters, ein schlanker, grauhaariger Mittsechziger mit dünner Nickelbrille, Smoking und Fliege konstatierte etwas irritiert »das Buffet ist wohl schon eröffnet«, bevor er sich ein einzelnes Sardellenbrötchen auf den Teller lud. Und was die Obdachlosen und der Professor durfte, war den anderen mehr als recht: Schnell bildete sich eine lange Schlange vor den gut aufgetischten Leckereien, deren bloßer Anblick jedem schon das Wasser im Munde zusammenlaufen ließ.

Dr. Hecht, der an einem Ecktisch in ein intensives Gespräch mit Gästen verwickelt war, wunderte sich über die Unruhe im Saal, drehte sich in Richtung Buffet, war noch mehr verblüfft, schüttelte den Kopf und meinte zu seinen Tischgenossen und -genossinnen, unter denen sich auch seine Frau befand:

»Das Buffet ist doch noch gar nicht eröffnet!«

Nach messerscharfer Analyse der Situation schob er nach:

»Wer hat denn hier das Buffet eröffnet? Entschuldigt mich mal bitte!«

Dr. Hecht sprang mit sichtbar erhöhtem Blutdruck ruckartig von seinem Stuhl auf, rannte Richtung Küche und ließ die Chefin rufen. Auf dem Weg dorthin waren ihm auch die Obdachlosen nicht entgangen, die schon, auf mehrere Tische verteilt, munter mit den Gästen vom anderen Ende der Gesellschaft plauderten.

Nachdem die Chefin dem erregten Bräutigam versichert hatte, sie habe die Einladungen *aller* Gäste beim Einlass selbst überprüft, platzte Dr. Hecht der Kragen:

»Ich weiß nicht, was hier vorgeht«, begann er seine Standpauke, »aber ich lasse mir von Ihrer Nachlässigkeit und ein paar Pennern nicht meine Hochzeit kaputt machen! Die Buffeteröffnung kann man nicht mehr stoppen, aber Sie rufen jetzt *sofort* die Polizei und lassen das Gesindel entfernen! Und das möglichst unauffällig! Ist mir egal, wie Sie das machen. Lassen Sie sich etwas einfallen und rufen Sie mich, wenn die Polizei da ist. Aber unauffällig!«

Der King quetschte sich auf dem Weg zur Toilette an Dr. Hecht und der Chefin vorbei und hatte ein paar Wortfetzen aufgeschnappt. Nachdem er seine Stange Wasser oder besser gesagt gefilterten Wein in die Ecke gestellt hatte und aus der Herrentoilette kam, nahm ihn die Chefin zur Seite:

»Wenn Sie und Ihre Kameraden nicht sofort verschwinden, muss ich die Polizei holen!«

Der King überlegte einen kurzen Moment und antwortete:

»Wir bleiben! Rufen Sie am besten gleich die Polizei!«

Der King legte ein paar Scheiben Parmaschinken und ein Stück Honigmelone auf einen Teller und goss sich – ganz entgegen seiner sonstigen Gewohnheiten – ein Glas frisch gepressten Orangensaft ein. Genau diese Kombination hatte er sich immer einverleibt, wenn sie in der Werbeagentur, in der er mal gearbeitet hatte, einen Großauftrag feierten. Dann zog er die Einladungskarte aus der Brusttasche seines rot karierten, nicht mehr ganz frischen Flanellhemds, las sie mehrfach gründlich durch, steckte sie wieder zurück und trank den Orangensaft halb aus. Ein Glücksgefühl durchströmte ihn. Er ging aufrechten Schrittes zum Tisch von Dr. Hecht, stürzte den Rest des vitaminreichen Saftes seine Kehle hinab, nahm beherzt ein Silbermesser von Dr. Hechts Tisch, schlug es mehrfach gegen sein leeres Glas und rief mit lauter, fester Stimme:

»*Meine Herrschaften, darf ich um Ihre Aufmerksamkeit bitten!*«

Es wurde schnell ruhig im Saal und noch bevor Dr. Hecht auch nur die geringste Chance zum Eingreifen gehabt hätte, fuhr der King mit fester, sicherer Stimme fort:

»*Wir haben uns heute hier versammelt, um die Hochzeit eines ganz besonderen Mannes mit einer ganz besonderen Frau zu feiern: Dr. Lukas Hecht und Frau Annemarie Hecht, geborene Redling, haben den Bund fürs Leben geschlossen. Viele der hier Anwesenden kennen meinen alten Freund Lukas vielleicht als Mensch, mit dem man Pferde stehlen kann, als eloquenten Unterhalter, als herausragenden Mediziner, als geschätzten Kollegen, als kompetenten Kenner der schönen Künste oder als Gourmet, der so manchen Gaumenkitzler auch selbst meisterlich zuzubereiten weiß. Doch Lukas trägt auch eine andere Seite in sich. Eine Seite, über die er nur ungern spricht. Denn er redet nicht lange, er tut etwas! Dr. Lukas Hecht ist einer der größten Wohltäter dieser Stadt! Mindestens einmal pro Woche besucht er uns Obdachlose unter einer Isarbrücke, die ich hier nicht nennen möchte, und kocht mit seinem Campingkocher für uns leckeres Gulasch.*«

Ein Raunen ging durch den Saal und nach einer kurzen, theatralischen Pause setzte der King seine Ansprache fort:

»Aber das ist noch lange nicht alles! Dr. Lukas Hecht hat immer ein offenes Ohr für unsere Sorgen und Nöte, behandelt unsere Wunden und gibt uns Medikamente. Einmal hat er sogar einem von uns das Leben gerettet, als dieser am Isarufer von einer Kreuzotter gebissen wurde. Lieber Lukas – wir danken dir von ganzem Herzen! ...«

Kings Rede wurde von Standing Ovations mit tosendem Beifall unterbrochen und dieser nutzte die Zeit, um sein leeres Glas mit gepanschtem Rotwein aus dem mitgebrachten Tetrapack zu füllen. Dann hob er das Glas, schaute zu Dr. Hecht, den er außer beim Toilettengang noch nie zuvor in seinem Leben gesehen hatte und seiner leicht erröteten Gattin und sprach mit getragener Stimme:

»Lieber Lukas, liebe Annemarie – lasst mich euch noch einen Satz von Albert Schweitzer mit auf den Weg geben: Das Glück ist das Einzige, was sich verdoppelt, wenn man es teilt!«

Dr. Hecht fühlte sich genötigt, nun ebenfalls das Glas zu erheben, und sagte, viel zu leise und gar nicht eloquent, nur:

»Ich danke euch allen, dass ihr gekommen seid.« Dann setzte er sich wieder und sah ziemlich blass aus.

Kurz darauf holte die Chefin Dr. Hecht in die Küche, wo schon die Polizei wartete.

»Hat sich erledigt!«, meinte Dr. Hecht trocken.

»So einfach ist das nicht«, erklärte einer der beiden Polizisten. »Entweder Sie haben einen guten Grund für Ihre Alarmierung oder Sie erhalten eine Anzeige wegen Notrufmissbrauchs gemäß § 145 des Strafgesetzbuches.«

Mit einem mürrischen »Machen Sie doch, was Sie wollen!« gab Dr. Hecht seine Personalien zu Protokoll und schlich schweren Schrittes in den Saal zurück.

Im Laufe des Abends gratulierte jeder Obdachlose auftragsgemäß dem Hochzeitspaar, schüttelte Dr. Hecht die Hand und hauchte der Braut mit tiefer Verbeugung einen Kuss auf die Hand.

Die Lady, deren Alkoholpegel nicht zu überriechen war, gab dem Bräutigam einen fetten Schmatz auf den Mund und presste dabei, weil es ihr gerade in den Sinn kam, kurz und tief ihre vorwitzige Zunge in den Rachen. Nicht alle lieferten ihr zweites Wein-Tetrapack vollständig ab. Einige hatten es schon ganz geleert, andere nur ein paar Schlückchen daraus genommen.

Dr. Hecht quälte sich ab und an ein Lächeln ab. Die Glückwünsche der geladenen Gäste zur seiner humanitären Ader und der guten Wahl des Hochzeitsredners trieb Dr. Hecht immer wieder die Zornesröte ins Gesicht, was viele Gäste jedoch völlig falsch als Ausdruck seiner Bescheidenheit interpretierten.

KAPITEL 11

Die Exhibitionistin

Mittwoch, 12. August, 9:00 Uhr

Hans Berger, der als junger Bauunternehmer schon einmal gescheitert war, glücklicherweise erst danach geerbt hatte und vor 18 Jahren der Liebe wegen von Linz nach München gekommen war, stand das Wasser wieder mal bis zum Hals. Wenn bloß die verdammte Steuer nicht wäre!

Vor 15 Jahren hatte er, selbst ein begeisterter Sanitäter, die *Berger Ambulanz* gegründet und seither seine Frau und die drei Kinder »immer gut durchgefüttert und ihre Nasen über Wasser gehalten«, wie er es selbst gerne ausdrückte.

Auch die Tantieme für seine Sekretärin, die vier hauptamtlichen Sanitäter und die ansehnliche Truppe der Ehrenamtlichen zahlte er immer pünktlich.

Dennoch hätte Berger ohne Toms Kredite und Finanzspritzen den Laden längst schließen müssen und wenn nicht vor Monatsfrist rund 50 000 Euro Steuernachzahlung bei der Finanzkasse eingingen, würde die Behörde keine Gnade kennen.

Vorsichtig sprach er Tom, der entgegen seinen Gewohnheiten eine Stunde vor Dienstbeginn auf der Wache erschienen war, auf die versprochene Kreditzusage an.

»Auweia, Berger, das hab' ich ja völlig vergessen«, konstatierte Tom, »lass mich mal kurz an deinen Computer.«

Mit der gleichen Leichtigkeit, als würde er mal schnell seine Handyrechnung begleichen, überwies Tom per Secure-Onlinebanking den Betrag auf Bergers Konto.

Berger, der den Vorgang aufmerksam verfolgt hatte, erlosch die Zigarre, was nur sehr selten vorkam. Er überlegte eine Weile, ob es sich lohnte, den kleinen Stumpen nochmals anzufeuern.

Tom, der glaubte, seine Gedanken erraten zu haben, scherzte: »Schmeiß ihn weg! Bei der Summe ist auch eine neue Zigarre drin, oder?«

»Geld ist geil wie ein Bock und scheu wie ein Reh! – Woast wea des gsogt hot?[31]«, fragte Berger.

Tom schüttelte den Kopf.

»Der selige Franz Josef Strauß! – Der hot scho gwusst, wovo ea red![32]«

Sie philosophierten noch eine Weile über den Sinn des Lebens und die Rolle, die das liebe Geld dabei spielte, und waren sich dabei ebenso oft einig wie uneinig.

Tom checkte die Nachrichten auf seinem Smartphone, surfte ein wenig im Internet und tätigte ein paar Anrufe. Unter anderem fragte er den reanimierten Patienten Fritz Otto nach dessen Wohlergehen und kassierte gleich die avisierte Einladung zum Klavierabend für den nächsten Tag, und zwar für sich und Pfiff, jeweils mit Anhang.

Fast zeitgleich mit Pfiff traf auch Sven, der Praktikant, der heute im RTW mitfahren sollte, auf der Rettungswache ein. Er war das Paradebeispiel eines Leptosomen: spindeldürr und flachbrüstig. Obwohl er Toms stattliche Größe nicht ganz erreichte, erschien er durch seinen dünnen Körperbau auf den ersten Blick sogar größer. Sven trug lange, rotblonde Haare und einen spärlich gewachsenen Kinnbart. Seine tief liegenden Augen leuchteten stahlblau unter der hohen Denkerstirn hervor. Drei unreife Pickel hatten es sich auf der linken

Wange knapp über dem Bartansatz bequem gemacht. Er trug ein orangefarbenes T-Shirt mit einem zwinkernden Smiley. Ein Paar kunterbunte Bermudashorts umschlotterten seine Spinnenbeine. Nachdem er jedem kräftig die Hand geschüttelt hatte, blickte er ernst in die Runde und sagte:

»Meine Geschichte – falls ihr sie hören wollt – ist schnell erzählt: Ich bin in Hamburg aufgewachsen, habe dort Abi gemacht und zwei Jahre Medizin studiert. Dann bekam ich Stress mit meiner Freundin. Wir haben uns getrennt und ich hab' das Studium geschmissen, vielleicht auch nur unterbrochen, das ist noch nicht ganz raus. Daraufhin haben mich meine Eltern aus der Wohnung geworfen und ich bin ans andere Ende der Republik getrampt, um hier einen Neuanfang zu machen. Der Rettungsdienst hat mich schon immer interessiert und Herr Berger gibt mir nun die Chance, heute mal bei euch mitzufahren und reinzuschnuppern.«

»Willkommen im Club!«, sprach Tom und fügte wehmütig hinzu, »ich hab' auch mal vier Semester Medizin studiert und dann abgebrochen – ist aber schon ein paar Jährchen her.«

Es dauerte eine Weile, bis für den Neuen eine halbwegs passende Dienstkleidung gefunden war. Die einzige weiße Hose für seine Taillengröße reichte nur bis zur Mitte seiner Unterschenkel.

Pfiff checkte zusammen mit Sven die medizinischen Geräte, das Verbandsmaterial und die Medikamente, während Tom Fahrzeug, Betankung und Ölstand prüfte.

Pfiff nahm Tom kurz beiseite, sodass sie ungestört reden konnten:

»Zwei Dinge interessieren mich wirklich brennend: Erstens, wer unsere Wette mit dem Bärlauch gewonnen hat – die Woche ist ja längst schon um – und zweitens, wie's gestern auf der Hochzeit vom Hecht zuging.«

»Den reinen Wettausgang erfahren wir notfalls durch einen Anruf im Bezirkskrankenhaus. Aber dieser Bärlauch geht mir auch nicht aus dem Kopf. Oft frag' ich mich, wie's dem so geht und ob unsere Aktion nicht der größte Fehler unseres Lebens war. Von der Hochzeitsfeier erzählt uns sicher der King. Er und seine Truppe bekommen ja noch die zweite Honorarhälfte von mir. Bin vorhin schon mal durch die Humboldt- und Pilgersheimer Straße gefahren und hab' Ausschau gehalten. Gar nicht so leicht, einen Obdachlosen zu Hause anzutreffen!«

Kaum hatte sich das Team in der Leitstelle angemeldet, kam auch schon der erste Einsatz:

»*Berger Rettung 49/71/1*, Ärger in der Schlüsselbergstraße 76, Erdgeschoss, bei Winkelmann, Polizei und Hausarzt vor Ort.« Pfiff wiederholte, wie bei Notfalleinsätzen üblich, den Funkspruch in voller Länge. Den Zielort kannte er, zumindest die Straße, denn ein paar Hausnummern weiter wohnte seine Mutter.

Jedes Mal, wenn er an sie dachte, bekam er unweigerlich Magenschmerzen. Er war schon eine Weile nicht mehr bei ihr gewesen und dafür gab es einen guten Grund. Denn wenn er sie besuchte, demütigte sie ihn jedes Mal bis aufs Blut, hielt ihm vor, was für ein Versager er in ihren Augen wäre, und drohte ihm mit Enterbung, falls er nicht bald »was Ordentliches« studieren oder zumindest heiraten und ihr Enkelkinder bescheren würde. Aber »selbst zum Ficken« wäre er anscheinend zu blöd.

Tom schaltete Blaulichter und Presslufthorn ein und jagte Speedy über die Kreillerstraße stadteinwärts, so schnell es nur ging. Pfiff wies ihm den Weg und stöhnte in Anspielung auf Toms Fahrstil:

»Du wirst aus Speedy nie einen Porsche machen!«

Sven saß in der Patientenkabine und stützte sich mit den Händen an den Wänden und mit einem Fuß an der Patiententrage ab – obwohl er angegurtet war.

Tom wunderte sich etwas über den Einsatzbefehl: *Ärger* war das Codewort für jede Art von Gewaltanwendung, aber *Polizei und Hausarzt vor Ort,* wie passte das denn zusammen?

Am Einsatzort wies Pfiff Sven an, den Rettungsrucksack mitzunehmen. Dann stürmten sie im Laufschritt zum Haus.

Ein Knopfdruck auf *Winkelmann* im Erdgeschoss und die Tür wurde geöffnet.

Ein Polizist geleitete die Retter ins Wohnzimmer. Dort bot sich ihnen ein idyllisches Bild: Mitten auf einer hellblauen Veloursledercouch saß ein stattlicher Polizist, so aufrecht, wie es ihm sein Bierbauch erlaubte, eingesäumt von einem älteren, sehr schlanken Paar, Anfang siebzig. Alle drei tranken Kaffee aus feinen Porzellantassen und mampften Marmorkuchen. Ein viertes Gedeck war unberührt.

Die Frau hatte ein karges sorgenzerfurchtes Gesicht und trug einen braunen Faltenrock zu einer bunt karierten Bluse. Ein blühendes Veilchen zierte ihr rechtes Auge. Sie stellte sich als Ortrud Winkelmann vor und bat auch den Neuankömmlingen Kaffee und Kuchen an. Pfiff winkte ab und log:

»Wir haben gerade gefrühstückt, aber darf ich mir mal Ihr Auge ansehen? Was ist denn passiert?«

»Ist schon in Ordnung, junger Mann. Das war er«, antwortete Frau Winkelmann und deutete auf den biederen Herrn, der in dunkelbrauner Flanellhose und hellbraunem Hemd am anderen Ende der Couch saß.«

»War ich nicht!«, konterte Herr Winkelmann genervt, »du bist selbst gegen die Duschhalterung im Bad gelaufen, nur damit du behaupten kannst, ich hätte dich geschlagen und du mich endlich los wirst!«

Der teigige Polizist in der Couchmitte setzte schnell seine Kaffeetasse ab, um ein Machtwort zu sprechen:

»Nicht schon wieder! Das hatten wir doch schon alles!«

Für die Sanitäter fasste er zusammen:

»Herr Winkelmann fährt mit euch ins Bezirkskrankenhaus, um sich *untersuchen* zu lassen. Die Einweisung vom Hausarzt liegt dort auf der Kommode. Der musste nämlich gleich wieder weg.«

»*Ich* muss mich in der Klapsmühle untersuchen lassen, weil *meine Frau* absichtlich ihren Kopf gegen die Duschhalterung geschlagen hat! Ist das nicht verrückt?«, resümierte der Patient messerscharf mit einem Kopfschütteln, stand auf und ergriff den großen, braunen Reisekoffer neben der Couch.

Pfiff wollte ihm den Koffer tragen, wurde aber mit einem schroffen »geht schon, junger Mann, den trage ich lieber selber« abgewiesen.

Zum Abschied sagte Herr Winkelmann zu seiner Frau nur:

»*Note 4!* Der Schokoladenguss auf dem Marmorkuchen war zu dünn. Das hast du schon mal besser gekonnt.«

»Er war mal Lehrer«, erklärte Frau Winkelmann und winkte kurz nach, als die Sanitäter und ihr Mann die Wohnung verließen.

Nun durfte Sven auf den Beifahrersitz und Pfiff und Herr Winkelmann nahmen die beiden Sitzplätze im Patientenraum ein.

Tom besorgte über Funk ein Bett im Bezirkskrankenhaus und fuhr los.

Kaum hatte Pfiff mit der Aufnahme der Personalien begonnen, konstatierte Herr Winkelmann:

»Bin ich sie endlich los, die alte Schreckschraube! Sie meint, sie ist *mich* losgeworden, aber ich bin richtig froh, mal eine Weile Ruhe von ihr zu haben. Ich zeig ihnen mal was.«

Herr Winkelmann hievte seinen Koffer auf die Patiententrage und öffnete ihn. Die Hälfte des Koffers wurde von einem großen, rosa Kissen eingenommen, die andere Hälfte war mit mehr oder weniger sauber zusammengelegter Kleidung gefüllt.

»Von dem Kissen weiß meine Frau nichts. Das hab' ich mir selbst noch eingepackt. Es ist mein Glücksbringer! Aber sehen sie mal, wie sie die Hemden zusammengelegt hat. *Note 3* würde ich sagen, eigentlich *3-minus!* Krawatten hat sie natürlich nicht eingepackt. So ist sie. Packt Hemden ein, aber keine Krawatten. Einfach kein Hirn im Kopf, die Frau. *Note 5!*«, rief der ehemalige Grundschullehrer Willi Winkelmann erzürnt. Dann durchwühlte er emsig wie ein Maulwurf seinen Koffer und stellte entsetzt fest:

»Sie hat mir keinen Schlafanzug eingepackt, die dumme Kuh. Stellen Sie sich das mal vor! *Note 6! Note 6! Note 6!* kann ich da nur sagen. Können wir nochmal umkehren, damit ich mir den Schlafanzug selbst holen und ihr einen *Verweis* erteilen kann?«

»Das geht jetzt leider nicht mehr, aber in der Klinik gibt es bestimmt einen Schlafanzug für Sie«, versuchte

Pfiff Herrn Winkelmann zu beruhigen und half ihm, den Koffer nebst Kissen wieder einzuräumen und zu verschließen.

»*Berger Rettung 49/71/1!*«, drang es lautstark aus dem Funkgerät.

Tom drückte lässig auf die Sprechtaste des umgekehrt eingeklinkten Hörers:

»*Berger Rettung 49/71/1* hört!«

»Wir hätten noch eine Patientin mit gleichem Ziel direkt auf eurem Weg. Könnt ihr die noch mitnehmen?«

Tom überlegt kurz, ob das Probleme geben könnte und ob er Pfiff konsultieren sollte. Aber zwei Psychos im Patientenraum, das brachte meistens Schwung in die Bude.

»Eine geht immer noch rein! Wo ist es?«

»Baumkirchner Straße, Tramhaltestelle Linie 19, stadtauswärts, im oder am Polizeifahrzeug«, dröhnte es aus dem Funkgerät.

Perfekter konnte das Timing nicht sein. Tom hatte den Streifenwagen, der mit den linken Rädern auf der Haltestelleninsel und mit den rechten Rädern auf der Fahrbahn stand, schon in Sicht und drückte am Funkgerät die Statustaste, die der Leitstelle ihre Ankunft am Einsatzort signalisierte. Vor dem Polizeiwagen sahen sie eine ältere Dame im Pelzmantel, die wild gestikulierend mit einem Polizisten diskutierte.

»Fällt dir da vorne was auf?«, fragte Tom den schweigsamen Sven.

»Eine Frau mit roten Stiefelchen und Pelzmantel«, antwortete Sven erwartungsgemäß.

»Richtig, Sven«, bestätigte Tom, »und das Ganze bei gefühlten 30 Grad im Schatten! Ist das normal?«

»Nein«, war Svens knappe Antwort.

»Wieder richtig! Und alles, was nicht normal ist, sammeln wir heute ein und bringen es ins Bezirkskrankenhaus. Es gibt solche Tage!«

Tom parkte hinter dem Streifenwagen, informierte kurz Pfiff durch das kleine Schiebefenster zwischen Fahrer- und Patientenkabine und gewann, während er ausstieg, auf Anhieb die Aufmerksamkeit der älteren Dame:

»Hallöchen, junger Mann, willst du mal was Schönes sehen?«

Noch bevor Tom antworten und der Polizist eingreifen konnte, öffnete sie ihren Pelzmantel, ließ ihn zu Boden gleiten und stand splitterfasernackt vor ihm, was hieß: nur *bekleidet* mit ein Paar knallroten Stiefeletten, und das alles auf der Freilichtbühne der Haltestelleninsel.

Tom lachte laut auf, blickte in ihr gut geschminktes, freundliches Gesicht und rief:

»Endlich mal eine Textilallergikerin mit einem wunderschönen Körper!«

Tatsächlich hatte die Dame, die er auf Mitte / Ende fünfzig schätzte, recht ansehnliche Proportionen, nicht zu dürr und nicht zu dick, und auch die Brüste waren schön geformt und hingen wie reife Äpfel am Stamm.

Schnell und etwas irritiert zog die Dame ihren Pelz wieder über. Sie wollte offensichtlich – wie alle Exhibitionisten – schockieren und keine Komplimente.

»Die Dame«, begann der Polizist zu erklären, »hat sich schon am Max-Weber-Platz in der Straßenbahn ausgezogen, weil es ihr angeblich zu heiß war, und dann ständig die Fahrgäste und den Fahrer angemacht. Wir wollten sie eigentlich mit auf die Wache nehmen und wegen Erregung öffentlichen Ärgernisses anzeigen. Aber sie sagt, sie sei im Bezirkskrankenhaus gut bekannt und will wieder dorthin. Das ist uns natürlich lieber. Eine Einweisung hab' ich schon geschrieben, den genauen Bericht faxe ich später an die Klinik.«

»Ich bin keine Exhibitionistin, ich bin nur nymphoman. Auf Haus G kennen sie mich schon. Da will ich wieder hin!«, forderte die alte Dame.

»Dann kommen Sie mal mit, Frau Susanne von Ostering«, sagte Tom mit Blick auf den Einweisungsschein und bemängelte gleich:

»Aber … Ihr Alter kann doch nicht stimmen!«

Tom zeigte auf das, was da auf dem Einweisungsschein stand.

Die Dame zückte amüsiert lächelnd ihren Personalausweis aus der Manteltasche und sagte voller Stolz und Selbstbewusstsein:

»Doch! Ich bin seit drei Jahren 69!«

Tom schüttelte sichtlich erstaunt den Kopf:

»Unglaublich! Ich hätte Sie um mindestens fünfzehn Jahre jünger geschätzt.«

»Tja, Sex hält eben jung!«, rief Frau von Ostering lautstark, während sie mit weit geöffnetem Mantel in den Patientenraum stieg und mit ihrer vollen Körperpracht Herrn Winkelmann die Schamesröte in die sonst so blassen Wangen trieb.

Pfiff bat die alte Dame höflich, sich auf die Trage zu legen, da es in der Patientenkabine nur zwei Sitzplätze gab, deckte sie – nur vorsichtshalber, falls ihr Mantel wieder aufging – mit einer dünnen Tragenauflage zu und schnallte sie fest.

Nach einer Zeit des Schweigens – sie waren schon fast am Bezirkskrankenhaus angekommen – fragte die alte Dame mit getragener Stimme:

»Wisst ihr, was im Leben wirklich schwer zu ertragen ist?«, und gab gleich selbst die Antwort:

»Einsamkeit! Einsamkeit ist wirklich verdammt schwer zu ertragen.«

»Da bin ich ganz anderer Meinung«, sagte Herr Winkelmann. »Meine Frau nervt mich den ganzen Tag. Und dabei macht sie selbst jede Menge Fehler. Mit den Noten im letzten Zwischenzeugnis, das ich ihr ausgestellt habe, erreicht *sie* das Klassenziel nie! Ich bin so froh, wenn ich mal meine Ruhe habe!«

»Sie benoten Ihre Frau? Das ist doch wohl nicht Ihr Ernst? Sind Sie auch Schauspieler? Ich kenne Sie gar nicht!«, echauffierte sich Frau von Ostering.

»Ich bin Lehrer und kein Schauspieler«, machte Herr Winkelmann der adeligen Dame entschieden klar.

»Aber *ich* bin Schauspielerin«, bemerkte Frau von Ostering mit trauriger, aber fester Stimme.

»Kennt mich einer von Ihnen?«

Pfiff zuckte höflich mit den Schultern und Herr Winkelmann schüttelte den Kopf.

»Sehen Sie! Ich bekomme seit zwanzig Jahren kein Engagement mehr. Keiner kennt mich mehr. Mein Sohn lebt in Australien, mein Mann, der auch mein Manager war, ist vor zwanzig Jahren an Krebs gestorben. Da sitze ich den ganzen Tag in meinem Zimmer, schaue ein paar Stunden in die Glotze und kann mit niemandem mehr reden. Das ist fürchterlich, schrecklich, nicht zum Aushalten! Einsamkeit ist so grausam, das kann sich keiner vorstellen, der es nicht erlebt hat.«

»Aber eine Weltstadt wie München bietet doch tausend Möglichkeiten, der Einsamkeit zu entfliehen«, warf Pfiff ein.

»Soll ich denn *alleine* ins Theater, ins Café oder an

die Isar gehen? Da kann ich mich gleich ersäufen. Das macht doch alles keinen Spaß. Ich habe da ein *viel* besseres Rezept: Ich nehme meinen ganzen Mut zusammen und spiele vor möglichst großem Publikum meine Rolle als Exhibitionistin und Nymphomanin. Dann lande ich für ein paar schöne Wochen – manchmal auch Monate – im Bezirkskrankenhaus. Dort bekomme ich immer Vollpension auf Krankenkasse, kann mich den ganzen Tag mit hochinteressanten, zum Teil sehr kreativen Menschen unterhalten und zwischen zahlreichen Aktivitäten in geselligem Rahmen wählen: Gruppenausflüge, Schwimmen, Sport, Spiele. Was will man mehr? Nur die Pillen, die sie mir geben wollen, muss ich geschickt in der Backentasche verstecken, unter Aufsicht der Schwester einen Schluck Wasser nachtrinken und sie wieder ausspucken, bevor sie sich aufgelöst haben. Wenn der Arzt von Entlassung spricht und wir haben gerade eine nette Clique beisammen, laufe ich nur einmal nackt durchs Haus und bekomme fast immer Verlängerung.«

Pfiff war sprachlos und überlegte, ob die Story, die ihm die Dame da gerade aufgetischt hatte, echt oder erfunden war. Jedenfalls würde er, so viel war sicher, kein Spielverderber sein und die Geschichte nicht dem Aufnahmearzt erzählen.

Herr Winkelmann wirkte eher desinteressiert, nahm bei der Ankunft mit festem Griff seinen Koffer, sprang aus dem Rettungswagen und suchte nach der Patientenaufnahme, und zwar so schnell, dass Sven und Tom Mühe hatten, ihm zu folgen.

Pfiff musste erst mal Frau von Ostering abschnallen und flüsterte ihr beim Aussteigen ins Ohr:

»Ich wünsche Ihnen einen wunderschönen Urlaub.

Sie sind eine ganz hervorragende Schauspielerin. Die beste, die ich je persönlich kenncngelernt habe!«

Frau von Ostering dankte ihm mit einem Lächeln.

* * *

Das Aufnahmezimmer im Haus A des Bezirkskrankenhauses war klein und spartanisch eingerichtet: Es gab einen Schreibtisch, auf dem ein Telefon stand. Dahinter einen mäßig bequemen Sessel für den Arzt, davor vier robuste Holzstühle für Patienten und Angehörige, Polizisten oder Sanitäter. Hier musste jeder Neuankömmling, der noch auf zwei Beinen stehen konnte, durch und von einem Aufnahmearzt gesehen und angehört werden. Der Ort war bekannt für seine dramatischen Szenen, die sich an ihm abgespielt hatten, weshalb auf jegliches weitere Mobiliar, ja sogar auf einen PC, absichtlich verzichtet worden war. Wie lange der Aufenthalt in diesem schicksalhaften Raum dauern würde, hing im Wesentlichen von der *Kooperationsbereitschaft* des Patienten ab.

Dr. Ambros Rubosios, ein hünenhafter Psychiater um die fünfzig mit struppigem, grauweißem Haar, einem prächtigen Rauschebart und kleinen, verschmitzt dreinblickenden Äuglein hinter einer dicken Hornbrille, ließ nicht lange auf sich warten. Er liebte seinen Beruf, verrichtete zur Freude seiner Kollegen überdurchschnittlich oft Dienst in der Aufnahme und kannte fast alle Sanitäter mit Vornamen.

Als Erstes stürmte er auf Sven zu und reichte ihm die Hand:

»Wir kennen uns noch nicht, junger Mann. Ich bin Ambros.«

»Sven«, antwortete dieser artig.

»Tom und Pfiff, ich muss mit euch ein Wörtchen reden, wenn wir das hier erledigt haben. Könnt ihr danach gleich jemanden mitnehmen und nach Hause bringen?«

Den beiden rutsche förmlich das Herz in die Hose. Um Bärlauch in Freiheit und sich selbst nicht im Knast zu sehen, würden sie einiges geben. Wollte Ambros wirklich nur *ein Wörtchen* mit ihnen reden?

»Wir«, antwortete Tom etwas zögerlich, »müssen jede Fahrt von der Leitstelle genehmigen lassen. Aber wenn nicht gerade an der nächsten Ecke etwas Lebensbedrohliches passiert, geht das sicher klar.«

»Okay, dann lasst mich anpiepsen, wenn ihr startklar seid. Und jetzt bitte nur ein Patient und ein Sani im Aufnahmezimmer ... der Rest wartet draußen.«

Pfiff und Herr Winkelmann blieben im Zimmer, die anderen warteten im Gang.

Dann gingen Tom und Frau von Osterring ins Aufnahmezimmer.

Dr. Rubosios stellte jedem Patienten die gleichen vier Fragen:

• Wissen Sie, welchen Tag wir heute haben?
• Wissen Sie wo wir hier sind?
• Wissen Sie, warum Sie hier sind?
• Sind Sie damit einverstanden, dass wir Sie stationär aufnehmen?

Bejahten die Patienten die letzte Frage, war für den Aufnahmearzt der Fall schnell erledigt. Anamnese, Diagnose und Therapie waren dann Sache der jeweiligen Stationsärztinnen und Stationsärzte.

Die beiden Patienten der *Berger Ambulanz* konnten erwartungsgemäß schnell und unkompliziert aufgenommen werden. Es war üblich, dass die Sanitäter die Patienten direkt auf die ihnen zugewiesenen Stationen brachten und dort übergaben.

Frau von Osterring wurde von Pfiff und Sven begleitet und kam auf Haus C, ein geschlossenes Frauenhaus, wogegen sie nur leicht protestierte. Sie kannte sich ja schon aus und war fest davon überzeugt, nach spätestens einer Woche bei guter Führung in das gemischte Haus G wechseln zu dürfen.

Tom begleitete Herrn Winkelmann zu Haus B, einem geschlossenen Männerhaus mit Patienten, deren Diagnose noch nicht endgültig feststand, und solchen, die voraussichtlich nicht länger als zwei Wochen blieben. Nach mehrfachem Läuten und gefühlten zehn Minuten Wartezeit hörten sie das metallische Klirren eines Schlüsselbundes und das Aufschließen der Türe.

Anni strahlte Tom an wie eine Weihnachtskerze und hauchte: »So eine Überraschung.«

Tom strahlte zurück. Toll sah sie heute wieder aus, die Anni, mit ihrem ungeschminkten Engelsgesicht, der Stupsnase samt Sommersprossen und ihrer prächtigen, roten Mähne. Der etwas zu knapp sitzende Schwesternkittel betonte ihre weiblichen Formen und Tom musste sich Anni für Sekundenbruchteile nackt und in Strapsen vorstellen, was ihn sofort leicht erregte.

»Das ist Herr Winkelmann, ein neuer Patient zur Diagnostik, und das ist Schwester Anni«, stellte Tom die beiden einander vor und bat Herrn Winkelmann:

»Benoten Sie die Schwester Anni nicht zu streng. Sie ist genauso schlau wie hübsch.«

»Ha! Eine Frau mit Hirn! Das wäre das erste Mal. Außerdem habe ich mich mein ganzes Leben lang noch nie bei einer Benotung beeinflussen lassen, weder durch das Aussehen einer Schülerin noch durch dumme Sprüche Dritter«, konstatierte der Patient.

Anni und Tom hatten Mühe, ihr Lachen zu unterdrücken. Aber jeder Patient musste erst mal ernst genommen und widerspruchslos angehört werden, zumindest, bis man wusste, was ihm genau fehlte. Anni wies Herrn Winkelmann Zimmer, Bett und Schrank zu und ging dann mit Tom ins Stationsbad, dem einzigen Raum, der gerade frei war, um ein paar ungestörte Worte zu wechseln.

»Weißt du, auf was ich jetzt Lust hätte?«, fragte Tom.

»Auf 'nen tierischen Quickie?«, rätselte Anni mit Unschuldston in der Stimme.

»Jetzt kannst du auch noch Gedanken lesen!«, platzte es aus Tom heraus.

»Sorry, aber die Tür kann man nicht abschließen und ständig verirrt sich einer hier rein«, gab Anni zu bedenken.

»Erhöht das nicht den Reiz, meine Süße?«, legte Tom nach.

»Das schon, aber auch die Wahrscheinlichkeit, dass sie mich rausschmeißen, wenn sie uns erwischen.«

Tom hatte verstanden und präsentierte gleich einen neuen Vorschlag:

»Darf ich dich morgen auf ein Klavierkonzert einladen?«

»*Ein Klavierkonzert?* Was wird denn gegeben?«, fragte Anni erstaunt.

»Keine Ahnung. Ein Patient, den wir vor zwei Wochen erfolgreich reanimiert haben, hat uns, das heißt Pfiff und mich, jeweils mit Anhang eingeladen und will uns was vorspielen. Wäre super, wenn du mitkommst. Danach gehen wir zu mir.«

In der Hoffnung, dass sie wenigstens noch einen Augenblick ungestört blieben, gab Anni Tom einen Kuss und strich ihm sanft über die Haare. Tom hätte diesen Glücksmoment gerne festgehalten und ausgedehnt, aber Anni lief auf den Flur und bat ihn, einen Moment zu warten. Nach wenigen Sekunden erschien sie mit einem Rettungsrucksack, der ein kleines Schlüsselring-Herzchen am Tragegriff trug.

»Dein LURU – endlich kann ich ihn dir zurückgeben. Vielleicht brauchen wir ihn ja morgen. Ich muss erst sehen, ob ich Dienst tauschen kann. Melde mich per WhatsApp.«

Anni geleitete Tom zur Stationstüre, sperrte auf und verabschiedete sich mit einem zwinkernden Auge.

Am Rettungswagen angekommen, warf Tom seinen LURU in den Patientenraum und beschwor Pfiff und Sven, das Teil nicht anzurühren:

»Dieser Rettungsrucksack ist mein Privateigentum. Wer ihn anrührt, bekommt Pest und Cholera zugleich, verstanden?«

Beide nickten.

Dann erzählte er Pfiff noch von der Einladung zu Ottos Klavierabend, dass er wahrscheinlich mit Anni käme, und er solle doch seine Laura mitbringen.

Pfiff hatte inzwischen mit der Leitstelle geklärt, dass sie einen Patienten mitnehmen und nach Hause chauffieren durften und den Aufnahmearzt anpiepsen lassen. Sie trafen sich wenige Minuten später im Aufnahmezimmer.

Dr. Ambros Rubosios lehnte sich in seinem Sessel zurück, starrte auf seinen Schreibtisch und schwieg. Je länger er das tat, desto unerträglicher wurde die Spannung.

Tom, der nicht wollte, dass Sven auf diesem Wege von der Bärlauch-Geschichte erfuhr, unterbrach das Schweigen:

»Sven, würdest du mal bitte draußen warten?«

Sven erhob sich, aber Dr. Ambros Rubosios bedeute ihm, sich wieder zu setzen.

»Menschen machen Fehler«, begann der Arzt seine Rede und fuhr nach einer langen Gedankenpause fort, »aber dass wir eine völlig gesunde Patientin in die geschlossene Abteilung aufnehmen und tagelang keiner draufkommt, dass ihr gar nichts fehlt – das ist *der* Albtraum eines jeden Psychiaters. Und wenn da nicht diese beiden jungen Männer gewesen wären und sich entschuldigt hätten, säße die Patientin wahrscheinlich in einem Monat immer noch hier. So eine Blamage für mich, für das ganze Haus, für die gesamte Psychiatrie!«

»Patient*in*?«, fragte Pfiff erstaunt.

»Ja richtig. Stellt euch mal vor, da wird eine 76-jährige Dame in einer lauen Sommernacht um zwei Uhr früh mit Fraktur des linken Unterarms ins Ostklinikum eingeliefert und erzählt immer wieder, sie sei im Treppenhaus von zwei Skifahrern über den Haufen gefahren worden. Was würdet ihr da denken? Wahrscheinlich doch das Gleiche wie die Chirurgin, die nach Versorgung des Bruches die Dame zu uns überwiesen hat. Nachdem die Patientin immer die gleiche Geschichte erzählte, haben wir sie erst mal ordentlich sediert und ein paar Tage beobachtet. Bis da plötzlich heute zwei junge Männer mit einem Blumenstrauß ankamen und sich entschuldigten, weil sie die Dame beim Skirennen im Treppenhaus umgerempelt hatten. Zuerst dachten wir, wir hätten nun drei Patienten oder es sei ein Trick von Verwandten, um die Dame wieder herauszuholen, bevor sie richtig diagnostiziert und therapiert worden war. Aber dann klang das Ganze doch alles recht plausibel. Die beiden jungen Männer hatten nach drei Mass Bier darum gewettet, wer von ihnen am schnellsten auf Skiern vom Dachboden bis in den Keller fahren konnte. Der Lärm weckte die alte Dame auf und sie trat in den Flur. Einer der Jungs hatte sie dabei umgerempelt. Wieder nüchtern, plagte die Herrn drei Tage lang das schlechte Gewissen, bis sie mit einem Strauß Blumen zuerst im Ostklinikum aufkreuzten und dann zu uns geschickt wurden.«

Tom und Pfiff atmeten tief durch, sahen sich genau nach dem Wort *Gewissen* kurz an und dachten wohl beide das Gleiche.

Dr. Rubosios fuhr mit seinem weißen *Segway*-Elektro-Stehroller, den er sich vor Jahren privat zugelegt hatte, mit Vollgas und wallendem Arztkittel voraus zu Haus F, gefolgt von Speedy, und ließ es sich nicht nehmen, sich nochmals bei der Patientin zu entschuldigen und persönlich zu verabschieden.

Frau Elfriede Sedlmeier, eine kleine, schlanke Dame mit freundlichem Gesicht, trug ihren linken, mit Kunststoffgips stabilisierten Arm in einer Schlinge um den Hals und ließ sich von Pfiff in den Rettungswagen helfen, während Sven ihr die vollgepackte Tasche hinterherschleppte.

»Da haben Sie ja ganz schön was mitgemacht«, begann Pfiff das Gespräch.

»Des kenna's laut sogn. Obwoi ... eigentlich war's a ganz nette Abwechslung. Jetzt, wo i wida draußn bin. Aber de hättn mi jo bis zum Sankt Nimmerleinsdog bhoitn, wenn net de junga Herrn kemma warn.«[33]

»Wo geht's denn hin?«, fragte Tom durch das Verbindungsfenster zur Fahrerkabine.

»Zur Melusinenstraße ...«

»Melonen oder Apfelsinen, da müssen Sie sich schon entscheiden«, unterbrach Tom, noch bevor die Dame ihre Hausnummer sagen konnte.

»Melusinenstraße, im Haus neben der Apotheke.«

»Die Apotheke am Karl-Preis-Platz«, bestätigte Tom.

»Dea kennt si ja doch aus. Wui mi dea aufn Arm nema?«[34], fragte die Dame.

»Ja«, antwortete Tom mit einem Augenzwinkern, »und ich weiß auch, was Melusinen sind«, und dachte leise weiter, ›aber nur, weil ich wegen des komischen Namens mal bei Wiki nachgeschaut hab.‹

An der Ausfahrt vom Bezirkskrankenhaus hielt Tom kurz an, obwohl die Schranke schon geöffnet war und verschwand ins Pförtnerhäuschen.

»Habt ihr einen Patienten Uwe Bärlauch hier?«

Ohne sich für den Grund der Frage zu interessieren, klickte sich der Pförtner, ein hagerer Mann mit Glatze, Schnauzbart und Hornbrille, hochkonzentriert durch das Aufnahmeprogramm auf seinem PC und murmelte:

»Bärlauch, Bärlauch, Bärlauch ... ja, da haben wir ihn: im Haus M!«

Tom bedankte sich, ging zurück zu Speedy, setzte sich wieder ans Steuer und fuhr schweigend zur Zieladresse. Dort geleiteten Pfiff und Sven Frau Sedlmeier in den dritten Stock ihrer Altbauwohnung.

Als Pfiff wieder seinen Platz auf dem Beifahrersitz eingenommen hatte und sich gerade über Funk klar melden wollte, sagte Tom:

»Du hast verloren!«

»Die Wette wegen Bärlauch?«, fragte Pfiff unsicher.

»Ja, leider! Ich hab' den Pförtner gefragt. Er ist im Haus M, dem geschlossenen Männerhaus, in dem die Langzeitpatienten untergebracht sind.«

»Schon wieder 1000 Euro weg – Shit! Und der arme Kerl ist jetzt auch noch Langzeitpatient!«, jammerte Pfiff sichtlich ergriffen.

»Mach dir mal wegen der Kohle nicht in die Hosen. Du musst ja nicht gleich heute zahlen«, versuchte ihn Tom zu beschwichtigen.

»Du redest dich leicht. Für mich ist das fast ein halbes Monatsgehalt und meine Verluste steigen mit deinen blöden Wetten dramatisch an. Ich hab' eh schon bis zum Limit überzogen!«, jammerte Pfiff weiter.

Falten durchfurchten Toms Stirn. Er sah plötzlich nachdenklich und älter aus.

»Was mir wirklich Sorgen macht, ist, wie wir den Bärlauch da wieder rausbekommen. Ich fahr' morgen mal außerdienstlich hin, schau', ob ich ihn besuchen kann, und red' mit dem Ambros. Bist du dabei?«

»Ja«, antwortete Pfiff knapp und meldete sich klar.

»Innsbrucker Ring, Ecke Berg-am-Laim-Straße auf Abruf«, krächzte das Funkgerät.

Als sie gerade zum zugewiesenen Abrufplatz losfahren wollten, rannten zwei Schuljungen vor ihrem Auto vorbei. Reifen quietschten, denn die Kinder hatten wohl nicht damit gerechnet, dass neben dem Rettungswagen, der in zweiter Reihe parkte, noch Autos vorbeifahren würden. Außerdem hatten die beiden, ein etwas pummeliger schwarzer Junge mit großen Kulleraugen und Jimi Hendrix-Frisur und ein schlaksiger Blondschopf, es fürchterlich eilig, über den grünen Mittelstreifen auf die andere Fahrbahnseite zu kommen, um dort noch den Bus zu erreichen. Obwohl sie an der Vorderseite des blau-weißen Stadtbusses vorbeiliefen und der Fahrer sie genau gesehen haben musste, schloss er die Türen und fuhr ab.

»Hast du *das* gesehen?«, fragte Tom und knipste, ohne eine Antwort abzuwarten, spontan die Blaulichter an, schaltete das Presslufthorn dazu und stand nach Wendemanöver und Spurwechsel kurz darauf an besagter Bushaltestelle.

Pfiff hatte sofort verstanden, riss die Beifahrertüre auf und fragte die beiden Jungs:

»Wollen wir's dem Busfahrer mal zeigen?«

Etwas unsicher schauten sich die beiden zuerst gegenseitig an und nickten dann heftig.

»Dann steigt mal ein!«, forderte Pfiff sie auf und setzte einen der beiden auf sein linkes und den anderen auf sein rechtes Knie.

Tom registrierte, dass die beiden nicht angeschnallt waren, und fuhr deutlich langsamer und vorsichtiger als sonst, wohl wissend, dass es auch bei geringer Geschwindigkeit ein Leichtes sein würde, den Bus bis zur nächsten Haltestelle zu überholen. Nach kurzer Fahrstecke schaltete die Ampel an der Anzinger Straße auf Rot. Der Bus hielt an. Tom aktivierte das Presslufthorn und überquerte vorsichtig die Kreuzung, während Pfiff die Aufregung der kerzengerade auf seinen Knien weilenden Schulkinder förmlich fühlen konnte.

50 Meter nach der Kreuzung lag eine Parkbucht, an der Tom anhielt. Gleich davor war die Bushaltestelle.

»So, jetzt raus mit euch! Dann seid ihr diesmal die Ersten. Wir warten hier, damit er euch auch sicher mitnimmt!«, rief Pfiff, öffnete den Jungs die Türe und gab dem Blondling noch einen Klaps auf die Schulter.

Die beiden Schulkinder waren so perplex, dass ihnen

die Worte fehlten, aber bevor sie als einzige Fahrgäste an dieser Haltestelle in den Bus einstiegen, winkten und lachten sie ganz kräftig in Richtung Rettungswagen.

Sven, der sich die ganze Zeit über zurückgehalten hatte, schob das Fenster zwischen Fahrer- und Patientenkabine auf und fragte:

»Was war das denn? Haben wir einen Einsatz?«

»Schon erledigt. Alles musst du auch nicht wissen. Sonst wird's zu viel an deinem ersten Tag. Wir fahren jetzt eine Kreuzung weiter und warten dort, bis wir von der Leitstelle den nächsten Einsatz bekommen«, klärte Tom ihn auf.

KAPITEL 12

Ritt über der Stadt

Mittwoch, 12. August, 13:30 Uhr

Tom parkte Speedy auf der dem breiten Betonstreifen an der Berg-am-Laim-Straße mit Blick auf den Leuchtenbergring, stellte den Motor ab und öffnete die Fahrertüre, soweit es ging.

Pfiff meldete der Leitstelle, dass sie den Abrufort erreicht hatten und öffnete die Beifahrertüre.

»Mach hinten auch auf und lass durchziehen!«, forderte er Sven auf.

Sven öffnete die Schiebtüre der Patientenkabine, stieg aus, reckte und streckte sich und erschien dabei noch größer und dünner, als er ohnehin schon war.

Nach ein paar weiteren Dehnungsübungen fragte er schließlich:

»Wie lange müssen wir da jetzt rumstehen?«

›Keine sehr intelligente Frage‹, dachte Pfiff und antwortete:

»So lange, bis uns die Leitstelle den nächsten Einsatz gibt.«

Nachdem Sven fünf Minuten nervös den Rettungswagen umkreist hatte, hakte er nach, ohne zu wissen, in welches Fettnäpfchen er dabei treten würde:

»Und was war die längste Zeit, die ihr je auf Abruf gewartet habt?«

Tom und Pfiff blickten sich an und antworteten unisono:

»Fünf Stunden ... genau fünf Stunden!«

»*Genau fünf Stunden?*«, sinnierte Sven.

Aber noch bevor er weitere Fragen stellen konnte, knarrte das Funkgerät:

»Berger Rettung 49/71/1!«

Pfiff antwortete mit dem obligatorischen:

»Berger Rettung 49/71/1 hört!«

»Schwerer Verkehrsunfall auf der A 8, kurz vor der Ausfahrt Neubiberg, Hubschrauber und Feuerwehr sind auch unterwegs!«

Pfiff wiederholte, wie bei Notfalleinsätzen üblich, den Einsatzbefehl wortgenau.

Tom schaltete Blaulicht und Presslufthorn ein, raste über den Innsbrucker Ring auf die Salzburger Autobahn und merkte, wie er angesichts dieses Einsatzbefehls eine Gänsehaut bekam und sich sämtliche Haare seiner Unterarme senkrecht aufstellten. Aber genau dieser Adrenalinkick war es ja, weshalb er diesen Job so liebte!

Pfiff brüllte so laut zu Sven nach hinten, dass er den Schalldruckpegel von 95 Dezibel, den die Presslufthöner auch in Speedys Innenraum noch hinterließen, übertönte:

»Hast du den Einsatzbefehl mitgehört?«

»Ja!«, las er von Svens Lippen ab.

»Alles klar bei dir?«

»Ja!«

»Das kann krass werden: Blut, Schwerstverletzte, vielleicht auch Tote. Hast du schon mal 'ne Leiche gesehen?«, schrie Pfiff.

Sven schüttelte den Kopf.

»Also, wenn's dir *zu* krass wird, dann bleib einfach im Wagen, da, wo du jetzt sitzt! Wenn du unbedingt frische Luft brauchst, dann bleib nahe am Wagen, dass wir dich nicht auch noch suchen müssen, verstanden?«

Sven nickte. Er hatte ein flaues Gefühl im Magen, aber übel war ihm nicht. Es durfte ihm auch nicht übel werden. Ja er verbot es sich regelrecht selbst, Übelkeit aufkommen zu lassen oder gar zu kotzen. Was für eine Riesenblamage wäre das an seinem ersten Tag? Er musste da jetzt durch und er würde es schaffen!

Nachdem sie die erste Autobahnausfahrt Perlach / Ständlerstraße passiert hatten, wurde der Verkehr immer dichter. Der Rettungshubschrauber rauschte im Tiefflug über sie hinweg und war schon im Landeanflug. Pfiff und Tom liebten das säuselnde Geräusch des *Airbus Helicopters H 145*, eines Meisterwerks europäischer Ingenieurskunst.

Baustellenfahrzeuge auf dem Standstreifen, den sie bisher befahren hatten, zwangen Tom auf den Mittelstreifen zu wechseln. Pfiff musste zwischendurch die Presslufthörner, die nach außen hin mit einem Schalldruckpegel von gut 125 Dezibel für freie Fahrt sorgen sollten, abschalten und über Außenlausprecher die Verkehrsteilnehmer auffordern, eine Rettungsgasse zu bilden.

Die meisten Autofahrer reagierten gut, einige jedoch zögerlich und fahrtbehindernd. Tom und Speedys 7-Gang-Automatikgetriebe wurde alles abgefordert, um einigermaßen schnell in beschwingtem Slalom und Wechsel zwischen Beschleunigung und Bremsung durch die enge Rettungsgasse zu brausen, ohne auch nur einen einzigen Rückspiegel mitzunehmen.

Am Unfallort, direkt neben der Autobahnausfahrt Neubiberg, sahen sie einen auf den ersten Blick wenig beschädigten, grünen Kleinwagen an einem Baum, dahinter den Rüstwagen der Feuerwehr und den Rettungshubschrauber, dessen Triebwerke gerade zum Stillstand gekommen waren. Tom fuhr, so nahe es ging, an den Kleinwagen heran.

»Nimm den Rettungsrucksack mit!«, brüllte Pfiff zu Sven in den Patientenraum und rannte mit Tom zum Unfallfahrzeug, das aus der Nähe betrachtet, ein anderes Bild bot: Während die Fahrerseite kaum beschädigt schien, war die Beifahrerseite so stark eingedrückt, als wäre sie unter einen Panzer geraten. Ein junger Mann hing blass und mit vom Motorblock zermalmten Unterschenkeln im Beifahrersitz. Blut lief ihm über die Stirn und quoll aus Nase und Ohren. Der Hubschrauber-Notarzt hatte ihm bereits eine Infusion und ein Stiffneck zur Stabilisierung der Halswirbel angelegt und intubierte gerade.

Eine Frau, so um die vierzig, saß wimmernd unter dem Baum und jammerte:

»Es ist alles meine Schuld, alles meine Schuld!«

Pfiff ergriff ihre Hand und fragte, was passiert sei.

»Ich wollte nur ganz kurz eine Nachricht auf meinem Smartphone lesen und plötzlich gab es einen fürchterlichen Knall. Mir wurde schwarz vor den Augen und dann lag mein Sohn blutüberströmt neben mir und das Auto stand am Baum.«

Die Hydraulikschere der Feuerwehr durchtrennte knarzend die A-, B- und C-Säulen des Pkws und machte in nur drei Minuten aus dem Kleinwagen ein Cabrio. Nachdem mit einem Hydraulikspreizer die Beine des Unfallopfers – beziehungsweise das, was noch davon übrig war – freigelegt worden waren, legte die Hubschrauberbesatzung den zerschundenen Körper vorsichtig auf ihre Trage. Der Hubschrauber-Notarzt sprintete kurz zu Pfiff, der immer noch die Hand der Fahrerin und Mutter des Schwerverletzten hielt.

»Der Junge hat ein schweres Polytrauma. Wir fliegen ihn vermutlich ins Ostklinikum, aber fragt besser bei der Leitstelle noch mal nach. Bei der Mutter habe ich keine Verletzungen festgestellt, aber bringt sie ins gleiche Krankenhaus. Sie soll sich auf jeden Fall in der Ambulanz gründlich durchchecken lassen. Und gebt ihr zur Beruhigung zwei Milliliter entsprechend zehn Milligramm Diazepam intravenös. Alles auf meine ärztliche Anordnung. Ich bin Dr. Witte!« Dabei zeigte er auf das Namensschild auf seiner roten Fliegerkombi und war auch schon wieder weg.

Pfiff zog am Reißverschluss des Rettungsrucksacks und sogleich sprang ihm im großen Bogen ein übergroßer, fleischfarbener Dildo mitten ins Gesicht und blieb dann vor den Füßen der Frau liegen, während ein paar neonbunte Vibratoren, der Womanizer PRO 40, eine Tube Gleitgel, das Buch *Geheimwissen Männlicher Multi-Orgasmnus* und eine Ingwerwurzel langsam herauspurzelten.

Pfiff erstarrte vor Schreck, bevor ein gewaltiger Schuss Zornes- und Schamesröte seinen Kopf in eine dunkelrote Paprika verwandelten.

»Was soll der Scheiß?«, entfuhr es ihm.

Da bemerkten auch die Frau, Tom und Sven das Schlamassel.

Tom packte alle Utensilien blitzschnell in seinen LURU zurück und wies Sven an, den Rucksack zu Speedy zurückzubringen, gegen den anderen Rettungsrucksack auszutauschen und diesen möglichst im Galopp herbeizuzaubern.

»Was habt ihr da für Schweinkram dabei?«, fragte die Frau am Baum mit einem Unterton der Entrüstung.

»Unser Praktikant hat versehentlich den Rucksack für gynäkologische Notfälle erwischt«, fiel Tom auf die Schnelle als Entschuldigung ein.

Sven kam rasch mit dem richtigen Rucksack angetrabt. Pfiff nahm das Ampullarium heraus, zog zwei Milliliter Diazepam in einer Spritze auf, belehrte die Patientin über Wirkung und Nebenwirkungen, staute ihren Oberarm, punktierte gekonnt die Vene in der linken Ellenbeuge, aspirierte ein wenig Blut, um die richtige Lage der Kanüle zu verifizieren, löste die Stauung und injizierte langsam das Medikament. Dann klebte er einen Tupfer auf die Einstichstelle und bat die Patientin, noch eine Weile fest draufzudrücken.

Tom und Pfiff hakten die Frau locker unter, auch, um zu sehen, wie trittfest sie war. Die Dame schaffte es problemlos zu Speedy, stieg ein und legte sich auf die Trage. Sven verstaute den Rettungsrucksack und setzte sich neben die Patientin.

Langsam fuhren die zwei kräftigen Arriel-2E-Triebwerke des Airbus Helicopters H 145 mit dem Schwerverletzten und der HEMS-Crew an Bord hoch. Der Sound war Musik in Toms Ohren.

›Wie oft bin ich schon mit dem Fallschirm aus Hubschraubern gesprungen? Wie geil müsste es sein, an so einem herrlichen Sonnentag auf der Kufe eines Hubschraubers über die Münchner City zu reiten?‹, dachte er.

Geistesblitze mit Für und Wider, Risiko- und Genussabwägungen schossen in Millisekunden durch seine Denkdärme, bevor er Pfiff zurief:

»Halt mir den Rücken frei! Ich bin dann mal weg!«

Während die immer höher werdende Tonlage der

Turbinen vermuten ließ, dass die nötige Rotordrehzahl zum Abheben gleich erreicht war, sprintete Tom so schnell er nur konnte unter Meidung des Heckrotors schräg von hinten auf den Rettungsvogel zu.

Jeder Pilot hält den Hubschrauber vor dem Abflug eine knappe Sekunde im Schwebeflug, um die Windrichtung und das Gleichgewicht des Fluggeräts zu erfühlen. Just in diesem Moment setzte sich Tom auf die Kufe und schlang lässig seinen rechten Arm um den Antritt, einer zehn Zentimeter breiten und dreieinhalb Meter langen Stahlplatte, die bei diesem Modell zur Einstiegserleichterung zwischen Kufen und Hubschrauberzelle geschweißt war.

Der Pilot bemerkte ein leichtes Abkippen des Hubschraubers nach links, das er so schnell und unbewusst ausglich wie ein Autofahrer, der von einer leichten Bodenwelle überrascht wird. ›Eine kleine Windböe‹, glaubte er.

Während der Hubschrauber wie ein Aufzug in die Höhe schoss, winkte Tom mit seiner freien Hand vergnügt zu den vielen Schaulustigen herunter, die den Start beobachtet hatten.

›Yes I can!‹, dachte Tom und sein Herz lachte. Wieder einmal hatte er sich einen Traum verwirklicht und ritt wie der König der Lüfte über sein geliebtes München.

Er brüllte ein lautes:

»Ho, ho – ha ha ha!« in den Turbinenlärm und erinnerte sich, wie er einmal bei einem Fallschirmsprung aus einem fast stehenden Hubschrauber gehüpft war und ihm der Downwash des Rotors gleich drei unfreiwillige Saltos beschert hatte. Seither hatte er die Hubschrauberpiloten bei Formationssprüngen immer darum gebeten, mit 60 Knoten anzufliegen, damit er und seine Mitspringer nach dem Exit stabil blieben und gleich mit der Windanströmung von vorne arbeiten konnten.

Auf rund 200 m Höhe bewegte der Pilot mit der rechten Hand den Steuerknüppel und damit die gesamte Rotorkreisfläche ein klein wenig nach vorne und zog synchron dazu mit der linken Hand den Rotorblattverstellhebel ganz leicht an.

Der H 145 beschleunigte. Und er beschleunigte mit seinen beidseitig je 840 PS starken Triebwerken schnell und kräftig! Tom hatte Mühe, sich selbst mit beiden Armen festzuhalten und bekam Angst, richtig Angst!

Angst ist ein schlechter Ratgeber war einer seiner Lieblingssprüche. Er konnte sich nicht erinnern, jemals in seinem Leben solche Angst gehabt zu haben! Seine Hirnströme gerieten in helle Aufruhr.

›So musste sich *Todesangst* anfühlen. Das bewusst erlebte Vorspiel des Todes‹, dachte er, ›wenn ich heute sterbe dann hab' ich wenigstens dieses Gefühl auch einmal erlebt.‹

Ein Adrenalinschub durchfuhr seinen Körper und versetzte jede Zelle in allerhöchste Alarmbereitschaft.

Tom überlegte, wie er seinen Luftwiderstand minimieren könnte. Nach zwei Versuchen war es ihm gelungen, sein rechtes Knie über den langen Antritt, der parallel zu den Kufen verlief, zu schwingen, sich mit seiner gesamten Körperlänge auf den Antritt zu legen und diesen mit beiden Beinen und beiden Armen fest zu umklammern, gerade noch rechtzeitig, bevor der Hubschrauber seine maximale Reisegeschwindigkeit von 135 Knoten erreichte.

Tom blickte nach oben, sah die Pilotenkanzel mit dem Knie des Piloten und die mächtigen Rotorblätter. Für einen kurzen Moment erwog er, dem Piloten ein Zeichen zu geben. Aber dazu müsste er mit einer Hand loslassen, was seinen Tod bedeuten könnte. Er biss die Zähne zusammen und schwor sich, um jeden Preis durchzuhalten. Unter ihm lag der Ostbahnhof mit seiner üppigen Gleislandschaft. In Flugrichtung konnte Tom den Dachlandeplatz des Ostklinikums erkennen und spürte mit großer Erleichterung, wie der Pilot die Fluggeschwindigkeit reduzierte.

Gleich würde er zur Landung ansetzen und er hätte mal wieder ein Abenteuer der ganz besonderen Art überlebt.

Der Luftrettungssanitäter hatte gerade Funkverbindung mit der Leitstelle gehabt und schaltete nun auf Intercom um, einem bordinternen Kommunikationssystem, das nur die Hubschrauberbesatzung hören konnte:

»Im Ostklinikum kann nur noch die Chirurgie aufnehmen, wenn Neurochirurgie auch erforderlich sein könnte, müssen wir gleich weiter zum Nordklinikum!«

Notarzt Dr. Witte nickte: »Wir brauchen auf jeden Fall auch Neurochirurgie im gleichen Haus!«

»Verstanden, fliege weiter zum Nordklinikum«, bestätigte kurz und trocken der Pilot.

Tom, der sich gerade etwas locker gemacht hatte, spürte, wie die Fluggeschwindigkeit wieder zunahm. In Filmen sah es immer so lässig aus, wenn GSG9-Bundespolizisten auf der Kufe standen oder Jean-Paul Belmondo auf einer Strickleiter unter einem Hubschrauber herumturnte. Aber da wussten die Piloten um ihre menschliche Außenlast und flogen deutlich langsamer. Der Mann, der diesen Rettungsvogel steuerte, wollte nur schnellstmöglich den Schwerverletzten im Zielkrankenhaus abliefern und gab richtig Stoff.

Toms Hände klammerten sich wie zwei Schraubstöcke um das vordere Kufenhalterohr und seine Beine umschlangen den Antritt, so fest sie nur konnten. Sie überflogen nun – zum Greifen nahe – den auf einer Säule thronenden Friedensengel, die Isar und den Englischen Garten.

Als sie den Kleinhesseloher See überquerten, überlegte er kurz, ob es Sinn machen würde, sich fallen zu lassen, verwarf den Gedanken aber gleich wieder. Auch bei der relativ geringen Flughöhe von geschätzten 200 m hätte er keine Überlebenschance. Verliebte Pärchen ruderten über den See, Familien strampelten in knallroten Tretbooten.

›Mit Anni im Boot über den See rudern … so eine romantische Nummer würde ihr bestimmt gefallen‹, meldete sich Toms Großhirnrinde. Oder noch besser: ›Nachts um drei eines der Boote lockermachen und mitten auf dem See im Mondschein schmusen und vielleicht sogar … – Das musste er unbedingt auf seine 2-Do-Liste setzen, wenn er diesen Flug überlebte!‹

Genau über der Münchner Freiheit, da, wo er gerne ein Eis essen ging, wo er die verrückte Isabell kennengelernt hatte und wo sie auch den Bärlauch gekidnappt hatten, reduzierte der Pilot drastisch die Fluggeschwindigkeit und leitete nur eine Flugminute später die Landung auf dem Dach des Neubaus des Nordklinikums ein.

Tom sah das große H im Kreis und eine Gruppe Weißkittel an einer Ecke des Daches, gleich neben dem Windsack. Der Hubschrauber schwebte wie in Zeitlupe präzise ins Zentrum des Hs und Tom hatte genug Zeit, sich aufrecht auf den Antritt zu setzen und unmittelbar nach dem Aufsetzen in gebückter Haltung zum Empfangskomitee zu laufen.

»Polytrauma!«, rief er dem Arzt in vorderster Front zu und verschwand mit den Worten »die Kollegen laden gleich aus« ins Treppenhaus neben dem Landeplatzzugang.

Der ummantelte Fenestron-Heckrotor der H 145 konnte nicht unabsichtlich berührt werden und erlaubte, mit dem Ausladen des Patienten zu beginnen, noch während das Triebwerk heruntergefahren wurde und der Pilot mit der Rotorbremse die Blätter zum Stillstand brachte.

Dr. Witte drückte alle drei Sekunden den Beatmungsbeutel, um die Zeit zwischen den maschinellen Beatmungen im Hubschrauber und in der Aufnahme zu überbrücken. Einer der Weißkittel hielt den Infusionsbeutel hoch, die anderen schoben die Trage.

Der Aufnahmearzt konnte sich die Frage »Muss euer Personal jetzt schon im Freien sitzen?« nicht verkneifen.

Dr. Witte legte etwas irritiert den Kopf zur Seite, beschloss, diese blödsinnige Bemerkung zu ignorieren, und begann mit der Übergabe der Vitalparameter.

Tom schlenderte, im Erdgeschoss angekommen, den Blick gesenkt und fröhlich vor sich hin träumend, den ewig langen Gang, der vom Neubau in den Altbau führte und an dessen Ende sich die Krankenhauskantine befand.

Plötzlich schlug ihm ein edler, sinnlicher Duft entgegen, den er kannte und der auch nur in kleinsten Mengen jeden Krankenhausgeruch übertönte: *Amouage Ciel*

Er blickte auf und sah in das strahlende Gesicht einer Frau, die er noch besser kannte: Dr. Olga Jankovskaia,

Chirurgin in der Notaufnahme, 45, vollschlank und sexy! Ihre pechschwarzen, sauber im Bob geschnittenen Haare umrahmten ihr helles, freundliches Gesicht mit den sympathischen Lachgrübchen und den vollen, stets rubinrot geschminkten Lippen.

»Mensch Tom! So eine Überraschung. Was machst *du* denn hier?«, fragte Dr. Olga Jankovskaia mit ihrem naturgeilen Blick, der Toms Pulsfrequenz sofort erhöhte.

»Wollte dich mal wieder besuchen!«, log Tom und dachte an die vielen Quickies an ungewöhnlichen Orten, die er mit der verheirateten und 13 Jahre älteren Notärztin in den vergangenen 5 Jahren genossen hatte.

Olga ging nahe an Tom heran. So nahe, dass keiner der Passanten sie verstehen konnte, aber auch nicht nahe genug, um eindeutige Rückschlüsse zuzulassen, und hauchte nur:

»Lust auf einen doppelten Cappuccino?«

Doppelter Cappuccino, den es eigentlich gar nicht gab – das war *ihr* Codewort.

Tom nickte und spürte, wie sich alleine Olgas erotische Ausstrahlung reflexartig in seiner Hose auswirkte, ohne dass er es verhindern konnte.

»Gleicher Ort wie letztes Mal. In zehn Minuten muss ich wieder in der Notaufnahme sein«, flüsterte Olga und holte mit ihrem Prioritätenschlüssel einen der nahen Bettenaufzüge, während Tom im Laufschritt in den dritten Stock hetzte und sich dort im geräumigen Behinderten-WC einschloss.

›Es stimmt einfach nicht, dieses Gerücht, *nur Männer* würden ständig an Sex denken‹, dachte Tom.

Eine Minute später klopfte es an die Türe: dreimal in kurzem Abstand, dreimal in etwas längerem Abstand und wieder dreimal in kurzem Abstand. Das Zeichen für SOS im Morsealphabet – ihr Geheimzeichen! Nicht sehr einfallsreich. Aber wer sonst würde schon so klopfen? Tom ließ Olga ein. Nach einer schlundtiefen Küssorgie fielen die beiden wie die Tiere übereinander her, wechselten zweimal die Stellung und kamen nahezu zeitgleich zum Orgasmus.

Tom wischte sich den Lippenstift aus dem Gesicht und Olga zog selbigen nach. Rund fünf Minuten später verließen beide – getrennt natürlich – das Behinderten-WC und gingen ihrer Wege: Olga zur Chirurgischen Notaufnahme und Tom in die schicke Cafeteria neben der Krankenhauskantine.

Mit einem gut aufgeschäumten Cappuccino, einem Glas kaltem Leitungswasser und einem ansehnlichen Stück Erdbeertorte mit Sahnehäubchen suchte sich Tom einen Tisch im Außenbereich, schickte eine WhatsApp über seinen aktuellen Aufenthaltsort an Pfiff und sinnierte über Olga: Welche Bedeutung hatte diese Frau in seinem Leben? Was verband er mit ihr?

Wie er es auch drehte und wendete, die Antwort war: grandioser Sex, Quickies, außergewöhnliche Locations und ein leichter Nervenkitzel, dabei erwischt zu werden. So sollte es auch bleiben. Der Altersunterschied störte ihn nicht. Aber eine emotionale Beziehung zwischen ihm und einer verheirateten Frau wäre für beide nicht gut. Wo zum Teufel könnten sie es noch treiben, wo sie es nicht schon getan hatten? Er würde sich etwas einfallen lassen. Etwas ganz Verrücktes, was wahrscheinlich noch kein noch so rolliges Pärchen auf diesem Planeten je versucht hatte.

Tom checkte seine WhatsApp, SMS, Mails und Börsenkurse. Die meisten seiner Aktien waren leicht gefallen, aber, gemessen am Preis, zu dem er gekauft hatte, immer noch Grund zur Freude.

Anni hatte eine WhatsApp geschickt:

☺☺☺ – *konnte dienst tauschen. freu mich auf das konzert und auf DICH! – holst du mich ab?* – ♥♥♥ – *bussi, anni!*

Pfiff hatte noch nicht geantwortet, was auch nicht zu erwarten gewesen war, da er sein Smartphone nicht anrührte, während er am Steuer saß.

Tom holte sich noch einen einfachen Kaffee, schnorrte am Nebentisch eine Zigarette und resümierte seinen Ritt auf dem Antritt des Rettungshubschraubers:

Ob er das einmal seinen Enkeln erzählen könnte? Ob er irgendwann eine Familie haben würde? Wie sich der schier endlos erscheinende Moment purer *Todesangst* angefühlt hatte. Eine Erfahrung, die er ganz alleine für sich behalten und irgendwann mit ins Grab nehmen würde.

Eine Dreiviertelstunde und zwei Tassen Kaffee später erschienen Pfiff und Sven in der Cafeteria.

»Wie ist es bei euch gelaufen?«, fragte Tom.

»Bestens! Sven hat hochprofessionell Händchen gehalten und ich bin im Schongang durch die ganze Stadt kutschiert«, antwortete Pfiff und zwinkerte verschmitzt:

»Und bei dir?«

»Einfach supergigageil, der Hubiflug!«

»Da würd' ich auch gerne mal mitfliegen«, warf Sven ein, der mit der Patientin im Wageninneren gar nicht mitbekommen hatte, *wo genau* Tom mitgeflogen war.

Tom war nichts anderes übrig geblieben, als eine Runde Kaffee und Kuchen auszugeben und dabei seine fünfte Tasse mit dem braunen, heißen Aufputschwasser in sich hineinzuschütten, bevor sie sich vom Dienst abmeldeten und zur Rettungswache fuhren.

Pfiff hatte Laura erreicht und sagte Herrn Otto zu, dass er und Tom seiner Einladung folgen und jeweils mit Partnerin morgen zu seinem Privatkonzert kommen würden.

»Kommst du nachher noch mit zum Chinesen? Es gibt einiges zu bequatschen … unter vier Augen«, fragte Tom und deutete dabei mit den gespreizten Mittel- und Zeigefingern seiner rechten Hand zuerst auf seine, dann auf Pfiffs Augen.

Pfiff schüttelte den Kopf.

»Sorry, ich muss jetzt erst meine Mutter besuchen und hab' dann Laura einen gemütlichen Fernsehabend versprochen.«

»Ach, du arme Sau«, entfuhr es Tom, und er besserte sofort nach »klingt ja richtig spannend, wollte ich natürlich sagen.«

Pfiff zuckte leicht resigniert mit den Schultern.

»Und wie sieht's morgen Mittag aus? Großes Frühstück bei mir im SKYHIGH?«

»Passt«, erwiderte Pfiff trocken.

»Bring genug Zeit mit, damit wir auch unsere tapferen Hochzeitsgäste von der Isar und den Bärlauch besuchen können!«

»Mach ich«, sagte Pfiff, dem nur der Gedanke an ihren selbsterwählten Patienten, sichtlich auf den Magen schlug.

* * *

Tom ging alleine zum Chinesen-Buffet und blieb seinem Grundsatz treu, seiner Linie zu Liebe nur einen Teller aufzuladen: Garnelen, Brokkoli, gegrillte Champignons sowie Auberginen und dazu ein frisch vor seinen Augen gebratenes Krokodilfilet mit wenig Teriyaki-Sauce.

Zurück in seiner Wohnung fuhr er den PC hoch und kaufte noch ein paar Aktien, diesmal Blue Chips, die er schon im Portfolio hatte und die gerade heute ein wenig eingeknickt und reif zum Nachkauf waren. Zuletzt klickte er auf den Button *Wertentwicklung* und freute sich über die ansehnlichen Sümmchen, die er mit seinen geschickten Investitionen verdient hatte. Beim Herunterfahren des Computers sinnierte er, wie ungerecht es eigentlich sei, dass die Reichen in unserem System schon zwangsmäßig immer reicher und die Armen immer ärmer würden und wie froh er anderseits sei, zu den Ersteren zu gehören. Dann überlegte er, was wohl mit seinem Vermögen passiert wäre, wenn er heute auf dem Außenbordflug den Halt verloren und mitten über der Stadt in den Tod gestürzt wäre. Oder wenn sich neulich, beim nächtlichen Sprung von der Europa-Brücke, sein Schirm nur wenige Bruchteile einer Sekunde später entfaltet hätte. Ob er ein Testament machen sollte? Aber wen sollte er bloß beerben? Pfiff, seinen besten Freund, der im Falle seines Ablebens ohnehin eine halbe Million aus seiner Lebensversicherung kassieren würde? Nein! Zu viel Geld verdirbt den Charakter!

Oder Anni, die ihm zweifellos in den letzten Wochen die meisten Genussmomente beschert hatte? Aber reicht das alleine aus für den Gang zum Notar und ein Millionenerbe?

Was würde passieren, wenn er, der keinerlei lebende Verwandtschaft mehr hatte, ohne testamentarische Verfügung ins Gras beißen würde? Würde die Stadt München alles erben und mit dem Geld ein paar neue Verkehrsberuhigungs- und Parkverbotszonen anlegen, die er so hasste?

Tom beschloss, erst mal weiterzuleben und den Dingen ihren Lauf zu lassen. Er beglückte seine Kakerlaken mit ein paar alten Salatblättern, zappte noch ein wenig durchs TV-Programm und ging kurz nach ein Uhr hinunter in seine Kneipe, um nach dem Rechten zu sehen.

Die letzten Gäste waren schon gegangen, die Eingangstüre verschlossen und Schwanzi hatte gerade die Tagesabrechnung fertig und Julia bereits ausgezahlt.

Als Julia Tom erblickte, schaute sie mit ihren großen Kulleraugen direkt in seine Seele und noch ein Stückchen tiefer und meinte kess:

»Hallo Chef! Hab' ich auch ordentlich aufgeräumt? Vertrauen ist gut, aber Kontrolle besser, oder?«

»Hervorragend, Julia! Das schreit ja direkt nach einem Bonus. Darf ich dich auf einen Longdrink einladen?«

Julia, die nach sechs Stunden harter Arbeit noch so frisch aussah, als wäre sie gerade der morgendlichen Dusche entsprungen, nahm dankend an und Schwanzi musste noch zwei *Sex on the Beach* mit Cranberrysaft und ganz wenig Eis mixen, bevor er sich dezent verabschiedete.

Julia, dieser blonde, vollbusige Männertraum, schien sich tatsächlich für die großformatigen Fallschirmspringermotive zu interessieren, die die holzgetäfelten Wände der Kneipe zierten, und inspirierte Tom zu einem Rundgang mit detaillierten Erläuterungen. Dann erzählte sie ein wenig aus ihrem Leben und dass sie gerade mit ihrem Freund Schluss gemacht habe, aber schon eine Handvoll netter Studienkollegen Schlange stünden. Das Problem läge jedoch darin, dass sie immer sehr schwer Entscheidungen treffen könne.

Tom übernahm sofort die Beraterrolle, um herauszufinden, in welchen Qualitäten Julias Präferenzen lagen, und erkannte in jeder ihrer Aussagen sich selbst.

Als sich Julia wieder auf den Barhocker setzte, rutschte ihr kurzer, schwarzer Rock hoch genug, um Toms Blicke auf ihre herrlichen Schenkel und das dazwischen hervorblitzende Höschen zu lenken.

›Nein, nein und nochmals nein! Fang niemals etwas mit einer Angestellten an!‹, befahl Toms innere Stimme, während die Beule in seiner Hose ihr Eigenleben entwickelte.

KAPITEL 13

Bärlauchs Sprechstunde

Donnerstag, 13. August, 12:00 Uhr

Tom hatte fürstlich aufgedeckt: norwegischen Lachs mit Meerrettich, Parmaschinken und dazu Honigmelone, Frischwurstaufschnitt, Trüffelleberpastete, Bio-Sauerkirschmarmelade und dazu frische Sesam-, Mohn und Vollkornbrötchen vom Bäcker an der Ecke.

Es machte ihm Spaß, ein stilvolles Frühstück zu zelebrieren, wenn er nicht alleine war. Die erste frisch gebraute Tasse Kaffee verbreitete einen wohligen Duft.

Pfiff erschien Punkt zwölf im SKYHIGH, das um diese Uhrzeit offiziell noch geschlossen war.

»Mann, sieht das lecker aus!«, brach es sofort aus ihm heraus.

»Lust auf Eier? Gekocht, gerührt oder gekrault?«, fragte Tom.

»Gekrault natürlich, aber beide gleichmäßig bitte«, antwortete Pfiff und setzte gleich nach »nö Quatsch, ein wachsweich gekochtes Hühnerei, bitte!«

Tom nickte, legte zwei Eier in den Eierkocher, goss Wasser ein und fragte:

»Wie geht's dir, Alter?«

»Beschissen«, seufzte Pfiff.

»Meine Mutter hat mir gestern mal wieder voll krass zugesetzt. Sie hat gedroht, mich zu enterben, wenn ich nicht ganz schnell heirate, ein ordentliches Studium beginne und mit dem Fallschirmspringen aufhöre!«

»Und, wirst du?«, fragte Tom mit gerunzelter Stirn.

»Natürlich nicht! Wie soll das denn gehen? Mir gefällt mein Job als Anästhesie- und Intensivpfleger. Ich habe keine Lust, mit achtundzwanzig noch ein Studium anzufangen. Laura ist zwar ganz nett, aber heiraten will ich nicht so schnell, und schon gar nicht auf Druck meiner Mutter. Wir sind doch hier nicht in der Türkei, oder? Über das, was ich in meiner Freizeit mache, erfährt meine Mutter kein Wort mehr von mir.«

»Sie kann dich gar nicht enterben. Du bist schließlich ihr einziger Sohn«, kommentierte Tom die Sachlage.

»Daran hat sie auch schon gedacht. Aber meine Mutter will nur ihre Wohnung in der Schlüsselbergstraße behalten. Die Villa in Grünwald, die sie von meinem Stiefvater geerbt hat, soll verkauft werden. Ich hab' ja noch drei Cousinen. Denen will sie so viel wie möglich schenken, sodass für mich nur ein minimaler Pflichtteil bleibt. Alternativ erwägt sie, alle drei zu adoptieren, nur um mein Erbe zu schmälern.«

»Was glaubst du, warum deine Mutter so eine gottverdammte Hexe ist?«, fragte Tom.

»Darüber hab' ich mir schon oft den Kopf zerbrochen. Ich weiß es einfach nicht!« Pfiff schüttelte verzweifelt den Kopf, atmete schwer und schob nach:

»Mein leiblicher Vater hat meine Mutter verlassen, als ich ein Jahr alt war. Ich glaube das hat sie nie verkraftet. Sie hat dann den ganzen Hass, den sie auf meinen Vater hatte, auf mich projiziert und mir immer vorgehalten, ich sei genau wie er, obwohl ich mir meinen Vater nicht ausgesucht und ihn auch nie kennengelernt habe. Das wäre eine mögliche Erklärung für ihr Verhalten. Eine Entschuldigung ist es nicht!«

»Wie alt ist denn deine Mutter?«

»Siebzig. Und sie wird mit jedem Lebensjahr bösartiger. Nix von wegen Altersweisheit oder Altersmilde. Ganz im Gegenteil!«

»Auweia, da steht dir ja noch was bevor!«

»Das ist leider noch nicht alles. Mit Laura kriselt es auch. Sie wirft mir vor, ich sei zu selten zu Hause und zu oft mit dir unterwegs. Außerdem ist auch noch mein Konto bis zum Limit überzogen, sodass ich nicht weiß, wovon ich meine ganzen verlorenen Wetten bei dir bezahlen soll«, jammerte Pfiff.

»Mach dir da mal keine Sorgen«, tröstete ihn Tom »Wettschulden sind zwar Ehrenschulden, aber bei mir hast du endlos und zinslos Kredit. Ich könnte dir auch was leihen, wenn's bei dir brennt. Aber ich weiß nicht, ob das gut ist. Am Schluss gewöhnst du dich noch dran.«

Der Eierkocher hatte längst gepiepst, Tom servierte, köpfte gekonnt sein Ei, mahlte etwas Zitronenpfeffer darüber und freute sich über die perfekte Konstitution der leicht schwabbeligen bis wachsweichen Masse.

»Lass uns das Thema wechseln«, schlug Pfiff vor, schlürfte einen Schluck Kaffee und fuhr fort:

»Dass du verrückt bist, wusste ich ja schon immer, aber du bist mehr, du bist echt des Wahnsinns fette Beute! Was du da gestern abgezogen hast, war nicht zu fassen. Setzt dich einfach auf die Hubi-Kufe und schwebst winkend wie der Nikolaus davon. Aber wie der Hubi dann Fahrt aufgenommen hat, wärst du fast runtergekippt. Da ging dir schon ordentlich die Düse, oder?«

»Von wegen!«, entrüstete sich Tom, »du kennst mich doch. Ich musste nur ein wenig meine Position ändern und mich gut festhalten, denn bei voller Fahrt sitzt du nicht mehr freihändig auf der Kufe. Aber es war ein Wahnsinns-Feeling, so über der Stadt zu reiten. Die 300 m Mindestflughöhe über dicht besiedeltem

Gebiet hat der sicher nicht eingehalten. Dem Friedensengel hätte ich fast den Ölzweig aus der Hand nehmen können, und weißt du, was mir einfiel, als ich die vielen kleinen Boote auf dem Kleinhesseloher See sah?«

Tom hielt einen Moment inne und runzelte fragend die Stirn.

»Mach's nicht so spannend«, drängte Pfiff.

»Du weißt doch, ich bin immer auf der Suche nach außergewöhnlichen Locations. Man sollte mal bei Mondschein nachts um drei ein Boot ins Wasser ziehen und mitten auf dem See, nur von Schwänen und Enten umringt, auf Teufel komm raus … na, du weißt schon …«

»Mann, kannst du denn auch mal an was anderes denken?«

»Ja! Skydiven, BASE-Springen, einfach Spaß haben! Oder wie die Amis sagen: EFS – Eat, Fuck, Skydive! Die elementaren Grundbedürfnisse des Menschen.«

»Hast du eigentlich schon jemals überlegt, eine Familie zu gründen und Kinder zu kriegen?«, fragte Pfiff.

»Wie du vielleicht schon gemerkt hast, bin ich ein Egoist, ein Macho und manchmal ein ganz schönes Arschloch. Sowas sollte sich nicht reproduzieren. Zumindest nicht, solange ich diesen Lebensstil führe«, antwortete Tom verblüffend offen.

»Und wie lange willst noch so weiter machen?«

»Vielleicht, bis mir mal die *richtige Frau* über den Weg läuft?«, sinnierte Tom.

»Kann es sein, dass sie dir schon über den Weg gelaufen ist und du es nur noch nicht gemerkt hast?«, hakte Pfiff nach.

Tom überlegte kurz, zuckte mit den Schultern und meinte dann:

»Alles ist möglich.«

Nachdem sie noch eine ganze Weile über Frauen, Aussehen, Gefühle, Triebe, menschliche und künstliche Intelligenz philosophiert hatten, setzte Tom ein ernstes Gesicht auf:

»Ich habe Mist gebaut!«

»Du?«, fragte Pfiff erstaunt.

»Ich hab' gestern mit Julia geschlafen.«

»Mit deiner Bedienung von hier?«

»Ja! Es fing alles ganz harmlos an. Sie hat sich zuerst für die Skydiver-Galerie an den Wänden interessiert, dann erzählt, dass sie sich von ihrem Freund getrennt hätte, aber schon jede Menge Kommilitonen aus ihrem Studiengang Schlange stehen würden. Schließlich musste ich mir noch ihre ganze Lebensgeschichte anhören und auch noch die von Muttern, Vater, Onkel, Tante, Schwester, bester Freundin und so weiter, und so weiter ... während meine Blicke zwischen ihren wunderschönen Augen, ihren prallen, durch den tiefen Ausschnitt freigelegten Brüsten und ihren herrlichen Schenkeln hin- und herwanderten. Irgendwann verlagerten wir das Gespräch in meine Wohnung und tranken noch eine Flasche guten Roten. Schließlich erlaubte ich ihr, neben mir auf meinem Lotterbett zu schlafen – ohne Sex natürlich! Die Brüderchen-Schwesterchen-Nummer! *Ich* schlafe doch nicht mit meinen Angestellten! Nach der dritten Flasche Rotwein gab ich ihr brav einen Gutenachtkuss. Dann wollte sie noch einen und schob ihre spitze Zunge in meinen Mund. Dabei müssen irgendwie meine Finger zwischen ihre Beine geraten sein. Wir waren beide so heiß aufeinander, das es kein Zurück mehr gab. Aber das dicke Ende kommt erst noch!«

Tom seufzte tief und legt eine lange Gedankenpause ein.

»Es war der schlechteste Sex, den ich je in meinem Leben hatte, und das mit so einem hammerscharfen Superweib! Ich fass' es heute noch nicht!«

Tom schüttelte bedrückt den Kopf und sank in sich zusammen wie ein Häufchen Elend.

»Und … hast du eine Erklärung?«, wollte Pfiff wissen.

»Ich weiß es nicht. Vielleicht hatten wir zu viel gesoffen oder zu lange geredet oder vielleicht hat sie doch noch an ihren Verflossenen gedacht. Keine Ahnung. Sie lag jedenfalls plötzlich da wie ein nasses Handtuch und ich kam mir mitten drin vor wie ein Leichenfledderer. Hätte am liebsten aufgehört und sie nach Hause geschickt. Aber das hätte die Sache auch nicht besser gemacht. Also hab' ich's zu Ende gebracht und bin dann eingeschlafen. Als ich aufwachte, war sie weg.«

»Meinst du, sie kommt wieder?«

»Keine Ahnung! Ich weiß nicht mal, wann sie wieder Dienst hat.«

Nach dem Frühstück beschlossen Tom und Pfiff endlich zwei Fragen zu klären, wobei ihnen die zweite ganz besonders schwer im Magen lag. Tom stopfte zwei Bündel 50-Euro-Scheine in die Hosentaschen und fuhr mit Pfiff in seinem Sportwagen in die Schyrenstraße, wo sie nahe der Wittelsbacher Brücke schnell einen Parkplatz fanden.

Unter der Brücke wetteiferten Idylle und Chaos miteinander: Bettmatratzen, Luftmatratzen, Decken, Schlafsäcke, Stockbetten, eine Bundeswehr-Krankentrage, die als Schlafstelle genutzt wurde, massenweise Plastiktüten, Kleidung, Kartoffelsäcke, Einkaufswagen, Gaskocher, Elektrokocher (obwohl es keinen Strom gab), Töpfe, Biertragl, Rum-, Gin- Wodka- und Weinflaschen. Das meiste davon schien einer gewissen Ordnung und Systematik zu unterliegen.

Nur die Bewohner fehlten, bis auf einen: der zerlumpte Alte, der aussah wie *Diogenes aus der Tonne* und auch im Gratulationsteam dabei war.

»Alle Vöglein ausgeflogen«, begrüßte er die Besucher.

»Ich schulde dir noch 50 Euro«, sagte Tom.

»Daran kann ich mich nicht erinnern«, antwortete der Alte und griff blitzschnell nach dem Schein, als hätte er Sorge, Tom würde es sich noch anders überlegen.

»Wie war denn die Hochzeitsparty vorgestern und wo sind deine Kumpels, die noch mit dabei waren?«

»Fein, fein, alle Vöglein ausgeflogen«, antwortete der Alte einsilbig und kippte den spärlichen Rest aus seiner Rotweinflasche in sich hinein.

Tom und Pfiff suchten eine gute Stunde die Isaranlagen, die Humboldt- und die Pilgersheimerstraße ab, bis sie endlich in der Claude-Lorraine-Straße fündig wurden und unter einem schattigen Baum den zahnlosen Stotterer Achim, den jungen Matti und den King in seinem rot-karierten Flanellhemd und der schwarzen Jeanshose, die vielleicht einmal blau gewesen war, entdeckten.

King erzählte, wie sich er und seine Kameraden sofort auf das Buffet gestürzt hatten, die Wirtin die Polizei rief und diese nach seiner Rede wieder unverrichteter Dinge abziehen musste, und dass seine Leute dann für den Rest des Abends wie VIPs behandelt und sogar am Ende der Feier, auf die Luxuskarossen der Gäste verteilt, *nach Hause* chauffiert wurden.

Tom und Pfiff glühten vor Begeisterung und bogen sich bei der Schilderung einzelner Details, insbesondere wenn es um die Reaktionen von Dr. Hecht ging, vor Lachen.

Tom drückte jedem der Anwesenden den noch geschuldeten 50-Euro-Schein in die Hand und machte nochmals zwei Extrascheine für *The King's Speech* locker.

Nachdem Tom klargeworden war, dass es ihm ohne wochenlanges Herumstreunen unmöglich sein würde, auch noch den Rest der Truppe aufzuspüren, gab er das Geld zur Verteilung an King. Achim und Matti bestätigten unisono, dass man dem King da voll vertrauen könne.

»Und gebt bitte alle der Lady einen dicken Kuss von mir. Aber nicht nur auf die Backe, falls ihr wisst, was ich meine«, rief Tom im Weggehen und die drei nickten brav. Nur der zahnlose Achim grinste zusätzlich von einem Ohr zum anderen und freute sich ganz besonders über diesen Auftrag.

Nun kam der heiklere Teil des Nachmittags. Tom jagte seinen Porsche wie bei einem Blaulichteinsatz zum Bezirkskrankenhaus. An der Schranke zeigte er seinen Sani-Ausweis vor und gab wahrheitsgemäß an, er und sein Kollege wollten Herrn Bärlauch, den sie am ersten August eingeliefert hatten, in Haus M besuchen.

Haus M war abgesichert wie der Hochsicherheitstrakt eines Gefängnisses, alle Fenster vergittert, an den beiden Eingängen doppelte Schleusen, davor Flutlichtscheinwerfer und Sirenen, im Inneren betreuten besonders ausgebildete Pflegekräfte in doppelter Personalstärke schwer therapierbare Langzeitpatienten, darunter unzurechnungsfähige Gewaltverbrecher, notorische Selbstmordkandidaten und hochgradig Paranoid-Schizophrene.

Pfiff läutete. Nach langem Warten öffnete sich die Türe einen kleinen Spalt breit und gab den Blick auf eine mittelalterliche Schwester frei, die beide nicht kannten, zumal man im Rettungsdienst nur selten direkt in dieses Haus geschickt wurde.

»Wir würden gerne Herrn Bärlauch besuchen«, bat Tom.

»Da seid ihr leider zu spät! Herr Dr. Bärlauch hat nur vormittags von 10 bis 12 Uhr Sprechstunde«, antwortete die Schwester.

»*Waaas?*«, entfuhr es Pfiff, »wir meinen den *Patienten* Bärlauch! Ist der da?«

»Wie schon gesagt: Herr Dr. Bärlauch hat nur vormittags Sprechstunde«, wiederholte die Schwester überheblich grinsend, ließ die schwere Stahltür klirrend ins Schloss fallen und verriegelte sie gut hörbar von innen.

Tom und Pfiff sahen sich fassungslos an.

»Das gibt's doch nicht!«, rief Tom.

»Erinnerst du dich noch? Er hat doch gesagt, er sei Doktor, als der Polizist in unserem Wagen die Personalien aufgenommen hatte«, sagte Pfiff zu Tom.

»Mensch Pfiff! Wenn er wirklich Arzt hier wäre, dann hätten wir doch schon längst den Staatsanwalt an der Backe«, erwiderte Tom.

»Oder auch nicht! Vielleicht ist er tatsächlich ein Psychiater, der den Spieß umgedreht hat und nun mit uns ein Experiment macht, abwartet, wie lange es dauert, bis wir ein schlechtes Gewissen bekommen, und sich dann irgendwie gnadenlos revanchiert.«

Tom schüttelte ungläubig den Kopf:

»Du liest eindeutig zu viele Horrorromane, mein Lieber.«

Tom und Pfiff begaben sich in eine einsame Ecke im Innenbereich des Krankenhauscafés. Hier konnte sie niemand hören, hier waren sie alleine, da alle Cafégäste bei dem herrlichen Wetter an den Tischen im Außenbereich Platz genommen hatten.

Bei drei schnell inhalierten Tassen der aufputschenden braunen Brühe deklinierten sie die wildesten Theorien durch, von einer Namensverwechslung bis hin zur unbewusst gelungenen Rückführung eines Massenmörders, für die sie nachträglich noch die *Bayerische Rettungsmedaille am Bande* erhalten würden.

Aber wie konnten Sie herausfinden, wer dieser Bärlauch wirklich war? War er der unbedarfte, unschuldige Passant, für den sie ihn bisher gehalten hatten? Wenn ja, wie konnten sie ihn aus der misslichen Lage, in die sie ihn gebracht hatten, wieder befreien, ohne dabei selbst hinter Gittern zu landen? Gab es so etwas wie einen Justizirrtum auch im Rettungsdienst? So nach dem Motto *Hoppla, da haben wir wohl den falschen Patienten erwischt!*

Wie oft hatten Chirurgen schon ein falsches Bein operiert oder sogar amputiert und liefen immer noch frei herum? Würde man ihnen jemals eine vorsätzliche Handlung nachweisen können?

Irgendwann beschlossen sie, Dr. Ambros Rubosios um Rat zu fragen. Er unterlag der ärztlichen Schweigepflicht und genoss ihr Vertrauen.

Als sie gerade Richtung Patientenaufnahme gehen wollten, sahen sie den hünenhaften Ambros, der sie sofort mit Vornamen begrüßte, auf einem viel zu kleinen Plastikhocker auf der Sonnenterrasse des Cafés sitzen und zwei riesige Stücke Spanische Vanilletorte in sich hineinschlemmen. An der schattigen Wand hinter ihm lehnte sein weißer Segway-Elektroroller, der an einer der Außensteckdosen des Cafés gerade aufgeladen wurde.

Ambros bat Tom und Pfiff an seinen Tisch und legte sofort los:

»Stellt euch vor, man hat mir zu Hause den Strom abgestellt!«

»Wieso das denn?«, fragte Pfiff mitleidig.

»Weil ich die Rechnung nicht bezahlt habe!«

»Und warum hast du sie nicht bezahlt?«

»Weil ich im Sommer keinen Strom brauche! Es ist von frühmorgens bis spätabends hell, Fernseher hab' ich keinen und für den Notfall genügt mir meine Dynamotaschenlampe. Mein Smartphone, mein Tablet, die Akkus für meine Fahrradlampen und sogar meinen *Segway* kann ich hier in der Klinik aufladen. Kostet mich keinen Cent«, frohlockte Ambros, während sein mit Kuchenbröseln behafteter Rauschebart vor Freude zitterte und seine Äuglein verschmitzt durch die dicke Hornbrille blitzten.

Tom und Pfiff warfen sich einen kurzen Blick zu, lobten Ambros' ökonomische Einstellung und baten um ein vertrauliches Sechsaugengespräch in seinem Dienstzimmer.

»Dienstlich oder privat?«, fragte Ambros.

»Beides, aber für dich eher dienstlich«, antwortete Tom.

»Dann zahlt doch schon mal: Ich hatte drei Kugeln Eis, zwei Stück Torte und eine Kanne Kaffee … dafür nehm' ich von euch kein Honorar. Mein Dienstzimmer liegt im Aufnahmetrakt, Zimmer 12. Geht schon mal vor, ich muss noch ein paar Minuten warten, bis mein Roller voll aufgeladen ist. Zimmer 12 – nicht mit dem Aufnahmezimmer verwechseln!«

Tom nickte, zahlte und schlenderte mit Pfiff Richtung Aufnahme. Als sie außer Hörweite waren, meinte Pfiff:

»Die Psycho-Fritzen haben doch alle einen Schuss weg, oder? Meinst du wirklich, dass Ambros unser Mann ist?«

»Warum nicht? Nur, weil er seine Stromrechnung nicht zahlen will und ein wenig herumgeizt, muss er kein schlechter Psychiater sein. Oder hast du eine bessere Idee?«

»Nein, hab' ich nicht. Mein' ja nur.«

Nach gut 15 Minuten kam Ambros mit wehendem Arztkittel und wallendem Haar auf seinem frisch aufgeladenen *Segway* angebraust, schloss die Türe zu seinem Arbeitszimmer auf und bat um Eintritt. Der Raum war gut gekühlt und unvergleichlich gemütlicher eingerichtet als das Aufnahmezimmer.

Ein Regal mit Fachliteratur nahm eine komplette Wandseite ein, gegenüber stand eine grüne Ledercouch. Hinter Ambros' Chefsessel ließ ein großes Fenster viel Licht in den Raum. Auf dem wuchtigen Schreibtisch aus alter Eiche lagen Akten, Ladegeräte, Kugelschreiber, Buntstifte in verschiedensten Farben, Spitzer, Hefte, Blätter, Lineal, Vergrößerungsglas, Smartphone, Reflexhammer und Stethoskop kreuz und quer durcheinander. Dazwischen auch eine Zigarettenschachtel. Ob Ambros rauchte oder sie nur einem Patienten abgenommen hatte?

Der Arzt wies Tom und Pfiff mit einer Handbewegung an, auf den beiden gut gepolsterten Sesseln vor seinem Schreibtisch Platz zu nehmen.

»Nun, was kann ich für euch tun?«, fragte er und schaute über den Rand seiner dicken Hornbrille abwechselnd in Toms und Pfiffs Augen. Der Blick war so direkt, dass sie fürchten mussten, er würde auch nur den geringsten Versuch einer Schwindelei schon am Zucken ihrer Augenlider erkennen.

»Ambros, du erinnerst dich sicher noch an Frau Elfriede Sedlmeier, die alte Dame, die ihr drei Tage lang hierbehalten habt, obwohl ihr im Kopf nichts fehlte und sie tatsächlich im Treppenhaus von Skifahrern umgerempelt wurde«, begann Tom vorsichtig. Sofort schweifte der Blick des Arztes zu Boden.

»Ja, blöde Geschichte! Was ist mit ihr? Will sie Schadensersatz?«

»Keine Ahnung. Aber kennst du vielleicht auch den Patienten Bärlauch, den wir vor rund zwei Wochen eingeliefert haben?«

Dr. Ambros Rubosios lachte laut auf und sprang von seinem Sessel:

»Meinen geschätzten Kollegen Dr. Uwe Bärlauch … und ob ich den kenne!« Bei der Aussprache des Namens hob er beide Hände und deutete durch mehrfaches Abwinkeln seiner Mittel- und Zeigefinger Gänsefüßchen an.

»Der Bärlauch ist seit gut zwei Jahren Dauergast bei uns. Er bildet sich ein, er wäre Oberarzt, hält täglich Sprechstunden ab und sagt Ärzten und Schwestern, was sie verordnen müssen. Er hält die Kollegen in Haus M ganz schön auf Trab. Obwohl … seine *Patientensprechstunden* sind manchmal sogar eine Entlastung fürs Personal. Vor drei Wochen haben wir ihn entlassen. Aber das war wohl ein Fehler. Ihr habt ihn uns ja dann gleich wiedergebracht. Man weiß nie ganz sicher wie sich die Menschen verhalten, wenn sie wieder draußen sind.«

Tom und Pfiff klappte nahezu zeitgleich der Unterkiefer nach unten. Ein Wechselbad aus Erleichterung und

Ratlosigkeit mit einem Schuss Amusement durchströmte ihre Adern.

»Wir wollten nur mal nachfragen, wie's ihm geht«,
sagte Tom.

»Aus seiner Sicht geht's dem Herrn Oberarzt Dr. Bärlauch gut«, antwortete Dr. Rubosios vorsichtig, »aber
könnt ihr mir verraten, was das mit Frau Sedlmeier zu
tun hat?«

»Nichts, gar nichts. Wir waren uns nur nicht ganz klar
darüber, was dem Bärlauch fehlt«, log Tom glaubwürdig.

Tom und Pfiff verabschiedeten sich und Ambros
bedankte sich für die Einladung zu Eis, Kaffee und
Kuchen, die er, nachträglich gesehen, auch selbst hätte
bezahlen können.

Die Rückfahrt in die Stadt verlief weitgehend schweigend. Jeder machte sich seine Gedanken: Wäre Bärlauch
noch ein freier Mann, wenn sie ihn damals nicht zufällig
ausgewählt und ins Bezirkskrankenhaus verfrachtet hätten? Stimmte es wirklich, dass es ihm ›aus seiner Sicht
gut‹ geht, wie Ambros meinte? Hätte es irgendetwas
gebracht, wenn sie dem erfahrenen Psychiater die volle
Wahrheit erzählt hätten? Wann würde Bärlauch entlassen werden? Wann würde ihr Gewissen sie zu einer Tat
zwingen? Welche Möglichkeiten gäbe es, Bärlauch zu
befreien?

Tom hielt hinter einem alten, silbergrauen *Opel Astra
Caravan* in der Elsässer Straße und blickte auf seine
Armbanduhr, die genau 17 Uhr 28 Minuten und 32 Se-
kunden anzeigte.

»Unser Herr Otto wohnt in Pasing *Am Knie*. Wenn du
willst, kann ich dich und Laura um 19 Uhr 50 abholen.
Deine Bude liegt ja fast auf dem Weg.«

»Gerne, bis dann!«, antwortete Pfiff, stieg aus und machte seinen um diese Tageszeit hochbegehrten Parkplatz frei für den Porsche.

Tom kaufte noch ein paar Kleinigkeiten ein: Roma-Salatherzen, Biotomaten, Käse, Hinterschinken, Vollkorntoast und Eier.

In seiner Wohnung angekommen, bekamen die emsig im Kakerlakarium herumschwirrenden Sechsbeiner sofort drei frische Salatblätter und etwas guten Zuspruch.

Zwei weitere Salatblätter verwendete Tom zur Veredelung seines gut belegten Schinken-Käse-Toasts, der als Abendessen reichen musste. Während der Strahl der Dusche auf seinen maskulinen Körper prallte, überlegte er, was er zum Klavierabend anziehen könnte und entschloss sich für die elegante Variante: weißes Hemd, blauer JOOP-Anzug und natürlich keine Krawatte. Tom hasste Krawatten und besaß nur eine einzige, schwarze, die er sich gelegentlich auf Beerdigungen umhängte.

Wie immer am Ende des Duschvorgangs schwenkte er den Hebel der Mischbatterie auf kalt, wartete, bis der Strahl eiskalt wurde, und sprang dann mit einem lauten Aufschrei aus der Dusche.

Das Smartphone vibrierte auf dem Tisch und zeigt die Anruferin an.

»Na, meine süße Aphrodite, *ready for concert*?«, meldete sich Tom.

»Muss mich noch herrichten … wann kommst du denn?«

»In 'ner halben Stunde.«

»Das wird knapp, essen wollte ich auch noch was, oder gibt's dort was zu futtern?«, fragte Anni.

»Glaub ich nicht. Vergiss das Essen! Ich bring dir 'nen dicken Schinken-Käse-Toast mit.«

»Was soll ich denn anziehen? Das enge Schwarze mit Strapsen drunter oder mein weißes Marilyn-Monroe-Kleid?«

»Das Marilyn-Monroe-Outfit! Das kenn ich ja noch gar nicht!«

»Gut, aber da passen keine Strapse dazu.«

»Macht nichts, aber … vielleicht könntest du die Strapse separat mitnehmen, für danach?«

»Okay, bis gleich!«

Tom holte Anni ab und dann Laura und Pfiff, die sehr leger und etwas *underdressed* daherkamen. Oder waren Tom und Anni *overdressed*? Vielleicht hätte man sich doch vorher absprechen sollen.

Als alle vier in Toms Wagen saßen, erzählte Anni:

»Erinnert ihr euch noch an den Patienten Willi Winkelmann, den ehemaligen Grundschullehrer, der alles und jeden benotet?«

»Klar erinnern wir uns. Den haben wir dir doch erst gestern gebracht«, antwortete Pfiff.

»Erinnert ihr auch noch an das große rosa Kissen, das er dabeihatte?«

»Sein Glücksbringer«, bestätigte Pfiff, »er hat es mir und unserem Praktikanten im Rettungswagen gezeigt, als er seinen Koffer durchwühlte und wütend feststellte, dass ihm seine Frau keinen Schlafanzug eingepackt hatte.«

»So und jetzt haltet euch mal fest! Wisst ihr, was in dem Kissen war?«

»Geld?«, riet Tom. Annie nickte:

»Genau! Satte 68 500 Euro in kleinen und großen Scheinen sowie Goldbarren und Goldmünzen im Gesamtwert von weiteren 20 000 Euro. Ich habe es beim Bettenmachen und Aufschütteln entdeckt. Wir haben es dann zu dritt und im Beisein von Herrn Winkelmann fünfmal in der Stationsküche gezählt und genau dokumentiert. Wir mussten immer wieder von vorne anfangen, weil der Winkelmann ständig dazwischengequatscht und uns drausgebracht hat. Dann musste ich drei Stunden alleine in der Küche das Geld bewachen, bis die von der Verwaltung endlich bereit waren, jemanden zu schicken und es in ihren Safe zu schließen.«

»Und was passiert jetzt mit dem Vermögen?«, fragte Laura neugierig.

»Das wissen wir noch nicht. Der Winkelmann will auf keinen Fall, dass seine Frau etwas davon erfährt oder es gar in die Finger bekommt. Sonst hat er mit *einer Katastrophe größeren Ausmaßes* gedroht. Er ist nicht entmündigt und wir müssen seinen Willen respektieren. Die Verwaltung will das Geld nur kurz zwischenlagern.«

Laura meinte, sie arbeite schließlich bei einer Bank und könne das Geld gut für Herrn Winkelmann anlegen oder ihm notfalls auch nur ein Schließfach vermieten. Sie reichte Anni ihre Visitenkarte:

Laura Tümpel
Kompetenzcenter Privatinvestment

»Ich werd's mal vorschlagen«, meinte Anni höflich, ließ die Karte in ihrer Handtasche verschwinden und war sich sicher, dass sie sie nie brauchen würde.

Fritz Otto empfing seine Gäste im Frack, begrüßte die Damen mit Handkuss und die Herren mit einer tiefen Verbeugung. Es gab Prosecco und Salzstangen. Dazu eine überschwängliche Laudatio auf die beiden Lebensretter. Außerdem erfuhren die Gäste, dass ihr Gastgeber

Witwer war, am Münchner Konservatorium Konzert-piano studiert und 30 Jahre an der Münchner Staatsoper in die Tasten gegriffen hatte.

Herr Otto wohnte im ersten Stock einer Dreizimmer-Altbauwohnung in der Nähe des Münchner Westbads. Einer der Räume war mit einem schweren Parkettboden ausgelegt und außer einer Reihe an der Wand aufgestell-ter Stühle nur mit einem einzigen, alles dominieren-den Möbelstück ausgefüllt: einem wuchtigen Bech-stein-Flügel!

Nachdem sich alle gesetzt und selbst zum Schweigen verurteilt hatten, blätterte Herr Otto leicht nervös in sei-nen Noten und sagte dann das erste Werk an:

»Franz Liszt, *Ungarische Rhapsodie No. 6 in Des-Dur.*«

Es folgten weitere Klaviersoli von Bach, Brahms, Schubert und Chopin, jeweils mit Ansage des Kompo-nisten und des Stückes.

Nach etwa 40 Minuten erhob sich Herr Otto und ver-beugte sich tief.

Das wenig klassikerfahrene Publikum applaudierte kräftig, zumal keine Disharmonien herauszuhören und die dargebotenen Stücke tatsächlich sehr beeindruckend waren.

»Nun«, fragte Herr Otto in großherziger Gastgeber-manier, »hat noch jemand einen besonderen musikali-schen Wunsch, den ich erfüllen könnte?«

Tom hätte zu gern gewusst, ob er auch *Der Mann am Klavier* spielen konnte, mit dem Paul Kuhn bekannt geworden war, oder vielleicht sogar Rimski-Korsakows *Hummelflug*. Ersteres schien ihm zu banal und Letzteres zu anspruchsvoll.

Er wollte den alten Herrn ja nicht in Verlegenheit bringen und sagte deshalb nur:

»Ihr ganz persönliches Lieblingsstück – das wäre eine tolle Zugabe!«

Herr Otto atmete tief durch, lächelte, als hätte er Gedanken lesen können, machte seine Finger locker, atmete nochmals durch und legte los:

Rimski-Korsakows *Hummelflug*, dieses rasante, grandiose Meisterstück mit bis zu zwölf Anschlägen pro Sekunde und das auch noch fehlerfrei, zumindest für das Ohr des Laienpublikums. Der Wahnsinn! Tosender Beifall erfüllte den Raum. Anni trampelte vor Begeisterung mit ihren blanken Füßen auf dem Parkettboden und Tom gratulierte Herrn Otto, dessen Augen vor Rührung glänzten und dessen Hände nun doch etwas zitterten, zu seiner überragenden Leistung.

Toms Smartphone vibrierte in seiner Jackentasche und er gab vor, mal kurz pinkeln zu müssen.

Das Vibrieren hatte aufgehört. Er kannte die namenlose Nummer, wusste aber nicht mehr, woher. Nachdem sich beim Rückruf eine Frauenstimme gemeldet hatte, fiel es ihm siedend heiß ein: Es war die Nummer seines eigenen Prepaid-Anmach-Handys, das er an der Münchner Freiheit Isabell geschenkt hatte.

»Hey Tom, wie geht's dir?«

»Hervorragend! Bin gerade auf einem Klavierkonzert, besser gesagt, auf der Toilette des Gastgebers.«

»Soll ich später nochmal anrufen?«, fragte Isabell.

»Nein, nein, geht schon, aber nur kurz«, antwortete Tom.

»Können wir uns mal wieder sehen?«

»Prinzipiell schon, ja. Reden oder Sex?«, fragte Tom ganz direkt in Erinnerung seiner Biss- und Kratzwunden.

»Beides?«

»Okay, meine liebe Isabell, du bist zwar eine ganz süße Maus, aber beim Sex ein gefährliches Raubtier. Wenn wir uns noch einmal näher kommen sollten, dann nur, wenn du Handschellen oder Handschuhe und Beißschutz trägst!«

Nach einer kurzen Pause hauchte Isabell ein leises »einverstanden, mein Dompteur« ins Handy.

Daraufhin hatte Tom sogleich eine zündende Idee: »Hast du Lust auf ein Experiment, Frau Psychologin? Ich nenne es *das dekadente Wochenende*. Die wichtigste Regel dabei ist, 48 Stunden das Bett nicht zu verlassen, außer, man muss mal aufs Örtchen oder dem Pizzaboten öffnen. Sonst ist alles erlaubt: schmusen, schlafen, Musik hören, lesen, Filme gucken und natürlich Sex. Es soll am Wochenende viel regnen. Das würde gut passen.«

»Bei mir oder bei dir?«, fragte Isabell.

»Wäre schön, wenn du morgen um 14 Uhr bei mir sein könntest, das ist ganz in der Nähe vom Ostbahnhof, Breisacher Straße, Treffpunkt in meiner Kneipe SKY-HIGH, gib's am besten in dein Navi ein.«

»Gut. Dann bis morgen. Bin schon gespannt!«

Während Toms Abwesenheit erzählte Pfiff nochmals allen in kurzen Stichpunkten, wie er die dramatische Rettung von Herrn Otto erlebt hatte, von der Herztod-Feststellung in der Straßenbahn bis zum ersten Herzschlag auf der Intensivstation. Das Intermezzo mit Dr. Lukas Hecht ließ er bewusst weg. Dann wollte er von Herrn Otto wissen, was er davon alles mitbekommen hatte und ob es eine Art Nahtoderfahrung gab.

»Da muss ich Sie leider enttäuschen, junger Mann«, antwortete der Gerettete, »ich kann mich an nichts von dem, was Sie erzählt haben, erinnern. Manchmal glaube ich, mein verflossenes Lottchen, meine Frau, gesehen zu haben, wie sie mich lächelnd zu sich herwinkte. Aber dieses Bild ist sehr vage und verschwommen. Das Erste, woran ich mich wirklich erinnere, ist eine bildhübsche, junge Krankenschwester mit schönen, rehbraunen Augen, die an meinem Bett saß und sagte: *Herr Otto, sagen Sie doch mal was! Wie ist denn Ihr Name?* – Da musste ich lächeln.«

Als Tom wieder im Raum war und der Abschied nahte, hielt Herr Otto kurz inne und bat Tom und Pfiff, ihre Bankverbindungen aufzuschreiben, da es ihm ein großes Bedürfnis sei, seinen Lebensrettern ein kleines Sümmchen, das er nicht näher bezifferte, zu überweisen.

Tom wehrte sofort vehement ab und meinte, dass sie nur ihre Pflicht getan hätten und er ihnen rein durch sein Überleben und den heutigen Abend eine unbezahlbare Freude bereitet habe. Wenn Herr Otto jedoch etwas Gutes tun wolle, so könne er ihrem Arbeitgeber, der *Berger Ambulanz*, etwas spenden.

Pfiff stand wortlos daneben. Einerseits wusste er, dass Tom recht hatte, anderseits hätte er eine kleine Finanzspritze derzeit mehr als nötig gehabt und wahrscheinlich anders reagiert, wenn er alleine gewesen wäre.

Tom fuhr Pfiff und Laura nach Hause und beschloss, mit Anni noch einen Drink im SKYHIGH zu nehmen.

Die Kneipe war gut besucht, der Tresen und die meisten Tische besetzt. Julia war auch da. In ihrem Servicebereich wurde gerade ein Tisch frei und die beiden Neuankömmlinge setzten sich.

Tom war leicht angespannt. Würde Julia sie bedienen, ignorieren, einen dummen Spruch ablassen oder ihm vielleicht sogar eine Szene machen? Letzteres war eher unwahrscheinlich, aber Tom war auf alles vorbereitet. Er würde souverän und locker bleiben. Er war schließlich der Chef in diesem Laden!

Nach gut fünf Minuten – man sah, dass Julia wirklich sehr beschäftigt war – kam sie an den Tisch und fragte freundlich:

»Na ihr beiden, was kann ich für euch tun?«

Tom bestellte ein *Radler Speziale* und Anni, die in ihrem Marilyn-Monroe-Outfit viele Blicke auf sich zog, einen *Mai Thai*.

Julias perfektes Pokerface verriet weder Tom, was sie dachte, noch Anni, was gestern passiert war.

›Vielleicht kann sie tatsächlich die gestrige Nacht einfach wegstecken und bleibt mir als Bedienung erhalten‹, hoffte Tom und zog nach dem Drink und etwas Smalltalk mit *Marilyn* in seine Wohnung.

Anni betrachtete interessiert das emsige Treiben in Toms Kakerlakarium. Sie gehörte zu den wenigen Frauen, die im wahrsten Sinne des Wortes keinerlei Berührungsängste mit den sechsbeinigen Krabblern hatte.

»Darf ich da mal meine Hand reinstecken oder beißen die?«, fragte sie ungeniert.

»Du kannst die gerne streicheln. Die tun dir nichts.«

»Das fühlt sich ja richtig kribbelig an. Da fehlt einem ein Bein! Darf ich den mal rausnehmen?«

»Das mit dem Bein ist kein Problem, das wächst von selbst wieder nach. Ist doch der Wahnsinn, zu was die Natur so im Stande ist, oder? Stell dir mal vor, das würde beim Menschen auch funktionieren! Tausende Prothesenhersteller wären auf einmal arbeitslos. Aber lass das Tierchen bitte drin! Die Viecher sind auch mit fünf Bei-

nen noch blitzschnell und wenn dir der Patient aus-
kommt, sind wir den Rest der Nacht mit Suchen beschäftigt. Da weiß ich was Besseres!«

Anni schlang ihre Arme um Toms Hals und schaute
ihm tief in die Augen:

»Ich glaube, ich bin verliebt!«

Tom rollte mit den Augen:

»Ich mag dich auch sehr gerne, aber können wir es
nicht einfach bei unserer offenen, unkomplizierten
Beziehung belassen? Das klappt doch wunderbar so. Ich
bin ungebunden. Du bist ungebunden. Und immer,
wenn wir uns treffen, haben wir einen Heidenspaß miteinander.«

»Ich glaube, ich bin verliebt in Mohammed«, sagte
Anni.

Tom erschrak, war sichtlich bemüht, sich schnell wieder zu fassen und keine großen Gefühlsregungen zu zeigen. Dennoch spürte Anni Toms Unbehagen und war
sich sicher, dass er wenigstens ein ganz klein wenig eifer-
süchtig war. Darauf hatte sie so sehr gehofft!

»Wer ist Mohammed?«

»Mohammed kommt aus Tunesien. Er ist eigentlich
Masseur, hat vorerst nur eine Duldung in Deutschland,
aber sie haben ihn bei uns als Hilfspfleger eingestellt,
zum einen aus Personalmangel, zum anderen, weil wir
jemanden brauchen, der arabisch spricht.«

»Die Frage ist doch eher, ob er deutsch spricht, oder?«

»Geht so. Man kann sich jedenfalls ganz nett mit ihm
unterhalten und er kann das Wichtigste für uns überset-
zen. Er hat schon in Tunesien Deutsch gelernt, von den
Touristen, die er dort massiert hat.«

»Tourist*innen*, meinst du wohl! Aber mir ist gar nicht
aufgefallen, dass ihr Araber auf der Station habt.«

»Zurzeit haben wir zwei Iraker und einen Syrer, die fast kein Deutsch sprechen, durch den hautnah erlebten Krieg schwer traumatisiert sind – was uns Mohammed da übersetzt hat, war kaum anzuhören – und die alle drei als selbst- und gemeingefährlich gelten. Der eine Iraker hat seine Frau und seine beiden Kinder halb tot geprügelt, weil *sie* ihm nicht schnell genug die Hausschuhe gebracht hatte. Hinterher tat es ihm leid und er hat sich mit Reinigungsbenzin übergossen, das die Maler im Flur des Asylantenheims stehen gelassen hatten. Allerdings fand er im ganzen Zimmer weder Streichhölzer noch Feuerzeug. Seine Frau hat dann um Hilfe geschrien und die Polizei hat ihn zu uns gebracht.«

»Das ist ja schrecklich! Was macht ihr denn mit so einem?«

»Das Übliche: Erst mal ruhigstellen, beobachten und ab und zu ein paar anamnestische Gespräche mit Dolmetscher.«

»Du hast auch keinen leichten Job«, meinte Tom und nahm Anni tröstend in den Arm.

»Hat dich dein Prophet schon mal *massiert*?«

»Das wüsstest du wohl gerne«, antwortete Anni mit einem verschmitzten Lächeln.

»Aber *noch* ist es nicht *mein* Mohammed. Ich fühl' mich nur genauso ungebunden wie du. Und ich *glaube* ja nur, dass ich verliebt bin, weiß es aber noch nicht sicher.«

»Wissen ist Macht! Nichts wissen macht manchmal auch nichts!«, antwortete Tom lapidar, küsste Anni zärtlich auf ihre Lippen und testete vorsichtig den Grad ihrer Erwiderung aus.

Es dauerte nicht lange, da knutschten sie wie in alten Zeiten, ja vielleicht sogar noch eine Spur heftiger. Ihre

Zungenspitzen berührten sich und spielten neckisch miteinander. Anni streifte ihr Marilyn-Monroe-Kleid ab.

»Du hast ja gar nichts drunter«, bemerkte Tom erstaunt.

»Hab' ich vergessen!«

»Und das bei so einem weiten Kleid! Mein lieber Scholli, wenn das der Herr Otto gesehen hätte, wäre er sicher etwas aus dem Takt geraten!«

»Strapse?«, fragte Anni, der schon vom Küssen ganz heiß war.

»Heute lieber *Schnitzel natur*«, antwortete Tom mit einem Augenzwinkern, riss sich blitzschnell die feinen Kleider vom Leib, nahm Anni auf die Arme und trug sie auf seine mit weinrotem Damast bezogene King-Size-Spielwiese ins Schlafzimmer.

Obwohl er große Mühe hatte, seine Gier zu zügeln, steigerte er den beidseitigen Lustgewinn durch ein genüssliches Vorspiel. Er leckte ihre Zehen, ihre Fesseln, streichelte und küsste zärtlich jeden Quadratzentimeter ihres Luxuskörpers, bevor er tief und heftig in sie eindrang. Anni schrie vor Erregung, die beiden klitschnassen Körper verschmolzen ineinander, bis Toms lautes Lachen den gemeinsamen Orgasmus verkündete. Anni lachte wie immer mit, während sie mit geschickten Kontraktionen die letzten Lusttropfen aus Tom heraussaugte. Sie küssten sich und streichelten sich noch eine Weile sehr zärtlich.

Dann stand Tom auf, schenkte sich ein Glas Sprudelwasser ein, riss die Vorhänge und die hohen Fenster auf und stellte sich pudelnackig davor. Warme Sommerluft strömte ins Schlafzimmer. Die Fenster im tristen Altbau gegenüber waren dunkel. Niemand würde sich an Toms nacktem Körper erfreuen oder stören, und wenn, dann war ihm das egal.

»Was machst du da?«, fragte Anni.

»Ich denke nach.«

Ein paar Gäste verließen das SKYHIGH. Keiner schaute nach oben. Nur Tom. Der Himmel war sternenklar.

›Diese laue Sommernacht war zu schade, um sie einfach so verstreichen zu lassen. Es musste noch etwas geschehen‹, dachte er, legte sich wieder ins Bett und kuschelte noch etwas.

Anni erzählte von Stationsschwester Hildegard, die wieder im Dienst und derzeit etwas ruhiger war. Sie musste sich wegen des Bisses in ihr fleischiges, fettes Hinterteil viel Häme gefallen lassen. Der Patient, der ihr das angetan hatte, war inzwischen auf Station M verlegt worden. Nun war sie zwar einen ihrer hartnäckigsten Widersacher unter den Patienten los, aber dafür folgte ihr jetzt Grundschullehrer Willi Winkelmann auf Schritt und Tritt und benotete jede ihrer Handlungen.

Tom berichtete von dem schweren Verkehrsunfall auf der Salzburger Autobahn, zu dem sie gestern gerufen worden waren, und dass er dabei Gelegenheit hatte, mit dem Rettungshubschrauber quer über die Stadt zu fliegen. Welchen Platz er dabei eingenommen hatte, erzählte er nicht. Anni wusste zwar, dass er etwas verrückt war, aber ob sie ihm *das* glauben würde? Auch wenn sie ihn nicht für Münchhausen hielt, würde sie das Wechselbad der Gefühle, das er auf seinem Open-Air-Abenteuer durchlebt hatte, nicht nachvollziehen können.

»Hast du Lust, ein wenig spazieren zu gehen?«, fragte Tom.

»Weißt du, wie spät es ist?«

»Kurz nach zwei Uhr. Mitten in einer lauen Sommernacht bei Halbmond und Sternenhimmel mit Marilyn Monroe durch den Englischen Garten zu spazieren, das hab' ich mir schon immer gewünscht!«, übertrieb Tom.

»Bin zwar schon etwas müde«, gähnte Anni, »aber ich hab' heute erst um 13 Uhr Dienst und mit deinem gelben Flitzer sind wir ja schnell dort und wieder zurück, oder?«

Genau das war eine der Eigenschaften, die Tom so an Anni liebte: Sie war zu jeder Tages- und Nachtzeit zu allem bereit!

Es war kaum Verkehr auf der Straße. Als Sie durch den Richard-Strauss-Tunnel fuhren, bremste Tom an jeder der Infrarot-Blitzampeln scharf ab und erzählte Anni von den schönen Fotos, die ihm Berger vorgelegt hatte, als sie mit Blaulicht auf der Fahrt zum *Pink*-Konzert geblitzt wurden.

»Aber keine Sorge, das regelt der Berger schon«, versicherte ihr Tom.

»Das war so ein schöner Abend! Kann ich da 'nen Abzug für meine Pinnwand haben?«, fragte Anni.

»Das lässt sich sicher einrichten«, meinte Tom galant und dachte dabei an das schöne Sümmchen, das er Berger erst gestern überwiesen hatte. Dann rückte er mit seinem vollen Plan heraus:

»Wäre es nicht wahnsinnig romantisch, wenn wir an der Bootsverleihstelle neben dem Seehaus einen Kahn ins Wasser ziehen und auf den See hinausrudern würden?«

»Und wenn uns jemand dabei erwischt?«, fragte Anni.

»Erstens ist um diese Zeit kein Mensch dort unterwegs und zweitens erhöht die klitzekleine Chance, erwischt zu werden, doch nur noch den Reiz der Sache.«

»Hm – für mich nicht unbedingt. Aber ich vertrau' dir einfach.«

»So lob' ich mir das«, meinte Tom, bog bei der Ausfahrt Hirschau vom Isarring ab und suchte sich in der Gyßlingstraße einen Parkplatz. Von hier aus waren es nur wenige hundert Meter bis zum Bootsverleih.

Etwa fünf Meter vom Ufer entfernt stapelten sich zwischen einem kleinen Holzhäuschen und einem riesigen Kastanienbaum in 4 Reihen 2 x 5 Tretboote und 2 x 5 Ruderboote übereinander.

»Tretboot oder Ruderboot?«, fragte Tom.

»Mir egal«, flüsterte Anni, der etwas mulmig zumute war.

»Ruderboot – das ist romantischer«, entschied Tom.

Doch was war das?

Just als Tom auf eines der Boote zugehen wollte, huschte ein Schatten am Holzhäuschen vorbei.

Tom wich sofort zurück, versteckte sich hinter der mächtigen Kastanie und wies Anni mit einer Handbewegung an, sich zu ducken.

Aus der Deckung sah er noch eine zweite Person langsam zu den Ruderbooten schleichen. Der Halbmond warf nur wenig Licht in das Dunkel der Nacht und Tom glaubte seinen Augen nicht mehr trauen zu können.

Erst als er sich ganz sicher war, was er da sah, bildete er mit beiden Händen einen Trichter vor seinem Mund und rief mit lauter, tiefer Stimme:

»Hände über den Kopf und dann langsam auf die Knie!«

Die beiden Gestalten erschraken und gehorchten sofort.

»Und jetzt flach auf den Bauch legen! Kopf nach unten und bloß keine Bewegung!«, fuhr Tom fort.

Nach einer kurzen Weile des Schweigens gab Tom Anni ein Zeichen, ging zu den beiden jämmerlich mit dem Gesicht nach unten auf der Erde liegenden Gestalten und sagte mit normaler Stimme:

»Schau mal, Anni, was wir da eingefangen haben!«

Pfiff sprang sofort auf, schüttelte den Kopf, schubste Tom mehrfach so kräftig, dass dieser fast rücklings in den nahen See getaumelt wäre, und rief erleichtert:

»Mann, hast du mir einen Schrecken eingejagt!«

Laura erhob sich nur langsam und zitterte am ganzen Körper. Tränen kullerten ihr über die Wangen. Sie hatte sich vor lauter Angst ins Höschen gemacht und wollte nur noch nach Hause.

Tom entschuldigte sich und meinte, der See sei groß genug für zwei Boote und sie könnten doch die wunderschöne Nacht weit voneinander entfernt jeweils in trauter Zweisamkeit genießen. Pfiff hielt seine schluchzende Laura fest im Arm, strich ihr sanft über den Kopf und versuchte sie zu trösten.

Und auch Anni warf ein, dass sich Tom diesen Scherz bestimmt nicht erlaubt hätte, wenn er geahnt hätte, welchen Schrecken er Laura damit einjagte. Doch alles Zureden half nichts. Laura wollte nach Hause.

Tom bat Pfiff noch, mit ihm zusammen ein Ruderboot vom Stapel zu hieven und zu Wasser zu lassen, was dieser wortlos tat. Dann trennten sich ihre Wege.

Mitten auf dem See, umgeben von Enten und Schwänen, hielt Tom inne, legte die Ruder auf das Boot, schob seinen Kopf unter Annis weiten, weißen Rock und verwöhnte sie. Anni lag mit weit gespreizten Beinen da, blickte in den klaren Sternenhimmel und wand sich vor Erregung.

Als Tom schließlich in sie eindrang, ging er ganz langsam und behutsam vor und war sich bei jedem Stoß bewusst, dass er auch noch die Balance im Boot halten musste.

Die Enten, die bisher interessiert das Treiben verfolgt hatten, stoben bei Toms Orgasmusgelächter laut schnatternd auseinander.

»Na, wie hat dir das gefallen, meine süße Aphrodite?«, fragte Tom beim Zurückrudern zur Bootsanlegestelle.

»Es war einfach wunderbar«, hauchte Anni völlig entspannt und drohte gleich einzuschlafen.

Tom zog das Boot weit heraus, damit es nicht wieder in den See rutschen konnte, kramte einen 50-Euro-Schein aus der Hosentasche, suchte einen Stein zum Beschweren und legte beides auf die Sitzplanke.

›Der Verleiher wird sich freuen, wenn er ein Boot weniger klar machen muss und schon vor dem Öffnen den ersten zahlenden Kunden hatte‹, dachte er.

Tom schlug vor, Anni direkt nach Hause zu fahren, da die Straßen jetzt frei seien und sie dann noch bis kurz vor Dienstbeginn schlafen könne.

»Wie kommt es eigentlich, dass Pfiff genau zur gleichen Zeit genau die gleiche Idee hatte wie du?«, fragte Anni plötzlich.

»Wir sind eben Brüder im Geiste und denken manchmal zur gleichen Zeit das Gleiche«, log Tom.

»Der Pfiff! Das hätte ich ihm nie zugetraut!«, erstaunte sich Anni, bedankte sich für den tollen Abend und verabschiedete sich mit einem Kuss.

KAPITEL 14

Dekadentes Wochenende

Freitag, 14. August, 11:00 Uhr

Toms Armbanduhr zeigte 11 Uhr, als er das erste Mal aufwachte und sogleich beschloss, seinem Körper noch ein Stündchen Schlaf zu gönnen.

Dann zog er, wie immer, rasch und konsequent sein Morgenprogramm durch: 20 Kniebeugen, 20 Liege- stütze, 20 Sit-ups, Lachyoga vor dem Spiegel, Nassrasur, Duschen, eine Tasse Kaffee. Auf das Frühstück verzich- tete er, da ja bald Isabell kommen würde und sie vor Beginn des *dekadenten Wochenendes* noch mal Essen gehen konnten.

Stattdessen lief er zum nahen Sexshop in der Orleans- straße und besorgte noch ein paar Utensilien, die er bei einem Zusammentreffen mit Isabell für wichtig hielt: einen Silikon-Beißknebel in Form eines Hundekno- chens, ein paar ellbogenlange Satinhandschuhe Größe M, einen Satz gepolsterter Hand- und Fußschellen aus Kunstleder, einen Dreierpack Bondageseil Deluxe, eine schwarze Augenbinde, *Das Bondage Handbuch* und *Das SM-Handbuch*. Tom war in BDSM-Praktiken völlig unerfahren. Aber vielleicht konnte er bei dieser Gele- genheit noch etwas Neues lernen. Doch eines war bereits jetzt schon klar: Er würde immer der Chef im Ring blei- ben und Isabell diesmal keine Chance geben, ihm Schmerzen zuzufügen.

Tom verstaute die Utensilien im vollverspiegelten Kleiderschrank seines Schlafzimmers und bezog das Bett neu mit einem knallgelben, seidig schimmernden

Damastbetttuch. Dann hüllt er die dünne, sommerliche Polyesterdecke in einen blau-gelb gestreiften, ebenfalls seidig schimmernden Damastüberzug. Gelb und Blau – seine Lieblingsfarben!

Was hatte ihm diese riesige, unverwüstliche Spielwiese im schwarzen Stahlrohrrahmen schon für unvergessliche Stunden beschert! Sie war sicherlich neben seinem Porsche und seinem Fallschirm eine der besten Anschaffungen gewesen, die er sich je geleistet hatte!

13:50 Uhr – die Zeit reichte nicht mehr, um die neuen Lehrbücher zu überfliegen und sich Grundkenntnisse in BDSM zu verschaffen. Aber das Wochenende war lang und sie konnten das Lehrmaterial ja notfalls gemeinsam durcharbeiten. Außerdem sollte, zumindest für die ersten beiden Nümmerchen, schon mal Toms Fantasie ausreichen.

Punkt 14:00 Uhr war Tom im SKYHIGH, braute sich an der frisch gereinigten Kaffeemaschine einen weiteren Wachmacher und las die *SZ* von gestern, die er hinter dem Tresen gefunden hatte.

Wer hatte die wohl hier liegen gelassen? Schwanzi? Julia? Ein Gast? Wie lange hatte er schon in keiner haptischen Zeitung mehr geblättert? Die Hintergrundartikel, besonders zu Politik und Wirtschaft waren doch viel detaillierter, als die oberflächlichen Nachrichten aus dem Internet!

Mit einer guten halben Stunde Verspätung kam Isabell durch die Tür. Sie sah so bezaubernd aus wie beim ersten Mal. Wenn sich Tom richtig erinnerte, hatte sie sogar die gleiche blütenweiße, Rüschenbluse und den gleichen engen, kurvenbetonenden Rock an, der ihn schon bei ihrer ersten Begegnung so angemacht hatte.

»Sorry für meine Verspätung«, begann sie ihre Begrüßung, »ich habe über 'ne halbe Stunde einen Parkplatz gesucht.«

»Kein Problem, das kenn' ich«, reagierte Tom verständnisvoll, küsste sie sanft rechts und links auf die Wange, atmete tief durch die Nase ein, schloss die Augen und sagte leise:

»*Gaultier Cassique* passt zu dir wie zu keiner anderen Frau.«

»Danke! Und du siehst gut aus, in dem weißen Hemd und der eleganten Hose. So hab' ich dich noch gar nicht gesehen. Ist das hier *deine* Kneipe?«

»Ja!«, antwortete Tom nicht ohne Stolz, »aber sie öffnet erst um 19 Uhr. Gehen wir erst mal Frühstücken oder lieber Mittagessen?«

»Ich habe um 7 Uhr gefrühstückt, den ganzen Vormittag gearbeitet und vor zwei Stunden Mittag gegessen«, sagte Isabell.

»Was hältst du davon, wenn wir ein paar Meter laufen? Ich kenne da ein nettes Café, da bekommst du einen leckeren Kuchen und ich sogar um diese Zeit noch Frühstück. Außer zwei Tassen brauner Brühe hat mein Magen heute noch gar nichts gesehen.«

Isabell stimmte zu und sie schlenderten händchenhaltend wie ein Liebespaar über die Breisacher- und Wörthstraße zum *Café Voilà*.

Das Frühstück, das zumindest kalorienmäßig locker auch ein Mittagessen ersetzte, fiel ganz nach Toms Gusto aus: Brotkorb mit fünf verschiedenen Brotsorten, Butter, Schinken, Käse, Salami, Leberstreichwurst, weich gekochtes Ei, hausgemachte Marmelade, Honig und Kaffee. Isabell bestellte eine Pariser Cremetorte und ebenfalls Kaffee. Tom erzählte zu Isabells großer Belustigung – und natürlich streng vertraulich – die Geschichte von Dr. Lukas Hecht, der um ein Haar Herrn Ottos Tod verschuldet hätte, und wie er dem Arzt mit Hilfe der illustren Truppe von der Isar die Hochzeitsfeier versüßt hatte.

Auf dem Rückweg, kurz bevor sie den Straßeneingang zu seiner Wohnung erreichten, meinte Tom:

»Glaub' mir, nach 48 Stunden gemeinsam im Bett kennst du mich besser, als wenn wir ein ganzes Jahr zusammen wären, und du lernst auch neue Seiten an dir selbst kennen!«

»Da bin ich aber mal gespannt«, meinte Isabell etwas zweifelnd, zumal sie als Psychologin ziemlich fest davon überzeugt war, an sich selbst schon alle Seiten erforscht zu haben. Deshalb hatte sie das Fach schließlich studiert.

»Voilà! Hereinspaziert!«

Tom führte Isabell mit einer tiefen Verbeugung und einer ausladenden Handbewegung in sein 38-Quadrat-meter-Wohnklo, dessen größte Fläche zweifellos das Schlafzimmer einnahm. Isabell gefiel das riesige Bett in der Nähe des großen Fensters und der türhohe, voll verspiegelte Schlafzimmerschrank. Dann erblickte sie Toms Kakerlakarium, das auf der dem Fenster gegenüberliegenden Wandseite auf einem Tischchen stand und schrie entsetzt auf:

»*Was ist denn daaas?*«

»Meine Haustiere! Südamerikanische Königskakerlaken der Gattung *Periplaneta*«, entgegnete Tom mit stolzgeschwellter Brust, »keine Sorge, die tun dir nichts!«

»Und wie weit können die sehen?«, fragte Isabell.

Tom war verdutzt. Er wusste viel über die geselligen Allesfresser, zum Beispiel, dass sie ihre Ohren in den Kniekehlen und zwei Gehirne haben. Aber wie weit sie sehen können, hatte er bisher weder gelesen noch getestet.

»Du stellst Fragen! Warum willst du denn wissen, wie weit die sehen können?«

»Ich fürchte, ich kann mit dir in diesem Bett keine Nacht verbringen. Ich zieh' mich doch nicht unter den gierigen Blicken von Hunderten Kakerlaken aus!«

»Wenn das deine einzige Sorge ist, dann leg ich einfach eine große Decke über das Kakerlakarium. Die Tierchen mögen's sowieso am liebsten dunkel.«

Tatsächlich konnte Isabell mit dieser Maßnahme beruhigt werden. Sie zog ihre Schuhe aus und legte sich in voller Kleidung aufs Bett, gefolgt von Tom, der sie liebevoll in den Arm nahm.

»48 Stunden nur auf der Matratze sind verdammt lang. Ich gebe dir mal 'ne kleine Auswahl, was wir außer Sex noch so alles machen können: Musik hören, zum Beispiel. Ich hab' über 2000 Titel auf meiner Anlage, klassische Musik von Bach, Händel, Beethoven, Chopin ebenso wie Klassiker von den Beatles, Elvis, bis hin zu Lady Gaga, Madonna, Pink, Techno und Rap – was du willst! Außerdem können wir Filme gucken. Auch hier kann ich alle guten Klassiker anbieten, von der *Hitchcock-Collection* über den *Paten*, *Rain Man*, *Der Duft der Frauen* bis hin zu *Adams Äpfel*, einem meiner Lieblingsfilme übrigens. Das geniale an diesem Dänen-Schinken von Anders Thomas Jensen ist, dass der Zuschauer ständig mit neuen Drehungen und Wendungen überrascht wird. Da willst du nicht mal mehr zum Pinkeln aufstehen! Wollen wir uns den mal ansehen?«

»Fangen wir doch mit Punkt eins und zwei an«, schlug Isabell vor.

»Punkt eins und zwei?«

»Sex bei klassischer Musik!«

»Chopin, Bach oder Beethoven?«

»Überlass' ich dir!«

Tom wählte als leise Hintergrundmusik das Brandenburgische Konzert No. 5 in D-Dur von Johann Sebastian Bach – eine klassische Mischung aus Frohsinn und Romantik. Danach war ihm jetzt. Und er bekam Lust, Isabell, genau so, wie sie jetzt dalag, unter ihren engen Rock zu greifen. Als die Querflöte einsetzte, glitt seine Hand ganz langsam an der Innenseite ihres linken Oberschenkels hoch. Isabell ließ es zu, ja genoss die sanfte Berührung und stöhnte angeregt. Dann streifte sie – nach Toms Empfinden etwas zu schnell – Rock und Höschen ab, öffnete ihre Bluse und zog sich aus.

»Sigmund Freuds Beschreibung der oralen Phase und der kindliche Lustgewinn durch Daumenlutschen sind für dich doch ein Heimspiel. Da weißt du sicherlich mehr darüber als ich, oder?«, fragte Tom leicht provozierend.

»Könnte sein, wenn ich beim Studium richtig aufgepasst habe. Warum fragst du?«

»Ich hab' da neulich gelesen, amerikanische Wissenschaftler hätten herausgefunden, dass dieser frühkindliche Selbstbefriedigungsreflex auch bei Erwachsenen noch da ist, und dass Frauen, die beim Sex ein Fäustchen machen und sich den Daumen in den Mund stecken, einen bis zu dreißig Prozent intensiveren Lustgewinn beim Liebesspiel und beim Orgasmus empfinden.«

»Ist ja interessant! Tiefenpsychologisch wäre das denkbar. Wo hast du das gelesen?«

»Ich glaube, im *Stern*, oder vielleicht auch im *Spiegel* oder *Focus*. Ich kann es dir raussuchen. Das Heft müsste noch im SKYHIGH liegen.«

»Ja, die Quelle würde mich interessieren ... und die Namen der Wissenschaftler.«

»Und weißt du, was sie noch herausgefunden haben? Wenn Frauen, während sie Sex haben, beide Hände zu Fäustchen geballt und beide Daumen im Mund haben, würde das ihren Lustgewinn bis zu fünfzig Prozent steigern! Wollen wir das mal ausprobieren?«

»Verrückt, verrückt, verrückt!«, lachte Isabell, ballte ihre beiden Hände zu Fäusten und schob ihre beiden Daumen in ihren wunderschönen, erdbeerrot geschminkten Mund, während Tom sie kräftig nahm.

Sie erlebten tatsächlich nahezu zeitgleich einen überaus intensiven Orgasmus, bei dem Tom, wie immer, herzhaft lachen musste.

»Warum lachst du?«, fragte Isabell verdutzt und amüsiert zugleich.

»Erstens, weil ich immer beim Orgasmus lachen muss, wenn mir nicht gerade jemand das Fleisch in Fetzen vom Rücken kratzt.«

»Und zweitens?«

»Zweitens sag ich dir nur, wenn du mir versprichst, nicht sauer zu sein, und unser schönes Experiment zu Ende führst.«

»Sag schon!«

Tom zögerte einen Moment.

»Zweitens muss ich dir gestehen, dass die Story mit den Daumen im Mund frei erfunden war, damit du mich weder kratzen noch beißen kannst.«

Isabell trommelte mit ihren Fäusten auf seinen gestählten Körper.

»Na warte, du Schuft! Das gibt Revanche! Beim nächsten Mal wirst du meine Tigerkrallen zu spüren bekommen. Du weißt ja: Ich bin ein Raubtier!«

»Für das nächste Mal hab' ich Handschuhe, Beiß-knebel und Hand- und Fußschellen besorgt!«, trium-phierte Tom, »das war Bedingung und du hast zuge-stimmt.«

Isabell grinste diabolisch in sich hinein und schwieg. Einerseits hätte sie ihn gerne gekratzt und gebissen, bis das Blut spritzte, andererseits sollte er ruhig mal ihren Dompteur spielen, solange er die Rolle beherrschte.

Tom ließ per Fernbedienung eine riesige Leinwand aus einem an der Decke hängenden Kasten fahren, schaltete den über dem Kopfende des Bettes schweben-den Beamer ein und wählte mit einer anderen Fernbe-dienung *Adams Äpfel* aus seiner Mediabox. Der Film startete in bester HD-Qualität. Ein echtes Kinoerlebnis! Dazu gab es einen Topf mit süßem Popcorn.

Tom sah die mehrfach preisgekrönte, total abgefah-rene, rabenschwarze Resozialisierungsgroteske mindes-tens zum zehnten, Isabell zum ersten Mal.

»Na, Frau Psychologin, wer hat dir am besten gefal-len? Der dicke Gunnar? Der notorische Tankstellenräu-ber Khalid? Die Alkoholikerin Sarah? Oder der Neonazi Adam?«

»Der Pfarrer!«

»Und wie hat dir der Film insgesamt gefallen?«

Isabells Antwort »war schon ganz lustig«, zeigte, dass sie Toms überragende Begeisterung nicht vollumfäng-lich teilte.

Tom fuhr die Leinwand wieder ein, zog die Vorhänge auf und öffnete das Fenster. Schwülwarme Luft drang ins Schlafzimmer, dicke, schwarze Wolken bedeckten den Himmel.

»Da braut sich was zusammen! Ich schätze, in ein oder zwei Stunden haben wir ein kräftiges Gewitter.«

»Meinst du? Wir hatten ja nun schon lange keinen Regen mehr, mindestens drei Wochen, oder?«

»Ja! Die Bauern werden sich freuen! Hast du schon mal bei Gewitter gevögelt?«

»Kann mich nicht erinnern.«

»Das wär' doch mal was: Bei Blitz und Donner auf Teufel komm raus vögeln und dabei auch noch ganz laut Beethovens Fünfte: Da, da, da, daaaaa!«, frohlockte Tom.

»Komm, das machen wir!«, jauchzte Isabell vor Begeisterung und ihre großen, grünen Augen glühten, als stünde Weihnachten vor der Tür.

»Wollen wir vorher noch Abendessen? Pizza-Service, Wok-Service oder Schinken-Käse-Toast stehen zur Wahl. Den Toast gibt's 24 Stunden lang, die beiden anderen nur bis Mitternacht.«

Sie bestellten telefonisch beim Wok-Service am Ostbahnhof, Tom *Nasi Goreng* und Isabell *Knusprige Ente mit Bambussprossen und Shiitake-Tongku-Pilzen.* Die Lieferung ließ nicht lange auf sich warten. Tom schenkte trockenen Weißwein ein. Schon während sie genüsslich die letzten Bissen zu sich nahmen, war leichtes Donnergrollen zu hören. Nun musste das Timing stimmen. Tom war Meister auf diesem Gebiet, er wusste es und war stolz darauf. Orgasmus bei Blitz und Donner und Beethovens Fünfter – das wird bestimmt ein Heidenspaß!

Zunächst suchte Tom *die Schicksalssinfonie* aus seinen Downloads und stellte sie so ein, dass ein Knopfdruck auf der Fernbedienung genügte, um das Meisterstück lautstark erschallen zu lassen. Dann platzierte er rund um das Bett 10 rote Stumpenkerzen auf kurzen, geschmiedeten Eisenständern.

Während Isabell noch mal auf's Töpfchen musste, kramte er die Plastiktüte mit seinen Neuerwerbungen aus dem Kleiderschrank, fädelte die Bondageseile in die Hand- und Fußschellen und fixierte diese locker am Stahlrohrrahmen seines Bettes, und zwar je eine Hand- und Fußschelle an der dem Fenster zugewandten Außenseite und einen Satz in der Mitte des riesigen Bettes.

Die gelb-blau gestreifte Sommerdecke würden sie jetzt nicht brauchen. Er faltete sie zweimal zusammen und legte sie auf die freie, dem Kakerlakarium zugewandte Seite des Bettes.

Es begann kräftig zu regnen. Tom schloss die Fenster, ließ aber die Vorhänge zurückgezogen. Er entzündete schnell die Kerzen, was ihm immer noch wegen seiner latenten, mehr oder weniger austherapierten Pyrophobie ein wenig Überwindung kostete. Dann knipste er die Deckenleuchte aus, legte Isabell die gut gepolsterten Hand- und Fußschellen eng an und zurrte sie so am Bettrahmen fest, dass sie fast keinen Bewegungsspielraum mehr hatte.

›Sie *will* dominiert werden, und das soll sie haben!‹, dachte er.

»Was machst du mit mir?«, fragte Isabell erwartungsvoll und räkelte sich mit ihrem nackten, weißen Körper auf dem glänzend gelben Damastbetttuch, soweit es die Fesseln zuließen.

»Lass es einfach geschehen«, beschwor sie Tom, der spürte, dass er sich in der Rolle des strengen Dompteurs noch etwas schwertat. Er zeigte ihr die Augenbinde und den Silikon-Beißknebel:

»Das heben wir uns für später auf. Genieß erst mal mit all deinen Sinnen diese herrliche Stimmung: die Wärme des Lichts, das Prasseln des Regens, wenn er gegen die Fenster schlägt, und die Blitze, die das Zimmer erhellen.«

Die Zeit fürs Vorspiel wurde knapp. Tom fischte den *Womanizer PRO 40* aus seinem LURU, ein Meisterwerk deutschen Erfindergeistes, auf das man sich in solchen Situationen immer verlassen konnte. Isabell wand sich vor Lust, genoss ihre Wehrlosigkeit und zog mit all ihren Kräften an den Fesseln.

Der Moment war gekommen: Ein kräftiger Blitz tauchte das ganze Schlafzimmer für Sekundenbruchteile in gespenstisch bläuliches Licht, Tom drückte die Fernbedienung, die bekannte Ouvertüre von Beethovens Fünfter erschallte lautstark, während Tom tief in Isabell eindrang und ein gewaltiger Donnerschlag anzeigte, dass das Gewitter ganz, ganz nahe war.

Doch was war das? Tom wurde es plötzlich warm an den Füßen, ja sogar heiß! Licht erhellte den Raum, ohne dass ein neuer Blitz gefolgt wäre. Tom blickte kurz zur Seite und erschrak: Feuer!

Die Polyesterdecke war vom Bett über die Kerzen gerutscht und brannte lichterloh!

Tom sprang sofort auf, sein Pulsschlag und sein Adrenalinspiegel schossen schlagartig in die Höhe, höher, als es je ein Orgasmus oder BASE-Sprung geschafft hatte.

In Millisekunden prüften seine Hirnwindungen alle möglichen und unmöglichen Optionen ab: Bis die Feuerwehr kam, wären er und Isabell, wahrscheinlich sogar die ganze Wohnung, längst Opfer der Flammen geworden. Selbst das Füllen eines Wasserkübels würde viel zu lange dauern.

Tom nahm blitzschnell die lodernde Decke an einem Eck, das noch nicht brannte, riss die Fenster auf und warf sie hinaus. Dabei entzündeten sich auch noch die Vorhänge, die von unten her hochbrannten. Tom sprang auf das Fenstersims, riss die Vorhänge da, wo er sie noch fassen konnte, mit mehreren kräftigen Rucks aus ihrer Führung und warf sie ebenfalls aus dem Fenster. Als er den langsam auf die menschenleere Straße hinuntergleitenden Feuerbällen hinterherblickte, wurde ihm plötzlich schwarz vor Augen und er fiel aus dem Fenster. Noch im Sturz, und nicht mehr Herr seiner Sinne, dreht er sich blitzschnell, einem puren Überlebensinstinkt folgend, um seine eigene Achse und hielt sich am Fenstersims fest und zwar so, dass seine Oberarme auf dem äußeren Fensterbrett, seine Unterarme auf dem inneren Fensterbrett zu liegen kamen und seine Hände den Rand des inneren Fensterbretts umklammerten.

Tom verlor für einen kurzen Moment das Bewusstsein. Sein Kindheitstrauma und seine tief verankerte Pyrophobie hatten Besitz von ihm ergriffen. Als er wieder zu sich kam, drehte sich alles um ihn herum, zuerst schnell, dann immer langsamer. Schließlich begriff er, dass er pudelnackt bei strömendem Regen über der Straße am Fenster seiner Wohnung hing.

»Hiiiilfe! Hiiiiilfe!«, brüllte Isabell so laut, dass es sogar Beethovens Schicksalssinfonie übertönte, »schnall mich sofort los! Hiiiiilfe! Hiiiiilfe! Ich will nicht verbrennen!«

Tom hätte selbst gerne um Hilfe geschrien, aber etwas in ihm schnürte seine Kehle zu. Plötzlich sah er, wie ein Schwelbrand an einer Ecke des Bettes ein tiefes Loch in die Kingsize-Matratze fraß und der gelbe Damastbettbezug an der gleichen Ecke Feuer fing.

Wieder drohte Tom, das Bewusstsein zu verlieren, obwohl er mit aller Kraft dagegen ankämpfte. Er spürte, dass sowohl Isabells Leben als auch sein eigenes in Gefahr war. Unter keinen Umständen durfte er nochmals ohnmächtig werden!

»Hiiiilfe! Hiiiiilfe! Ich verbrenne!«, brüllte Isabell aus Leibeskräften. Ein weiterer Blitz erhellte die Straße, gefolgt von einem lauten Donnerschlag.

Unter Einsatz all seiner physischen und psychischen Kräfte zog sich Tom über das Fensterbrett in seine Wohnung, ergriff schnell seine teure JOOP-Hose und das darunterliegende Hemd und versuchte, mit dem Stoffknäuel das Feuer im Bett zu ersticken, was ihm nach einer endlos langen Minute auch gelang. Der Schwelbrand in der Matratze allerdings erforderte möglichst schnell einen Eimer Wasser, den er sofort in der Dusche einlaufen ließ, bevor er Isabell aus ihrer hilflosen Lage befreite. Dann kippte er das Wasser in die Matratze, knipste das Licht an, löschte alle Kerzen und untersuchte, immer noch leicht benommen, ob irgendwo noch was brannte oder glimmte.

Isabell hatte sich in Rekordzeit angezogen und schrie Tom an:

»Warum hast du mich nicht sofort abgeschnallt? Wolltest du mich umbringen?«

Ihre grünen Augen funkelten wie die einer bis aufs Äußerste gereizten Raubkatze. Sie fletschte die Zähne. Ihre Hände verwandelten sich in Pranken und ihre Finger in Krallen, die drohten, Toms Gesicht zu zerfleischen.

»Es war vorrangig, die brennende Decke und die Vorhänge aus dem Fenster zu werfen und dann habe ich da noch ein Problem…«, versuchte Tom zu erklären, wich vor ihren Drohgebärden einen Schritt zurück und brachte seine gekreuzten Arme in Abwehrstellung.

»*Vorrangig vor mir?*«, schrie Isabell sichtlich erregt, drehte sich um 180 Grad, lief aus der Wohnung, aus dem Haus und hinein in die dunkle, regnerische Nacht.

Tom sah sie nie wieder.

KAPITEL 15

Leiche am Morgen

Dienstag, 18. August, 19:40 Uhr

Pfiff und Tom trafen fast gleichzeitig in der Rettungswache der *Berger Ambulanz* ein. Eigentlich sollten sie eine halbe Stunde vor Klarmeldung auf der Wache sein, aber 20 Minuten reichten auch, zumal um diese Zeit außer ihnen meist ohnehin niemand mehr im Gebäude war. Nachtdienst stand an. Nachtdienst war gut, die Einsätze oft anspruchsvoller, man kam schneller durch den Verkehr und dann hatte das nächtliche München und die Menschen, die nachts arbeiteten, feierten, oder herumstreunten, auch noch einen ganz besonderen Flair.

»Sorry Pfiff, das neulich am See tut mir echt leid!«, sagte Tom gleich zur Begrüßung.

»Keine Sorge, Alter. Ich revanchiere mich mal wieder mit einer Bierdusche oder häng' dir deine Fallschirmkappe verkehrt rum ein. Dann kannst du bis zur Landung über die Schulter schauen und dir 'nen steifen Hals holen!«, kündigte Pfiff an.

»Untersteh dich! Vergreif dich bloß *nie* an meiner *Cloudine*!«, warnte ihn Tom mit erhobenem Zeigefinger.

Nachdem sie ihre Dienstkleidung angelegt hatten, checkte Pfiff im Schnellgang Speedys medizinische Ausrüstung und Tom prüfte Tankbefüllung und Ölstand.

Punkt 20 Uhr meldeten sie sich bei der Rettungsleitstelle klar und wurden angewiesen, auf ihrer Wache den ersten Einsatz abzuwarten.

»Werfe ich jetzt die Kaffeemaschine an, kommt ein Einsatz, werfe ich sie nicht an, hängen wir bestimmt stundenlang ohne Kaffee rum und zappen durchs Fernsehprogramm«, sinnierte Pfiff.

»Wirf sie an!«, empfahl Tom.

Sie brühten vier Tassen Kaffee auf und Tom erzählte Pfiff von seinem misslungenen *dekadenten Wochenende* und dem Wohnungsbrand. Seinen dramatischen Fenstersturz, der ihm fast das Leben gekostet hatte, erwähnte er nicht.

»Ich fass' es nicht! Weißt du, wie schnell dir da die ganze Bude hätte abbrennen können? Du bist echt *so* ein Glückspilz! Was *du* immer anstellst und doch mit heiler Haut davonkommst. Da solltest du echt mal ein Buch darüber schreiben. Hast du dir schon eine neue Matratze besorgt?«, fragte Pfiff.

»Nein. Ich lass' die alte erst mal richtig durchtrocknen und schau dann, ob ich da was reinstopfen und sie mit Duct-Tape provisorisch reparieren kann. Langfristig erwäge ich, mir vielleicht mal ein Wasserbett anzuschaffen.«

»Ja, damit wäre der Brand bestimmt schnell gelöscht gewesen«, witzelte Pfiff.

Sie tranken ihren Kaffee und mussten nicht lange durchs Fernsehprogramm zappen bis sie ein gellend lauter Signalton ins Fahrzeug beorderte.

Tom startete den Motor und fuhr schon mal zur Hofausfahrt, während Pfiff über Funk den Auftrag entgegennahm:

»Stahlgruberring, im *Club la discrétion*, Verdacht auf C_2H_6OH-Abusus.«

»Alkoholvergiftung im Puff … der Abend fängt ja gut an!«, lachte Tom, schaltete die Blaulichter ein und gab ordentlich Gas. Auf das Martinshorn verzichtete er, da die wenigen Fahrzeuge auf der kurzen Strecke sofort brav Platz machten.

Nach fünf Minuten signalisierten sie der Leitstelle das Eintreffen am Einsatzort, der dank seiner großen violetten Neonschrift und bunt blinkender Umrandung unschwer zu finden war.

Sie erhielten die Weisung:

»*Berger Rettung 49/71/1*, bleiben Sie über Handfunk erreichbar und geben Sie sofort Bescheid, wenn Sie den Notarzt brauchen!«

»Verstanden!«

Pfiff griff sich den Notfallrucksack und beide stürmten im Laufschritt in den ersten Stock des Gebäudes, wo die Tür zum *Club la discrétion* schon offen stand.

In dem etwa 150 Quadratmeter großen, schummrig abgedunkelten Lasterschuppen tummelten sich gut 20 leicht beschürzte Damen auf 10 roten Couchen. Die Raummitte zierte ein Podest mit einer Tanzstange. An einer Wandseite befand sich eine Bar mit einem lang gezogenen, leicht geschwungenen Tresen. Die Bar war etwas heller beleuchtet als der restliche Raum und überwiegend von Männern in schneeweißen Bademänteln bevölkert.

Der Patient, ein rundlicher, älterer Herr, lag in der Nähe des Tresens ebenfalls in einem schneeweißen Bademantel auf einer Couch, den Kopf in den Schoß einer dunkelhäutigen Karibikperle gebettet, die ihn, mehr ängstlich als liebevoll, über den spärlich behaarten Kopf streichelte.

»Macht mal mehr Licht!«, rief Tom dem Mann hinter dem Tresen zu, der nickte und den Dimmer sogleich leicht hochschraubte.

»Noch mehr!« Der Mann gehorchte Toms scharfem Ton.

»Was ist passiert?«

»Er ist plötzlich vom Barhocker gekippt und hat gesagt, es geht ihm nicht gut. Dann haben wir ihn auf die Couch gelegt und euch gerufen.«

»Wie viel hat er getrunken?«

»Zwei Gin Fizz!«

»Nicht mehr?«

»Bei uns nicht!«

Pfiff hatte begonnen, den Patienten zu untersuchen und bemerkte seine schweißnasse, livid verfärbte Haut.

»Wie geht es Ihnen?«

»Schlecht, sehr schlecht! Ich hab' solche Schmerzen auf der Brust!«

Der Patient fasste sich mit beiden Händen in die Mitte seines Brustbeins.

»Es fühlt sich an, wie wenn ein Elefant mit einem Bein auf mir steht.«

»Wie lange haben Sie die Schmerzen schon?«, fragte Pfiff weiter.

»Seit etwa 20 Minuten. Zuerst war mir schlecht, dann kamen die Schmerzen.«

»Haben Sie was getrunken?«

»Zwei Gin Fizz an der Bar.«

»Sonst nichts? Oder vielleicht schon vorher, zu Hause?«

»Mittags ein Bier. Sonst nur Kaffee!«

»Wie viel?«

»Vielleicht so zehn Tassen, den ganzen Tag über verteilt.«

Pfiff kam der Mann bekannt vor.

»Wie heißen Sie?«

»Bitte nicht hier!«, beschwor ihn der Patient ängstlich, »das sag' ich Ihnen später.«

Pfiff nickte.

Tom glaubte, sowohl den Patienten als auch einen der Gäste am Tresen schon mal gesehen zu haben. Aber er war sich nicht sicher.

Pfiff stand auf und raunte Tom zu:

»Sieht ganz nach Herzinfarkt aus. Da lassen wir den Notarzt kommen. Holst du schon mal die Trage?«

»Warte noch eine Sekunde«, antwortete Tom, ging zu dem Gast am Tresen, dessen Körperhaltung und Profil ihm so bekannt erschien, und tippte ihm auf die Schulter.

Der Mann zuckte zusammen und drehte sich kurz zu Tom.

»Herr Dr. Hecht! So eine Freude! Immer zur richtigen Zeit am richtigen Ort!«, rief Tom so laut, dass es jeder hören konnte.

»Aber *Dieterchen*, warum hast du denn nicht gesagt, dass du Arzt bist?«, fragte eine schlanke Brünette, die sich an Dr. Lukas Hechts Schulter geschmiegt hatte.

»*Berger Rettung 49/71/1*, wie ist eure vorläufige Diagnose, braucht ihr das NEF?«, drang es aus dem Handfunkgerät.

»Verdacht auf Herzinfarkt, Notarzt ist vor Ort, NEF nicht nötig«, antwortete Tom.

»Ich bin nicht im Dienst«, meinte Dr. Hecht.

»Wenn Sie eine Anzeige wegen gut bezeugbarer unterlassener Hilfeleistung vermeiden wollen, dann legen Sie *jetzt* dem Patienten *sofort* einen Zugang. Wir holen die Trage, machen im Fahrzeug ein EKG und Sie geben ihm die nötigen Medikamente, damit er transportfähig wird«, flüsterte Tom Dr. Hecht, für die anderen nicht hörbar aber so bestimmt ins Ohr, dass dieser unmittelbar zur Tat schritt.

Tom zückte sein Smartphone und machte ganz schnell zwei Fotos, eines, auf dem der Patient, Dr. Lukas Hecht und die Damen im Hintergrund erkennbar waren, und eines, das nur den Arzt beim Stechen der Infusionsnadel, den Arm des Patienten und die Damen zeigte.

Dann holte er mit Pfiff die Trage, sie luden den Patienten auf und brachten ihn in Begleitung von Dr. Hecht, der im schneeweißen Bademantel nebenherlief und die Infusionsflasche hochhielt, in ihren Rettungswagen.

Dort wurden sofort Sauerstoffsättigung, Puls und Blutdruck gemessen und ein EKG geschrieben. Dr. Hecht untersuchte den Patienten widerwillig mit dem Stethoskop, das ihm Tom hinhielt.

Die ST-Strecke der EKG-Kurve war bogenförmig angehoben. Ein eindeutiges Indiz für einen akuten Myokardinfarkt.

Pfiff verabreichte dem Patienten Sauerstoff über eine Nasensonde und auf Dr. Hechts Weisung ein paar Tabletten Clopidogrel und ASS mit einem Glas Wasser.

Der Arzt spritzte Heparin und Diazepam in den Infusionsschlauch. Tom ließ sich die Medikation im Patientenblatt genau dokumentieren und von Dr. Hecht abzeichnen, bevor er ihn aus dem Wagen geleitete, um noch ein ernstes Wörtchen mit ihm zu reden:

»*Dieterchen*, ich habe ein wunderschönes Bild von dir gemacht!«

Er zeigte ihm auf seinem Smartphone das Foto, auf dem man nur Dr. Lukas Hecht im schneeweißen Bademantel, den Arm des Patienten und die leicht beschürzten Damen sah, und ließ das Gerät schnell wieder in seiner Hosentasche verschwinden.

»Löschen Sie das sofort!«, rief Dr. Hecht, der Tom körperlich deutlich unterlegen war, sichtbar erzürnt.

»*Dieterchen*, wenn du *nicht* willst, dass das Bild in ein paar Tagen im Internet und in der Presse kursiert, dann hör mir jetzt ganz gut zu! Du ziehst *morgen* alle Anzeigen, die du gegen uns gestellt hast, zurück. Du überweist *morgen* eine Spende in Höhe von 10 000 Euro an die *Berger Ambulanz*. Du bist immer freundlich und hilfsbereit, wenn sich unsere Wege jemals wieder kreuzen sollten!«

»Das ist Erpressung!«, kochte Dr. Hecht mit hochrotem Kopf und rang nach Luft.

»Nenn es, wie du willst, *Dieterchen*. Ich nenne es ausgleichende Gerechtigkeit!«, antwortete Tom, der sich ein klein wenig, aber wirklich nur ein ganz klein wenig Sorgen machte, ob es in dieser Nacht noch einen zweiten Herzinfarktpatienten geben würde.

Auf Weisung der Leitstelle brachten sie den gut versorgten Patienten ins Ostklinikum und machten sich wieder einsatzklar.

Tom zeigte Pfiff die Bilder auf seinem Smartphone, erzählte von den Auflagen, die er Dr. Hecht gemacht hatte, und amüsierte sich über den Decknamen *Dieter*, den sich der frisch verheiratete Dr. Lukas Hecht wohl für seine Puffbesuche ausgewählt hatte.

Pfiff zeigte Tom das Patientendatenblatt und wies mit dem Finger auf den Namen.

»Der Politiker, den man fast jeden Tag in den Medien sieht? Das Gesicht war mir irgendwie bekannt. Aber im Bademantel, leichenblass und mit schmerzverzerrtem Gesicht, kam er ganz anders rüber als auf den Bildern, wo er immer Anzug trägt und grinst wie ein Schneekönig«, entschuldigte sich Tom für die Nichterkennung des bayerischen Spitzenpolitikers.

Sie hatten das beschrankte Klinikgelände gerade verlassen, da kam schon der nächste Einsatz. Es ging zur Gaststätte *Pula* in der Inneren Wiener Straße.

Das Codewort *Ärger* der Leitstelle wies darauf hin, dass es sich um eine Gewalttat handelte. Das konnte alles bedeuten: Schlägerei, Schießerei, Messerstecherei oder ein terroristischer Akt. Die Polizei sei auch schon unterwegs, hieß es.

Nach dreiminütiger Blaulichtfahrt hatten sie den Einsatzort erreicht. Die bewaffneten Gesetzeshüter waren noch nicht eingetroffen, was den Reiz, aber auch das Risiko erhöhte.

Sie hatten bei solchen Einsätzen schon die wildesten Sachen erlebt! Aber diesmal drohte offensichtlich keine Gefahr: Ein Mann um die vierzig von kräftiger Statur, mit hoher Stirnglatze und spärlichen, nach hinten gekämmten Haaren lag wenige Meter neben der Eingangstüre zum *Pula* blutend auf der menschenleeren Straße und presste beide Hände auf seinen Bauch.

Pfiff stellte den Notfallrucksack neben ihm ab und schnitt mit der Verbandsschere das blutdurchtränkte, ehemals weiße Hemd samt Unterhemd auf, um das Ausmaß der Verletzung beurteilen zu können. Am linken Unterbauch des durchtrainierten Mannes waren, wenige Zentimeter voneinander entfernt, drei Einstiche erkennbar, wobei viel dunkelrotes Blut aus der mittleren Wunde quoll. Pfiff riss ein großes, steriles Verbandspäckchen auf und wies den Mann an, es auf die Wunden zu drücken, während er Puls, Blutdruck und Sauerstoffsättigung maß.

Tom lief in die kleine Gaststube. Vielleicht konnte jemand etwas zum Tathergang sagen, zum Beispiel, ob eine Schlägerei vorangegangen und auch noch mit Kopfverletzungen zu rechnen war. Am einzigen noch besetzten Tisch begann gerade eine fröhliche Skatrunde mit dem Reizen. Jeder der drei Herren hatte ein Bier vor sich stehen.

»Kann mir vielleicht jemand sagen, was passiert ist?«, fragte Tom.

»Wir haben damit nichts zu tun und außerdem schon geschlossen. Sei froh, dass wir euch überhaupt angerufen haben«, tönte einer aus der Runde. Der Mann sah aufgequollen aus, vermutlich von übermäßigem Alkoholgenuss. Außerdem ließ das hochrote, in einen fetten Truthahnhals übergehende Gesicht auf Bluthochdruck schließen.

Tom atmete tief ein und wieder aus. Er durfte sich jetzt nicht provozieren lassen. Ihre Aufgabe war lediglich, den Verletzten zu versorgen. Um den Rest sollte sich die Polizei kümmern.

Als sich Tom umdrehte und wieder zu Pfiff laufen wollte, erschrak er: Da lag im Lokal, einen Meter neben der Eingangstüre, leblos ein Mann auf dem Boden. Er hatte dichtes, dunkelblondes, gelocktes Haar, trug einen grauen Anzug, ein weißes Hemd und – ein Messer im Bauch! Die Klinge war bis zum Anschlag unter den rechten Rippenbogen eingedrungen, der schwarze Griff ragte aus dem Körper.

Tom fühlte einen schwachen Pulsschlag, stand auf, riss mit einem kräftigen Ruck die Tischdecke samt Bierflaschen, Gläsern und Skatkarten vom Tisch und brüllte:

»Ihr verdammten Schweinehunde! Da liegt ein *Schwerstverletzter* ein paar Meter neben euch und ringt mit dem Tod und ihr spielt Karten, als wäre nichts gewesen!«

Die Skatrunde erstarrte. Der Aufgequollene stierte wehmütig auf sein zerbrochenes Bierglas am Boden.

Nur das leise Röcheln des Opfers war jetzt noch zu hören.

Pfiff hatte gerade die Trage für den vor der Türe aufgefundenen Verletzten auf dem Trottoir abgestellt, als Tom ihm zurief:

»Bring' das Teil rein, da drin liegt einer, den hat's noch schlimmer erwischt!«

Sie hoben den Verletzten schnell und professionell auf die Trage, verfrachteten ihn in ihren Rettungswagen, forderten über Funk einen zweiten RTW und das NEF an, reklamierten die immer noch nicht eingetroffene Polizei, legten dem Patienten eine Infusion an und maßen Blutdruck, Puls und Sauerstoffsättigung.

Plötzlich flog die Tür auf, der Mann mit den drei kleineren Stichwunden stürmte wie ein frisch auferstandener Zombie ins Fahrzeug, brüllte etwas in einer slawischen Sprache, das Tom und Pfiff nicht verstanden, erfasste mit seiner Rechten den Griff des Messers und drehte es in der Wunde genüsslich hin und her, während er mit seiner linken den Verband auf seinen Unterbauch drückte und der Gepeinigte schmerzvoll wimmerte. Dass er nicht mehr die Kraft hatte, laut aufzuschreien, war kein gutes Zeichen.

»Lassen Sie bloß das Messer drin!«, schrie Tom den Angreifer beschwörend an, als zwei Polizisten den Wagen betraten und sofort eingreifen wollten.

»Haaaalt!«, brüllte Tom so laut er konnte, »das Messer muss drinbleiben, sonst stirbt der Patient!«

Dann ging alles blitzschnell: Tom drückte mit seiner rechten Hand das ohnehin schon bis zum Handschutz im Körper des Verletzten steckende Messer auf den Knauf und biss den Angreifer kräftig in die Hand, die das Messer umklammerte. Der Mann ließ das Messer kurz los und wurde sofort von den Polizisten überwältigt. Der blutdurchtränkte Bauchverband des Angreifers fiel zu Boden und ein kräftiger Schwall dunkelrotes Blut ergoss sich aus seiner mittleren Stichwunde.

Innerhalb kürzester Zeit trafen nun auch das NEF, ein weiteres Polizeifahrzeug und der angeforderte zweite RTW ein.

Eine junge, zierliche Notärztin mit blondem Pferdeschwanz betreute mit Pfiff den schwerstverletzten Patienten, legte ihm eine Infusion an und spritzte noch etwas zur Kreislaufstabilisierung und Schmerzbekämpfung hinein. Tom bat die Leitstelle, im Ostklinikum eine Notoperation anzumelden, obwohl er wusste, dass sie wahrscheinlich schneller in der Klinik waren, als der Disponent dort durchgestellt wurde. Dann hörte er über Funk, dass auch der zweite Rettungswagen unter Polizeibegleitung ins Ostklinikum unterwegs war.

»Sind die denn total bescheuert?«, entfuhr es ihm und er bat die Leitstelle, den zweiten Patienten doch bitte in ein anderes Klinikum verbringen zu lassen, um eine Eskalation der Gewalt zu vermeiden. Man möge sich bloß vorstellen, beide Patienten überlebten und wachten morgen früh nebeneinander im gleichen Krankenzimmer auf! Oder sie treffen sich zufällig auf dem Gang!

Nach der Patientenübergabe ließ sich die Notärztin interessiert den Verlauf des Einsatzes schildern, von dem sie ja nur das Ende mitbekommen hatte, und lobte die Sanis:

»Wenn der überlebt, dann nur, weil das Messer dringeblieben ist und durchtrennte größere Gefäße am Ausbluten gehindert hat.«

Dann steckte sie sich eine Zigarette an und Tom rauchte eine mit.

»*Berger Rettung 49/71/1*«, tönte es aus dem Funkgerät.

»*Berger Rettung 49/71/1* hört!«

»Ostfriedhof, unklar, Sie werden am Haupteingang St. Martins-Platz von einem Wachmann erwartet!«

Tom wiederholte den Einsatzbefehl, schaltete das Blaulicht ein und startete los.

»Unklarer Einsatz nachts am Friedhof? Vielleicht ist ja einer von den Toten auferstanden«, witzelte Pfiff.

»Oder es liegt ein Besoffener am Friedhofstor und kotzt uns gleich den ganzen Wagen voll«, ernüchterte ihn Tom sogleich.

Unter den Arkaden des monumentalen Eingangsgebäudes wartete ein großer, stämmiger Wachmann mit dunklem Teint und einer großen Taschenlampe.

»Ich bin Ismail. Ich habe da was gehört. Vielleicht lebt noch! Bitte mitkommen!«, sagte der Mann und ging mit seiner Taschenlampe voran in die große Leichenhalle im linken Flügel des Gebäudes, gefolgt von Tom und Pfiff, der schon den Rettungsrucksack nebst Defibrillator geschultert hatte.

»Hier ist!«

Ismail deutete auf einen verschlossenen Sarg, der auf einem Podest stand.

Alle drei hielten den Atem an und ihre Ohren ganz nah an den Sarg. Eine Ratte huschte durch das Licht der Taschenlampe. Es herrschte Totenstille.

»Kann man hier denn mal das Licht einschalten?«, fragte Tom.

»Warum brauchst du Licht zum Hören?«, fragte Ismail zurück.

Die drei hielten nochmals den Atem an und ihre Ohren an den Sarg. Tatsächlich war ein ganz leises Röcheln vernehmbar.

Pfiff und Tom entschieden sich, den Sarg vom Podest zu heben und zu öffnen. Im Schein von Ismails Taschenlampe erblickten sie die in ein weißes Hemd gehüllte Leiche einer sehr alten Frau.

Am Großzehen ihres rechten Fußes hing ein Zettel mit ihrem Namen, Geburts- und Sterbedatum. Die Frau hieß Angelika Gruber, wurde 88 Jahre alt und war hochoffiziell gestern gestorben.

Pfiff bat Ismail um seine Taschenlampe und hielt sie ganz nahe an den Mund der kalten Dame. War sie noch am Leben, würde sich ihr Atem am Schutzglas niederschlagen. Tatsächlich beschlug das Glas der Lampe leicht.

Dann leuchtete Pfiff in die Augen der Verstorbenen. Ihre Pupillen blieben weit und starr. Er zwickte die Leiche kräftig in den Oberarm und rief laut ihren Namen. Keine Reaktion.

Als Nächstes versuchte Pfiff an ihrer rechten Halsseite und Tom an ihrem linken Handgelenk, einen Puls zu ertasten.

Während Tom den Kopf schüttelte, glaubte Pfiff, ganz schwach etwas gefühlt zu haben, war sich aber nicht sicher, ob es nicht sein eigener Puls gewesen war. Er setzte den mobilen Defibrillator mit integriertem EKG-Gerät auf die Brust der Verblichenen. Pfiff und Tom blickten sich erstaunt an. Da waren tatsächlich noch Herzaktivitäten zu erkennen. Kein astreines, sauberes EKG, aber eine niedrige Pulsfrequenz und deutlich mehr als nur ein Kammerflimmern. So eine EKG-Kurve hatten sie noch nie gesehen! Der Defibrillator, der so programmiert war, dass er bei Kammerflimmern automatisch einen Stromstoß auslöste, reagierte nicht.

»Die lebt!«, entschied Pfiff.

»Sollen wir den Notarzt holen?«, fragte Tom.

»Bis der kommt, sind wir längst im Ostklinikum!«

So schnell sie konnten, holten sie die Trage aus Speedy, luden die Patientin ein und fuhren ganz langsam und sachte ins Ostklinikum.

Der diensthabende Arzt auf der inneren Notaufnahme staunte nicht schlecht.

»Eine Leiche mit Zettel und Todesdatum am Zehen hat mir in den zwölf Jahren, in denen ich hier arbeite, noch keiner gebracht!«

Der Doktor hörte sich die Geschichte an, untersuchte die alte Dame nach allen Regeln ärztlicher Kunst und legte schließlich ein großes EKG an:

Die Linie zeigte null Ausschlag!

»Prüfen Sie doch bitte noch mal alle Kabel!«, bat Tom.

Der Arzt folgte seufzend und kopfschüttelnd Toms Bitte und sagte:

»Die Sache ist ganz einfach! Ich lasse das EKG jetzt mal volle zehn Minuten durchlaufen. Wenn wir so lange *nur* eine Nulllinie sehen, nehmt ihr die Dame wieder mit und bringt sie dahin, wo ihr sie hergeholt habt! Wir sind hier ein Krankenhaus und kein Leichenschauhaus!«

Tatsächlich mussten Tom und Pfiff nach Ablauf der Zeit die Leiche wieder einladen. Aber wie würden sie das der Leitstelle erklären?

Tom entschloss sich, diese über Telefon anzurufen, erläuterte dem Kollegen die prekäre Situation und bat ihn, ihm die Mobilnummer des Anrufers zu geben, damit er den Wachmann bitten konnte, erneut die Halle aufzuschließen.

Nach mehreren vergeblichen Versuchen erreichten sie schließlich Ismail.

»Ich muss in Zeitplan bleiben. Ostfriedhof war zwei

Uhr, jetzt ist drei Uhr und ich bin Grafinger Straße Industriehof.«

»Ismail, bitte bleiben Sie dort!«, beschwor ihn Tom, »wir sind in fünf Minuten am Haupteingang vom Industriehof. Dann können wir persönlich darüber sprechen.«

»In fünf Minuten! Aber nix später! Ich habe auch meine Arbeit«, tönte Ismail unwirsch aus dem Smartphone.

Tom preschte mit der gut angeschnallten Leiche an Bord, Blaulicht und Martinshorn so schnell er konnte zum vereinbarten Treffpunkt.

Dort angekommen, redete er auf den Wachmann ein:

»Lieber Herr Ismail, wir müssen die Leiche zurückbringen. Bitte kommen Sie kurz mit oder leihen Sie uns den Schlüssel! Wir bringen ihn auch ganz sicher in spätestens 20 Minuten wieder zurück!«

»Chef hat gesagt, ich darf Schlüssel nie hergeben. Sonst Arbeit weg!«

Tom kramte in seiner Hosentasche, steckte Ismail einen 50-Euro-Schein zu und bat:

»Dann fahren Sie doch bitte selbst mit! Es dauert bestimmt nicht lange.«

Ismail ließ den Schein schnell verschwinden, machte jedoch keine Anstalten, mitzukommen.

»Frau wirklich tot?«, fragte er.

»Ja, sie ist wirklich tot und wir müssen sie schnell zurückbringen!«, drängte Tom.

»Ist schlecht«, meinte Ismail.

»Warum? Frau war immer tot!«, versuchte Tom ihn zu beschwichtigen.

»Aber ich schon Foto gemacht, an meine Freunde geschickt und in Facebook gepostet«, erzählte Ismail ohne einen Funken von Schuldbewusstsein.

»*Waaaaas haben Sie?* Zeigen Sie her!«, rief Tom entsetzt.

Ismail hielt ihm ein Selfie unter die Nase, das ihn und die tote Frau zeigte. Darunter die Bildunterschrift: »Frau lebt. Ich gefunden.«

Ismail musste das Foto gemacht haben, während Tom und Pfiff die Trage geholt hatten.

»Das sollten Sie sofort wieder löschen, sonst könnten Sie großen Ärger bekommen!«, riet ihm Tom und ließ einen weiteren 50-Euro-Schein in Richtung Ismail wandern.

»Du auch Ärger! Gib mir noch hundert!«

Tom hätte ihm am liebsten die Faust aufs Auge gegeben, aber das hätte die Sache auch nicht besser gemacht, und Geld hatte für ihn ohnehin nur einen relativen Wert.

»Hast du Kinder?«, fragte Tom.

»Ja, fünf!«

»Das ist doch jetzt scheißegal, ob er Kinder hat oder nicht!«, warf Pfiff sichtlich nervös ein.

»Für mich nicht, aber das erklär' ich dir später«, sagte Tom zu Pfiff und fuhr, an Ismail gewandt fort:

»Kannst du das beweisen?«

Ismail zog ein Foto aus seiner Brusttasche, zeigte auf seine Frau und seine fünf Kinder, die er alle namentlich und altersmäßig benannte und begann zu erzählen, wie sie vor drei Jahren aus Syrien geflohen seien. Bevor er jedoch seine ganze Lebensgeschichte preisgeben konnte, unterbrach ihn Tom mit einer klaren Ansage:

»Ich gebe Ihnen jetzt noch mal 100 Euro für Sie und Ihre Familie und Sie löschen *alle* Bilder und fahren mit uns *jetzt* zum Ostfriedhof!«

Dabei schaute er Ismail tief in die Augen, reichte ihm die Hand und drückte sie fest. Ismail nickte und stieg wortlos auf den Beifahrersitz. Sie rasten mit Blaulicht zum Friedhof, legten die Leiche in den Sarg zurück, bezogen ihre Trage frisch, fuhren Ismail zu seinem nächsten Kontrollpunkt, meldeten sich bei der Leitstelle einsatzklar und wurden auf Abruf zur *Berger*-Wache geschickt.

Im Bereitschaftsraum angekommen, fragte Tom:
»Kaffee oder Nickerchen?«
»Kaffee bitte! Willst *du* nach so 'ner krassen Aktion ein Nickerchen halten? Und was sollte eigentlich die Frage nach seinen Kindern?«
»Du weißt, ich hab' mehr Kohle, als ich ausgeben kann. Aber ich will sie auch nicht aus dem Fenster werfen. Deshalb brauche ich für mich selbst eine moralische Rechtfertigung, mein Geld halbwegs sinnvoll einzusetzen. Wie er mir das Foto zeigte und auch noch alle Kinder sofort benennen konnte, hab' ich das Gefühl gehabt, dass er weder ein Lügner noch ein Betrüger, Säufer oder Spieler ist. Er hat nur nach alter orientalischer Sitte versucht, so viel wie möglich herauszuhandeln, weil er mit seinen 1000 Euro netto, die er so als Wachmann verdient, und dem Kindergeld kaum seine Familie über Wasser halten kann. Ich hab' also nur eine Spende an eine bedürftige syrische Flüchtlingsfamilie geleistet … und zwar auf direktem Wege und ohne Verwaltungskosten!«
»Einfach so mal 200 Euro aus dem Hosensack ziehen – das würde ich auch gern mal können! Aber ich will ja nichts sagen. Zu mir bist du ja im Allgemeinen auch immer recht großzügig.«
Sie tranken ihren Kaffee, Pfiff blätterte in den herumliegenden Rettungsdienst-Fachmagazinen und Tom

checkte seine Nachrichten und Mails auf dem Smartphone.

Nach einer Weile des Lesens hellte sich Toms Miene plötzlich auf:

»Das ist ja geil! Da muss ich hin! Und du mit!«

»Auweia! Mach's nicht so spannend!«

»Am Samstag findet in Arad – das liegt in Rumänien – die *1st International Groundrush Competition* statt!«

»Was soll das denn sein?«

»Die Ausschreibung ist auf Englisch und ziemlich lang, aber ich sag' dir mal kurz die wichtigsten Eckpunkte: Die Absetzhöhe beträgt 500 Meter. Es gibt drei Durchgänge. Wer am tiefsten hängt, gewinnt. Die Höhe wird nach vollständiger Entfaltung der Fallschirmkappe mit einer Laserpistole gemessen. Der Sieger bekommt 100 000 Euro, der Zweite 50 000 und der Dritte 10 000 Euro. Das Nenngeld beträgt 3500 Euro pro Teilnehmer.«

»Ein Tiefzieh-Wettbewerb?«, fragte Pfiff nach.

»Sieht fast so aus!«

»Ha ha ha! Das ist doch ein Fake! Das kann doch nur ein Fake sein. Kein normaler Springer würde so etwas machen!«, reagierte Pfiff ungläubig.

»Da magst du recht haben. Aber es sind ja nicht alle Springer normal, oder? Den Absender, Adrian, kenne ich persönlich. Er ist verrückt … und extrem! Wetten wir, dass es kein Fake ist? Und wetten wir auch gleich darum, dass du mitkommst, wenn es kein Fake ist … wenn wir schon mal dabei sind?«

»Ich glaub', dir haben Sie deine Amygdalae amputiert! Erstens ist es ein Fake und zweitens würde ich bei so was nie mitmachen!«

Tom schwieg und überlegte. Er glaubte fest daran,

dass die Mail echt war, und es lag auf der Hand, dass alleine die Teilnahme einen gewaltigen Nervenkitzel bedeuten würde.

Tom hatte den Computer im Bereitschaftsraum, über dessen Bildschirm ein Schild mit der Aufschrift *Nur für den Dienstgebrauch!* prangte, hochgefahren und bei Google, Google Maps sowie in offiziellen und geheimen Foren recherchiert, bevor er sich auf der alten, zerschlissenen Couch gegenüber von Pfiff niederließ:

»Ich möchte dir einen Vorschlag machen.«

»Vergiss es, wenn es mit dem Tiefzieh-Wettbewerb zu tun hat!«

»Hör' mir doch bitte erst mal zu! Es ist ein Vorschlag, bei dem du nichts zu verlieren hast.«

»Außer mein Leben!«, antwortete Pfiff, signalisierte aber durch seinen fragenden Blick, dass Tom fortfahren durfte.

»Arad liegt 950 Kilometer von München entfernt. Die Strecke führt durch ganz Österreich und Ungarn mit einigen Baustellen auf der Autobahn. Je nach Verkehr und Pausen müssten wir es aber mit meiner Kiste locker in acht Stunden schaffen. Wir fahren am Freitag schon los und sind am Samstag pünktlich zum Wettbewerbsbeginn am Flugplatz. Ich zahle alle Spesen, inklusive Übernachtung und Essen vom Feinsten, so viel du willst. Außerdem zahl' ich auch dein Nenngeld!«

Pfiff schüttelte vehement den Kopf:

»Ich mach' bei so einem Selbstmörderwettbewerb nicht mit. Da könnten wir ja gleich Russisch Roulette spielen!«

»Mach doch einfach *hop'n'pop*. Du hüpfst raus, ziehst sofort und wirst Letzter! Einer muss ja Letzter werden.

Und bei 'ner Störung hast du immer noch Zeit zum Kappenabwurf und zur Reserveöffnung. Hast du doch alles schon hinter dir, oder?«

»Was soll das denn für einen Sinn haben?«

»Ich will einfach nicht so gern alleine fahren. Wir haben doch schon so viel zusammen durchgemacht. Zu zweit macht's einfach mehr Spaß!«

»Ja, der Meinung ist Laura auch! Die ist eh schon sauer auf dich. Nicht nur wegen der Story am See, sondern weil sie meint, dass ich mehr Zeit mit dir als mit ihr verbringe.«

»Aus deiner Beziehung halte ich mich raus. Ich geb' dir nur den einen Rat: Hör im Zweifelsfall immer auf dich selbst und nicht auf die Frauen! Sonst gehst du unter. Dafür gibt es Millionen Beispiele!«, warnte Tom und fuhr nach kurzer Gedankenpause fort:

»Wenn du mitkommst, erlasse ich dir auch noch deine Schulden … mit einer kleinen Einschränkung.«

»Und die wäre?«

»Solltest du tatsächlich einen der drei Cash-Preise gewinnen, egal welchen, dann zahlst du mir das Nenngeld und deine Schulden zurück und lädst mich auf dem Rückweg ins beste Nobelpuff von Budapest inklusive einer Flasche Schampus und einer dicken Havanna ein. Der Rest gehört dir. Das wär' doch fair, oder?«

Pfiff schwieg und Tom wertete das alleine schon als Erfolg.

»Überleg's dir einfach und gib mir bis spätestens Freitagmittag Bescheid. Da ist ja noch eine Weile hin.«

Gegen halb sechs Uhr morgens überkam Pfiff und Tom nahezu zeitgleich und trotz der zuvor geleerten Kanne Kaffee große Müdigkeit. Tom fielen die Augen zu und er träumte, wie er als höchster am offenen Schirm hing und dennoch den Wettbewerb gewann, weil alle anderen am Boden aufschlugen und sofort tot waren. Pfiff war allerdings nicht dabei. Dem geisterte, schnarchend und in voller Dienstkleidung im Sessel hängend, noch die tote Frau Gruber im Kopf herum.

Eine Stunde später riss ein gellender Signalton die beiden aus ihrem Schlummerzustand. Tom war sofort hellwach und amüsierte sich innerlich über Pfiff, der in einer grotesken Mischung aus schlaftrunkenem Schlürfschritt und versuchtem Laufschritt zu Speedy torkelte.

»Daglfinger Straße 83, im Bauernhof, angekündigter Suizid!«, lautete der Einsatzbefehl.

»*Leiche am Morgen bringt Kummer und Sorgen*«, reimte Tom, schaltete das Blaulicht ein und fuhr los.

»Hör auf! Die haben wir doch heute schon gehabt«, fuhr ihm Pfiff in die Parade, »diese Frau Gruber geht mir eh' nicht aus dem Kopf. Ob die doch noch am Leben gewesen war, als wir sie gecheckt haben, oder ob nur unser Defi gesponnen hat?«

Als sie die Kreillerstraße stadtauswärts Richtung Osten fuhren, brannten die Straßenlaternen, der Morgen dämmerte und die ungeduldig hinter dem Horizont wartende Sonne kündigte unmissverständlich an, dass sie schon sehr bald das Dunkel der Nacht verdrängen würde.

Tom bremste vor der roten Ampel am Schatzbogen leicht ab, schaltete für drei Tonfolgen die Martinshörner ein, gab wieder richtig Gas und meinte dann:

»Aber wie sagt man noch mal: *Eine Leiche kommt selten allein!*«

»Und wie heißt unser alter Einsatzsong?«, lenkte Pfiff, der nichts mehr von Leichen hören wollte, ab, und stimmte gemeinsam mit Tom ein:

»Wir sind die Lebensretter – we gonna do it better!

Bei uns darf keiner sterben – drum hassen uns die Erben!«

Gut gelaunt erreichten sie das schmucke Hauptgebäude des Bauernhofs mit seiner hölzernen Balustrade und den Klappfensterläden, die alle geschlossen waren. Obwohl das Bauernhaus groß genug für mehrere Familien, Angestellte oder Pensionsgäste gewesen wäre, prangte auf dem alten Messingschild neben dem Klingelknopf nur ein Name in schwungvoll eingravierter Schreibschrift: Huber

Pfiff läutete, wie immer, den Rettungsrucksack für alle Fälle geschultert.

Totenstille.

»Probier's du mal, vielleicht macht er bei dir auf!«

Tom läutete.

Totenstille.

Kein Lichtstrahl und kein Geräusch drangen durch die im oberen Drittel mit gelbem Bleiglas verzierte Eingangstüre. Tau lag auf den drei hohen Sonnenblumen, die in einem kleinen Beet neben dem Eingang gepflanzt waren.

Tom und Pfiff gingen um das Gebäude herum, auf dessen Rückseite sich eine große Scheune befand. Das Tor war offen, davor stand ein Traktor.

»Hallo, ist da jemand?«, rief Tom laut.

Keine Antwort.

Sie betraten die Scheune. Das gespenstische Zwielicht, das gerade den Morgen heraufbeschwor, drang nur teilweise durch das riesige Tor. Auf einer Seite der Scheune türmte sich ein Heuhaufen, etwa so hoch wie Speedy, auf.

Für einen kurzen Moment kam in Tom die schemenhafte, vage Erinnerung an den Heuhaufen seines elterlichen Bauernhofs hoch, in dem er als Kleinkind oft gespielt und den er als Vierjähriger angezündet hatte. Dieses schicksalhafte Ereignis, das ihn schon so früh zum Vollwaisen gemacht und den Grundstein für sein späteres Leben gelegt hatte, würde für immer unauslöschlich wie ein Brandzeichen eine Windung seiner Denkdärme markieren.

»Hallo, ist da jemand?«, rief Pfiff laut in den großen Raum hinein.

Die Luft knisterte. Sie spürten, dass da jemand war, obwohl sie niemanden hören oder sehen konnten.

»Hallo?«, rief Tom nochmals.

Totenstille.

Als Tom gerade nach oben blicken wollte, fiel etwas Großes, Schwarzes auf ihn zu.

»Deckung!«, brüllte Tom, warf sich auf den Boden und auch Pfiff duckte sich sofort und blickte nach oben.

Ein Ton wie ein Peitschenschlag, gefolgt von einem lauten Knacken, fuhr zwischen sie.

Als Tom und Pfiff die Lage erfasst hatten und wieder aufgestanden waren, baumelte er genau zwischen ihnen, die blitzsauber polierten, zwiegenähten, schwarzen Haferlschuhe in Kopfhöhe der beiden Sanitäter: ein Mann, um die siebzig, vermutlich der Anrufer, vielleicht auch der Bauer, in einem makellosen Trachtenanzug. Der Trachtenhut mit dem buschigen Gamsbart war ihm vom Kopf und ein kleiner Zettel aus der Hand gefallen. Darauf stand in schöner Schreibschrift: *Ich kann nicht mehr! – Euer Sepp*

»Schnell, eine Leiter!«, rief Pfiff.

Tom, dem die Knie weich geworden waren, setzte sich auf den Boden, bat Pfiff sich neben ihn zu setzen, legte seinen rechten Arm um ihn und deutete mit der linken Hand nach oben:

»Schau mal da rauf! Der Balken, an dem das Seil befestigt ist, durchzieht die Scheune in mindestens fünf Metern Höhe. Der Henkersknoten ist so perfekt geknüpft wie in einem Western. Und hast du das laute Knacken gehört? Der hat sich das Genick gebrochen und ist so tot, dass es toter nicht mehr geht! Dafür leg' ich meine Hand ins Feuer! Schau' dir doch bloß mal den im Hals abgeknickten Kopf an! Der wollte diesen Abgang und hat ihn ganz genau so geplant. Der Wahnsinn!«

Tom schaute auf seine schwarze Präzisionsarmbanduhr, die genau 6:14 Uhr anzeigte.

»Todeszeitpunkt sechs Uhr dreizehn«, sagte er leise, hielt noch einen Moment inne, ging mit Pfiff zu Speedy und gab der Leitstelle Bescheid.

Sie mussten noch drei endlos lange Stunden warten, bis Spurensicherung und Kripo eingetroffen waren, ein Arzt der Gerichtsmedizin den sicheren Tod amtlich festgestellt und sie ihre Personalien und ihr schauderhaftes Erlebnis mehrfach zu Protokoll gegeben hatten.

Die Rückfahrt zur Wache verlief schweigend. Nur am Schluss sagte Pfiff:

»Jetzt wissen wir auch, warum es *Morgengrauen* heißt!«

Tom zückte sein Smartphone. Auf der Startseite stand: *Mittwoch, 19. August, Sonnenaufgang 6:13 Uhr, heiter.*

KAPITEL 16

Groundrush

Freitag, 21. August, 15:00 Uhr

Pfiff saß am Steuer des knallgelben Porsche. Das Navigationssystem hatte 8 Kilometer Stau wegen einer Baustelle auf der österreichischen Ost-Autobahn A 4 Richtung Ungarn vorhergesagt.

›Im Stau stehen kann Pfiff besser als ich. Was kann da schon passieren? Außerdem soll er mal sehen, wie sich ein richtiges Auto anfühlt‹, dachte Tom, der die letzten viereinhalb Stunden gefahren war und nach einem Tankstopp mit Sandwich und Kaffee kurz hinter Wien den flotten Flitzer an seinen besten Freund übergeben hatte.

Nach weiteren viereinhalb Stunden, in denen Pfiff die in Österreich, Ungarn und Rumänien geltenden Tempolimits von 130 Stundenkilometer nie um mehr als 20 überschritt – in Toms Augen eine Höchstleistung – erreichten Sie das *Continental Forum* im Zentrum von Arad, checkten ein und bezogen ihr Zimmer.

Einer der großen Konferenzräume des Hotels war für die *1st International Groundrush Competition* reserviert.

Am leckeren Buffet durfte man sich erst nach Entrichtung des stolzen Nenngelds und Registrierung am Eingang bedienen.

Tom blätterte für sich und Pfiff glatte 7000 Euro auf den Tisch. Dafür gab's vom Organisator einen warmen Händedruck – für beide! Tom kannte Adrian, den schlanken jungen Rumänen mit krausem Haar, spitzem Kinn und breitem Lachen, bereits von einem BASE-

Event, bei dem sie in einer einzigen Nacht heimlich von fünf Hochhäusern in zwei deutschen Großstädten gesprungen waren.

In dem zweiseitigen Registrierungsformular mussten Name, Adresse, E-Mail und wer im Todesfall zu verständigen sei, eingetragen werden und jeder Teilnehmer hatte zu unterschreiben, dass er sich des hohen Risikos dieses Wettbewerbs für Leib und Leben bewusst sei und im Falle von Verletzung oder Tod niemand anderer dafür verantwortlich gemacht werden könne.

Dazwischen gab es noch einige sehr merkwürdige Klauseln, die Tom und Pfiff so noch nie irgendwo gelesen hatten:

Bei der *Shovel Klausel* konnte man bestimmen, ob man im Todesfall nach Hause überführt oder gleich direkt am Flugplatz an der Stelle, an der man aufgeschlagen war, ehrenvoll in den Boden eingegraben werden wolle.

Die *Stand-up-Klausel* besagte, dass ein Gewinner nur dann ein Anrecht auf seinen Preis hatte, wenn er ihn selbst stehenden Fußes entgegennehmen konnte. Wer sich also bei der Landung beide Beine brach oder durch den *Groundrush* kurz vor dem Aufschlag so fertig war, dass er nicht mehr stehen konnte, verwirkte seinen Preisanspruch.

Die *Erbklausel* besagte, dass nach demjenigen, der im eingetretenen Todesfall mindestens 100 000 Euro an die Organisatoren vererbt, der nächste Wettbewerb dieser Art benannt würde, also beispielsweise *Tom Baumann Memorial Groundrush Competition* oder *Peter Pfeifer Memorial Groundrush Competition*.

In einem Merkblatt waren nochmals die Wettbewerbsregeln und der Ablauf aufgeführt:

- Absetzflugzeug: Antonov An-2
- Absetzhöhe: 500 m, langer Anflug parallel zur Landebahn
- Absetzgeschwindigkeit: 60 Knoten
- Absprungzeichen: grünes Licht über der Türe, 1. Springer verlässt das Flugzeug, die anderen folgen einzeln mit je 2 Sekunden Abstand
- Für jeden Springer steht ein Schiedsrichter mit Laserpistole am Boden, der möglichst nah zum Landepunkt läuft.
- Gemessen wird die Höhe am Körpermittelpunkt des Springers nach dessen vollständiger Kappenentfaltung.
- Jeder Springer teilt nach der Landung seinen vollständigen Namen dem Schiedsrichter mit, von dem er gemessen wurde.
- Die Entscheidung der Schiedsrichter ist unanfechtbar.
- Drei Durchgänge sind geplant. Sollten auf Grund höherer Gewalt nicht alle Durchgänge durchgeführt werden können, zählen nur die tatsächlich durchgeführten Sprünge. Es besteht kein Anspruch auf vollständige oder anteilige Rückzahlung des Nenngelds.
- Zur Ermittlung der drei Sieger zählen nur die drei tiefsten Sprünge am Ende des Wettbewerbs (keine Gesamtwertung oder Errechnung von Mittelwerten).
- Die Preise werden am Wettbewerbsende in bar ausgezahlt.
- Im Falle von Verletzungen oder Todesfällen wird der Wettbewerb ohne Unterbrechung fortgesetzt.

Pfiff faltete das Papier zusammen, legte die Stirn in Falten, schaute Tom tief in die Augen und seufzte:

»Auf was hab' ich mich da bloß wieder eingelassen? Komm, stürzen wir uns aufs Buffet!«

Tom legte sich zwei Weißbrotschnittchen mit Lachs, Meerrettich und einer Kaper in der Mitte sowie ein Schnittchen mit rotem Lachskaviar aufs Teller, während sich Pfiff für Käseschnittchen mit Silberzwiebeln, Parmaschinken und Honigmelone entschied.

»Ist doch 'ne feine Henkersmahlzeit!«, scherzte Tom, nahm sich ein Glas Prosecco und stieß mit Pfiff an.

An den zahlreichen, über den Saal verteilten Stehtischen standen Grüppchen von zwei bis fünf Gleichgesinnten aus aller Welt, von denen sich einige schon zu kennen schienen.

Adrian hielt, umrahmt von zwei mafiaverdächtigen Begleitern, gut gelaunt eine kleine Begrüßungsrede und gab bekannt, es seien bis jetzt über 50 Skydiver aus Norwegen, Schweden, England, Deutschland, Polen, Ungarn, Rumänen, Russland, Amerika, Australien und Neuseeland eingetroffen und er erwarte noch einige mehr. Frühstück gäbe es ab sechs Uhr und alle Teilnehmer sollten sich am kommenden Morgen um halb neun Uhr mit einem offiziellen Ausweisdokument am Flugplatz einfinden, damit der Wettbewerb pünktlich um neun Uhr beginnen könne.

Tom und Pfiff hielten mal da, mal dort einen kleinen Small Talk und entdeckten dabei auch Uwe, einen blassen, hageren Deutschen, der aus Hamburg mit dem Zug angereist und ziemlich wortkarg war.

Tom fiel sofort auf, dass im ganzen Saal nur eine einzige Frau herausleuchtete: schlank, dunkle, lange Haare, hohe Wangenknochen, rehbraune Augen und vor allem ein überaus sympathisches Lachen! Bei ihr, so schoss es ihm durch den Kopf, könne er glatt mal vergessen, dass sie nicht in sein herkömmliches Beuteschema passte. Die Dame stand dicht umringt an einem Tisch mit Russen und unterhielt sich mit ihnen in deren Sprache.

Tom beschloss, auf Annäherungsversuche am heutigen Abend zu verzichten, philosophierte noch ein wenig mit Pfiff über den Sinn des Lebens, bis die beiden – zumindest für Toms Verhältnisse – gegen Mitternacht *mal richtig früh* zu Bett gingen.

Nach einem reichhaltigen Frühstück und drei Tassen Kaffee fuhr Tom mit Pfiff zum nur zehn Minuten entfernten Flugplatz im Westen der Stadt. An der Einfahrt wurden ihre Ausweispapiere von zwei mit Maschinenpistolen bewaffneten Polizisten gründlich kontrolliert und ihre Namen auf einer Liste abgehakt.

Pfiff schüttelte den Kopf:

»Das gibt's doch nicht! Die machen hier einen völlig illegalen Wettbewerb, den keine Luftfahrtbehörde in ganz Europa genehmigen würde, ganz offiziell unter den Augen der Polizei!«

»Was glaubst du denn«, meinte Tom, »warum das Nenngeld so hoch ist? Flugkosten und Infrastruktur sind das Geringste. Am meisten schlagen die Schmiergelder und das Preisgeld – falls es überhaupt ausgezahlt wird – zu Buche!«

Die Springer standen entweder am Manifest, um sich für den ersten Durchgang einzutragen, oder legten bereits ihre Ausrüstung an. Der größte noch fliegende Doppeldecker der Welt, die *Antonov An-2*, unter Fliegern und Springern auch liebevoll *Tante Anna* genannt, war eine echte Augenweide! Es ging das Gerücht um, der Pilot würde gegen etwas Trinkgeld auch mal 'ne Rolle oder 'nen Looping drehen, woraufhin Tom vorsorglich ein paar zusätzliche Scheinchen in seine Jeanstasche steckte. Als sie einstiegen, beschloss er, die Sache im ersten Durchgang genau wie Pfiff ganz locker ohne Siegerambitionen anzugehen und nach drei Sekunden den Schirm zu öffnen. Da wäre die Luftanströmung gut genug für eine saubere Schirmöffnung und im Notfall blieb sogar noch Zeit für Kappentrennung und Reserveöffnung. Das Risiko konnte er immer noch beim zweiten oder dritten Durchgang ausreizen.

Kaum hatten alle zwölf Springer auf den im Vergleich zur Robustheit des Fliegers eher schäbig anmutenden Klappsitzen an den Innenwänden der *An-2* Platz genommen, rollte der Pilot auf die Startbahn, warf mit ein paar östlich klingenden Worten eine russische Fliegerkappe nach hinten, hielt mit seiner Linken das Steuerhorn fest und schob mit seiner Rechten den Gashebel nach vorne.

Der 1000 PS starke Sternmotor mit dem riesigen Vierblattpropeller an seiner Spitze hievte die legendäre *Tante Anna* schon nach wenigen hundert Metern in den Himmel. Die Mütze des Piloten hatte sich mit ein paar Scheinen gefüllt und landete wieder beim Besitzer.

Ein leichter Schlenker nach links, vielleicht eine Viertelrolle und das Gleiche noch mal nach rechts, gefolgt von einem kurzen Abtauchen und wieder Hochziehen der Maschine, hob die ohnehin schon euphorische Stimmung an Bord.

»*More! More!*«, brüllten die englischsprachigen Springer und »*Bis! Bis!*« die Russen.

Aber es kam nichts mehr. Der Pilot ließ ausrichten, man möge beim nächsten Mal seine Kappe besser füllen, dann würde er auch mehr bieten, trank einen kräftigen Schluck aus einer Wodkaflasche und begann den Anflug.

Pfiff deutete kopfschüttelnd auf die Flasche, die der gut genährte, etwa 50-jährige Flugzeugführer gerade wieder in ein an seinem Sitz befestigtes Drahtkorbgeflecht sinken ließ.

Exit, Öffnung und Landung verliefen unspektakulär. Natürlich machte jeder Sprung Spaß, vor allem, wenn er von dem abwich, was schon zur Routine geworden war: ein anderes Absetzflugzeug, ein neuer Platz, eine ungewohnte Absprunghöhe. Aber das war's schon!

Ein richtiger Nervenkitzel fühlte sich für Tom und Pfiff anders an. Den hatten sich die meisten Teilnehmer offensichtlich auch noch aufbewahrt. Im gesamten ersten Durchgang lag die niedrigste Öffnungshöhe lediglich bei 270 m.

»Hast du gesehen, wie der Pilot gesoffen hat?«, fragte Pfiff etwas besorgt.

»Vielleich war in der Flasche ja nur Wasser«, erwiderte Tom.

»Das glaubst du wohl selbst nicht!«

»Nein, aber ich kenne auch keine Berufsgruppe, die mehr säuft als Piloten und Chirurgen. Manche können, Gesetz hin oder her, ihren Job überhaupt nur richtig gut machen, wenn sie einen bestimmten Pegel haben.«

Pfiff zuckte mit den Schultern.

»Ich weiß nicht. Außerdem kann man sich in der Kiste nicht mal anschnallen. War vielleicht ganz gut, dass er keinen Kunstflug gemacht hat. Sonst wären wir alle durch die Gegend gepurzelt und hätten uns die Köpfe eingeschlagen.«

»Das siehst du falsch«, belehrte ihn Tom, »Florian hat mir das mal genau erklärt: Du kannst jede Kunstflugfigur positiv und negativ fliegen. Wenn die Kiste zum Beispiel ordentlich Fahrt aufnimmt und bei einem Looping nach oben schießt, werden alle Insassen von der Fliehkraft in ihre Sitze gepresst, taucht er nach unten zum Looping ab, so werden sie von der Fliehkraft aus ihren Sitzen herausgezogen.« Tom benutzte seine flache rechte Hand, um den Kunstflug zu simulieren und schoss mit ihr einmal nach oben und einmal nach unten.

»Das Prinzip gilt auch für Rollen, Trudeln, Immelmann und andere Kunstflugfiguren. Ich bin da mal mitgeflogen. Hat riesig Spaß gemacht!«

Im zweiten Durchgang war die bildhübsche Springerin, die Tom schon gestern Abend im Hotel aufgefallen war, mit an Bord und er ergatterte flugs einen Platz neben ihr und stellte sich vor.

»Tatjana«, antwortete diese mit einem umwerfenden Lächeln.

Die russische Pilotenkappe machte wieder die Runde, diesmal schon etwas besser gefüllt, und Tom warf noch ein dickes Bündel 10-Euro-Scheine drauf. Die Kopfbedeckung sah nun richtig gut gepolstert aus und machte deutlich mehr her als bei der ersten Runde.

Die *An-2* flog eine 90-Grad-Linkskurve, überquerte den sich idyllisch durchs rumänische Hinterland schlängelnden Fluss *Mieresch* und stieg dabei langsam, aber stetig an. Die Absetzhöhe von 500 m war längst überschritten und der Flugplatz nicht mehr in Sichtweite.

»Hast du schon mal Formationsspringen gemacht?«, fragte Tom auf Englisch seine attraktive Nachbarin in der Hoffnung, sie würde ihn verstehen.

»*Yes, I did!*«, antwortete Tatjana, prustete vor Lachen und klopfte sich dabei auf die Schenkel.

»Was ist daran so lustig?«

»Willst du das wirklich wissen?«

Tom nickte.

»Ich bin im russischen 4er-Nationalteam und habe über 3800 Formationssprünge!«

»Oh, sorry! Respekt! Respekt!«, rief Tom mit erstauntem Gesichtsausdruck, gefolgt von einem anerkennenden Nicken.

Die Antonov, die inzwischen gut 1200 m Höhe aufgebaut hatte, sank nun wieder leicht, baute dabei spürbar Fahrt auf und überraschte plötzlich mit einem astreinen Looping, der alle Springer so sehr in die Sitze presste, dass sie nicht mal mehr ihre Hand heben konnten, gefolgt von zwei rasanten, ebenfalls positiv geflogenen Rollen.

Das Gejohle der begeisterten Truppe übertönte sogar das laute Motorengeräusch und der Pilot belohnte sich mit einem kräftigen Schluck aus der Pulle, während er in steilem Sinkflug auf den Flugplatz zuhielt, auf 500 m die Höhe konstant hielt und die Geschwindigkeit drosselte.

»Wollen wir 'nen Zweier rausziehen?«, fragte Tom Tatjana, die spontan nickte und dabei freudig lächelte.

Tom wurde es langsam ein klein wenig mulmig: Er wollte eigentlich nur Eindruck schinden und war von einer Ablehnung ausgegangen. Aus 500 m Höhe einen Formationssprung zu wagen, bei dem man sich vor der Öffnung auch noch trennen und auseinanderbewegen musste, war mehr als riskant.

Diese Frau war nicht nur bildhübsch, sie hatte auch mehr Sprungerfahrung als er und anscheinend Nerven wie Drahtseile. Aber machte genau das die Sache nicht erst richtig reizvoll?

Tom und Tatjana bedeuteten den anderen ohne weite Erklärung, dass sie beide als letzte springen würden.

Während die ersten Springer bereits das Flugzeug verließen, war Tom plötzlich nach einer weiteren Steigerung des Spaßes und auch des Risikos zumute. Er setzte ein verführerisches Lächeln auf und fragte Tatjana:

»*Kiss pass? May be it's our last kiss!*«

»Okay!«, rief Tatjana und stand schon voller Tatendrang in der Türe. Sie hatte Tom fest an dessen Unterarmen gefasst, bevor sie beide ein kräftiges »Ready – Set – Go!« in den Fahrtwind brüllten und absprangen.

Es dauerte knappe zwei Sekunden, bis sich die beiden Körper in stabiler Position gegenüberlagen. Tom drückte Tatjana einen kräftigen Schmatz auf die Lippen. Dann schüttelte er ihre Hände ab, drehte sich um 180 Grad, bewegte sich durch kurzes Zurücknehmen seiner Arme und Durchstrecken seiner Beine für eine Sekunde von ihr weg und öffnete seinen Fallschirm, während der Erdboden auf ihn zuraste.

Groundrush war ist alles, was er noch denken konnte, während sich seine Fallschirmkappe sauber entfaltete.

* * *

Tom und Pfiff saßen im Flughafenrestaurant und teilten sich eine *Pizza con tutto*. Die Mittagssonne brannte gnadenlos vom Himmel. Für die rund 20 Plastiktische standen nur drei Sonnenschirme zur Verfügung. Leider mussten sie auf die begehrten Schattenspender verzichten, hatten aber dafür funktionierende Stühle, während die meisten anderen Gäste mit abgebrochenen Arm- oder Rückenlehnen kämpften.

»Willst du hier wirklich 'nen Blumentopf gewinnen oder wolltest du nur die Tussi beindrucken? Geld hast du doch eigentlich genug. Und überhaupt: Wer erbt eigentlich deine teure Protzkarre, wenn du beim nächsten Sprung aufschlägst?«, stichelte Pfiff.

Tom zuckte die Schultern:

»Keine Ahnung! Ich hab' kein Testament. Vielleicht erbt dann alles die Stadt München. Du bekämest auf jeden Fall die halbe Million aus unserer Lebensversicherung auf Gegenseitigkeit.«

Pfiff lachte kurz auf.

»Was ist denn daran so lustig?«

»Ich hab' mir nur kurz vorgestellt, wie dann der Münchner Oberbürgermeister in deinem gelben Porsche durch die Stadt rauscht. Willst du das wirklich?«

»Quatschkopf! Vielleicht sollte ich tatsächlich mal ein Testament machen«, sinnierte Tom ernst.

»Oder vielleicht solltest du einfach nicht immer alles bis zu allerletzt ausreizen. Das kann einfach auf Dauer nicht gut gehen. Rechne doch mal zusammen, wie viele deiner unerschrockenen BASE- und Tiefziehkumpels schon unter der Erde liegen. Lass' uns im letzten Durchgang noch 'nen chilligen 3-Sekunden-Freifall machen und dann nach Hause fahren. Wir haben doch schon genug Spaß hier gehabt – inklusive Kunstflug mit *Tante Anna*.«

»Eigentlich wollte ich noch ausloten, ob mit Tatjana vielleicht was läuft und …«

Pfiff rollte mit den Augen und Tom konnte nicht zu Ende sprechen, weil sich besagte Dame und sein alter Kumpel Adrian gerade an ihren Tisch setzten.

»Ihr habt beide gegen die Wettbewerbsregeln verstoßen«, sagte Adrian mit ernstem Blick zu Tom und Tatjana, »da heißt es ausdrücklich: *Die Springer verlassen mit zwei Sekunden Abstand das Flugzeug.* Jede Wettbewerbsleitung auf der ganzen Welt würde euch sofort disqualifizieren, wenn ihr aus 500 m Höhe einen Formationssprung macht!«

Nach einer langen Kunstpause und einem theatralischen Blick in den blauen Sommerhimmel sagte er:

»Aber das Besondere an diesem Wettbewerb ist, dass er eben anders läuft als alle anderen langweiligen Wettbewerbe auf dieser Welt. Und *ich* bin hier der Chef und *ich* bestimme die Regeln!« Immer bei dem Wort *ich* klopfte sich Adrian mit der rechten Faust kräftig auf seine stolz geschwellte Brust und lachte breit über beide Ohren.

»Ich liebe Verrücktheiten und ihr seid echt verrückt! Deshalb wird nicht nur eure Höhe gewertet, sondern ihr bekommt von mir auch noch einen *Crazy-Bonus*, das heißt, wenn ein anderer Teilnehmer genau die gleiche Höhe haben sollte, sticht und gilt die eure. Tatjana liegt mit 93 m derzeit an erster Stelle und Tom mit 154 m an zweiter. Aber freut euch nicht zu früh!«

Die Stimmung unter den Teilnehmern war angespannt. Alle bereiteten sich technisch und mental auf den letzten, alles entscheidenden Durchgang vor. Einige falteten ihre Schirme genau nach Lehrbuch, die meisten wendeten jedoch, ebenso wie Tom und Pfiff, die Trash-Pack-Methode an, eine auf den ersten Blick etwas schlampig anmutende Schnellpackweise, die aber, rein statistisch gesehen, genauso sicher war wie das Packen nach Lehrbuch.

Tom beschloss, die Entscheidung über seine Platzierung an *Cloudine*, seiner Fallschirmkappe, abzugeben, küsste sie und versprach, ihr treu zu bleiben, wenn sie ihn nicht im Stich ließe. *Cloudine* entfaltete sich in Endgeschwindigkeit meist innerhalb von 100 m, nur manchmal war sie ein wenig zickig, ließ sich etwas bitten und entwickelte erst 10, 20, 30 oder sogar 50 m später ihre volle Tragkraft.

In den ersten zehn Sekunden durchfällt ein Springer in Bauchlage und bei einem Sprung aus dem Flugzeug 300 m und erreicht dabei seine Endgeschwindigkeit von 180 Stundenkilometer. Würde Tom also exakt nach zehn Sekunden seinen Hilfsschirm in den Luftstrom werfen, so hinge er je nach *Cloudines* Laune in 50 bis 100, vielleicht sogar in 120 m am offenen Schirm.

Nur zwei Umstände könnten tödlich sein: Wenn er auch nur eine Sekunde zu langsam zählte oder wenn *Cloudine* ausgerechnet bei diesem Sprung mal wieder ihre *Migräne* hatte, was allerdings äußerst selten vorkam.

Tom wartete, bis der Sekundenzeiger auf seiner schwarzen *Beitling Avenger Skyland* die Zwölf erreicht hatte, schloss seine Augen, zählte still zehn Sekunden ab und schaute dann wieder auf den Zeiger, der exakt in diesem Moment auf die Ziffer Zwei sprang. Er hatte diese Prozedur schon Hunderte Male geübt und war sich ganz sicher, dass er bis zu zehn Sekunden auf die Zehntel Sekunde genau auszählen konnte. Sein Plan stand fest!

Auch Pfiff überkam eine Spur von Ehrgeiz. Er errechnete, dass er mit fünf Sekunden Freifallzeit immer noch in rund 300 m Höhe hängen und damit wenigsten nicht unbedingt den allerletzten Platz belegen müsste.

Tom und Pfiff saßen im letzten Flug, der noch starten musste, um den Wettbewerb abzuschließen. Mit an Bord waren Adrian und drei Amerikaner, die extra wegen dieses Wettbewerbs die lange Anreise aus Kalifornien auf sich genommen hatten. Die restlichen Plätze blieben leer, als die *Antonov An-2* mit lautem Getöse abhob. Adrian war glücklich und entspannt. Genau so hatte er sich diesen Tag vorgestellt, den zu organisieren ihn doch einige Mühen gekostet hatte. Die Amerikaner wirkten ruhig und konzentriert und Tom beschloss, nicht noch einmal unter Uhrenkontrolle zehn Sekunden abzuzählen, da ihn das nur nervös machen würde. Er wusste, dass er es konnte!

Tante Anna schwenkte zum langen Anflug auf die Landebahn ein, die Springer standen auf, einige zurrten noch ein wenig an ihren Beingurten, und Adrian verließ nach Aufleuchten der grünen Lampe über der Türe als Erster mit einem lauten Freudenschrei im Hechtsprung gegen die Flugrichtung die Antonov. Die Amerikaner folgten mit jeweils zwei Sekunden Abstand. Dann kam Tom, der konsequent und präzise seinen Plan durchzog. *Cloudine* war bestens aufgelegt und bescherte ihm, dass er – wenn man dem Schiedsrichter glauben konnte – in 122 m Höhe unter der vollständig entfalteten Kappe hing. 32 Meter niedriger als beim Kiss-Pass mit Tanja. Ob das für einen Preis reichen würde?

Pfiff warf nach fünf Sekunden Freifall seinen Hilfsschirm in den Luftstrom und blickte sogleich nach oben – in die sich zögerlich und unvollständig öffnende Kappe, die zu drehen begonnen hatte, bevor er die Steuerleinen erfassen konnte.

»*Nicht jetzt!* Bitte nicht jetzt!«, schrie er laut in den Himmel.

Eine Fangleine hatte das vordere Eck der rechten äußeren Zelle eingeschnürt.

Pfiff versuchte, durch kräftiges Durchziehen beider Steuerleinen die Fangleine zum Abrutschen zu bringen. Manchmal klappt das, aber eben nur manchmal. Pfiffs nur mäßig tragende Kappe schaukelte nach hinten, dann nach vorne und verlor dabei kräftig an Höhe. Die Nadel seines Höhenmessers stand zwischen 100 und 200 Meter. Er versuchte, die Rechtsdrehung durch kräftiges Gegensteuern mit der linken Steuerleine auszugleichen. Die Drehung stoppte kurzeitig, aber die Fallschirmkappe kippt nach hinten, was einen bevorstehenden, in dieser Höhe tödlichen Strömungsabriss andeutete. Pfiff gab ein kleines Stück mit der linken Steuerleine nach und die Drehung setzte wieder ein. Während ihm alles, was er jemals über die Aerodynamik einer Fallschirmkappe gehört hatte, wie Blitze durch den Kopf schoss, pendelte sein Schirm plötzlich einmal nach links und einmal nach rechts und die störungsverursachende Fangleine hatte sich gelöst.

Pfiff setzte zur Landung an.

Tom, der sofort auf Pfiff zugerannt war und ihn fast gleichzeitig mit dem Schiedsrichter erreichte, fragte:

»Was war denn das für 'ne Zirkusnummer? Hat ja richtig dramatisch ausgesehen!«

»Fangleinenüberschlag rechts. Ich dachte schon, ich muss mit der Störung landen und brech' mir sämtliche Gräten, wenn nicht sogar das Kreuz«, antwortete Pfiff, leicht blass im Gesicht.

Der Schiedsrichter bestätigte ihm die vollständige Kappenöffnung in 9 m Höhe.

»Am Schluss hast du auch noch den Wettbewerb gewonnen!«

»Kann ich mir nicht vorstellen«, meinte Pfiff kopfschüttelnd, »ich hab' doch in rund 400 m als einer der

Höchsten den Schirm geöffnet. Damit gewinn' ich doch keinen Tiefziehwettbewerb.«

»Nur *du* hast ihn immer *Tiefziehwettbewerb* genannt, richtig heißt er aber *Groundrush Competition*, und die Regeln sagen, dass derjenige gewinnt, der am tiefsten an einer vollständig geöffneten Kappe hängt«, warf Tom ein.

Als sie sich umsahen, bemerkten sie, dass sich viele Springer wie eine Traube um eine Stelle am Landebahnanfang geschart hatten, und marschierten ebenfalls in diese Richtung.

Dabei kamen ihnen zwei Amerikaner entgegen, von denen einer lapidar bemerkte:

»*He went in!*«

›Die Amis mit ihrer emotionslosen Ausdrucksweise. Was sollte denn das heißen? Er ging rein – in den Erdboden? Ist vielleicht jemand verunglückt?‹, dachte Tom und fragte sicherheitshalber nochmals nach:

»Wer? Was ist passiert?«

»Adrian! Er hat zu spät gezogen und ist voll aufgeschlagen. Er war sofort tot«, erklärte Uwe im Vorbeigehen. Man konnte spüren, dass der Hamburger, der gerade von der Unfallstelle kam, die Wahrheit gesagt und keine Lust hatte, nur ein Sterbenswörtchen mehr darüber zu verlieren.

Tatjana lief mit einem weißen Bettlaken zur Unglücksstelle, um den Toten zuzudecken. Tom und Pfiff beschlossen, nicht hinzugehen. Leichen hatten sie schon genug gesehen. Sie packten schweigend ihre Fallschirme, verstauten sie im Kofferraum des Porsches und bestellten eine kalte Cola im Außenbereich des Flughafenrestaurants.

Hier versammelten sich nach und nach alle Wettbewerbsteilnehmer und die Gerüchteküche begann zu brodeln: Theorien über Mord, Selbstmord und Betrug wurden aufgestellt und zu untermauern versucht.

Nach zwei endlos langen Stunden bat Tatjana, umrahmt von den beiden gleichen mafiaverdächtigen Muskelmännern, die auch Adrians gestrige Rede im Hotel begleitet hatten, um Aufmerksamkeit. Das permanente Lächeln, das zu ihrem Gesicht zu gehören schien wie Kugeln zu einem Christbaum, war einer ernsthaften Mine gewichen.

Mit fester Stimme verkündete sie zuerst auf Russisch, dann auf Englisch:

»Adrian, ein guter Freund und Initiator dieses Wettbewerbs, ist tot. Wer ihn kannte, wird ihn als fröhlichen Menschen in Erinnerung behalten, der immer zu Scherzen aufgelegt war und oft und gerne an seine Grenzen ging. Aber Adrian war auch hilfsbereit, zuverlässig und korrekt. Wir werden diesen Wettbewerb deshalb genau so abschließen, wie er es geplant und sich gewünscht hatte, das heißt, Adrian wird innerhalb von 24 Stunden an der Stelle vergraben, an der er aufgeschlagen ist, und die Preisgelder werden in voller Höhe ausbezahlt.«

Dann fragte sie, ob alle Teilnehmer damit einverstanden seien, den Wettbewerb künftig *Adrian Adamescu Memorial Groundrush Competition* zu nennen, und bekam so viel Zustimmung wie bei einer Volksbefragung, bei der es darum ging, ob der Staat die Steuern senken dürfe.

Schließlich benannte sie die Gewinner. Dabei begann sie, um die Spannung ein wenig zu erhöhen, mit der Platzierung Nummer 10 rückwärtszählend, obgleich ohnehin nur die drei Besten einen Preis mit nach Hause nehmen konnten.

Tom belegte mit 122 m den undankbaren 4. Platz und ging damit leer aus. Vor ihm landete Jonas Raske, ein junger Norweger, mit 112 m auf dem mit 10 000 Euro dotierten 3. Platz.

Dann entschuldigte sich Tatjana dafür, dass sie wegen Adrians Ausfall als Moderator sich selbst als Zweitplatzierte küren musste. Von ihren gewonnenen 50 000 Euro würde sie 10 000 Euro an ein Waisenhaus in Arad spenden, von dem ihr Adrian erzählt hatte, dass er im Falle seines Gewinns das Gleiche getan hätte.

Tatjana überlegte, wie sie die Spannung zur Verkündung des Erstplatzierten noch erhöhen konnte, aber es fehlten ihr die passenden Worte. Stattdessen übermannten sie die Gedanken an Adrian und was für ein prima Kerl er doch war.

Mit tränenerstickter Stimme stammelte sie nur noch:

»Der Sieger des Wettbewerbs heißt Peter Pfeifer, 9 Meter.«

Die Teilnehmer klatschen kurz. Pfiff machte keinerlei Anstalten, sich als Sieger erkennen zu geben – am liebsten wäre er in seinem wackeligen Plastikhocker versunken.

Leise sagte er zu Tom:

»Ich glaub' das nicht! Ich glaub' das einfach nicht, solange ich das Geld nicht in meinen Händen halte! Bestenfalls gibt's nur einen ungedeckten Scheck, schlimmstenfalls eine Kugel zwischen die Augen. Komm, lass uns abhauen!«

»Du spinnst wohl«, antwortete Tom, »wir gehen hier nicht weg, bevor wir wissen, wie du an dein Geld kommst.«

Nach kurzer Zeit ging Tatjana auf Pfiff zu und flüsterte ihm ins Ohr, er solle in fünf Minuten in das Clubhaus des örtlichen Fallschirmsportvereins hinter dem Restaurant kommen.

Als Pfiff und Tom dort erschienen, warteten die hübsche Russin und ihre beiden obskuren Begleiter bereits.

Tatjana musterte Tom eiskalt vom Scheitel bis zur Sohle und meinte, sie hätte eigentlich nur Pfiff zu dem Treffpunkt gebeten.

›War das die Frau, mit der ich vor ein paar Stunden noch geflirtet hatte?‹, fragte sich Tom.

Erst nachdem Pfiff lebhaft insistiert hatte, durfte Tom bleiben und alle fünf begaben sich in ein Nebenzimmer, einem kleinen Fallschirmlagerraum mit mehreren in Holzregalen gestapelten Fallschirmen, zwei Metallspinden, einem Tisch und einem Stuhl.

Einer der Männer, deren genaue Funktion immer noch unklar war, schloss den Raum ab, der andere stellte einen Aktenkoffer auf den Tisch und öffnete ihn. Er war voller Euroscheine, vorwiegend Hunderter, aber auch größere und kleinere Scheine.

Pfiff strahlte, klappte den Aktenkoffer zu und wollte ihn mitnehmen. Doch einer der beiden Gorillas nahm ihm den Koffer barsch aus der Hand und stellte ihn wieder auf den Tisch.

Nun kehrte endlich ein sanftes Lächeln in Tatjanas bildhübsches Gesicht zurück und sie erklärte:

»In dem Koffer ist das gesamte Geld, das alle Teilnehmer gestern Abend einbezahlt haben. Einer der Männer zählt jetzt genau 100 000 Euro raus. Ich zähle es nach und du, Peter, solltest es auch noch mal nachzählen.«

Nachdem das Geld sorgfältig drei Mal gezählt worden war, zog einer der Männer eine verknitterte *Lidl*-Einkaufstüte aus einem der Spinde, stopfte die ganzen Scheine hinein und übergab sie Pfiff.

Tatjana verabschiedete Pfiff und Tom mit Küsschen jeweils auf die rechte und linke Wange, verlieh ihrer Hoffnung Ausdruck, man würde sich spätestens beim nächsten Wettbewerb wiedersehen, und gab den beiden noch den Rat mit, aus Sicherheitsgründen auf schnellstem und kürzestem Weg zurück nach Deutschland zu fahren.

Nachdem sie Arad verlassen hatten und auf der rumänischen Autostrada A1 Richtung ungarischer Grenze unterwegs waren, atmete Tom hörbar auf:

»Wer hätte das gedacht, dass ich von dir jemals das Nenngeld und deine gesamten Schulden zurückbekomme und dass du mich auch noch ins teuerste Puff von Budapest einlädst!«

»Nein!«, schrie Pfiff entsetzt, »du hast doch gehört, was Tatjana gesagt hat. Du wirst doch nicht mit so viel Kohle im Kofferraum noch ins Puff fahren wollen!«

»Aber davon weiß doch niemand«, meinte Tom.

»Ach wirklich?«

Pfiff schaute immer wieder nervös in den Rückspiegel.

»Der schwarze Mercedes fährt schon seit Arad hinter uns her. Hat eigentlich jemand von den Leuten hier deine Handynummer?«

»Nur Adrian hat sie gehabt«, antwortete Tom.

»Siehst du, die haben uns bestimmt schon geortet und nehmen uns die Tüte beim nächsten Tankstopp ab. Wie lange reicht dein Sprit überhaupt noch?«

»Nicht mehr lange, höchstens noch bis Szeged. Wenn's dich beruhigt, dann schalte doch unsere Smartphones aus und nimm die Akkus und Sim-Karten raus.«

Das ließ sich Pfiff nicht zweimal sagen und äußerte sich besorgt:

»Der schwarze Mercedes ist immer noch hinter uns.«

»Nicht mehr lange«, antwortete Tom, steuerte seinen Sportwagen auf die linke Spur, zog mit 220 Stundenkilometern an allen anderen Fahrzeugen vorbei und verpflichtete Pfiff dazu, etwaige Blitzergebühren zu zahlen.

An der nächsten Autobahntankstelle an der M 43 – sie befanden sich bereits auf ungarischem Staatsgebiet – tankte Tom voll.

Pfiff kauerte wie ein jämmerliches kleines Nervenbündel auf dem Beifahrersitz, als Tom zum Zahlen an die Kasse ging und ihn alleine zurückließ. Aber sooft er auch nach rechts und links blickte, es waren weder Mafiosi noch schwarze Luxuslimousinen zu sehen.

Just als Tom eingestiegen war und seine Türe zugezogen hatte, bog ein schwarzer Mercedes in die Tankstelleneinfahrt, parkte an der Zapfsäule direkt vor ihnen und blockierte ihre Weiterfahrt. Die Scheiben waren verdunkelt.

»Hast du gesehen! Jetzt sind sie da! Was machen wir jetzt?«, flüsterte Pfiff.

»Erst mal gar nichts. Ich warte, bis sie aussteigen, und dann schau' ich mir die Jungs mal aus der Nähe an. Angriff ist immer noch die beste Verteidigung!«, tönte Tom mutig.

Nach einer knappen Minute, die Pfiff wie eine Ewigkeit vorkam, stieg ein grau melierter, älterer Herr aus dem Mercedes und griff zur Zapfpistole. Tom stieg aus, ging auf ihn zu, wechselte ein paar Worte und warf durch die halb geöffnete Fahrertüre einen Blick in das Innere der Limousine. Dann setzte er sich wieder hinters Steuer seines Wagens und raunte hinter vorgehaltener Hand zu Pfiff:

»Du hast recht gehabt. In dem Fahrzeug sitzen drei dunkle Gestalten und bei einem hab' ich sogar eine Maschinenpistole erkennen können. Der grau melierte Mann hat gemeint, wenn wir ein Blutbad vermeiden wollen, dann sollen wir bei der nächsten einsamen Raststelle rausfahren und ihm das Geld geben.«

»Ich hab's gewusst«, stammelte Pfiff und versank vollends in seinem Sitz, »gib ihm einfach die ganze Kohle, dann kommen wir wenigstens mit dem Leben davon!«

»Geht nicht. Er meinte, die Tankstelle ist videoüberwacht und er will die Übergabe am nächsten Rastplatz!«

»Scheiße, Scheiße, Scheiße! Die nehmen das Geld und jagen uns dann eine Kugel in den Kopf! Mit der Russenmafia ist nicht zu spaßen!«, heulte Pfiff verzweifelt.

»Quatsch!«, lachte Tom, »das war nur ein netter Geschäftsmann aus Wien mit seiner Gattin«, und fuhr mit ernster Miene fort:

»Mensch Pfiff, jetzt hast du schon mal so viel Glück, dass sich die Balken biegen und dann bekommst du gleich Verfolgungswahn. Komm runter, Junge! Ich hab' immer unsere Vereinbarungen eingehalten, die Rumänen haben ihre Vereinbarung eingehalten und nun hältst du deinen Teil auch ein. Wir fahren jetzt ins *Corinthia Hotel* in Budapest, Luxus pur! Da bin ich vor ein paar Jahren schon mal gewesen. Dann fragen wir den Portier nach dem besten Puff der Stadt und machen uns einen schönen Abend. Und weißt du, was das Beste ist? – Du zahlst alles!«

Obwohl Toms Ansage keine Widerrede zuließ, meinte Pfiff leise:

»Ich hab' halt nur Angst, dass sie die ganze Kohle klauen. Am Schluss klauen sie deinen Porsche noch dazu!«

»Don't worry – be happy!«, antwortete Tom, »und wenn jemand wirklich dein ganzes Geld und mein Auto klaut, zahl' ich die Bahnfahrt nach Hause und lad' dich auf 'nen Kaffee ein!«

* * *

Der kolossale Prachtbau aus dem 19. Jahrhundert, in dem sich das 5-Sterne-Hotel befand, ließ keine Wünsche offen: Schwimmbad, Whirlpool, Saunen, Dampfbad und Fitnessraum luden zum Entspannen ein. Die von Tom ausgewählte Deluxe-Suite umfasste ein Schlafzimmer mit einem riesigen Kingsize-Bett, ein Wohnzimmer mit Fernseher und zwei Badezimmer jeweils mit Dusche, WC und Badewanne.

Nachdem sie sich frisch geduscht und einparfümiert hatten – Tom lieh Pfiff ein paar Spritzer *HUGO-BOSS*-Eau de Toilette – überredete Tom den Tagessieger, sich in eine der Badewannen zu legen und kippte den Inhalt der *Lidl*-Tüte über ihm aus.

»Das sollen 100 000 Euro sein? Sind gar nicht so wahnsinnig viele Scheine«, wunderte sich Pfiff.

»Sind ja viele Hunderter und Zweihunderter dabei. In Zehnern würde das sicher mehr hermachen«, gab Tom zu bedenken, der ein paar Scheinchen herausgriff und diese auf ihre Sicherheitsmerkmale überprüfte.

»Alle echt! Zumindest die Stichproben«, lautete sein Urteil.

Sie verteilten die Scheine so, dass es aussah, als würde Pfiff wie Dagobert Duck im Geld schwimmen und machten ein paar Fotos.

»Stell die aber bloß nicht auf Facebook oder Instagram«, sorgte sich Pfiff.

»Ich heiß doch nicht Ismail. Die Bilder bleiben unter uns. Nur falls du mal heiratest, lass ich eines einrahmen und schenk' es dir zur Hochzeit.«

Tom legte sein Veto ein, als Pfiff nochmals alle Scheine zählen wollte:

»Jeder stopft sich 1000 Euro in die linke und 1000 Euro in die rechte Hosentasche. Das muss reichen für heute Abend«, bestimmte Tom, verstaute den Rest in der Plastiktüte und schob diese unter die Matratze des gemeinsamen Bettes.

Der Portier gab ihnen für einen diskret zugeschobenen 50-Euro-Schein den Tipp, sie würden die hübschesten Damen im *P6*, nur wenige hundert Meter vom Hotel entfernt, finden.

Am Einlass hatten sie die Wahl, entweder 100 Euro Eintritt pro Person für drei Stunden oder 500 Euro all-inclusive für die ganze Nacht zu zahlen.

Tom zog 200 Euro aus der Hosentasche, bezahlte den Eintritt für beide und belehrte Pfiff, der ihm wie ein Schuljunge beim ersten Gang in die Klasse folgte:

»Es ist zwar dein Geld, aber merk' dir fürs Leben: Man kauft nie die Katze im Sack! Schauen wir doch erst mal, was da drin geboten ist.«

Und es war viel geboten – mehr, als sie erwartet hatten. Von einem zentralen Saal mit großer Bar und roten Plüschsofas ging es in mehrere Nebenräume in denen Sexkino, Whirlpool, Sauna und sogar ein kleines Schwimmbad untergebracht waren. Rund 80 hübsche Damen und deutlich weniger Herren tummelten sich in den Gemächern.

Man bat sie, sich zu entkleiden und einen schneeweißen Bademantel anzulegen, was sie unweigerlich an ihr letztes Zusammentreffen mit Dr. Hecht erinnerte. Für die Kleidung gab es, wie in einem Schwimmbad, eigene, abschließbare Spinde.

Tom und Pfiff ließen sich auf einem der Plüschsofas nieder, vor dem ein Glastisch mit einem wuchtigen Kristallaschenbecher stand. Tom bestellte eine Flasche *Moët Chandon Imperial* vorsorglich mit sechs Gläsern und eine *Montecristo No. 2.*

Pfiff wollte nicht mitrauchen, aber stieß mehrfach mit Tom an: auf ihre langjährige Freundschaft, auf seinen Tagessieg und – mit leicht geschmerztem Gesichtsausdruck – auf seine eigene Großzügigkeit, die Tom immer wieder lobte.

Die teilweise splitterfasernackten, teilweise mit sehr reizvollen Dessous bekleideten Damen waren eine pure Augenweide. Viele winkten oder zwinkerten ihnen zu, einige stellten sich vor und manche fragten, ob sie sich dazusetzen dürften, was Tom anfangs mit dem Argument, sie würden gerne noch kurz unter sich bleiben, abwehrte.

Pfiff riskierte verstohlen den einen oder anderen Blick, gab sich jedoch eher desinteressiert.

Es dauerte nicht allzu lange, da schmiegte sich eine rassige, gut gebaute barbusige Ungarin mit lila Höschen und schwarzen Strapsen an Toms rechte Schulter und sein linker Arm umschlang eine üppige polnische Blondine im knappen Bunny-Outfit. Er paffte eine dicke Havanna und fühlte sich wie Hugh Hefner in seinen besten Tagen, als die Damen seine Brust kraulten und seine Oberschenkel streichelten.

›*Was für ein Leben!*‹, dachte er, führte mit den Damen, die beide leidlich Englisch sprachen, etwas Small Talk und verteilte reichlich Komplimente.

Auf Pfiffs Schoß hatte eine zierliche, nackte Schönheit mit braunem Haar und neckischer Ponyfrisur Platz bezogen, was ihm nicht unbedingt unangenehm war, zumindest nicht so unangenehm, dass er Tom um Hilfe bitten musste.

Zwei Stunden später saß Tom immer noch zwischen seinen beiden Schönheiten, die ihn schon mehrfach zu einem flotten Dreier aufgefordert und diesen in den schönsten Farben ausgemalt hatten. Aber Tom hatte einfach keine Lust, obwohl die Damen sowohl hübsch als auch nett waren und dazu noch perfekt in sein Beuteschema gepasst hätten. Er verstand nicht, warum das so war, aber er musste es auch nicht unbedingt verstehen, zumal er sich rundum wohlfühlte. Nachdem die dritte Flasche Schampus geleert und Pfiff, der eine ganze Weile verschwunden war, wieder auftauchte, bestellte Tom die Rechnung, zahlte mit Pfiffs Geld und blies zum Aufbruch.

* * *

Das Frühstücksbuffet im *Corinthia Hotel* war mehr als üppig. Danach genossen die beiden noch eine gute Stunde lang Fitnessraum, Sauna, Whirlpool und Schwimmbad, vermieden es aber, unter den Ohren der übrigen Hotelgäste über Geld und Frauen zu reden. Erst auf dem Heimweg bemerkte Pfiff:

»Ich kann es immer noch nicht fassen, dass ich so viel Geld gewonnen habe, und glaub' immer noch nicht daran, dass ich das auch sicher auf mein Konto bring'. Aber wenn ich mal aus diesem Traum erwache und beides wirklich zutrifft, dann schwör' ich dir, dass ich nie wieder einen BASE-Sprung oder sonst einen Hochrisikosprung mache! Vielleicht, aber nur vielleicht – das muss ich mir noch sehr gut überlegen – bleib' ich weiterhin im *Blind-Aerospasticus*-Team und mach' ab und zu auch mal 'nen Fun Jump. Aber mehr nicht. Auf gar keinen Fall!«

Ohne auf Pfiffs Vorsätze einzugehen, fragte Tom:

»Wie hat dir der Kunstflug mit der *Antonov* gefallen?«

»War zweifellos ein Highlight«, antwortete Pfiff.

»Das hat mich auf eine geile Idee gebracht«, begann Tom, »stell dir vor, du vögelst im Flieger und gibst dem Piloten kurz vor dem Orgasmus ein Zeichen, dass er einen Looping fliegen soll. Dann zieht dir doch praktisch die Fliehkraft den ganzen Saft aus den Eiern. Das muss doch ein irres Gefühl sein, oder?«

KAPITEL 17

Schlüssel im Gully

Dienstag, 25. August, 9:30 Uhr

Hans Berger saß bequem auf seinem Chefsessel und studierte gerade die Kontobewegungen der Berger Ambulanz, als er durch sein Bürofester sah, wie Tom den flotten gelben Porsche neben seinem alten, leicht angerosteten braunen Mercedes C 180 parkte. Er bat Tom mit gewichtiger Geste in sein Zimmer, schloss die Türe, fischte eine erkaltete, halb abgerauchte Zigarre aus dem Aschenbecher, entzündete sie neu und blies unter seinem Schnauzer ein paar Ringe in die Luft. Ein deutliches Zeichen, dass er besonders gut gelaunt war. Dann verkündete er innbrünstig, als hätte er eine Schlacht gewonnen:

»Dea Dr. Hecht hot olle Anzeign gega enk zruckzogn!«[35]

»Das ist ja erfreulich. Er hätte zwar ohnehin keine Chance gehabt, aber das erspart uns natürlich Zeit und Ärger«, antwortete Tom, für den die Nachricht wenig überraschend kam und fragte nach einer Weile des Schweigens:

»War das alles?«

»Ja, des woas. I hob glabt, des gfreit di!«[36]

»Hat Dr. Hecht vielleicht auch noch eine kleine Spende an die *Berger Ambulanz* überwiesen? So um die 10 000 Euro?«

Berger fiel vor Schreck die Zigarre aus dem Mund und auf seine abgetragene, braune Cordhose. Er hob sie schnell wieder auf, strich die Asche von der Hose und zog kräftig an dem Stumpen.

»Ja, woher woast'n du des?«[37], fragte er Tom mehr als überrascht.

»Es könnte sein, dass ich da ein bisschen nachgeholfen hab', nicht zuletzt in der Hoffnung, dass es dir dann leichter fällt, mal einen Teil deiner Schulden an mich zurückzuzahlen!«

Damit hatte Berger nicht gerechnet. Er jammerte und winselte wie ein Hund, dem man seinen frisch eroberten Knochen wieder wegnehmen wollte, sprach von weiteren Steuerzahlungen, unumgänglichen Geräteanschaffungen, offenen Rechnungen und Finanzlöchern die da und dort gestopft werden mussten. Tom, der diese Geschichten schon mehrfach gehört hatte, meinte nur:

»Mensch Berger, das kann doch nicht ewig so weitergehen! Geh' doch endlich mal zu einer Schuldnerberatung und schau, wie du aus deinem Schlamassel wieder rauskommst!«

Dann zog er sich um. Plötzlich stürmte Pfiff euphorisch in den Umkleideraum, umarmte Tom aus Leibeskräften und gab ihm einen kräftigen Schmatz auf die Backe.

»Spinnst du?«, fragte Tom.

»Es ist alles echt und ich hab' es gesichert«, flüsterte ihm Pfiff zu, »den Rest erzähl' ich dir später.«

Sie machten Speedy einsatzklar, meldeten sich pünktlich um zehn Uhr bei der Leitstelle an und warteten im Fahrzeug auf ihren ersten Einsatz. Hier ließ es sich ungestörter plaudern als im Bereitschaftsraum.

»Was bin ich bloß für ein Glückspilz!«, platzte Pfiff gleich heraus, »ich hab' das Geld noch drei Mal gezählt und dabei jeden einzelnen Schein genau geprüft. Alles echt! Alles da! Dann hab' ich mir 'nen Safe gemietet und den größten Teil dort deponiert.«

»In deiner Bank, bei Laura? Hast du ihr davon erzählt?«

»Ich bin doch nicht blöd! Laura war stinksauer, als ich am Freitag mit dir weggefahren bin. Dabei hatte ich ihr eh nur gesagt, wir fahren zu einem völlig ungefährlichen Zielsprungwettbewerb. Als ich ihr dann am Sonntag erzählt hab', dass ich 5000 Euro gewonnen und im Internet gleich eine Woche Mallorca mit ihr gebucht hab', hat sie gemeint, ich könne ruhig öfters mit dir auf solche Wettbewerbe fahren. – So sind die Frauen!«

»Schlaues Kerlchen!«, bemerkte Tom.

»Die ganze Woche *all inclusive* für zwei Personen auf Malle hat übrigens deutlich weniger gekostet als unser kurzer Zwischenstopp in Budapest! Das Schließfach bei einer neuen Bank zu mieten, bei der mich keiner kannte, war eine Riesenaktion. Ich musste dort auch noch ein Konto eröffnen und was drauflegen, damit sie die Schließfachgebühren abbuchen können. Aber jetzt fühl' ich mich richtig reich! Noch nie in meinem Leben hab' ich so viel Geld besessen!«

Pfiff schwelgte noch eine Weile in seinem Glück und strahlte wie die Sonne selbst, als sie die Leitstelle zur Tiefgarage eines Hochhauses in Neuperlach schickte. Diagnose: *Hilope*, die Abkürzung für *Hilflose Person*. Das konnte alles sein und ließ keinerlei mentale Vorbereitung auf den Schweregrad des zu Erwartenden zu.

Am Einsatzort stand ein großer, dünner, älterer Herr mit ausgeprägter Glatze, umrahmt von einem Haarkranz mit langem, schlohweißem Haar, der nur mit einer langen Herrenunterhose bekleidet war und einen Schlüsselbund in der Hand hielt.

»Sind sie der Hausmeister?«, fragte er Tom, obwohl er gesehen hatte, wie dieser soeben zusammen mit Pfiff aus dem Rettungswagen gestiegen war, bei dem noch die Blaulichter blinkten.

»Nein, wir sind vom Rettungsdienst. Wie können wir Ihnen helfen?«, antwortete Tom mit ernster Miene.

»Man hat mir mein Auto geklaut!«

»Dann sollten Sie vielleicht lieber die Polizei verständigen!«

»Ich weiß nicht. Ich glaube, die mögen mich nicht«, sagte der alte Mann und senkte deprimiert den Blick, »können *Sie* mir nicht helfen?« Dabei federte er ungeduldig in den Knien und schwang mit seinen Unterarmen auf und ab.

Tom tat der alte Mann leid.

»Wie heißen Sie denn und wie sieht Ihr Auto aus?«

»Ach, entschuldigen Sie, dass ich mich noch nicht vorgestellt habe. Ich heiße Michael Alzheimer und fahre einen silbergrauen *Audi A6 Avant*. Das Kennzeichen fängt mit *M* an!«

Pfiff und Tom warfen sich einen vielsagenden Blick zu und schauten sich ein wenig in der Tiefgarage um.

Drei Reihen weiter und ein ganzes Stück näher an der Tiefgaragenausfahrt stand ein silbergrauer Audi.

»Ist das Ihr Fahrzeug?«, fragte Tom.

»Ich glaube nicht, aber wenn der Schlüssel passt, dann vielleicht doch«, sagte der Alte und drückte den Fernbedienungsknopf auf seinem Schlüssel. Das Fahrzeug blinkte kurz und die Türverriegelungen sprangen auf.

»Jetzt schauen Sie sich diese Unverschämtheit an! Da hat tatsächlich wieder jemand mein Auto heimlich umgeparkt. Wissen Sie, das passiert in letzter Zeit immer öfters, seit wir hier so viele Asylanten haben!«

Der Mann hüpfte blitzschnell, so wie er war, in sein Auto, startete den Motor und fuhr aus der Tiefgarage.

»Was machen wir jetzt?«, fragte Tom Pfiff.

»Nichts? Sollen wir ihn vielleicht verfolgen und die Polizei dazurufen? Jeder darf mal vergessen, wo sein Auto stand und kann in langen Unterhosen durch die Stadt fahren. Der ist nach geltendem Gesetz weder selbst- noch gemeingefährlich.«

»Ich hab' trotzdem ein scheiß Gefühl in der Magengegend. Wenn der auf der falschen Seite auf die Autobahn einfährt, gibt's Tote und wir machen uns ewig Vorwürfe!«

Auf Toms Sorge hin beschlossen sie, dem Audi zu folgen, ohne Blaulicht und so unauffällig, wie es Speedy nur zuließ.

Herr *Alzheimer*, wenn er denn wirklich so hieß, war schnell gefunden. Er zuckelte mit rund 20 Stundenkilometer einmal um den Block, fuhr dann wieder in die Tiefgarage und parkte genau dort, wo er auf den Rettungswagen gewartet hatte.

Tom und Pfiff stiegen aus, um sich nochmals nach seinem Befinden zu erkundigen.

»Herr Alzheimer!«, sprach Tom ihn an.

Der alte Herr blickte sich wirsch um und antwortete:

»Erstens heiße ich Altmeier und zweitens wüsste ich nicht, woher wir uns kennen!«

»Wir haben Ihnen doch gerade geholfen, Ihren Wagen wieder zu finden. Erinnern Sie sich nicht? Was haben Sie denn jetzt vor?«, fragte Tom freundlich.

»Eigentlich geht Sie das ja nichts an. Ich gehe jetzt in meine Wohnung und frühstücke mit meiner Frau!«

Tom und Pfiff fragten ihn, ob es ihm auch wirklich gut gehe und gaben ihm noch den Ratschlag mit, nicht mehr so oft Auto zu fahren. Schließlich verabschiedeten sie sich und riefen dem Mann nach:

»Bitte sagen Sie Ihrer Frau, sie soll gut auf Sie aufpassen!«

Bevor der Mann hinter der schweren Feuerschutztüre der Tiefgarage verschwand, hörten sie ihn noch rufen:

»Meine Grete? Gott hab' sie selig. Die ist doch schon seit 20 Jahren tot!«

Pfiff meldete lapidar einen Fehleinsatz an die Leitstelle. Der nächste Einsatz ließ nicht lange auf sich warten:

»*Berger Rettung 49/71/1*, Kirchenstraße 35, Rückgebäude, 5. Stock bei Yildirim, zur Entbindung in die Frauenklinik!«

Pfiff wiederholte, Tom schaltete Blaulicht und Martinshorn ein und gab Speedy die Sporen.

»5. Stock, hast du das gehört? Ob die 'nen Aufzug haben?«, überlegte Pfiff laut.

»Sicher nicht! Kirchenstraße – Haidhausen – mein Viertel! Alles Altbauten, garantiert ohne Aufzug. Jede Wette!«

»Okay, hast recht. Aber was meinst du? Wiegt sie zwei Zentner und es wird 'ne scheiß Schlepperei oder ist sie schlank, hat nur ein kleines Bäuchlein und erzählt uns, dass sie nur glaubt, es wäre bald so weit, und lieber selber langsam die Teppen runtergehen möchte? Ich meine, wer im 5. Stock wohnt, macht das ja jeden Tag! Kommt das Kind erst in der Klinik oder will es unbedingt im Speedy das Neonlicht der Welt erblicken?«

»Ich tippe auf scheiß Schlepperei und Geburt in der Klinik«, antwortete Tom, der Speedy souverän und mit viel Getöse durch den dichten Mittagsverkehr steuerte.

Am Einsatzort angekommen, warf Pfiff den Notfallrucksack und ein kleines, orangefarbenes Köfferchen mit der Aufschrift *Abnabelung* auf die Trage und sie machten sich an den Aufstieg. Das Treppenhaus roch nach Bohnerwachs. Jedes Stockwerk erstreckte sich über gut zehn Meter und bot Zugang zu vier Wohnungen. Die Stufen waren flach und lang und führten über zwei Absätze von Stockwerk zu Stockwerk.

Im 4. Stock legten sie eine kurze Verschnaufpause ein und wischten sich den Schweiß von der Stirn. Es machte einfach keinen guten Eindruck, wenn man völlig abgehetzt und außer Atem beim Patienten ankam.

»Wenn du da dreimal am Tag außer Haus gehst, braucht du kein Fitnessstudio mehr«, bemerkte Pfiff und Tom nickte.

Im letzten Stockwerk wurden sie von einem schlanken, gut aussehenden Mann um die dreißig empfangen, der sich mit »Tarik Yildirim« vorstellte, ein kleines Mädchen auf dem Arm hielt und sie freundlich hereinbat.

»Meine Frau bekommt neues Kind!«, sagte er fröhlich strahlend und führte sie in ein enges, rundum mit Koffern, Kisten und Kleidungsstücken belagertes, abgedunkeltes Schlafzimmer.

»Das ist Ayfer, meine Frau!«

»Hallo, ich bin Peter Pfeifer von der *Berger Ambulanz*«, stellte sich Pfiff vor, dem Tom gerne den Vortritt eingeräumt hatte. »Wie geht es Ihnen?«

»Habe Weh!«, sagte Ayfer.

»Bauchweh oder richtig Wehen, die in bestimmten Abständen kommen?«

»Nur Weh!«

»Könnte ich mal bitte Ihren Mutterpass sehen?«, fragte Pfiff und Tarik reichte ihm das Heftchen.

»Sie waren ja erst heute zur Kontrolle in der Klinik. Was hat denn der Arzt gesagt, wann das Kind kommt?«

»Morgen!«, hat gesagt »und Bamme auch!«

»Wer ist denn Bamme?«, fragte Pfiff, worauf Tom sogleich antwortete:

»Die Hebamme natürlich!«

»Und was haben Sie nach der Klinik gemacht?«, fragte Pfiff unbeirrt weiter.

»War mit meine Mann in türkische Geschäft einkaufen und dann nach Hause gegangen.«

»Sind Sie dann die ganzen fünf Stockwerke zu Fuß hochgelaufen?«

»Nicht gelaufen. Gegangen. Langsam.«

Auf einmal fasste sich Ayfer an den Unterbauch, riss ihre Augen weit auf und schrie aus Leibeskräften:

»Uuujujujujui! Uuuuuujujujujui! Uuuuuuujujujujui!«

»Das hört sich ganz nach Wehen oder Vorwehen an«, meinte Pfiff, »da fahren wir mal lieber schnell ins Krankenhaus. Aber hier kommen wir mit unserer Trage nicht rein. Können Sie bis ins Wohnzimmer gehen oder sollen wir Sie tragen?«

Ayfer wollte selbst gehen und legte sich in ihrem weiten, hellblauen Nachthemd auf die Trage.

Pfiff warf einen kurzen Blick auf das Bett, in dem Ayfer gelegen hatte: Es war patschnass!

»Haben Sie vielleicht einen Blasensprung gehabt?«, fragte er.

»Was ist das?«

»Haben Sie Fruchtwasser verloren? Ist plötzlich viel Wasser aus Ihnen herausgekommen?«

»Ja, ich glaube«, antwortete Ayfer zaghaft.

»Jetzt muss ich mir doch anschauen, wie weit das Baby schon ist«, sagte Pfiff, zog sich ein paar sterile Handschuhe über und bat Ayfer, ihr Nachthemd anzuheben.

Nach einer genaueren optischen Inspektion informierte er Tom:

»Vom Kopf ist noch nichts zu sehen und ich will jetzt da nicht groß rumtasten. Bin schließlich kein Gynäkologe. Wir haben Wehen und Blasensprung. Aber beides sagt noch gar nichts. Da kann das Kind in einer halben Stunde oder auch erst in zehn Stunden kommen. Wir bringen sie jetzt so schnell wie möglich in die Klinik!«

»Könnten Sie bitte den Rucksack tragen?« frage Pfiff Tarik.

»Geht nix – muss Tochter und Koffer tragen!«

Pfiff nickte verständnisvoll, schulterte den Rettungsrucksack, legte das Abnabelungsköfferchen zwischen Ayfers Beine und hob die Trage am hinteren Ende an, während Tom vorne die schwerere Last trug.

Kaum waren sie im 4. Stock angelangt, fasste sich Ayfer wieder an den Unterbauch, riss ihre Augen weit auf und schrie aus Leibeskräften:

»Uuujujujujui! Uuuuuujujujujui! Uuuuuuujujujujui!«

Sie setzten die Trage ab, Pfiff hielt ihre Hand und bat sie durchzuhalten, nicht zu pressen und stattdessen langsam und tief durchzuatmen. Er machte es ihr mehrmals vor und sie versuchte es nachzumachen.

Das gleiche Spiel wiederholte sich im 3. Stock. Spätestens jetzt musste auch der letzte noch anwesende Hausbewohner die gellenden Schreie im Treppenhaus gehört haben. Immer mehr Wohnungstüren öffneten sich und immer mehr neugierige Gesichter erschienen am Treppengeländer: Rentner, Arbeitslose, Kranke oder krank Feiernde, Kinder. Unglaublich, wer so alles an einem sonnigen Tag mitten unter der Woche zu Hause war.

Auf der vorletzten Stufe der frisch gebohnerten, glatten Treppe zum 2. Stock rutschte Tom aus, fiel hin, ließ die Trage in geringer Höhe kurz aus, fasste sie aber schnell wieder.

»Uuujujujujui! Uuuuuuujujujujui! Uuuuuuujujujujui!«, schrie Ayfer, fügte diesmal noch hinzu »jetzt kommt – jetzt kommt!«, und presste unaufgefordert so fest sie konnte.

Sie setzten die Trage im 2. Stock vor einer Wohnungstüre mit dem großen Messingschild *Meier* ab, Pfiff lockerte die Gurte, schob Ayfers Nachthemd hoch und sah auch schon den Kopf des Kindes.

Blitzschnell steifte er sich ein paar frische, sterile Handschuhe über und drückte mit seiner linken gegen Ayfers Damm und mit seiner rechten leicht gegen den Kopf des Kindes.

»Ganz ruhig, tief durchatmen und dann nochmals fest pressen!«, wies er Ayfer an, die noch einmal so laut sie konnte schrie:

»Uuujujujujui! Uuuuuuujujujujui! Uuuuuuujujujujui!«

Dann hielt sie Tariks Hand fest, ja zerquetschte sie fast zu Brei und presste wie jemand, der seit zwei Wochen keinen Stuhlgang gehabt hatte.

Plötzlich kam der Kopf des Kindes, gestützt von Pfiffs ruhiger Hand, ans Tageslicht.

»Jetzt noch einmal gaaaaanz fest pressen, gaaaaanz fest!«

Schnell folgten die Schultern und der Rest des Neugeborenen, das sofort laut und kräftig schrie.

Tom, Tarik und der Mutter schossen Freudentränen in die Augen.

›*Was für ein wunderbarer Augenblick!*‹, dachte Tom. Die Hausbewohner klatschten, pfiffen, jubelten und riefen Glückwünsche in mehreren Sprachen. Pfiff war als Einziger so cool geblieben wie ein Kfz-Mechatroniker beim Austausch einer Benzinpumpe.

»Sehr gut gemacht!«, lobte er Ayfer, bat Tom, ihm die

Abnabelungsklemmen aus dem kleinen orangefarbenen Köfferchen steril anzureichen und setzte eine in etwa 5 cm und die andere in 10 cm vom Bauch des Kindes an die Nabelschnur an. Dann fragte er Tarik, der etwas blass neben seinem Töchterchen auf der Treppe saß, ob er die Nabelschnur durchtrennen wolle. Dieser nickte und durchtrennte mutig das letzte Verbindungsglied zur Mutter zwischen den beiden Klemmen.

Diesmal klatschten und jubelten nur die Bewohner aus dem 2. und 3. Stock, die nahe genug waren, um sehen zu können, was da vor sich ging.

Pfiff legte das Neugeborene sanft auf eine Silberwindel aus dem Abnabelungsköfferchen und sagte zu Tom:

»Da gab's doch noch diesen *Apgar-Score*, den man gleich nach der Geburt am Kind prüfen muss.«

»Mensch Pfiff, das weiß ich nicht mehr auswendig. Komm, lass uns in die Klinik fahren!«

»Schau doch mal in den Mutterpass, auf einer der letzten Seiten. Lies vor und ich untersuche!«

In den aufgeführten fünf Kriterien Puls, Atmung, Reflexe, Muskeltonus und Hautfarbe konnte Pfiff je zwei Punkte vergeben: ein kerngesundes Neugeborenes!

Als er das Baby gerade in die Silberwindel einwickeln wollte, flog die Wohnungstüre neben ihm auf, eine große Gestalt im Bademantel und mit Lockenwicklern auf dem Kopf trat heraus und fragte in hysterischem Tonfall:

»Was ist denn das für ein Geschrei? Kann man sich nicht einmal in Ruhe die Haare machen?«

»Sie haben gerade direkt vor Ihrer Haustüre eine Geburt verpasst«, verkündete ein bis über beide Ohren strahlender Pfiff.

»Dieser olle Fleischklops hat gerade das Licht der Welt erblickt?«, fragte die Gestalt, die man unweigerlich als

Transvestiten einordnen musste, beugte sich zur Trage herunter und wollte gerade das Baby berühren, als Tarik mit vor Zorn bebendem Schnauzbart auf ihn zustürmte, drohend und schnippelnd die Nabelschere hochhielt und die ihn um zwei Köpfe überragende Gestalt mit den Worten »fasst du meine Kind nicht an, Schwuchtlmeier, sonst ich mache richtige Frau aus dir« in seine Wohnung zurückbugsierte. Lautes Gelächter im Treppenhaus.

Pfiff drapierte noch eine Windel aus dem Köfferchen zwischen Ayfers Beine, zurrte die Gurte wieder fest und legte das in Silberfolie eingehüllte Neugeborene in ihre Arme.

Tom befolgte Pfiffs Anweisung, ohne Sondersignale, ruhig und langsam zur Frauenklinik zu fahren, nur ungern, aber Pfiff hatte das Wort, zumal er im Patientenraum saß und gerade auch noch eine Superleistung vorgeführt hatte.

Während der Fahrt versuchte Ayfer immer wieder, das Neugeborene auszupacken, und Pfiff erklärte geduldig immer wieder, dass es zur Erhaltung der Körperwärme bis zur Klinik in der Silberfolie bleiben müsse. Irgendwann wurde es Pfiff zu bunt und er bat Tarik, seine Frau zur Vernunft zu bringen.

Nach einem längeren Wortwechsel in türkischer Sprache, meinte Tarik:

»Frau will wissen, was ist!«

»Es ist alles in Ordnung, glauben Sie mir. Was soll denn sein?«

»Ist Junge oder Mädchen? Ich auch will wissen! Habe zuerst nicht geschaut. Ich viel nervös!«, lachte Tarik etwas verschämt. Erst jetzt ging Pfiff ein Licht auf.

»Es ist ein Junge!«

Pfiff verstand zwar nicht, was Tarik seiner Frau erzählte, aber ihre Blicke verrieten, dass ihr Glück nun keine Grenzen mehr kannte, und die Silberwindel blieb bis zur Übergabe auf der Neugeborenenstation der Frauenklinik geschlossen.

* * *

»Du hättest auch als männliche *Bamme* Karriere machen können«, scherzte Tom, lobte Pfiffs professionelle Geburtshilfe, säuberte freiwillig die Trage und bezog sie neu.

Pfiff meldete sich klar.

»*Berger Rettung 49/71/1*, zur Münchner Freiheit auf Abruf. In der Ecke hab' ich gerade niemanden.«

Pfiff bestätigte und frohlockte:

»Unsere erste erfolgreiche Treppenhausgeburt feiern wir gleich ordentlich an der Münchner Freiheit mit 'ner Riesentüte Eis und hinterher gibt's noch frischen Kaffee im Becher! Ich lad' dich ein!«

»Wie Reichtum einen Menschen verändern kann!«, stichelte Tom.

Der Traum vom leckeren Eisgenuss war nur von kurzer Dauer, genauer gesagt, er endete mitten auf der Sonnenstraße.

»Leopoldstraße Ecke Herzogstraße, nördlicher U-Bahn-Aufgang, vor der *Vanilla Lounge*, Rolltreppenunfall«, lautete der Einsatzbefehl. Tom schaltete sofort die Sondersignale an. Der schneeweiße *Kia*-SUV vor ihnen machte einen Riesensatz, gefolgt von einem Knall mit klirrendem Nachhall. Tom riss das Steuer nach links und sah im rechten Rückspiegel das entsetzte Gesicht einer älteren Dame mit Federhut, die gerade mit ihrem

Wagen auf einen dunkelblauen 7er-BMW aufgefahren war.

Pfiff warf ihm einen betont kritischen Blick zu:

»Alte Frauen erschrecken – schämst du dich gar nicht?«

»Das war nicht meine Absicht!«, konstatierte Tom und lavierte Speedy mit Blaulicht und durchlaufenden Martinshörnern hochkonzentriert durch den dichten Stadtverkehr: Sonnenstraße, Stachus, Lenbachplatz, Maximiliansplatz, Ludwigstraße, Leopoldstraße.

Die Traube der Schaulustigen am Einsatzort hielt sich in Grenzen. Vielleicht, weil sie, ohne sich zu übergeben, nicht sehen konnten oder wollten, was sich da ereignet hatte: Eine Frau, Ende zwanzig, lag in ihrem luftigen, hellgrünen Sommerkleid leise wimmernd auf der stehenden Rolltreppe. Die linke Seite ihrer schönen, kupferroten Haarpracht steckte im Einlaufkamm am oberen Rolltreppenende. An ihrer Kopfhaut klaffte eine gut 8 cm breite, blutende Wunde, die sich quer über die Schädeldecke zog.

»Wir sind vom Rettungsdienst«, sprach Pfiff sie an, da die Frau nicht in der Lage war, ihren Kopf so weit zu drehen, dass sie hätte sehen können, wer um sie herum stand und was geschah.

»Die schönen Schuhe!«, jammerte die Dame und erzählte leise, wie sich ihre soeben neu gekauften, zum Sommerkleid passenden, hellgrünen High Heels in den Rillen der Rolltreppe verfangen und sie kurz vor dem Rolltreppenende zu Fall gebracht hatten.

»Fast hundert Euro und dann so was«, hauchte sie noch.

»Ich schau mal, ob wir Ihr Problem mit einem neuen Haarschnitt lösen können«, ermutigte sie Pfiff, stülpte ein paar Handschuhe über, zog die Haare um die klaffende Wunde, bei der schon der Schädelknochen durchschimmerte, beiseite und untersuchte den Verletzungsumfang genau mit seiner Taschenlampe. Trotz sorgfältigster Inspektion war nicht erkennbar, wie viel Skalp bereits in den Einlaufkamm gezogen war.

Pfiff erhob sich und flüstere Tom leise zu:

»Hol' schon mal die Trage und bestell' die Feuerwehr! Sag ausdrücklich, dass wir keinen Löschzug brauchen, sondern nur einen Gerätewagen mit Spezialisten, die die Abdeckplatte entfernen können!«

Tom nickte und war nicht wirklich traurig, dass sein Partner so beherzt das Kommando übernommen hatte. Als gelernter Anästhesie- und Intensivpfleger war Pfiff ihm – natürlich nur in puncto medizinischer Fachkompetenz – einfach einen Tick voraus.

»Sie müssen jetzt tapfer sein! Ich leg' Ihnen schon mal eine Infusion an und geb' Ihnen ein Schmerzmittel. Sind Sie gegen etwas allergisch?«, fragte Pfiff.

»AAAAuauau!«, schrie die Frau laut auf, als sie Pfiffs Frage automatisch mit einem Kopfschütteln beantworten wollte.

»Nein, nein – verdammt, jetzt tut es aber weh!«

Pfiff steckte schnell und routiniert das Infusionsbesteck in den Beutel mit Ringerlösung, entlüftete das System, staute den Oberarm, stach eine Kanüle in die rechte Armbeuge der Verletzten, verband den Infusionsschlauch mit der Kanüle und fixierte diese nahe der Einstichstelle mit Pflasterstreifen. Dann bat er einen der Passanten, den Infusionsbeutel hochzuhalten, zog 5 mg Midazolam in einer Spritze auf und verabreichte das Medikament über den 3-Wege-Hahn am Infusionsbesteck. Es war zwar kein Schmerzmittel, aber immerhin ein starkes Beruhigungsmittel, das es der Patientin erleichtern würde, ihre desolate Situation besser zu ertragen. Die beiden Schmerzmittel, die sie in ihrem Ampullarium dabeihatten, kamen nicht in Frage: Acetylsalicylsäure würde die Blutgerinnung hemmen und die Blutung verstärken und Fentanyl könnte zu Atemstillstand führen und setzte außerdem voraus, dass notfalls sofort intubiert werden konnte, was in diesem Fall auf Grund der ungünstigen Kopffixierung nicht möglich gewesen wäre.

›Wo Tom nur so lange bleibt?‹, fragte sich Pfiff. Der sollte besser noch den Notarzt anfordern, sonst heißt es wieder, sie überschritten ihre Kompetenzen, wenn nun auch noch der Kreislauf der Patientin schlappmachen würde und er noch weitere Medikamente injizieren müsste.

Tom hatte inzwischen die Feuerwehr angefordert, die Trage aus der Patientenkabine gerollt sowie die Türen geschossen und per Druck auf den Fahrzeugschlüssel verriegelt. Nicht selten war es vorkommen, dass an so publikumsträchtigen Ecken wie hier Vandalen oder Junkies das Wageninnere verwüstet oder ausgeräumt hatten, während die Kollegen die Patienten versorgten. Nachdem Tom den Autoschlüssel eingesteckt hatte, hörte er ein seltsames Klimpern, das ihn aufhorchen und sofort nochmals in seine Hosentasche greifen ließ: leer!

Er griff nochmals nach: Immer noch leer! Der Blick nach unten ließ ihn erschaudern, mehr, als jede noch so grausige Verletzung es vermocht hätte. Sein Blutdruck schnellte ebenso schlagartig in die Höhe wie sein Adrenalinspiegel. Er fühlte sich wie nach einer Öffnungsstörung am Fallschirm in niedriger Höhe, mit einem großen Unterschied: Für das, was ihm hier und jetzt passiert war, hatte er keinen Plan B. Ausgerechnet jetzt, wo wirklich Eile geboten war, die Patientin auf ihre Erlösung und Pfiff auf ihn wartete, ausgerechnet jetzt, im ungünstigsten aller Momente, war ihm der Fahrzeugschlüssel in den Gullyschacht gefallen!

›Mist, Mist, Mist – Scheiße, Scheiße und nochmals Scheiße!‹, brüllte sein Gehirn. Tom griff die beiden äußeren Streben des viereckigen Gullydeckels und zog daran, so fest er nur konnte. Nochmals und nochmals und noch ein viertes und fünftes Mal. Das Gewicht des verdreckten, gusseisernen Ungetüms und die rostverbackenen Außenkanten gaben ihm keine Chance. Nun war guter Rat so teuer wie noch selten zuvor. Den ADAC anrufen, damit er den Wagen öffnete? Blödsinn! Würde viel zu lange dauern und danach kämen sie auch nicht vom Fleck. Die Leitstelle anfunken, damit sie Kollegen schickten? Ging nicht, da er nicht ins Wageninnere kam. Per Handy in der Leitstelle anrufen? Kam auch nicht in Frage, da sein Handy in seiner Jackentasche lag, und die befand sich wiederum im Fahrzeuginneren. Einen Passanten bitten, ihm das Handy zu leihen, damit er in der Leitstelle einen Rettungswagen bestellen konnte? Mehr als peinlich, aber eine letzte Option. Während er, langsamer als sonst, die Trage zum Ort des Geschehens rollte, entluden verschiedene Lösungsansätze wahre Gewitterstürme in seinen Denkdärmen und verflogen so schnell, wie sie aufgezogen waren. Es musste eine Lösung geben, so, wie es für alles im Leben eine Lösung gibt!

Plötzlich riss der Anblick eines Arbeiters, der an der gegenüberliegenden, halb offenen und ebenfalls stillstehenden Rolltreppe des gleiche Aufgangs saß und an einem Bier nuckelte, Tom aus seinem Albtraum und brachte ihn auf völlig neue Gedanken.

»Sie können doch sicher auf der anderen Seite die Einlaufplatte abmachen, oder?«

»Können schon«, säuselte der Arbeiter leicht apathisch, »ich hab' ja auch den Nothalt gedrückt, Mann. Aber ich kann kein Blut sehen, Mann. Ich bin völlig fertig, Mann. Überlebt die das?«

»Dann gib mir das Werkzeug und zeig mir ganz schnell an dieser Platte, wie's geht«, forderte ihn Tom ohne Umschweife auf. Der Monteur reichte ihm einen überdimensionierten Schraubenzieher für die Zentralschraube und einen Inbusschlüssel für die 14 Schrauben am Rolltreppeneinlauf.

Tom machte sich sofort ans Werk, drehte so schnell wie ein Formel-1-Mechaniker beim Radwechsel die Schrauben, von denen einige ganz nahe an der Wunde lagen, heraus und hob vorsichtig die Deckplatte ab. Ein paar Schaulustige grölten und klatschten. Der Applaus wurde vom Getöse der anrückenden Feuerwehr übertönt. Pfiff nickte anerkennend. Erst jetzt sah man das volle Ausmaß der Verletzung: Die Kopfhaut war nur ein paar Millimeter in den Rolltreppeneinlauf gezogen worden. Keine große Sache also. Die verletzte Frau war mehr als beruhigt. Sichtbar erleichtert hob sie den Kopf mit der klaffenden Wunde und stieg ohne fremde Hilfe auf die Trage.

Natürlich war die Feuerwehr mit einem kompletten Löschzug angerückt und der Kommandant meldete sich zur Stelle.

»Alles erledigt!«, winkte Pfiff ab.

»Nicht ganz«, korrigierte ihn Tom und erklärte dem Feuerwehrmann im Flüsterton sein Dilemma mit dem Autoschlüssel.

Acht kräftige Feuerwehrhände hievten mit großen Hebehaken den Gullydeckel aus dem Boden und fischten mit einem mechanischen Greifarm den tief gefallenen Schlüssel aus dem Abfluss. Tom fiel ein Stein vom Herzen.

»Was schreib' ich jetzt in meinen Bericht?«, fragte ihn der Feuerwehrkommandant.

»*Frau aus Rolltreppe befreit*«, riet ihm Tom mit einem Augenzwinkern, »das klingt doch viel besser als *Schlüssel aus Gully geholt*, oder?«

Der Kommandant nickte und ließ abrücken.

Tom gab den Verletzungsumfang an die Leitstelle durch und erhielt erwartungsgemäß den Transportauftrag in die Chirurgische Ambulanz des Nordklinikums. Der Weg dorthin war kurz. Jetzt noch einen Notarzt anzufordern wäre reine Zeitverschwendung gewesen. Die gut sedierte Patientin blieb kreislaufstabil und ließ sich tapfer einen lockeren Kopfverband anlegen.

»Was bringt ihr uns da Schönes?«, fragte Schwester Liane.

Die aus Köln stammende, platinblonde Krankenschwester arbeitete seit gut zehn Jahren in der chirurgischen Notaufnahme, brachte rund zwei Zentner auf die Waage und war immer gut drauf. Es gab kein Verletzungsmuster, das sie in ihrer Amtszeit noch nicht gesehen hatte oder das sie je hätte aus der Fassung bringen können.

Tom und Pfiff lagerten die Patientin auf die Liege in Kabine 1 um, schilderten den Unfallhergang und gaben Auskunft über Medikation und Vitalparameter.

Schwester Liane entfernte den Verband, zog der Patientin die Schuhe aus, begutachtete die Wunde und meinte:

»Da haben Sie noch mal richtig Glück gehabt! – Ihre neuen Schuhe sehen super aus. Die haben nicht mal 'nen Kratzer abgekriegt.«

»Danke«, hauchte die Patientin und quälte sich ein müdes Lächeln ab.

Ein edler, sinnlicher Duft, der schon in kleinsten Mengen jeden Krankenhausgeruch überlagerte, drang in Toms olfaktorisches Organ: *Amouage Ciel.*

Dr. Olga Jankovskaia huschte von hinten an ihm vorbei, lächelte sexy und verbindlich wie immer, stellte sich der Patientin vor, richtete den Lichtkegel der OP-Lampe auf die Wunde und schob vorsichtig die Haare beiseite.

»Halb so schlimm! Das machen wir gleich hier. Zuerst muss Ihnen Schwester Liane gut zwei Zentimeter um die Wunde die Haare abrasieren, dann piekst es ein paarmal – die Lokalanästhesie – danach spüren Sie nichts mehr, wenn ich die Wundränder glatt schneide und die Wunde nähe.«

»Muss das Rasieren sein? Dann sehe ich ja schrecklich aus!«, meinte die Patientin ängstlich.

»Das Rasieren muss sein, aber bei Ihrer üppigen Haarpracht können Sie sich so frisieren, dass man fast nichts sieht, bis die Haare wieder nachgewachsen sind«, beruhigte sie die Chirurgin.

Während Schwester Liane nach sterilen Einmalrasierern suchte, suchte Tom den Small Talk mit Olga:

»Lust auf 'nen doppelten Cappuccino?«

»Lust schon«, meinte Olga, »aber bei uns ist heute echt die Hölle los. Ich hab' noch bis 22 Uhr Dienst und dann bis morgen früh Bereitschaft. Aber danach endlich mal drei Tage frei!«

Dr. Olga Jankovskaia kritzelte etwas auf einen Zettel,

faltete diesen zusammen und überreichte ihn Tom mit Worten:

»So, und das würde ich dir gegen deine Harnblasen-schwäche empfehlen!«

Tom wusste, dass er Schwächen hatte. Aber seine Harnblase hatte ihm noch nie Probleme beschert. Er blickte gespannt auf den Zettel, der etwa so groß war, wie ein Medikamentenrezept, dachte kurz nach, lächelte und meinte kopfnickend:

»Danke, Frau Doktor! Geht in Ordnung! Guter Tipp!«

KAPITEL 18

Trepanation

Dienstag, 25. August, 15:00 Uhr

Tom hatte gerade die blutverschmierte Trage gereinigt und frisch bezogen und Pfiff die verbrauchte Infusionsflasche im Rettungsrucksack nachgefüllt, als ein neuer Einsatzbefehl kam:

»Kurfürstenplatz, direkt vor der Stadtsparkasse, verletzte Person nach Überfall, Polizei ist vor Ort, Eigensicherung beachten!«

Tom schaltete die Blaulichter an, gab Gas und ließ 300 m nach der Klinikausfahrt die Presslufthörner dröhnen. Um die Nerven der Patienten im Klinikum zu schonen, galt es als ungeschriebenes Gesetz, das Martinshorn nicht schon an der Ausfahrt einzuschalten. Der Weg zum Einsatzziel war kurz, aber der zähe Stoßverkehr auf der Belgradstraße erschwerte das Vorankommen so sehr, dass Tom in abenteuerlichem Zickzackkurs und teilweise über den Gehsteig fahren musste – die allerletzte Option, wenn gar nichts mehr ging.

»Ein Banküberfall ... das hatten wir schon lange nicht mehr«, sagte Pfiff und sinnierte still weiter: ›War die Sache schon gelaufen oder eskalierte die Situation gerade? Gab es Geiseln? War die verletzte Person Opfer oder Täter?‹

Aus dem Rettungswagen heraus sahen sie, wie zwischen zwei am Boden knienden Polizisten die dünnen Beinchen, der Rock und die Schuhe einer vermutlich älteren Frau herausragten.

Tom parkte vorsichtshalber in der Hohenzollernstraße, außerhalb des Sichtbereichs zur Eingangstüre, aber dennoch keine zehn Meter von der Verletzten entfernt.

Vor Jahren hatten sie mal bei einem ähnlichen Einsatzbefehl direkt vor dem Eingang einer Bank am Rotkreuzplatz geparkt, als plötzlich die Bankräuber, wild um sich schießend, herausstürmten. So was vergisst man nicht!

Pfiff schnappte den Rettungsrucksack und beide liefen schnell und in gebückter Haltung zu den Polizisten.

Dort angekommen, erklärte ihnen einer der Beamten den Tathergang:

»Die Frau ist überfallen worden, als sie aus der Bank gekommen ist. Der Täter hat ihr die Handtasche samt dem gerade frisch abgehobenen Geld entrissen.«

Tom ging in die Knie, beugte sich zu dem Häufchen Elend mit dem zerknitterten Gesicht und den tief geröteten Augen hinunter und fragte nach dem Befinden. Die Frau weinte bitterlich. Es dauerte eine Weile, bis sie mit zitternder Stimme leise erzählte:

»Mein Mann ist tot, mein Sohn ist tot und jetzt ist auch noch mein ganzes Geld weg. Ich möchte nur noch sterben!«

Pfiff maß Blutdruck, Puls und Sauerstoffsättigung. Abgesehen von einem leicht erhöhten Puls, lagen alle Werte im Normalbereich. Nach eigener Aussage und Aussagen von Zeugen war die Frau zuerst in die Knie und dann zu Boden gegangen, als sie mit all ihrer Kraft an ihrer Handtasche festhielt. Keine Schläge, keine Platzwunden, keine Schürfwunden. Aus medizinischer Sicht fehlte ihr gar nichts und trotzdem konnten und wollten weder die Polizisten noch die Sanitäter die alte Dame einfach ihrem Schicksal überlassen.

Die Kommunikation war zäh. Trotz vieler beruhigender Worte brach die Frau immer wieder in Weinkrämpfe aus und beantwortete nur sehr langsam und zögerlich die Fragen ihrer Helfer. Sie war 87 Jahre alt, hieß Elisabeth Baumann und hatte gestern Geburtstag. Ihr Sohn war vor fünf Jahren bei einem Unfall und ihr Mann vor zwei Jahren an Lungenkrebs verstorben. Weitere Angehörige gab es nicht.

»Ich heiße auch Baumann, Thomas Baumann. Wahrscheinlich sind wir nicht verwandt, aber zumindest Namensvettern«, bemerkte Tom, hielt mit seiner Rechten die Hand der Frau und streichelte mit seiner Linken sanft über ihren knochigen Handrücken. Langsam, sehr langsam, versiegte das Schluchzen der alten Dame und ihre Sprache wurde flüssiger. Sie hatte einmal Schneiderin gelernt, aber nur wenige Jahre in diesem Beruf gearbeitet. Ihr Mann war lange arbeitslos. Rente und Witwenrente zusammengerechnet, ergaben 870 Euro netto monatlich. Davon zahlte sie 500 Euro Miete und 100 Euro Nebenkosten jeden Monat bar an ihren Vermieter. Sie hob jeden Monat zum Monatsende 860 Euro ab und sparte 10 Euro an, »für schlechte Zeiten«, wie sie sagte.

»Da bleiben Ihnen ja nur 260 Euro jeden Monat zum Leben übrig. Wie kommen Sie denn damit aus?«, fragte Tom.

»Ich brauche nicht viel. Manchmal, wenn das Geld aus ist, gehe ich zur *Münchner Tafel* oder esse einfach ein paar Tage nichts. Das geht schon. Aber jetzt ist mein ganzes Geld weg, ich kann die Miete nicht bezahlen, hab' nichts mehr zum Essen und auch noch zu wenig angespart«, erzählte die Frau und brach wieder in ein herzzerreißendes Schluchzen aus.

»Was machen wir denn jetzt mit Ihnen?«, meinte Tom besorgt und schlug ihr vor:

»Wir würden Sie gerne in die Klinik mitnehmen. Da können Sie sich mal richtig durchchecken lassen, bekommen einen Tag Vollpension, werden von netten Schwestern und Pflegern umsorgt und morgen Mittag wieder entlassen.«

»Nein, in eine Klinik gehe ich nicht!«, sagte Frau Baumann mit erstaunlich fester Stimme und flehte sogleich:

»Ich will hier und jetzt sterben! Bitte, bitte gebt mir was, damit ich für immer einschlafe!«

Die Polizisten fragten, ob sie noch gebraucht würden. Tom schüttelte den Kopf und sagte mit hochgezogenen Augenbrauen zu Frau Baumann:

»Sie wollen also wirklich wegen 870 Euro sterben? Ich glaube, wir haben da was für Sie! Aber dazu müssten Sie mit uns in unseren Rettungswagen kommen.«

Die schon im Gehen begriffenen Polizisten hatte das gehört, machten auf dem Absatz kehrt und belehrten die Sanitäter:

»Ihr wisst schon, dass aktive Sterbehilfe strafbar ist!«

»Wir wissen, was wir tun«, sagte Tom, während er auf der einen und Pfiff auf der anderen Seite Frau Baumann unterhakten und ihr auf die Beine halfen.

»Was habt ihr mit der Patientin vor?«, fragte einer der Polizisten.

»Wir bringen sie erst mal in unseren Wagen!«

»Ja und dann?«, insistierte der Polizist.

»Wenn ihr es genau wissen wollt, müsst ihr uns begleiten und versprechen zu schweigen«, sagte Tom mit ernstem Gesicht.

Da riss dem anderen Polizisten, der bisher geschwiegen hatte, der Geduldsfaden:

»Versprechen, versprechen. Wir versprechen gar nichts! Wir sind doch hier nicht im Kindergarten! Wenn ihr eine Straftat begehen wollt, müssen wir diese unterbinden und euch festnehmen!«

Pfiff blickte fragend zu Tom. Tom schwieg. Beide geleiteten Frau Baumann in die Patientenkabine ihres Rettungswagens und setzten sie auf den Stuhl. Die Polizisten folgten sichtlich angespannt und lehnten sich, jederzeit zum Zugriff bereit, an die Innenwand des Wagens.

»Es dauert noch einen kleinen Moment«, meinte Tom, schloss die Seitentür des Rettungswagens und verschwand.

Im Inneren herrschte eine Weile betretene Stille, bis Frau Baumann sichtlich nervös meinte:

»Ihr seid gute Sanitäter, ihr erlöst mich doch jetzt? Ich unterschreibe auch alles!«

Nach gut fünf Minuten, die der Leidensgemeinschaft im Inneren des Rettungswagens wie eine Ewigkeit erschienen war, öffnete Tom die Tür, trat ein und überreichte Frau Baumann mit einer tiefen Verbeugung eine dunkelrote, langstielige Baccararose, die er im Blumenkiosk gegenüber der Stadtsparkasse gekauft hatte.

»Nachträglich alles Liebe und Gute zu Ihrem Geburtstag, Frau Baumann. Leider konnte ich weder die Rose noch das zweite Geschenk, das ich für Sie habe, gebührend verpacken. Nun müssen Sie es bitte einfach so annehmen, wie es ist.«

Tom kramte kurz in seiner rechten Hosentaschen, zog ein Bündel Bargeld heraus und zählte der völlig verdutzten Dame zehn Hunderteuroscheine auf die Hand.

Man konnte richtig sehen, wie Frau Baumann Farbe gewann, ihre roten Äuglein glühten und sich die Falten in ihrem Gesicht zu einem glückseligen Lächeln formten:

»Das gibt's doch nicht! Dass mir in meinem Alter noch mal der Herrgott höchstpersönlich erscheint! Das kann ich nicht glauben!«

Dieser Vergleich war selbst für Tom zu viel. Er lächelte die alte Dame verlegen an und sprach:

»Jetzt wollen wir's mal nicht übertreiben! Der Herrgott muss noch ein paar Jahre auf Sie warten. Ich bin nur ein ganz einfacher Sanitäter, der will, dass Sie so weiterleben können wie bisher, und vielleicht sogar noch ein klein wenig glücklicher!«

Einer der Polizisten schüttelte den Kopf und meinte:

»Das wär' doch was für unsere Pressestelle!«

»Untersteht euch! Ihr habt versprochen zu schweigen«, schwindelte Tom und entließ die Gesetzhüter durch die Seitentüre.

Frau Baumann wohnte in der Elisabethstraße, gut 500 Meter vom Einsatzort entfernt. Die Sanitäter fuhren sie nach Hause und geleiteten sie samt Baccararose und Bargeld bis vor ihre Wohnungstüre im 1. Stock. Dort angekommen, bat die alte Dame ihre Begleiter verschämt, kurz wegzusehen. Dann fasste sie in ihren weiten Ausschnitt und zog ihren Hausschlüssel hervor, der an einem langen Halsband unter ihrem Busen baumelte.

›Eitelkeit und Schamgefühl kennen keine Altersgrenzen‹, dachte Pfiff, der neugierig geblinzelt hatte und nun schmunzeln musste.

Zum Abschied umarmte Tom seine Namensvetterin und gab ihr einen kräftigen Kuss auf die Wange. Frau Baumann strahlte, als hätte sie ein Engel geküsst und winkte beiden noch lange im Treppenhaus nach, auch, als sie längst aus ihrem Blickfeld verschwunden waren.

Tom meldete der Leitstelle einen Fehleinsatz. Er wollte auf jeden Fall vermeiden, dass die alte Dame für den Einsatz oder den Heimtransport am Schluss noch eine Rechnung bekam.

Der Dienstschluss nahte. Die Leitstelle schickte sie »Richtung Heimat«. Tom steuerte Speedy gemächlich über die Nordend-, Georgen- und Ludwigstraße.

Nach einer Weile des Schweigens platzte es aus Pfiff heraus:

»Ganz schön großzügig, der Herr!«

»Nicht unbedingt!«, meinte Tom.

»Du schenkst einer Oma einfach mal 1000 Euro? Wenn das nicht großzügig ist!«

Tom holte tief Luft, als müsste er sich eine philosophische Erklärung aus den Fingern saugen:

»Ich habe mein ganzes Leben lang noch selten etwas gespendet und habe auch nicht vor, etwas zu spenden, keiner Hilfsorganisation, nichts für Erdbebenopfer, nichts für Kriegsopfer, nichts für Flüchtlinge – ich spende überhaupt nichts! Und weißt du warum?«, fragte Tom und gab gleich selbst die Antwort, »weil der überwiegende Teil jeder Spende nur ein Riesenheer von Sesselpfurzerinnen und Sesselpfurzern aufbläht, die die Spenden mehr schlecht als recht verwalten! Ich hab' der Oma nicht eben mal 1000 Euro geschenkt. Nein! Es gab einen ernsthaften Grund! Sie war in einer echten Notlage! Und ich konnte hier auf direktem Wege helfen, ohne Reibungsverlust und ohne Verwaltungskosten. Das macht für mich Sinn!«

»Du hast noch was vergessen«, warf Pfiff ein, »was glaubst du, wie viele Schmiergelder aus den ganzen Spenden an korrupte Politiker fließen, damit die überhaupt Hilfsgüter in ihr geschundenes Land lassen?«

»Hunderte Millionen, wenn nicht Milliarden«, wütete Tom, »und der Herr Diktator kauft sich dann mit den Spendengeldern eine goldene Badewanne, während sein Volk verhungert!«

»Ich gebe auch keinen Cent an die ganzen Bettler, die die Rumänen-Mafia morgens über die Stadt verteilt und abends wieder einsammelt. Da kommt auch nichts bei den armen Schweinen an«, ereiferte sich Pfiff.

»Das ist ja das Allerletzte!«, stimmte Tom zu.

»Es gibt immer noch eine Steigerung. Hast du gewusst, dass in Indien manche Bettlerclans ihren eigenen Kindern sämtliche Knochen brechen, damit sie mehr Mitleid erregen und mehr erbetteln können?«, fragte Pfiff.

Tom bog von der Ludwig- in die Von-der-Tann-Straße ein, die nach wenigen hundert Metern in die Prinzregentenstraße übergeht, einer mehrspurigen Prachtstraße zwischen dem *Haus der Kunst* und der *Luitpoldbrücke*. Der Verkehr war zähflüssig und Speedy zuckelte mit rund 20 Stundenkilometern auf der rechten Spur dahin.

»Hör auf! Die Welt ist so schlecht!«, brüllte Tom als er links von einem Fahrradfahrer überholt wurde, dem es offensichtlich Spaß machte, zwischen den Spuren zu pendeln und den Autofahrern seine Überlegenheit in der Stausituation zu demonstrieren.

»Der weiß anscheinend nicht, dass es hier einen Fahrradweg gibt und Helm braucht er wohl auch keinen«, kommentierte Pfiff.

Auf der Spur links neben Speedy fuhr, etwa eine halbe Fahrzeuglänge voraus, ein Kieslaster, der just als der Fahrradfahrer vor ihm einscherte, eine Vollbremsung hinlegte.

Tom und Pfiff sahen, wie der Lastwagen mit der rechten Stoßstange das Fahrrad erfasste, zum Sturz brachte und sowohl das Gefährt als auch den Radfahrer unter sich begrub.

Tom bremste scharf und blickte gleichzeitig in den linken Außenrückspiegel, wo er ein Bein des Radfahrers gerade hinter dem Vorderreifen des Lasterwagens hervorkommen sah. Der Lastwagenfahrer hatte keine Chance. Bei der Beladung konnte er das tonnenschwere Gefährt nicht schneller zum Stehen bringen.

Pfiff sprang aus dem Wagen und Tom rief ihm nach:

»Pass auf dich auf! Eigensicherung hat Vorrang! Ich geb' der Leitstelle Bescheid und komm' gleich nach!«

Tom drückte am Funkgerät eine Taste, die der Leitstelle einen *dringenden Sprechwunsch* signalisierte und schaltete Warnleuten und Blaulichter an.

Die Leitstelle rief ihn sofort auf:

»*Berger Rettung 49/71/1*, was gibt's?«

»In der Prinzregentenstraße, zwischen Lerchenfeld- und Oettingenstraße, wurde gerade direkt vor unseren Augen ein Fahrradfahrer überfahren. Polizei erforderlich. Ob wir das NEF brauchen, melde ich gleich. Hab den Patienten noch nicht gesehen! Ende!«

Tom wusste, dass es im rettungsdienstlichen Funkverkehr unüblich war, einen Funkspruch mit »Ende« abzuschließen. Er spürte seine Aufregung und sah den Unfallhergang nochmals wie in Zeitlupe vor seinem inneren Auge ablaufen.

Ist der Radfahrer tot oder hat er nur ein Bein gebrochen? Alles war möglich. Gleich würde er es wissen!

Pfiff hatte den Lastwagenfahrer, einen bulligen Zwei-Meter-Mann, gebeten, seine Warnweste anzuziehen und gut 100 Meter hinter der Unfallstelle zwischen beiden Spuren ein Warndreieck aufzustellen. Pfiff fragte den Mann ausdrücklich, ob er sich das zutraue. Er und Tom würden sich um den Verletzten kümmern. Die Polizei sei ebenfalls verständigt.

Der Mann nickte, holte ein Warndreieck unter dem Beifahrersitz hervor, vermied es, auf den Verletzten zu blicken und tat, was er tun sollte.

Unter dem Lastwagen war ein lautes Stöhnen zu hören. Der Radler lebte!

»Einer von uns muss sich richtig dreckig machen, um den da rauszuziehen«, bemerkte Pfiff, »du oder ich?«

»Immer der, der frägt! Außerdem bist du 'ne Nummer dünner als ich. Ich zahl' dir notfalls die Reinigung«, argumentierte Tom, und schon robbte Pfiff auf dem Bauch zum Patienten. Es roch nach Altöl und Auspuffgasen. Pfiff fragte routinemäßig:

»Wie geht es Ihnen?«

Der Verletzte antwortete nur mit lautem Stöhnen und Schmerzgeschrei:

»Aahh! Aaaaaahhhh! Aaaahhh!« – in verschiedenen Lautstärken und Dehnungen. Sein linker Fuß ragte im Knie fast rechtwinklig nach außen, Kniegelenk und Kniescheibe lagen frei, Elle und Speiche des linken Unterarms hatten das Fleisch durchbohrt, an der Stirn klaffte eine Platzwunde.

»Fordere das NEF an und bring Trage und Stiffneck!«, rief Pfiff zu Tom, der neben dem Laster kniete.

Dann versuchte er, den Radler zu beruhigen und von seinen Schmerzen abzulenken:

»Wir sind vom Rettungsdienst und bringen Sie gleich in die Klinik. Wie heißen Sie?«

Statt einer Antwort kamen nur laute Schmerzschreie.

Tom war schnell wieder zur Stelle und reichte Pfiff das Stiffneck.

Pfiff legte dem Verletzten auf engstem Raum und unter schwierigsten Bedingungen die Plastikhalskrause an, wobei der Patient auch noch den Kopf kräftig hin- und herbewegte und jegliche Aufforderung zum Stillhalten ignorierte. Das Teil sollte die Halswirbelsäule stabilisieren.

»Brauchen wir die Schaufeltrage oder die Feuerwehr?«, fragte Tom.

»Nein«, antwortete Pfiff, »den Meter bis zu unserer Trage zieh' ich den so raus. Da kann nicht mehr kaputtgehen, als eh schon kaputt ist.«

Er legte beide Arme des Verletzten auf dessen Brust, griff unter seine Achseln und zog ihn unter dem Laster hervor. Dann positionierte er das halb abgerissene, stark blutende linke Bein auf das rechte Bein des Radlers und nickte Tom zu:

»Du nimmst die Beine, ich den Oberkörper! Auf drei: eins, zwei, drei!«

Gottseidank war der kleine, drahtige Sportsmann nicht sonderlich schwer. Kaum auf der Trage, gab der Verletzte keinen Ton mehr von sich. Tom und Pfiff luden schnell ein und schlossen die Türen. Hier konnten sie richtig arbeiten! Hier waren sie zu Hause!

Pfiff versuchte einen Puls zu fühlen.

»Defi!«, rief er Tom zu, der sofort den Defibrillator aus der Wandhalterung riss, einschaltete, auf die Brust des Patienten setzte und mit dem Schlimmsten rechnete.

»Der Puls war sehr flach und ich bin mir nicht sicher, ob ich ihn richtig gefühlt hatte«, relativierte Pfiff.

Der Defi, der gleichzeitig auch als EKG-Gerät diente, zeigte eine saubere Kurve. Der Puls lag bei 110! Schockgefahr!

Pfiff legte am rechten, augenscheinlich unverletzten Arm des Radlers eine Blutdruckmanschette an, mit der er sowohl den Blutdruck messen als auch die Venen zum Stechen der Infusionsnadel stauen konnte. Der Blutdruck lag bei 95 zu 60.

Tom hatte bereits einen Beutel Ringerlösung in die Infusionshalterung gehängt und das Infusionsbesteck entlüftet.

Da klopfte jemand an die Türe. Tom öffnete einen kleinen Spalt. Der Lastwagenfahrer fragte:

»Wie geht es ihm? Lebt er noch?«

Der Zeitpunkt war denkbar ungünstig, aber wenn jemand ein Anrecht auf eine Antwort hatte, dann war es dieser Mann.

»Er lebt«, gab ihm Tom Auskunft, »aber es geht ihm schlecht. Ich hab' übrigens den Unfall ganz genau gesehen und meine, Sie können nichts dafür. Sagen Sie der Polizei, dass die Sanitäter den Unfall bezeugen können!« Dann schlug er die Tür unsanft zu.

Just in dem Moment, als Pfiff die Vene punktierte, erwachte plötzlich der schon im Koma geglaubte Patient, brüllte wie ein Berserker, strampelte und schlug wild um sich, wobei sein stark blutendes, halb abgerissenes linkes Bein von einer Seite des Rettungswagens auf die andere schleuderte und wieder zurück und die Knochen seines linken Unterarms das Fleisch noch mehr durchbohrten.

»Die Nadel ist durch!«, rief Pfiff. Er hatte die Nadel auf Grund der abrupten Bewegungen des Patienten durch die Vene gestochen.

»Wir brauchen unbedingt einen Zugang, bevor seine Venen kollabieren! Wo sind denn die Bullen? Wo ist der Notarzt, wenn man ihn mal wirklich braucht!«, tobte Pfiff.

»Bei mir sind die Bullen immer ganz schnell da … wenn ich mal im Parkverbot stehe«, witzelte Tom und fuhr sogleich mit ernster Miene fort, »ich halt' dir jetzt mal mit ganzer Kraft seinen Arm fest. Und alles drum herum, das Blut, die ganze Scheiße, der halb abgerissene Fuß, die herausstehenden Knochen, sein Geschrei – das alles stört uns jetzt einfach nicht! So lange, bis du die Infusionsnadel gesetzt und fixiert hast!«

»Du baust mich richtig auf, Kumpel«, antwortete Pfiff mit einem gequälten Lächeln, entnahm eine neue Venen-verweilkanüle, staute den Oberarm und punktierte eine vermeintlich geeignete Vene in der Nähe des letzten Ein-stichs an der Ellenbeuge.

Leider ohne Erfolg. Es tropfte kein Blut aus der Nadel. Sie lag nicht in der Vene.

Pfiff wusste, dass *Paramedics* in den USA Infusionen häufig auch an Hand- und Fußrücken anlegten. In Deutschland war das jedoch unüblich. Er würde sich – je nach Aufnahmearzt – dafür rechtfertigen müssen.

›Scheißegal, was andere sagen! Wenn ich hier und jetzt keinen Zugang schaffe, könnte das für den Sports-mann lebensbedrohlich werden‹, dachte Pfiff und ent-deckte tatsächlich am rechten Handrücken eine Vene, die ihm gefiel. Er bat Tom, die Hand und den Unterarm so festzuhalten, als wären beide Gliedmaßen in einen Schraubstock eingespannt. Dann stach er eine etwas dünnere Venenverweilkanüle ein, fixierte sie mit Pflas-terstreifen und legte schnell noch einen üppigen Hand-verband darüber.

Der linke Fuß des Radlers blutete an der Ausrissstelle im Kniebereich stark, aber nicht arteriell. Tom hatte die Idee, am dünnen, muskulösen Oberschenkel des Radlers eine Blutdruckmanschette anzulegen und damit die Blutung zu stauen.

Der Patient war nun wieder zur Ruhe gekommen, sehr ruhig, zu ruhig – totenstill!

Pfiff prüfte sämtliche Vitalparameter. Atemfrequenz, Sauerstoffsättigung, Puls und Blutdruck waren messbar, aber allesamt im Grenzbereich. Der Patient musste schnellstmöglich in die Klinik!

Nun kontrollierte Pfiff die Pupillenreaktion: Die Pupille des linken Auges war stark erweitert und blieb auch beim Anleuchten groß und starr, während die Pupille des rechten Auges deutlich kleiner war und sich beim Anleuchten noch ein wenig weiter zusammenzog. Ein klares Indiz für eine Hirnblutung. Pfiff stellte sofort das Oberteil der Trage hoch. Nun konnte jede Minute über das Überleben und den späteren Behinderungsstatus des Patienten entscheiden.

»Fahr' sofort in die Neurochirurgie ins Ostklinikum!«, wies Pfiff Tom an.

»Aber der Notarzt ist noch gar nicht da!«, gab Tom zu bedenken.

»Nichts *aber*! Fahr so schnell du kannst! Ich sprech' mit der Leitstelle. Tom drückte auf *dringenden Sprechwunsch* und Pfiff übernahm nach Aufforderung der Leitstelle den Hörer:

»Patient, männlich, komplette, offene Unterarmfraktur links, offene Unterschenkelfraktur links mit Teilabriss im Kniebereich, steht eventuell zur Amputation, reaktionslose, stark erweiterte Pupille links. Bitte dringend um Anmeldung in der Neurochirurgie im Ostklinikum. Anästhesie, CT und OP für Kraniotomie vorbereiten!«

»Wer sagt das? Ist der Notarzt schon bei Ihnen?«

»Ich, Peter Pfeifer, Anästhesiepfleger und Sanitäter, sage das! Der Notarzt ist immer noch nicht hier.«

»Warten Sie bitte auf den Notarzt!«

»Negativ – wir sind schon unterwegs. Es geht hier um jede Minute.«

»Warten Sie auf den Notarzt, sonst gibt's Ärger!«

»Wie Sie wissen, wird der Funkverkehr mitgeschnitten und wenn wir gleich in der Klinik ankommen und da ist noch nichts vorbereitet, *dann* gibt's Ärger!«

»Was hat dich denn geritten?«, fragte Tom nach hinten, während er die Grenzen der Zentrifugalkraft mit Speedy an der weiten Kurve um den Friedensengel auslotete.

»Ich war schon bei solchen OPs dabei. Da geht es wirklich um jede Minute. Und ich hab' es gestrichen satt, mir von so Arroganzbolzen wie dem Dr. Hecht sagen zu lassen, wann ich eine Reanimation abbrechen soll und einen gottverdammten Korinthenkacker in der Leitstelle entscheiden zu lassen, wie lange ich auf den Notarzt warten muss. Jetzt hab' ich genug Kohle, um notfalls diese ganzen Lackaffen in Grund und Boden zu prozessieren!«

»Recht haben und Recht bekommen ist nicht immer das Gleiche!«, schrie Tom laut nach hinten, um die Presslufthörner zu übertönen, als er in die Trogerstraße einbog.

»Ich hab' jetzt sogar genug Kohle, um für verlorene Prozesse und ungerechtfertigte Strafmandate zu zahlen«, argumentierte Pfiff selbstbewusst, während er nochmals alle Vitalparameter überprüfte und die Infusion etwas schneller stellte.

Am Eingang zur Notaufnahme warteten ein Anästhesist, eine Intensivschwester und ein kleiner, korpulenter

Herr mit kantigem Gesicht, mittelblondem, dichtem Haar und strengem Seitenscheitel: Professor Dr. Martin Beckmann höchstpersönlich! Wer ihn nicht kannte, hätte ihn auf den ersten Blick wahrscheinlich als Metzger eingestuft. Nur seine feingliedrigen Klavierspielerfinger sprachen eine andere Sprache und passten nicht so recht zu seinem grobschlächtigen Erscheinungsbild. Der Professor war einer der begnadetsten Neurochirurgen der Republik und hatte die Gabe, komplexe Zusammenhänge leicht verständlich zu erklären, und zwar sowohl gegenüber seinen Assistenzärzten als auch gegenüber Studenten, Sanitätern, Patienten und Angehörigen. Er war beliebt und gesellig und einmal sogar auf ein Feierabendbier im SKYHIGH.

»Was bringt ihr uns da Schönes?«, fragte der Professor lapidar, während er sofort begann, den Patienten gründlich zu untersuchen und gleichzeitig aufmerksam zuhörte, was ihm die Sanitäter berichteten.

»Das habt ihr super gemacht! War auch gut, dass ihr nicht mehr auf den Notarzt gewartet habt. Hier zählt jede Minute. Ich diktiere morgen meiner Sekretärin ein paar Zeilen an eure Leitstelle. Dann bekommt ihr ganz sicher keine Probleme!«, sprach der Professor mit ruhiger Stimme. Er hatte die ganz besondere Gabe, flink wie ein Wiesel zu sein und zugleich die Ruhe eines einsamen Hochgebirgssees auszustrahlen.

»Narkoseeinleitung, Patient zum CT und OP zur Kraniotomie vorbereiten. Ich möchte den Mann in zehn Minuten auf dem Tisch haben«, gab der Professor dem Anästhesisten, der Intensivschwester und seinem gerade hinzu geeilten Assistenzarzt Dr. Müller zu verstehen, wohlwissend, dass die Zeitvorgabe kaum eingehalten werden konnte, »und Sie, Herr Müller, rufen bitte noch zwei Chirurgen hinzu, die sollen schon mal an Arm und Bein arbeiten, während ich den Schädel aufmache!«

Der Professor watschelte gemütlich Richtung Operationssaal. Kurz bevor er die große Schleusentüre zum sterilen Bereich erreichte, drehte er sich nochmals um und winkte die Sanitäter mit einer geheimnisvollen Geste zu sich. Erst als sie ganz nahe vor ihm standen, fragte er leise:

»Schon mal ein Loch in 'nen Schädel gebohrt?«

»Nein!«, antwortete Tom etwas irritiert und beide schüttelten den Kopf.

»Wollt ihr bei der Operation dabei sein und einer von euch darf bohren?«

Pfiff und Tom sahen sich kurz an und nickten übereinstimmend.

»Dann kommt gleich mit mir mit und ich zeige euch mal, wie man sich richtig die Hände wäscht. Dabei könnt ihr euch überlegen, wer bohren will.«

Pfiff kannte das Prozedere der präoperativen Händedesinfektion schon vom häufigen Zusehen aus seiner Arbeit im Operationssaal, aber für Tom war es absolutes Neuland.

Hände und Unterarme mussten eine Minute lang gründlich mit einer antiseptischen Waschlotion eingeseift werden, dann folgte die Reinigung der Fingernägel mit einem weichen Bürstchen, Abtrocknen und schließlich die Aufbringung eines Desinfektionsmittels auf Hände und Arme, wobei der Wandspender nur mit dem Ellbogen berührt werden durfte. Die Zeremonie dauerte gute sieben Minuten. Alleine das Desinfektionsmittel musste drei lange Minuten einwirken.

Beide Sanitäter hätten liebend gerne die Chance wahrgenommen, einmal in ihrem Leben bei einer Operation selbst Hand anlegen zu dürfen, aber Pfiff ließ Tom den Vortritt. Der versprach ihm und dem Professor bei nächster Gelegenheit einen kostenfreien Abend im SKY-HIGH mit einer großen Portion Bio-Kakerlaken im Bierteig.

Als sie frisch gewaschen und steril vermummt den Operationssaal betraten, war schon alles vorbereitet: Der Patient lag mit erhöhtem Oberkörper, intubiert und narkotisiert auf dem Tisch. Sein Schädel war rasiert, die OP-Schwester hatte Skalpell, Haken, Lochbohrer und jede Menge Kleininstrumente vorbereitet und wartete darauf, diese steril anreichen zu dürfen.

Die CT-Bilder zeigten auf einem Bildschirm neben dem Kopf des Patienten die exakte Position der Hirnblutung an. Professor Beckmann erklärte, es handle sich um eine Epiduralblutung, eine arterielle Blutung zwischen Schädelknochen und harter Hirnhaut, die sich oft schnell ausbreitet und immer mehr Platz im Hirnraum einnimmt. Er desinfizierte das OP-Feld gründlich, markierte nach Betrachtung der CT-Bilder mit einem sterilen Permanentmarker Bohrloch- und Hautschnittstelle und forderte Dr. Müller auf, die Kopfschwarte des Patienten entlang seiner Markierung aufzuschneiden. Dann drückte er Tom den akkubetriebenen Bohrer, der sich rein optisch nur unwesentlich von einem kleinen Baumarktbohrer unterschied, in die Hand und schraubte einen 18-Millimeter-Lochbohreinsatz auf.

Tom gab sich alle Mühe, cool zu bleiben, aber sein Herz pochte kräftig bis zum Hals, wie bei seinem ersten BASE-Sprung und seine Hände zitterten wie Espenlaub.

Professor Beckmann umgriff mit seinen beiden Händen ruhig und kräftig Toms Hände, die den Bohrer hielten, wies Pfiff an, mit zwei Haken die inzwischen durchschnittene Kopfschwarte auseinanderzuziehen und Dr. Müller sollte nur für den Moment des Bohrens von einer Seite sterile, isotonische Kochsalzlösung zur Kühlung auf den Bohrer sprühen und von der anderen Seite absaugen.

»Die Aufbohrung des knöchernen Schädels, Kraniotomie oder auch Trepanation genannt, gibt es schon seit 12 000 Jahren. Nur hatten die damals nicht so feine Geräte«, erzählte der Professor, jagte den Bohrer in Toms Händen auf 50 000 Umdrehungen pro Minute und drückte ihn geschickt für drei Sekunden auf den Schädelknochen des Patienten. Das Bohrgeräusch klang wie eine um eine Oktave zu tief gestimmte Kreissäge und ging durch Mark und Bein. Im Moment des Schädeldurchbruchs stoppte der Bohrer sofort. Professor Beckmann nickte Dr. Müller zu, der mit einer Pinzette das kreisrunde Knochenstück abhob, das – falls der Patient überlebte – später wieder eingesetzt werden konnte.

Schlagartig ergoss sich ein großer Schwall Blut, gemischt mit Liquor, aus dem Bohrloch.

»Wenn das ganze Blut, das hier rauskommt aufs Hirn drückt, dann sterben schnell und massiv Gehirnzellen ab. Ob er überlebt, schwer, leicht oder gar nicht behindert ist, wissen wir erst später, aber so schnell, wie der vom Unfallort auf den OP-Tisch kam, hat er gute Chancen!«, meinte der Professor.

Plötzlich spritzte pulsierend hellrotes Blut aus der Öffnung, und zwar in zwei verschiedene Richtungen, einmal direkt auf Dr. Müllers Mundschutz und einmal auf Pfiffs Kittel.

Professor Beckmann setzte schnell und präzise zwei Titan-Gefäßklemmen auf die Arterien, spülte das Bohrloch mit steriler Kochsalzlösung aus, suchte nach weiteren Blutungsquellen und setzte einen dritten Gefäßclip. Dann verließ er mit den Sanitätern den OP-Tisch, zog sich die Latexhandschuhe laut schnalzend von den Händen und überließ Dr. Müller das Legen der Drainagen und Verschließen der Wunde.

In der Schleuse wuschen sich gerade zwei Chirurgen die Hände, Beckmann gesellte sich dazu und gab Anweisungen:

»Ich bin mit ihm fertig und der Müller macht ihn gerade zu. Da wartet eine Menge Arbeit auf euch und wir haben hier in der Neurochirurgie gar nicht alle Instrumente, die ihr so brauchen werdet. Am besten, ihr verlegt ihn gleich in euren großen aseptischen OP. Schaut ihn euch mal an!«

»*Berger Rettung 49/71/1* einsatzklar am Ostklinikum«, funkte Tom mit fröhlicher Stimme.

Der Leitstellen-Disponent war hörbar sauer, weil die Sanitäter nicht auf den Notarzt gewartet und sich fast eine Stunde lang nicht gemeldet hatten.

»Was habt ihr denn so lange getrieben?«

»Sorry, wir mussten beim Operieren helfen«, antwortete Tom.

»Für heute ist euer Dienst beendet. Das wird noch ein Nachspiel haben!«, antwortete der Disponent und überlegte, wie er die Rettungs-Rambos von der Berger-Wache, die ihn jetzt auch noch öffentlich verarschten, am besten disziplinieren konnte. Da wusste er noch nicht, dass wenige Tage später ein Brief mit folgendem Inhalt in der Leitstelle eintreffen würde:

Ihre Sanitäter brachten am 25. August um 17:37 einen schwerstverletzten Patienten optimal versorgt in unsere Klinik. Anschließend assistierten sie auf mein Ersuchen bei der sofort eingeleiteten Kraniotomie. Die Entscheidung der Sanitäter, in diesem Fall nicht auf den Notarzt zu warten und den Patienten unverzüglich in neurochirurgische Behandlung zu bringen, war richtig und hat dem Patienten mit hoher Wahrscheinlichkeit das Leben gerettet. Hochachtungsvoll, Professor Dr. Beckmann

* * *

21 Uhr – die Nacht verdrängte die Dämmerung, die Tage wurden wieder kürzer. Tom hatte gerade frisch geduscht, ein rohes Ei geschlürft und die Kakerlaken gefüttert. Er durchsuchte die Kontaktliste seines Smartphones und tippte auf einen Eintrag.

»Hi Florian, wie geht's?«

»Bestens, bin erst vor zwei Stunden aus Kinshasa zurückgekehrt!«

»Was treibst du denn im Kongo?«, fragte Tom erstaunt.

»Versorgungsflüge für 'ne deutsche Firma, für die ich letztes Jahr schon mal geflogen bin. Ihr Chefpilot ist vor 14 Tagen mit 'ner *Cessna Caravan* tödlich verunglückt. Da haben die nur noch einen Piloten gehabt und zwei *Cessnas 206* im Hangar.«

»Und da haben sie dich angerufen, weil es in Afrika nicht genügend Buschpiloten gibt?«, fragte Tom ironisch.

»Du sagst es! Die wollten für die Übergangszeit, bis sie einen neuen Festangestellten haben, unbedingt einen erfahrenen, zuverlässigen, deutschen Piloten – einen wie mich eben! Flug Erster Klasse und eine Gage, die ich nicht ablehnen konnte. Bedingung: Ich musste innerhalb von 24 Stunden antreten und mindestens zehn Tage bleiben. Ich sag' dir, das war echt geile Buschfliegerei von sechs Uhr morgens bis sechs Uhr abends. Stell dir vor, einmal haben die mir eine ganze lebendige Kuh hinten in die 206er geworfen, nur an den Beinen gefesselt. Das arme Vieh war noch nie geflogen, hat gemuht ohne Ende und mir die ganze Kiste vollgeschissen. Aber das haben dann die Bimbos wieder sauber gemacht ...«

»*Bimbos* sagt man nicht, du alter Ethnophaulist«, mokierte sich Tom.

»Ich hab's ja nicht zu den Bimbos gesagt, sondern nur zu dir, oids Scheißhaus«, konterte Florian, »und was hast du so getrieben?«

»Hab' heute einem Mann ein Loch in den Schädel gebohrt!«

»Alter Spinner!«, antwortete Florian.

»Doch ehrlich! Komm 'rüber ins SKYHIGH, dann erzählst du mir deine Geschichten und ich dir meine. Außerdem schuldest du mir noch einen Gefallen, altes Adlerauge!«

KAPITEL 19

Rollen und Loopings

Donnerstag, 27. August, 2:30 Uhr

Im Bezirkskrankenhaus herrschte Totenstille. Alle Patienten schliefen, wahrscheinlich auch die Nachtschwestern und -pfleger.

Tom saß, ganz in schwarz gekleidet und mit einer großen Taschenlampe am Gürtel, im Führerhaus eines riesigen Kieslasters, 100 Meter von Haus M entfernt, die Ladefläche Richtung Hauseingang gerichtet. Zehn Tonnen Leergewicht und fünfzehn Tonnen Ladung – damit könnte man Häuser einreißen, hatte ihm Sepp versprochen.

Tom atmete tief ein und aus, zog eine schwarze Sturmhaube mit zwei kleinen Sehschlitzen über den Kopf und dachte an Bärlauch, der wie ein verkapseltes Krebsgeschwür seine Unbeschwertheit belastete. Gleich wird er ihn befreien! Niemand wusste davon, nicht einmal Pfiff.

Zeitgleich mit dem Anlassen des Motors überschritt der Sekundenzeiger seiner schwarzen Präzisionsarmbanduhr die Zwölf. Tom gab sich von jetzt an genau drei Minuten, legte den Rückwärtsgang ein, ließ die Kupplung kommen und gab Vollgas.

Wenige Sekunden später durchbrach ein ohrenbetäubender Knall die Stille der Nacht. Da, wo vorher der Eingang zu Haus M gelegen hatte, klaffte ein riesiges Loch in der Wand. Einige rote Ziegelsteine lösten sich erst nach und nach und fielen krachend zu Boden.

Tom sprang aus dem Führerhaus, rannte in die Station und schrie laut:

»Bärlauch! – Wo bist du? – *Bärlauch!*«

Die Zimmer der psychiatrischen Station trugen keine Patientennamen. Tom durchsuchte mit eingeschalteter Taschenlampe jeden Raum bis er schließlich in einem Zimmer am Ende des Flurs den Gesuchten in einem gestreiften Schlafanzug auf seinem Bett sitzen sah:

»Bärlauch, du bist frei!«, brüllte er, »es tut mir verdammt noch mal leid, dass ich dich hier reingebracht habe. Aber jetzt, jetzt bist du frei!«

Bärlauch hob langsam den Kopf, bis sich seine Blicke mit denen seines Befreiers trafen, lächelte und sagte:

»Ohne meine Patienten gehe ich nicht!«

Tom hielt für den Bruchteil einer Sekunde inne, entschied dann, seinen Plan konsequent durchzuziehen, packte den wild um sich schlagenden und schreienden Bärlauch wie einen Sack Mehl, warf ihn über seine rechte Schulter, rannte über den Gang und durch das offene Mauerloch zum Lastwagen, warf Bärlauch unsanft auf den Beifahrersitz, schlug die Beifahrertüre zu, rannte vorne um den Lkw und hechtete auf den Fahrersitz.

Kaum hatte er hinterm Steuer Platz genommen, öffnete Bärlauch blitzschnell seine Türe und rannte davon. Tom folgte ihm, so schnell er konnte. Aber Bärlauch war schneller. Er rannte und rannte über Felder und Wiesen und schlug auch noch Haken wie ein Hase. Tom geriet immer mehr außer Atem und spürte, wie kalter Schweiß seinen Rücken benetzte und er sich dem Ende seiner Kräfte näherte.

Da wachte er plötzlich auf, kniff sich in den rechten Oberarm, um zu sehen, wo das Leben wirklich stattfand und knipste das Licht an. So einen schlimmen Albtraum hatte er schon lange nicht mehr durchlitten! Tom war patschnass geschwitzt, setzte sich auf, versuchte, seinen Traum nochmals zu rekonstruieren und ging schweren Schrittes unter die Dusche.

Danach goss er schottischen *Glenfiddich Single Highland Malt Scotch Whisky* in ein Glas mit drei Eiswürfeln, öffnete das hohe Altbaufenster, blickte auf die um diese Zeit menschenleere und trist anmutende Breisacherstraße hinunter und rauchte eine seiner vorletzten Zigaretten.

∗ ∗ ∗

Der Mann war braun gebrannt, Ende fünfzig, trug einen Schnauzbart, weißes Hemd, Krawatte und einen grauen Anzug mit Mütze, so wie ihn Dienstmänner trugen. Seine ernste Miene hätte gut zu einem Leichenträger gepasst. Aber er war Chauffeur für einen VIP-Service und nahm seine Arbeit ernst, sehr ernst sogar. Sein Motto war *dienen und verdienen*, denn nur wer sich oft genug und tief genug verbeugte und nur dann verbindlich lächelte, wenn es wirklich angebracht war, bekam auch reichlich Trinkgeld. Trinkgeld war wichtig in seinem Job. Wer geschickt war, bekam mehr Trinkgeld als Gehalt im Monat. Und er war geschickt – schließlich hatte er über 30 Jahre Berufserfahrung.

Die elegante, weiße *Lincoln Towncar Stretchlimousine* fuhr mit gemütlichen 100 Stundenkilometern auf der A 8 stadtauswärts und hatte gerade das Autobahnkreuz München-West passiert. Die Uhr auf dem Navi zeigte 12:23 – noch fünf Minuten bis zum Ziel.

Tom, der es sich auf dem rindslederbezogenen Beifahrersitz bequem gemacht hatte, zog den Zettel, den ihm Olga vor zwei Tagen zugesteckt hatte, aus der linken

Seitentasche seines schneeweißen Pilotenhemds und entfaltete ihn langsam.

Sein Verhältnis zu Olga basierte auf absoluter Diskretion. Sollten ihre Seitensprünge bekannt werden, so stand nicht nur ihr guter Ruf, sondern auch ihre Ehe auf dem Spiel. Olga stammte aus Litauen, hatte in Ungarn Medizin studiert und in Deutschland promoviert. Sie war seit 14 Jahren mit Martin, einem gut verdienenden Siemens-Ingenieur, verheiratet und hatte zwei Kinder: Jana, 17 und Oleg, 15. Sie sagte, sie führe eine glückliche Ehe, nur der Sex käme einfach zu kurz.

Für Tom war Olga ein echter Glücksfall. Mit ihr konnte er all seine sexuellen Fantasien ausleben, ohne sich fest binden zu müssen. Für Olga war Tom ebenfalls ein Glücksfall. Auch sie konnte mit ihm, einem jüngeren und attraktiven Mann, ihre Fantasien ausleben oder sich von ihm überraschen lassen, ohne ihre Ehe zu gefährden.

278P-LWS-13YC stand auf dem Zettel – sonst nichts.

Olga hatte gleich zu Beginn ihrer Beziehung die Idee gehabt, auf Zettel geschriebene Codes zu benutzen, trotz oder gerade wegen der heute üblichen Smartphonekommunikationsmöglichkeiten.

Wenn sich Tom richtig erinnerte, müsste der Code auf dem Zettel bedeuten:

278 = 27. August, also heute

P-LWS = Treffen am Parkplatz Langwieder See, einem von fünf festgelegten Treffpunkten

13 = 13 Uhr

YC = *your choice*, d.h. Tom hatte die Wahl und durfte den Nachmittag gestalten (im Gegensatz zu MC = *my choice*, d.h. der Vorschlagende hatte eine fixe Vorstellung, die er ausleben wollte).

Tom hoffte sehr, dass er Olgas Code richtig interpretiert hatte, denn er wollte heute einen neuen Meilenstein bei der Verwirklichung seiner Träume setzen.

»Wie heißen Sie?«, fragte Tom den Chauffeur.

»Nennen Sie mich Johnny«, antwortete dieser trocken, während er das fünfeinhalb Meter lange Gefährt souverän von der Kreuzkapellenstraße auf den Parkplatz Langwieder See manövrierte.

»Gut, Johnny. Hier wird gleich eine alte Freundin von mir zusteigen und wir werden uns ein wenig amüsieren. Schauen Sie nicht in den Rückspiegel. Konzentrieren Sie sich nur auf den Straßenverkehr und bringen Sie uns zum vereinbarten Ort. Ich erwarte mir absolute Diskretion«, sagte Tom und hielt dem Chauffeur eine 100-Euro-Note vor die Nase.

Der Chauffeur griff sich den Schein und nickte.

Tom stieg aus und suchte den großen Parkplatz nach Olgas weißem 5er-BMW F10 ab, als dieser gerade einbog. Er begleitete Olga wortlos in die Fahrgastzelle der Stretchlimo.

Erst als die Tür geschlossen war, küsste er den Traum seiner unerfüllten Sehnsüchte innig und bedeutete dem Chauffeur loszufahren.

Olga sah wieder blendend aus: schwarzer, enger Rock, weiße Rüschenbluse, die von ihren prallen Brüsten fast gesprengt wurde, ihr bezauberndes Gesicht mit den sympathischen Lachgrübchen und dem naturgeilen Blick, dazu rubinrot geschminkte Lippen und die unverwechselbare Patschoulinote von *Amouage Ciel*.

Olgas Augen funkelten wie die eines Kindes beim Anblick eines Weihnachtsbaums.

»So eine Überraschung! Seit ich zum ersten Mal eine

Stretchlimo gesehen habe, träume ich davon, da auch einmal drinzusitzen!«

»Heute ist *dein* Tag! Da werden Träume wahr«, bemerkte Tom nicht ohne Stolz darauf, dass er wohl ins Schwarze getroffen hatte.

»Heute ist *unser* Tag!«, antwortete Olga, griff ihm in den Schritt und streifte ihren engen Rock ab. Toms liebstes Stück stellte sich schneller, als ihm lieb war, auf wie eine *Patriot*-Rakete bei Fliegeralarm. Für einen kurzen Moment überlegte er, ob er sich sofort einem hemmungslosen Quickie hingeben sollte oder, ohne die Stimmung einzutrüben, noch einen Small Talk davorsetzen konnte.

»Ich zieh' mich nur kurz um«, sagte Olga, die nun in schwarzen Nahtstrümpfen und weißem Spitzenhöschen vor ihm stand. Das Höschen war etwas kleiner als die Rundungen ihres strammen Pos und die schwarzen Bändchen ihres Strapsgürtels schimmerten unter dem Höschen hervor.

›Olga denkt mit!‹, schoss es Tom durch den Kopf. Er hatte schon so manch unerotischen Moment erlebt, wenn Frauen die Bändchen über dem Höschen trugen und das schönste Vorspiel wegen Ummontage bei der Entfernung der Unterwäsche jäh unterbrochen werden musste.

Olga nahm einen klein zusammengefalteten, kurzen roten Rock aus ihrer eleganten *Gucci*-Handtasche und streifte ihn über.

»Der geile Zipper-Nappa-Rollrock!«, rief Tom entzückt.

»Dein Lieblingsrock! Den hab' ich extra für *unseren* Tag mitgebracht«, bemerkte Olga, »aber mit dem kann ich nicht auf die Straße gehen!«

Tom saß auf der schwarzen Rindsledercouch, zeigte nach oben und dimmte die mehrfarbige Beleuchtung von Taghell über Violett bis in ein schummriges Rot, wobei die fluoreszierenden Sterne romantisch von der Decke strahlten. Dann steckte er einen USB-Stick in die Stereoanlage, wählte Frédéric Chopins Klavierkonzert Nr. 1, e-Moll, Opus 11, interpretiert von Lang Lang aus und justierte eine dezente Lautstärke.

»Lust auf ein Gläschen Schampus und ein paar Schnittchen?«, fragte Tom weltmännisch, woraufhin Olga nickte.

Im Kühlschrank standen eine Flasche *Dom Pérignon Vintage,* Sektgläser und mit Kapern dekorierte Lachs- und Kaviarschnittchen auf einem Silbertablett bereit. Tom ließ den Korken knallen, schenkte den überschäumenden Genusstropfen ein, stellte das Tablett mit den Leckerlis auf dem Kühlschrank ab, reichte Olga ein Glas und hob seines an:

»Auf alle unsere grandiosen Liebesabenteuer!«

Olga stieß mit ihm an, nickte und leerte mit einem Zug das halbe Glas.

»Weißt du noch, wie du mich mal nachts um drei auf der Kinderschaukel am Spielplatz an der Münchner Freiheit genommen hast?«, fragte Olga.

»Und ob ich das weiß ... da kannten wir uns erst ganz kurz. Das erste Mal haben wir es, wenn ich mich richtig erinnere, im Klinikaufzug getrieben, als du Nachtdienst gehabt hast. Wir sind ins Dachgeschoss gefahren, wo eigentlich nur leere Betten rumstanden und meine größte Sorge ist gewesen, dass irgendjemand kurz vor meinem Orgasmus den Aufzugknopf drückt. Für diesen Fall hab' ich immer den Nothaltschalter im Blick gehabt, der aber zugleich den Hausalarm ausgelöst hätte.«

»Erinnerst du dich auch noch an den größten Reinfall, den wir je erlebt haben?«

»Flugangstseminar!«, lachte Tom laut auf, »wie könnte ich *das* je vergessen!«

Olga hatte sich damals in den Kopf gesetzt, unbedingt mal während eines Fluges auf der Flugzeugtoilette zu vögeln. Sie war von einem Pharmakonzern, der Beruhigungsmittel herstellte, unter dem Deckmantel der Fortbildung zum Besuch eines Flugangstseminars mit Begleitperson eingeladen worden, obwohl sie nie Flugangst hatte. Im theoretischen Teil erklärte ein Flugkapitän die normalen Abläufe und Geräusche bei Start und Landung. Eine Psychologin erläuterte die Entstehung der Angst und wie man sie durch autogenes Training oder – nur zur Sicherheit – mit dem Medikament besagter Pharmafirma, beherrschen konnte. Am Ende der Veranstaltung sollten alle Kursteilnehmer das Gelernte während eines innerdeutschen Linienflugs anwenden. Olga hatte Tom als Begleitperson mitgenommen. Der Flug ging von München nach Düsseldorf und im gleichen Flieger wieder zurück. Sie hatten genau abgesprochen, wer wann auf die Toilette gehen und auf welches Klopfzeichen dem anderen öffnen sollte. Kleiner Schönheitsfehler bei der Aktion: Die Kurzstreckenmaschine, auf der sie dann flogen, hatte keine Toilette!

»Außerdem vergesse ich nie, dass ich beim Warten auf diesen Flug dem Mann vor mir kräftig in den Hintern gekniffen habe. Er hat genau das gleiche Hemd, die gleiche Hose und den gleichen Knackarsch wie du gehabt. Mann, war das peinlich!«, meinte Olga, schmiegte sich auf der schwarzen Ledercouch an Tom, knüpfte ihm langsam das schneeweiße Pilotenhemd auf und strei-

chelte sanft seine leicht behaarte, anmutende Männer-
brust.

Tom öffnete Olgas Rüschenbluse, packte genüsslich
ihre Riesenbrüste aus und umkreiste mit flinker Zunge
ihre Nippel, die sich sogleich kraftvoll aufstellten. Als
sich ihre Lippen langsam aufeinander zubewegten,
hauchte Olga:

»Ich sollte mich noch abschminken. Hast du ein
Taschentuch?«

Tom deutete auf seine rechte und auf seine linke
Wange und antwortete:

»Mach mich zu deinem Häuptling, meine kleine, süße
Patschoulimaus!«

Damit war das Thema *Abschminken* erledigt. Sie küssten sich schlundtief und erforschten mit ihren Zungen
den Mundraum des jeweils anderen genauer als ein
Zahnarzt bei der Jahreskontrolle. Olgas enger, roter
Nappalederrock erlaubte ihr nur mit Mühe, ihre Beine
einen kleinen Spalt breit zu öffnen, gerade weit genug,
dass Tom sanft und zärtlich seine ausgestreckte Hand
einführen konnte. Er liebte diesen Reiz des Verborgenen
und das Knistern bei den sanften, kreisenden Streichel-
bewegungen zwischen den Nylonstrümpfen an der
Innenseite ihrer Oberschenkel. Langsam, ganz langsam
erreichte er den nackten, oberen Bereich ihrer Schenkel
und fühlte schon bald mit der Spitze seines Mittelfin-
gers, wie es feucht und heiß wurde.

Plötzlich ertappte er einen Gedanken, der durch sein
Hirn sauste, wie ein Flitzer über den Fußballplatz:

›Wenn mein Mittelfinger ein Thermometer und auch
noch ein Hygrometer wäre, dann zeigte er jetzt bestimmt über 40 Grad Celsius und 90 Prozent Feuchtig-
keit an.‹

Er ließ solche Gedanken gelegentlich zu, wenn er stark erregt war. Unerotische Gedanken, besonders an etwas Technisches, halfen ihm dabei, seine Erregung besser zu kontrollieren und nötigenfalls hinauszuzögern.

Tom zog den großen Messingreißverschluss an der Rückseite von Olgas Rock ein Stück nach oben, rollte das rote Nappaleder langsam über ihren Po bis zur Gürtellinie hoch und streifte ihr das blütenweiße Höschen ab. Nun konnte sie ihre Beine richtig weit spreizen und Tom streichelte mit beiden Händen die Innenseiten ihrer Oberschenkel und verwöhnte alles, was dazwischenlag, mit seiner flinken Zunge und seinen geschickten Fingern.

Tom entledigte sich seiner Hose und seiner Unterhose, schaute kurz nach vorne und sah, wie Johnny lüstern in den Rückspiegel blickte.

»Johnny, Sie enttäuschen mich! Schauen Sie nur in Ihre Außenspiegel und nicht in den Innenspiegel!«

»Sorry, Sir … soll nicht wieder vorkommen!«, quittierte der Chauffeur.

Tom und Olga liebten sich hemmungslos in fast allen Stellungen, die die Stretchlimo hergab, und Tom schaffte es mal wieder, seinen Orgasmus so zu steuern, dass er zeitgleich mit Olga kam. Seine obligatorische, laute Lachorgie beim Höhepunkt bewegte Olga zum Mitlachen und verlangte Johnny ein sehr hohes Maß an Selbstdisziplin ab. Zu gerne hätte er jetzt nochmals in den Innenrückspiegel geblickt!

Die beiden VIP-Passagiere gönnten sich zur Stärkung ein paar Schnittchen, schlürften ein weiteres Glas Schampus, schmiegten sich aneinander, schmusten und kuschelten so zärtlich, wie sie es bisher noch nie getan hatten.

»Wo fahren wir überhaupt hin?«, fragte Olga, nachdem sie Toms Wangen abgeschminkt und ihre Lippen nachgezogen hatte.

»Ins schöne Allgäu: sattgrüne Wiesen, glückliche Kühe, blauer Himmel, herrliches Alpenpanorama!«

»Und was machen wir dort? Kühe melken? Oder lassen wir uns ins Schloss Neuschwanstein einschließen und treiben es in König Ludwigs Lotterbett? Das hat bestimmt noch keiner gemacht!«

»Die Idee ist super und schon registriert«, bemerkte Tom anerkennend, aber erst wartet noch eine andere Überraschung auf dich!«

* * *

Die schwere Stretchlimousine bog von der A 96 auf eine kleine Landstraße Richtung Süden ab und erreichte nach wenigen Kilometern ihr Ziel. Der große Parkplatz mit gerade mal drei Kleinwagen darauf wirkte ebenso verlassen wie der ganze Flugplatz, vor dessen Hangar drei Sportflugzeuge standen.

Tom geleitete Olga galant aus der Luxuskarosse und drückte Johnny ein paar Scheine in die Hand mit der Anweisung, er möge noch eine Flasche Schampus besorgen und in zwei Stunden wieder am Parkplatz sein.

Als er sich umdrehte, stand ein großer, schlaksiger Mann in orangefarbenem Pilotenoverall vor ihm und blitzte ihn unter einer dunkelblauen Navy-Schirmmütze mit seinen Hasenzähnen breit grinsend an:

»Servus Tom, du oids Scheißhaus!«

»Der Witz ist doch so alt wie ein vertrockneter Mumienpfurz … kannst du nicht mal damit aufhören?«, echauffierte sich Tom und erklärte der Dame an seiner Seite:

»Olga, das ist Florian, ein begnadeter Pilot mit über 7000 Flugstunden. Er fliegt alles: 1-Mot, 2-Mot, Hochdecker, Tiefdecker, Doppeldecker, Spornradflieger, Verstellpropeller, Turbolader, Turbine – mindestens zwanzig verschiedene Flugzeugtypen. Er ist gerade als Buschflieger in Afrika gewesen und erst vorgestern zurückgekehrt. Lass' dich nicht von seiner altbayerischen Begrüßungsformel irritieren. Diese Ehre gewährt er nur seinen allerbesten Freunden!«

»Angenehm, schöne Frau«, sagte Florian zu Olga, deutete einen Handkuss an und führte die beiden zu einem der Sportflugzeuge, einer *Cessna 206 Stationair*. Dann nahm er die Schirmmütze ab, verbeugte sich tief und öffnete die Türe zum Passagierraum. Die Sitze waren ausgebaut, der Boden mit einer Matratze belegt und der gesamte Innenraum mit rotem Crêpesatin ausgekleidet.

»Geil!«, entfuhr es Olga, »und damit machen wir jetzt einen Alpenrundflug?«

»Du sagst es, meine kleine, süße Patschoulimaus!«

Zwanzig Minuten später rollte die Cessna zur Startbahn.

»Hallo Wachturm! Delta Echo November Uniform Sierra ready for take off!«, funkte Florian übermütig, da er wusste, dass der Mann am Tower Zeuge Jehovas war und schon mehrfach vergeblich versucht hatte, ihn auf den rechten Weg zu bringen.

»Rollen Sie zurück zur Parkposition!«, lautete die Anweisung des Fluglotsen.

Florian suchte den Himmel vor, über und neben sich

nach Luftfahrzeugen ab und öffnete sogar die Türe, um auch nach hinten Ausschau zu halten: Der Luftraum war frei!

Hatte sich der Bibelinterpret beleidigt gefühlt? In jedem Fall müsste Florian den Anweisungen des Towers Folge leisten.

»Ist das dein Ernst?«, funkte Florian.

»Nein! Kleiner Scherz meinerseits. Uniform Sierra cleared for take off, runway zero eight one, wind zero nine zero, five knots!«

Florian war erleichtert und gab Vollgas. Solche Scherze konnte man sich wirklich nur auf kleinen Flugplätzen erlauben, und auch nur dann, wenn man sich lange persönlich kannte.

Die Cessna schraubte sich langsam in großen Schleifen über dem Flugplatz auf Höhe. Die beiden Passagiere genossen eine Weile, aufrecht auf der Matratze sitzend, die herrliche Landschaft und den Blick auf die schneebedeckten Ammergauer Alpen im Süden. Die Welt unter ihnen wurde immer kleiner.

»Das hast du dir toll ausgedacht! Gleich zwei Überraschungen an einem Tag: erst die Limo und jetzt dieser atemberaubende Flug! Du weißt, wie man Frauen in Stimmung bringt«, lobte Olga, zog ein Taschentuch aus ihrer *Gucci*-Handtasche, schminkte ihre Lippen ab und entkleidete sich. Dann legte sie sich bäuchlings auf die Matratze und streckte ihren prallen Po in die Höhe, so, als wollte sie sagen: ›Nimm mich von hinten! Jetzt sofort!‹

»Dreh dich bitte noch mal um. Ich muss noch mit dir reden«, reagierte Tom, während er sich seiner Hose entledigte.

»Fährst du eigentlich gerne Achterbahn, so mit Rollen, Loopings und Überschlag?«

357

»Wenn ich vorher nicht gerade 'ne Fischsemmel oder Schweinebraten gegessen habe, schon. Warum fragst du?«

Tom atmete tief durch und beschloss, Olga nun seinen ganzen Plan zu eröffnen:

»Also, der Florian gehört nicht nur zu den erfahrensten Piloten, die ich kenne, sondern ist auch ein ganz ausgezeichneter Kunstflieger. Er hat sogar mal den ersten Preis auf der deutschen Motorkunstflugmeisterschaft in der Advance-Klasse gewonnen! Nun hab' ich mir vorgestellt, wie geil es wäre, wenn wir beide unsere Orgasmen genau in dem Moment hätten, in dem er einen Looping zwischen Tegelberg und Schloss Neuschwanstein fliegt, d. h., beim Orgasmus presst mich auch noch die Schwerkraft tief in dich rein und wenn wir gleich danach aus dem Fenster schauen, sehen wir die Türme des Schlosses zum Greifen nahe neben uns. Was hältst du davon?«

Olga lachte und schüttelte den Kopf:

»Du bist mir vielleicht ein Spinner! Mir würde es auch reichen, wenn wir es einfach nur hier auf diesem fliegenden Lotterbett mit Alpenblick hemmungslos treiben, aber wenn du dir das mit dem Looping in den Kopf gesetzt hast, soll es mir auch recht sein.«

»Ich wusste, dass du dabei bist!«, frohlockte Tom, »das Schwierigste an der Sache ist das Timing: Vorspiel, mein und dein Orgasmus und Florians Looping – alles muss genau passen! Wollen wir zur Einstimmung schon mal ein paar Fassrollen fliegen?«

Olga nickte.

»Rolle zuerst rechts und dann links!«, brüllte Tom ins Cockpit.

Florian reagierte nicht, zumindest nicht fliegerisch, sondern winkte Tom zu sich nach vorne und setzte die rechte Hörkapsel seines Headsets neben sein Ohr, sodass er mit dem linken Ohr weiterhin den Funkverkehr und mit dem rechten Tom hören konnte. Dann sagte er mit gedämpfter Stimme:

»Dieses Flugzeugbaumuster ist offiziell nicht für Kunstflug zugelassen. Ich muss erst noch etwas an Höhe gewinnen und außer Sichtweite des Flughafens sein. Dann können wir loslegen!«

Fünf Minuten später hatte die Cessna eine Flughöhe von 2500 m erreicht und ihr Kompass zeigte einen Kurs von 180 Grad.

»Seid ihr bereit?«, brüllte Florian nach hinten.

Olga nickte und Tom brüllte inbrünstig zurück:

»Ready!«

Florian erhöhte seine Fluggeschwindigkeit von 145 Knoten auf 160 Knoten und rollte die Cessna perfekt 360 Grad nach rechts um die Längsachse. Olga und Tom, die nebeneinanderlagen, wurden durch die Fliehkraft fest in die Matratze gepresst. Beide sahen sich an und lachten vergnügt. Es folgte sofort eine Rolle in die andere Richtung.

»Noch genau acht Minuten!«, rief Florian.

»Genau acht Minuten!«, bestätigte Tom, blickte auf seine schwarze *Breitling Avenger Skyland,* startete die Stoppuhr, küsste Olga innig, liebkoste ihre Brüste, streichelte zärtlich ihren ganzen Körper und blickte wieder auf seine Armbanduhr.

»Jetzt bleiben uns genau noch drei Minuten Vorspiel und zwei Minuten Vögeln bis zum Orgasmus!«

Tom schob sanft Olgas Kopf zwischen seine Beine und seine flinken Finger zwischen ihre Beine. Er wusste, dass ihn das ganz schnell an die Grenze des Wahnsinns treiben würde.

»Noch zwei Minuten!«, ertönte es aus dem Cockpit.

Tom legte sich auf Olga und drang in tiefen, festen, immer schneller werdenden Stößen in sie ein. Olga stöhnte laut. Er spürte, wie sich ihre Vagina zusammenzog, biss die Zähne und seinen PC-Muskel zusammen. Auf keinen Fall durfte er vor dem Looping kommen. Dann spürte er, wie die Cessna zum Looping ansetzte und die Fliehkraft ihn ganz tief in Olga eindringen ließ.

Olga schrie vor Glück und am Ende des Loopings sahen sie die malerischen Türmchen des Königsschlosses in greifbarer Nähe neben sich.

Olga rief völlig außer Atem und am ganzen Körper zitternd:

»Das war der schönste Orgasmus meines Lebens!«

Tom lächelte, schwieg eine Weile und gestand dann, sichtlich traurig:

»Mir ist es nicht gekommen. Ich hab' meinen Orgasmus zurückgehalten und im entscheidenden Moment ging es dann nicht!«

Olga nahm ihn tröstend in den Arm und streichelte seine Brust, während Florian eine 180 Grad-Wende einleitete und gen Norden Richtung Heimatflughaften steuerte.

»Und jetzt? Willst du jetzt?«, fragte sie.

»Können würde ich schon. Aber der Gag an der Sache ist ja, dass wir beide zeitgleich im Looping kommen sollten. Kannst *du* denn schon wieder?«, fragte Tom.

»Beine spreizen geht immer. Da sind wir Frauen eindeutig im Vorteil. Aber bis ich noch mal so richtig auf Touren komme und vielleicht am Ende einen Orgasmus habe, bräuchte ich schon gute zehn bis fünfzehn Minütchen dazwischen«, erklärte Olga.

Tom robbte auf allen vieren nach vorne zu Florian, der ihn mit einem breiten Grinsen empfing.

»Hast du Lust und noch genügend Sprit für eine Wiederholung in etwa 15 Minuten?«, fragte Tom ohne nähere Erklärung.

»Das lässt sich machen. Dann flieg ich jetzt mal Richtung Kreuzspitze – da seht ihr tief nach Österreich rein – dann entlang des Alpenkamms zum Tegelberg. Wieder das gleiche Timing mit Ansage acht Minuten und zwei Minuten vorher?«

Tom klopfte ihm erleichtert auf die Schulter:

»Dein Timing war perfekt! Du bist ein echter Profi!«

Florian leitete eine steile Kurve ein und Tom berichtete Olga freudig von der zweiten Chance. Alles verlief wie beim ersten Mal, nur, dass sie diesmal noch näher an den schneebedeckten Gipfeln des Ammergebirges entlangflogen und sich Olga beim Acht-Minuten-Call nur sehr schwer vom Fenster losreißen konnte. Der Ausblick war einfach zu atemberaubend!

Nach dem Zwei-Minuten-Call drang Tom wieder schnell und kräftig in Olga ein und schwor sich, diesmal nichts zurückzuhalten, auch wenn es ihm schon früher käme.

Florian leitete den Looping ein, Olga stöhnte immer lauter und schneller und genau in dem Moment, als die Fliehkraft sie am stärksten ineinanderpresste, hatten beide den ersehnten Orgasmus.

Tom schüttelte sich vor Glück und lachte laut, so laut, dass er das Geräusch am Heck des Flugzeugs kaum hörte. Es klang, als hätte jemand mit beiden Händen ein Stück Wellpappe durchgerissen.

Das Flugzeug schlingerte ein wenig, dann etwas stärker, dann wieder weniger.

Florian trat erst ganz leicht das linke, dann das rechte Pedal. Dann drückte er das Steuerhorn etwas nach vorne, zog es wieder an und drehte das Trimmrad etwas vor und wieder zurück. Aber das Flugzeug reagierte auf seine Steuereingaben nicht so, wie es sollte und wie er es gewohnt war.

Florian drückte die Funktaste:

»Delta Echo November Uniform Sierra – *Mayday – Mayday – Mayday!*«

Der Fluglotse antwortete sofort:

»Uniform Sierra, sprechen Sie!«

»Uniform Sierra, Höhenruder und Seitenruder ohne Funktion, vermutlich Heckleitwerk beschädigt, Höhe 5000 Fuß, versuche Notlandung auf oder neben der B17 zwischen Schwangau und Füssen, over.«

»Verstanden! Polizei und Rettungskräfte werden sofort alarmiert! Uniform Sierra hat Funkvorrang. Alle anderen Luftfahrzeuge wechseln auf 123,0 MHz!«

Florian versuchte, die Cessna nur mit dem noch funktionierenden Querruder an den Tragflächen und durch Regulierung der Motordrehzahl zu stabilisieren und zu steuern und schrie nach hinten:

»Wir machen eine Notlandung. Aber keine Panik! Es ist nicht meine erste und bisher hab' ich noch jeden Vogel heil runtergebracht. Reißt den Stoff runter und schnallt euch an! Die Gurte sind unter der Matratze! Aber keine schnellen Bewegungen!«

Tom blickte aus dem Fenster: Sie hatten noch jede Menge Höhe, geschätzte 1500 Meter. Er zog rasch seine Hose an und stopfte, um Zeit zu sparen, seine Unterhose tief in die rechte Hosentasche. Dann kramte er unter der Matratze die Sicherheitsgurte hervor. Olga war leichenblass, wollte sich sofort an-

schnallen und vergaß in der Aufregung, sich anzuklei-
den.

»Willst du etwa *so* sterben?«, fragte Tom mit Gal-
genhumor, reichte ihr BH und Bluse und half ihr dabei, ihr Höschen und ihren Rock anzuziehen. Danach
schnallte er Olga und sich an und zog beide Gurte fest.

Der Höhenmesser zeigte nun 3000 Fuß, also gute 900
Meter.

Höhe bedeutet Sicherheit besagt eine alte Fliegerregel,
denn je höher man bei einem Notfall fliegt, desto mehr
Zeit hat der Pilot beispielsweise bei einem Triebwerks-
ausfall, gegen den Wind zu drehen und eine geeignete
Notlandefläche zu suchen. In diesem Fall jedoch hätte
sich Florian gewünscht, schon etwas tiefer zu sein, denn
er wusste genau: An ein Eindrehen gegen den Wind war
nicht zu denken. Jeden Moment konnte die Strömung
abreißen und den Flieger zum Absturz bringen. Allein
mit Querruder und Gashebel konnte Florian die Aus-
richtung der Maschine nur geringfügig beeinflussen.
Die Lage war ernst!

300 Fuß / 90 Meter: Die Cessna verlor nur langsam an
Höhe, war aber viel zu schnell für eine normale Landung. Drehte Florian das Gas nur ein klein wenig zurück,
wurde die Maschine instabil und drohte abzustürzen.
Das lange, gerade Stück auf der Bundesstraße B 17 würde
vielleicht ausreichen, um die Cessna auch bei hoher
Geschwindigkeit ausrollen zu lassen, aber die Autofahrer ahnten nichts von der Notlage des Luftfahrzeugs und
die Kollisionsgefahr mit dem Gegenverkehr wäre sehr
hoch gewesen. Da entdeckte Florian, inzwischen nur
noch wenige Meter über dem Boden, ein gelbes Stoppelfeld rechts neben der Bundesstraße, manövrierte die
Cessna mit minimalen Steuerbewegung dort hin und

setzte auf. Es gab einen gewaltigen Knall. Dann wurde ihm schwarz vor den Augen.

* * *

Die *Cessna 206* hatte sich eineinhalbmal überschlagen und blieb auf dem Dach liegen. Tom und Olga hingen kopfüber in ihren Gurten.

Tom schüttelte den Kopf, bewegte ihn nach rechts und nach links, nach vorne und nach hinten. Dann bewegte er Arme und Beine. Alles funktionierte. Er fühlte keinerlei Schmerzen. Tom öffnete vorsichtig seine Gurte, hockte sich auf das dem Boden zugewandte Dach der Maschine und fragte Olga:

»Wie geht's dir?«

Die Chirurgin griff sich an die linke Schulter und antwortete leise:

»Relativ gut … aber ich glaube, ich hab' mir das Schlüsselbein gebrochen.«

Tom befreite sie aus ihrer misslichen Kopfüber-Hängelage und half ihr ins Freie. Es roch nach Benzin.

»Lauf' mindestens dreißig Schritte weg vom Flieger! Er könnte noch explodieren. Ich schau mal nach Florian.«

Florian hing angeschnallt und kopfüber im Pilotensitz. Seine Arme ragten schlaff nach unten. Schirmmütze und Sonnenbrille hatte es ihm beim Aufprall vom Kopf gerissen. An seiner Stirn klaffte eine große Platzwunde, die von der rechten Augenbraue bis zum Scheitel reichte. Dunkelrotes Blut rann in kleinen Bächen in seine Haare und tropfte auf das am Boden liegende Kabinendach.

Tom schrie ihn an und kniff ihn in den Arm. Aber er reagierte nicht. Vorsichtig schälte er Florian aus dem

H-förmigen Hosenträgergurt, der dem Piloten besondere Sicherheit geben sollte, hob ihn unter höchster Kraftanstrengung aus dem Flugzeugwrack und zog ihn gut dreißig Meter über das Stoppelfeld zu Olga. Dabei sah er, dass der Cessna das komplette Heckleitwerk fehlte und hörte, wie der unmittelbar nach dem Notruf alarmierte Rettungshubschrauber hinter ihm zur Landung ansetzte. Tom versuchte, Florians Puls zu ertasten, fand ihn aber nicht. Wahrscheinlich war er zu aufgeregt. Florians Pupillen waren weit und starr. Aber ohne seine Kugelschreiberleuchte konnte er das nicht richtig beurteilen. Tom riss Florians Hemd auf und begann sofort mit der Herzdruckmassage. Sekunden später knieten Notarzt und Sanitäter des Rettungshubschraubers neben ihm.

»Wie lange reanimieren Sie schon?«, fragte der Notarzt.

»Achtunddreißig, neununddreißig, vierzig, einundvierzig …« Tom nummerierte jeden seiner kraftvollen Stöße bis sechzig, bevor er dem Notarzt völlig außer Atem antwortete:

»Gerade erst angefangen, bin selbst Sanitäter, bitte machen Sie weiter, intubieren Sie ihn, geben Sie ihm Sauerstoff, bitte lassen Sie Florian nicht sterben!«

Der Notarzt verabreichte Florian über eine Maske zwei Beatmungsstöße und bedeutete seinem Luftrettungssanitäter, die Herzdruckmassage fortzusetzen. Dann schaltete er den Defi mit eingebautem EKG ein, gebot mit einer Handbewegung eine kurze Unterbrechung der Herzdruckmassage und setzte das Gerät auf Florians Brust auf. Das EKG zeigte eine wie mit dem Lineal gezogene Nulllinie an.

»Es ist bestimmt nur ein posttraumatischer Herzstillstand, bitte, bitte machen Sie weiter!«, flehte Tom inständig, fast weinerlich.

Der Luftrettungssanitäter setzte die äußerst anstrengende Herzdruckmassage fort, während der Hubschraubernotarzt Florians Kopf, Hals, Schultern und Bauchraum abtastet und in seine Pupillen leuchtete.

Plötzlich schoss ein kräftiger, hellrot schäumender Blutschwall aus Florians Mund.

Der Notarzt setzte noch einmal das EKG auf Florians Brustraum. Das Ergebnis überraschte ihn nicht. Dr. Wegemann schüttelte traurig den Kopf, so, als hätte er wieder einmal eine Schlacht verloren, die nicht zu gewinnen war. Dann hockte er sich vor Tom und Olga ins Stoppelfeld.

»Ihr Freund ist tot. Er hat entweder einen Genickbruch oder einen Aortenriss oder beides. Genaueres wird die Obduktion zeigen. So leid es mir tut, aber da macht die beste Reanimation keinen Sinn! Waren Sie beide auch im Flugzeug?«

Tom und Olga nickten.

»Darf ich Sie untersuchen?«

»Mir fehlt gar nichts«, antwortete Tom.

»Und ich habe nur eine Claviculafraktur links«, bemerkte Olga.

»Sie kennen sich ja gut aus«, staunte Dr. Wegemann.

»Ich bin auch Kollegin«, antwortete Olga.

»Dann kennen Sie ja das Prozedere und ich kann ganz offen mit Ihnen reden. Ich würde gerne jedem von Ihnen 10 mg Diazepam i.v. zur Beruhigung verabreichen, Sie dann ins Kemptener Klinikum mitnehmen und dort gründlich durchchecken lassen, einverstanden?«

Zwölf Minuten später setzte Christoph 17 auf dem Dachlandeplatz des Klinikums Oberallgäu auf. Tom und Olga einigten sich beim Warten vor dem Röntgenraum darauf, dass sie auf Fragen nach dem Unfallhergang sowohl ihr Liebesspiel als auch den Kunstflug unerwähnt lassen würden: Florian hatte sie einfach nur zu einem Alpenrundflug mitgenommen. Plötzlich vernahmen sie ein Geräusch wie beim Zerreißen von Wellpappe. Dann kündigte der Pilot Probleme mit der Steuerung und die Notlandung an.

Nicht mehr und nicht weniger!

Tom verschwand kurz auf die Krankenhaustoilette, zog seine Hose aus, wühlte seine Unterhose aus der rechten Hosentasche und zog beide Hosen in der richtigen Reihenfolge an.

Die Röntgenaufnahme bestätigte Olgas Schlüsselbeinbruch links. Es war ein glatter Bruch ohne Knochenabsplitterungen. Sie bekam Schmerzmittel und einen Rucksackverband, den sie fünf Wochen tragen sollte. Bei Tom konnten keine Verletzungen festgestellt werden. Dennoch baten die Ärzte beide Patienten, eine Nacht zur Beobachtung zu bleiben, was beide auf eigene Verantwortung ablehnten.

Die elegante, weiße *Lincoln Towncar Stretchlimousine* erregte noch einmal für einen kurzen Moment Aufsehen, als sie die sonst nur Rettungsfahrzeugen vorbehaltene Auffahrt zur Notaufnahme des Klinikums hochfuhr, die Passagiere aufnahm und gleich wieder verschwand.

Tom saß rechts neben Olga auf der schwarzen Rindsledercouch und hielt sie behutsam im Arm. Beide schwiegen eine ganze Weile, bis Olga leise fragte:

»Was erzähl' ich denn meinem Mann?«

»Die Wahrheit. Oder *fast* die Wahrheit: Ein Sanitäter hat dich kurzfristig an deinem freien Tag zu einem Alpenrundflug eingeladen, und da ist die Maschine abgestürzt. Er wird froh sein, dass du überlebt hast – und ich bin es auch!«

»Und wie erklär' ich ihm, warum mein Auto am Langwieder See steht?«

Tom dachte einen kurzen Moment nach.

»Wir fahren jetzt erst zum Langwieder See, dann fahr' ich dich in deinem BMW zum Personalparkplatz ins Nordklinikum und von dort nimmst du dir ein Taxi nach Hause. Johnny soll die Limo hinterherfahren und mich danach nach Hause bringen.«

* * *

Tom war innerlich aufgewühlt, wie selten zuvor, als er alleine im Fond der Stretchlimo auf der großen schwarzen Rindsledercouch saß und durch die Dämmerung fuhr. Er raunzte Johnny böse an, weil dieser nichts anderes als nur dieses eklige Schaumgetränk im Kühlschrank hatte. Ihm war jetzt nach einem ordentlichen Whisky, am besten gleich zwei oder drei oder eine ganze Flasche. Mit aller Kraft versuchte er das Bild von Florians Leiche zu verdrängen, aber es kam immer wieder zurück. Er wusste nicht, ob er weinen oder lachen sollte. Weinen, weil er vor wenigen Stunden einen seiner besten Freunde verloren hatte. Lachen, weil er völlig unverletzt einen Flugzeugcrash überlebt hatte. So nahe lagen Trauer und Glück beieinander!

Mangels Alternativen entkorkte Tom den Schampus und ließ die halbe Flasche direkt in seine Kehle fließen, gefolgt von einem kräftigen aber unvermeidbaren Rülpser.

›Bin ich schuldig?‹, fragte er sich, senkte seinen Kopf langsam auf die Brust, schloss die Augen und sinnierte weiter, ›bin ich schuld am Tod meiner Eltern? Rechtlich nein, denn ich war noch ein Kleinkind, als ich durch Zündeln den Großbrand verursacht habe, aber moralisch schon: Hätte ich nicht gezündelt, würden meine Eltern noch leben. Ich habe sie auf dem Gewissen! Hat das mein Leben verändert? Bin ich deshalb so geworden wie ich bin? Ich hatte nie eine Mutter, die mich liebevoll in die Arme nahm und mir sanft über den Kopf strich, nie einen Vater mit dem ich während meiner Pubertät von Mann zu Mann über meine Gefühle reden konnte. Stattdessen musste ich mich fast zwanzig Jahre lang mit List und Tücke, manchmal auch mit Gewalt gegen einen pädophilen Heimleiter und eine Truppe hartherziger, strenger Lehrer, Lehrerinnen und Erzieherinnen durchsetzen. Bin ich wirklich der große Zampano, der ich immer gerne wäre? Oder bin ich einfach nur ein skrupelloses, chauvinistisches, egoistisches, zynisches Arschloch? Ein kleiner, unbedeutender Kieselstein, der im Fluss des Lebens vor sich hergetrieben wird, bis er als winziges Sandkorn auf Nimmerwiedersehen im Meer der Unendlichkeit entschwindet?

Bin ich schuld an Florians Tod? Nüchtern betrachtet sicherlich nicht. Florian flog den Kunstflug bestimmt nicht, weil er sich mir verpflichtet fühlte, sondern weil er selbst einfach Spaß daran hatte. Erst vor zwei Wochen ist er mit dem gleichen Flugzeugtyp und vier Fluggästen nur in Rollen und Loopings von München nach Salzburg und wieder zurück geflogen. Und er wusste, was er tat! Bei ihm fühlte man sich so sicher wie in Abrahams

Schoß. Dennoch: Ein gottverdammter Orgasmus weniger und Florian würde noch leben!‹

»Ich bin schuldig! Ich bin schuldig! Ich bin schuldig!«, schrie Tom laut aus sich heraus, so laut, dass Johnny erschrocken in den Rückspiegel blickte. Tränen schossen dem sonst so souveränen Kneipier und Skydiver in die Augen und flossen in kleinen Bächen über seine glatten Wangen.

›Das Pat-Napping von Bärlauch war eine Scheißidee! Vielleicht hat der Typ sein Leben gerade wieder in den Griff bekommen und ich hab' es zerstört. Jahrelange Therapie – umsonst! Und ich bin schuld! Ich erzähle alles Dr. Rubosios. Oder besser: Ich mache eine Selbstanzeige bei der Polizei. Schwere Freiheitsberaubung! Das bringt fünf Jahre Knast, mit meinem Anwalt und bei guter Führung zwei Jahre. Vielleicht wäre das genau die richtige Therapie für mich: Geregelter Tagesablauf, sieben Uhr wecken, eine Scheibe Brot, Hofgang. Kein Gehetze mehr von einem Adrenalinrausch zum nächsten, kein innerer Zwang mehr, ständig vögeln zu müssen. Einfach nur Ruhe! Da hätte ich dann endlich Zeit, ein Buch über mein bewegtes Leben zu scheiben. Frauen und Sex würden mir bestimmt gewaltig fehlen. Das wäre kalter Entzug – die härteste Strafe für einen Süchtling! Würde mich Anni im Knast besuchen? Könnten mich Selbstanzeige und Knast jemals von meiner gefühlten Schuld reinwaschen? Wie könnte ich Pfiff aus der Sache raushalten? Würde meine Selbstanzeige Bärlauch überhaupt irgendetwas nützen? Oder gibt es bessere Wege der Wiedergutmachung? Ist Bärlauch nur Opfer oder auch ein untherapierbarer Psychopath und Hochstapler, der am Ende in Freiheit mehr Schaden anrichtet als in der geschlossenen Anstalt?‹

370

Tom zückte sein Smartphone, tippte auf eine einge-speicherte Nummer und sprach:

»Pfiff, ich muss mit dir reden. Komm ins SKYHIGH, so schnell du kannst!«

»Mensch Tom, heute nicht! Ich hatte Frühdienst und gleich danach auch noch einen Riesenstress mit meiner Mutter. Hab' mir drei Stunden gemeinste Demütigungen anhören müssen. Kannst du dir das vorstellen?«

Tom ging mit keinem Wort darauf ein. Er konnte nicht. Nicht jetzt.

»Ich hab' heute Nachmittag eine Notlandung mit 'ner Cessna überlebt. Aber es hat auch einen Toten gegeben. Ich will jetzt nur noch 'ne Flasche Whisky leeren und mit dir reden. *Bitte* komm!«

»Okay, bis gleich!«

KAPITEL 20

Unter Einsatz des Lebens

Samstag, 29. August, 12:00 Uhr

Das auf dem Dach liegende Flugzeugwrack zierte die Titelseiten der besonders auflagenstarken Wochenendausgaben aller Boulevardblätter im süddeutschen Raum. Einige schrieben von einem Toten und zwei Schwerverletzten, andere von einem Toten und zwei Leichtverletzten und nur *eine* Zeitung erwähnte eine mysteriöse Matratze, die in dem Wrack gefunden wurde.

Tom hatte den ganzen Freitag damit verbracht, seinen Rausch auszuschlafen, zwei Polizeibeamten, die schon frühmorgens unaufhörlich an seiner Türe geklingelt hatten, ein paar wenig aufschlussreiche Sätze zum Unfallhergang ins Protokoll zu lallen und sein Leid mit seinen Kakerlaken zu teilen, die er den ganzen Tag über so oft fütterte, bis sie – völlig übersättigt – die feinsten Kakerlaken-Leckerlis stehen ließen.

Aber nun musste das Leben weitergehen. Es war zu kurz und zu wertvoll, um es mit Trauer, Schmerz, Selbstvorwürfen und negativer Energie zu vergeuden. Tom beschloss, die Gedanken an den schrecklichen Unfall und an Florians Tod zu verdrängen, so lange, bis irgendwann die Zeit den tiefen Schmerz in seiner Brust heilen würde.

Die Bestürzung über Florians Tod war groß, besonders am Sprungplatz, wo ihn jeder kannte und mochte.

Punkt 12 Uhr hielt Tom vor dem *Fliegerstüberl* eine tief berührende Rede, in der er Florian als Mensch, Fallschirmspringer und Pilot mit all seinen Stärken und

Schwächen würdigte. Die Rede endete mit den Worten: »*Good bye*, oids Scheißhaus!«

Tom schossen Tränen in die Augen, die er sich sofort abwischte. Doch dann brach es plötzlich aus ihm heraus, und er begann vor versammelter Mannschaft, laut und hemmungslos zu weinen. So hatte man Tom noch nicht gesehen. Viele der Anwesenden weinten mit ihm, manche senkten nur ihre Köpfe und verharrten in regungslosem Gedenken an den Verstorbenen.

Tom saß noch eine ganze Weile wie ein Häufchen Elend in sich zusammengesunken auf der umgedrehten Postkiste, die als provisorisches Rednerpodest gedient hatte. Dann sprach ihn Steffi an:

»Wenn man das Wrack in der Zeitung sieht, glaubt man nicht, dass da noch jemand lebend rausgekommen ist. Bist du wirklich unverletzt geblieben?«

»Ja, ich war angeschnallt.«

»Und Florian?«

»Florian war auch angeschnallt, aber als Pilot saß er naturgemäß vorne. Ich hab' Glück gehabt. Er nicht. So ist das Leben! Ich glaub' manchmal, ich werde regelrecht vom Glück verfolgt. Ich hab' einfach immer Glück. Nach einem fast entschuldigendem Seufzer und einer kurzen Gedankenpause fuhr er fort:

»Weißt du, wer die letzten beiden Sätze erst kürzlich zu mir gesagt hat?«

Steffi schaute ihn fragend an.

»Florian hat das gesagt! Als er vor drei Tagen aus Afrika zurückkam und wir im SKYHIGH über seine Abenteuer als Buschpilot geplaudert haben. Jetzt ist er tot und ich lebe. Ich kann es immer noch nicht fassen!«

»Springst du heute?«, fragte Steffi.

Tom verdrängte mit aller Kraft seinen Schmerz und seine Schuldgefühle, versuchte, sich nur auf das *Hier und Jetzt* zu konzentrieren und antwortete:

»Natürlich! Ich bin nicht nur wegen der Rede hergekommen.«

»Was hältst du davon, wenn wir, damit meine ich mein Viererteam und dein Viererteam, beim nächstmöglichen Lift einen Florian-Kappelmann-Gedächtnissprung machen? Wir fliegen einfach einen Achter-Speedstar nach alter Schule und halten den bis zur Trennungshöhe. Dabei denken wir alle an Florian. Eine Gedenkminute im freien Fall, sozusagen. Petra könnte als Kamerafrau mitkommen«, schlug Steffi vor.

»Prima Idee, das machen wir!«, sagte Tom zu.

»Dann trag' ich meine Engel und deine blinden Luftspastel gleich mal ein!«

»*Blind-Aerospasticus*-Team ... so viel Zeit muss sein. Wir haben bei der letzten deutschen Meisterschaft immerhin den vierten Platz belegt.«

»Iss ja gut«, antwortete Steffi und gab ihm einen Klaps auf die Schulter.

Tom suchte sein Team zusammen: Markus Birnbaum, den Richter, Frank Schmiedinger, den Apotheker, Kamerafrau Petra Gruber, die im Hauptberuf Anästhesistin war, und natürlich Pfiff.

Da stürmte Patrick, ein hochgewachsener Blondschopf mit langen Haaren, in einer schwarzen Fliegerkombi auf Tom zu. Er war Inhaber der Sprungschule, ein erfahrener Fallschirmspringer und Pilot.

»Deine Rede war gut. Wie geht es dir?«, erkundigte er sich.

»Körperlich bin ich in Ordnung ... und den Rest kannst du dir denken«, antwortete Tom leicht genervt.

»Sag mal, wie kann denn ein so erfahrener Pilot wie Florian einfach abstürzen? Hat er vielleicht mit der 206er wieder Kunstflug probiert?«, fragte Patrick.

»Quatsch!«, entfuhr es Tom reflexartig, »aber ich will jetzt nicht über dieses Thema reden.«

Patrick merkte sofort, dass er in ein Fettnäpfchen getreten war. Er beschloss, es für den Augenblick dabei zu belassen, zumal er heute fliegen musste und der nächste Lift auf ihn wartete. Aber irgendwann würde er die volle Wahrheit über den Unfallhergang herausbekommen.

»Übrigens«, sagte Patrick, »letzte Woche, als ihr nicht da wart, hat sich einer für einen AFF-Kurs angemeldet, gleich bezahlt und die Theorie besucht. Aber er wollte unbedingt nur mit dir und Pfiff springen und heute wiederkommen. Könnt ihr den übernehmen?«

»Wie heißt der Typ denn?«, erkundigte sich Tom.

»Keine Ahnung. Da müsst ihr Heike im Büro fragen. Weiß auch nicht, ob er schon da ist.«

Tom blickte fragend zu Pfiff, der neben ihm seinen Schirm packte. Der nickte:

»Jetzt machen wir erst mal den Florian-Kappelmann-Gedächtnissprung. Dann gibt's ein kurzes Päuschen und dann nehmen wir uns den AFFler vor, wenn er bis dahin eingetrudelt ist. Einen Sprung können wir sicher mit ihm machen. Es ist ja noch 'ne Weile hell.«

»Letzter Lift: 20 Uhr«, bestätigte Patrick, drehte sich um und sprintete zur *Cessna Caravan*, an der schon eine ganze Traube voll Fallschirmspringern sehnsüchtig auf ihn wartete.

Nur wenige, weiße Schäfchenwolken trübten den stahlblauen Sommerhimmel, als eine gute Stunde später fünf

Frauen und vier Männer in 4000 m Höhe ein lautes »Ready – Set – Go!« in den Wind brüllten und sich aus dem Flugzeug stürzten.

Acht von ihnen bildeten einen sauberen, kreisrunden Achterstern während Petra, die Kamerafrau, etwas höher und leicht seitlich versetzt filmte und fotografierte. Der Florian-Kappelmann-Gedächtnissprung verlief unspektakulär und dennoch in mehrfacher Hinsicht für alle Beteiligten außergewöhnlich: Schon lange hatte keiner von ihnen mehr einen *Stern* geflogen. Die Figur, in der das Freifall-Formationsspringen seinen Ursprung hatte, war bei Leistungssportlern völlig aus der Mode gekommen. Jeder von ihnen war gewohnt, die im freien Fall gebildeten Figuren so schnell wie möglich in immer wieder neue Formationen umzubauen, von denen jede einen Wettbewerbspunkt einbrachte. Leistete man sich, was sehr selten geworden war, mal einen Funjump im Stern, dann grinsten alle Beteiligten über beide Ohren, schnitten Grimassen oder streckten sich die Zunge raus.

Bei diesem Sprung grinste niemand. Obwohl es Florian sicher gefallen hätte, wenn sie alle gegrinst und gefeixt hätten. Aber sie sahen sich alle nur an und gedachten seiner, während sie mit 180 Stundenkilometer händchenhaltend der Erde entgegenrasten.

In 1000 m Höhe lösten sie ihre Griffe, dann drehten sie sich jeweils um 180 Grad, bewegten sich durch Strecken der Beine und Anlegen der Arme wie Sternschnuppen voneinander weg und öffneten ihre Fallschirme.

Während Tom seine *Cloudine* packte, kamen immer mehr Springerkameraden und -kameradinnen auf ihn zu, beglückwünschten ihn zum Überleben des Flugzeugcrashs und zu seiner berührenden Rede und alle hätten natürlich gerne noch etwas mehr erfahren.

Da hob er die Hand und rief lautstark:

»Hört mal alle zu! Ich schätze eure Anteilnahme sehr. Ich hab' alles gesagt, was es zu sagen gibt. Bitte tut mir einen Gefallen und akzeptiert einfach nur, dass ich heute kein Wort mehr über den Unfall reden will!«

Die Gruppe löste sich schweigend auf. Pfiff, der etwas früher als Tom mit dem Packen fertig war, hatte im sehr gut besuchten Außenbereich des *Fliegerstüberls* mit Mühe einen Tisch ergattert und schon mal zwei *Radler Speziale* bestellt.

Als Toms Blick auf der Suche nach Pfiff über die Restauranttische schweifte, glaubte er, ganz hinten, rechts in der letzten Reihe ein Gesicht zu sehen, das er kannte. Aber er war sich nicht sicher. Es konnte eigentlich nicht sein! Das Gesicht passte nicht hierher. Wahrscheinlich hatte er schon Halluzinationen! Die Ereignisse der letzten Tage waren einfach zu viel für ihn. Und weil dieses Gesicht nicht zu diesem Ort, nicht zu diesem Tag und nicht zu diesem Moment passte, beschloss er, es zunächst zu ignorieren, setzte sich zu Pfiff und genoss sein *Radler Speziale*.

Nach einer Weile des Schweigens winkte er Pfiff ganz nahe zu sich ran und flüsterte:

»Ich glaub' ich dreh' jetzt schon langsam durch. Wen glaubst du, dass ich gerade gesehen hab'?«

Pfiff zuckte mit den Achseln und noch bevor Tom seine Vermutung in Worte kleiden konnte, trat ein schlanker, gut aussehender Enddreißiger mit dunklen Haaren, Jeanshose und weißem Hemd, die Ärmel lässig bis über die Ellbogen hochgekrempelt, an ihren Tisch und sprach:

»Meine Herren, wir kennen uns. Ich bin Ihr AFF-Schüler!«

»Bärlauch«, stammelte Pfiff und hätte vor Schreck fast sein *Radler Speziale* aus der Hand fallen lassen.

Tom zog mit Genehmigung der Gäste einen Stuhl vom Nachbartisch herüber und bat den Mann, sich zu setzen.

»Es tut mir, beziehungsweise uns, wahnsinnig leid, dass wir Sie damals gekidnappt haben, Herr Bärlauch«, begann Tom vorsichtig.

»Herr *Doktor* Bärlauch«, verbesserte ihn der Mann arrogant und dachte bei sich:

›Es wird dir noch *richtig* leidtun, du verdammter Hurensohn! Du weißt gar nicht, *wie* leid es dir tun wird! Du wirst heute noch winseln wie ein Hund und den Rest deines jämmerlichen Lebens keine Ruhe mehr finden!‹

»Der *Doktor* ist geschenkt«, ließ Tom erst mal die Luft raus, »wir haben hier Ärzte, Professoren, Anwälte, Richter, Piloten, aber unter Fliegern und Springern sind wir alle per du. Ich bin Tom.«

Er streckte ihm die Hand entgegen, »und ich bin Pfiff«, zog dieser sofort nach.

Spürbar widerwillig ergriff Bärlauch die Hände und sagte nur:

»Uwe«.

»Was hat dich auf die Idee gebracht, einen AFF-Kurs zu buchen?«, fragte Tom.

»Ich wollte schon immer Fallschirmspringen.«

»Hast du schon mal 'nen Tandemsprung gemacht? Oder bist du bei der Bundeswehr gesprungen?«

»Nein«, war Bärlauchs knappe Antwort.

»Und wie bist du ausgerechnet auf die Idee gekommen, dass wir dich ausbilden sollen?«, fragte Pfiff.

»Ich bin doch nicht blöd!«, antwortete Bärlauch.

»Das hat auch keiner behauptet, aber das beantwortet nicht die Frage«, meinte Pfiff.

»Ich hab' euch gegoogelt und mir gedacht, ihr schuldet mir noch was. Und wenn ich schon fallschirmspringe, dann will ich wirklich gute Lehrer, die sich für mich den Arsch aufreißen, mir wirklich was beibringen und meine Sicherheit garantieren. Die Theorie hab' ich schon letztes Wochenende abgesessen. Jetzt seht zu, dass wir in die Luft kommen!«

»Ganz so schnell geht's nicht, Uwe«, drosselte Tom Bärlauchs Tatendrang, »wir müssen erst noch mal am Hänger überprüfen, ob du die richtige Körperhaltung draufhast, an der Exit-Attrappe den Ausstieg üben und sichergehen, dass du den Sprungablauf, die Fallschirmsteuerung und unsere Handzeichen verstanden hast. Dann sehen wir weiter. Geh schon mal mit Pfiff in den Trainingsraum. Ich komm' gleich nach.«

Bärlauch war wenig begeistert, dass er nicht sofort ins Gurtzeug steigen und losstarten konnte, und Pfiff war noch weniger begeistert, mit Bärlauch alleine gelassen zu werden.

Tom hastete ins Büro zu Heike.

»Hast du mal die Unterlagen von diesem Bärlauch da? Den kenn' ich aus dem Rettungsdienst. Das ist ein Hochstapler und Psychopath. Der kann unmöglich ein ärztliches Tauglichkeitszeugnis haben und ohne das lassen wir den nicht springen!«

»Mensch Tom, erst mal herzlichen Glückwunsch, dass du den Crash überlebt hast! Das mit Florian ist echt bitter. Ich hab' heute den ganzen Tag noch keinen Bissen 'runtergekriegt. Wie ist denn das passiert?«

»Bitte Heike, lass uns ein andermal darüber reden und schau jetzt nach der Bärlauch-Akte!«

Heike zog die oberste Schublade ihres Hängeregisterschranks, entnahm einen braunen Pappkartonhänger mit dem Reiter *AFF-Neuanmeldungen* und blätterte die Papiere durch.

»Der ist selbst Arzt und hat das Attest selbst unterschrieben, sogar mit Stempel!«

»Zeig her!«

Tauglichkeitsattest für Fallschirmspringer

Herr Dr. Uwe Bärlauch wurde heute von mir untersucht und seine uneingeschränkte Tauglichkeit als Fallschirmspringer festgestellt. Dieses Attest gilt 3 Jahre ab dem Datum der Untersuchung.
Datum / Unterschrift / Stempel
Dr. Uwe Bärlauch
Facharzt für Flugmedizin
Prof.-Ernst-Nathan-Str. 111
90419 Nürnberg

»Du weißt, eigentlich würde ein Attest des Hausarztes ausreichen, aber der Herr Dr. Bärlauch ist sogar selbst Flugmediziner!«, meinte Heike.

»Der Mann ist Hochstapler, hat das Attest aus dem Internet und sich eigens dafür einen Stempel anfertigen lassen!«, wütete Tom.

»Ich hab' hier ein offizielles Dokument mit Stempel und Unterschrift und mir ist nicht bekannt, dass sich ein Flugmediziner nicht selbst seine Tauglichkeit bescheinigen darf! Außerdem hat er fast zweitausend Euro bar auf den Tisch geblättert und den ganzen Kurs im Voraus bezahlt. Wenn wir ihn nicht ausbilden, muss ich ihm sein Geld zurückzahlen und er geht woanders hin!«

»Geld, Geld, Geld! Geld ist nicht alles auf der Welt! Hast du mal 'ne Zigarette für mich? Ich muss nachdenken!«

»Wie heißt das Wörtchen mit den zwei ›t‹ in der Mitte?«, fragte Heike mit charmantem Lächeln.

»Aber flotti! Und jetzt mach schon! Ich hab' im Moment wirklich Stress!«, antwortete Tom.

»Ich hab' nur diese dünnen, langen Zigaretten für echte Ladies. Da ist ganz wenig Nikotin drin«, meinte Heike.

»Dann gib mir bitte drei davon und ein Stück Tesa«, flehte Tom, klebte den Tesafilm um die Filter der drei Zigaretten, bat um Feuer und ging vor die Türe.

Tom war nicht wohl bei dem Gedanken, mit Bärlauch fallschirmzuspringen. Aber ihm war auch nicht wohl bei dem Gedanken, ihn wieder wegzuschicken.

Er beschloss, den Fehdehandschuh aufzunehmen und eilte zurück zu Pfiff in den Trainingsraum.

Bärlauch hing mit durchgestecktem Hohlkreuz sowie abgewinkelten Armen und Beinen im Trainingsgurtzeug.

»Er macht seine Sache recht gut und weiß, was er zu tun hat«, meinte Pfiff zuversichtlich, »jetzt müssen wir nur noch den Exit mit ihm durchgehen.«

Tom, Pfiff und Bärlauch übten am Exit-Trainer, einer Holzattrappe mit den Ausmaßen der Flugzeugtüre, mehrere Male den Ausstieg aus dem Flugzeug: Tom würde zuerst aussteigen, nur mit seiner linken Pobacke am hintersten Ende der Flugzeugtüre sitzen und Bärlauch mit beiden Händen an der rechten Seite seines

Gurtzeugs festhalten, während dieser sich gerade in den Türrahmen setzte. Pfiff blieb im Innenraum der Kabine und hielt Bärlauch mit beiden Händen an der linken Seite seines Gurtzeugs fest. Auf das laute Kommando »Check in« schaute Bärlauch Pfiff in die Augen, auf das Kommando »Check out« nahm er Blickkontakt mit Tom auf. Dann wippten alle drei im Takt und brüllten unisono: »Hoch – runter – raus!« Bei »raus!« verließen alle gleichzeitig die Flugzeugtüratrappe und Bärlauch hatte sofort ein starkes Hohlkreuz einzunehmen.

Tom und Pfiff sprachen mit Bärlauch noch zweimal den gesamten Sprungverlauf vom freien Fall, bei dem sie ihn fest am Gurtzeug halten würden, der Fallschirmöffnung in einer Sicherheitshöhe von 1500 m über die korrekte Schirmsteuerung bis zur Landung durch. Schließlich trugen sie ihr AFF-Team in den nächstmöglichen Lift ein, kleideten Bärlauch ein und passten ihm Helm, Gurtzeug sowie einen gutmütigen Schulschirm an.

Die *Cessna Caravan*, die heute schon einiges geleistet hatte und gerade frisch betankt worden war, quälte sich langsam auf 4000 Meter. Die Atmosphäre im Flugzeug war entspannt. Außer Bärlauch und seinen beiden AFF-Lehrern war nur noch ein 4er-Formationsteam mit an Bord.

Kaum hatte *Brigit Bardot* in den Endanflug eingedreht, kontrollierten die Springer nochmals gegenseitig ihre Gurtzeuge und machten sich zum Absprung bereit.

Einer der Skydiver schob die Rollladentüre nach oben. Patrick fuhr das Triebwerk zurück und legte den Kippschalter für das GO-Signal um. Eine grüne Lampe über dem Ausstieg signalisierte die Freigabe zum Absprung. Die Formationsspringer verließen das Flugzeug zuerst, da sie ihre Schirme deutlich tiefer öffnen würden als das

AFF-Team. Dann brachten sich Tom, Bärlauch und Pfiff in Position, genau so, wie sie es zuvor geübt hatten.

Der Exit klappte lehrbuchmäßig, die drei hatten sich schnell im freien Fall stabilisiert, lagen auf einer Ebene nebeneinander und genossen den freien Fall. Auch Bärlauch schien es zu gefallen. Er präsentierte ein perfektes Hohlkreuz, lag entspannt und stabil in der Luft – eigentlich hätte man ihn gar nicht mehr festhalten müssen – und lachte einmal zu Tom und einmal zu Pfiff.

Aber sie trauten ihm nicht. Vielleicht fing er plötzlich zu zappeln an und wurde instabil? Sie hatten mit ihren AFF-Schülern schon die tollsten Sachen erlebt. Manchmal bekamen selbst die coolsten Typen Panik. Aber Bärlauch hatten sie ganz besonders fest im Griff. Er würde ihnen nie auskommen, auch wenn er noch so zappelte und strampelte.

Die Gedanken, die Tom und Pfiff zur gleichen Zeit dachten, waren noch nicht zu Ende gedacht, da verspürte Pfiff einen starken, stechenden Schmerz, der ihn reflexartig sein Gesicht schützen ließ. Bärlauch hatte ihm urplötzlich seinen linken Ellbogen so kräftig in die Nase gerammt, dass diese nicht nur fürchterlich schmerzte, sondern auch jede Menge Blut über seine Schutzbrille strömen ließ. Verdammt! Er hatte losgelassen!

Noch bevor Tom die Situation erfasste, verpasste ihm Bärlauch einen derart brutalen Kinnhaken, dass er für einen kurzen Augenblick das Bewusstsein verlor.

Als Tom wieder zu sich kam, trudelte Bärlauch ein paar hundert Meter unter ihm völlig instabil Mutter Erde entgegen.

Tom stellte sich sofort auf den Kopf, indem er seine Beine bis zu den Zehenspitzen durchdrückt, seine Arme an den Körper anlegte und nur mit den nach vorne gerichteten Handflächen steuerte.

Wie ein Jagdflieger im Sturzflug schoss er mit über 300 Stundenkilometer auf Bärlauch zu. Er versuchte, ihn im freien Fall einzufangen und seinen Fallschirm zu öffnen. Als er seinem Ziel schon ganz nahe war, griff Bärlauch mit seinem rechten Arm an seinen linken Fuß, hielt diesen fest, gewann wieder an Geschwindigkeit und eierte wie ein unwuchtiger Reifen durch den Raum. Irgendwoher musste er gewusst haben, dass diese Lage besonders instabil und schwer vorhersehbar ist.

›Der will sich umbringen!‹, schoss es Tom durch den Kopf, ›womöglich hat er klammheimlich auch den Öffnungsautomaten deaktiviert. Der will, dass ich mir lebenslang Vorwürfe mache und nie mehr ruhig schlafen kann!‹

›Das tust du mir nicht an, Bärlauch! Du nicht! Ich krieg dich – koste es, was es wolle!‹, brüllte Tom in sich hinein und startete einen weiteren Versuch, Bärlauch zu fangen.

Auch der zweite und dritte Versuch misslang. Tom blickte auf seinen Höhenmesser: 300 Meter!

›Jetzt oder nie!‹, dachte er, prallte kräftig mit Bärlauch zusammen, riss dabei in etwa 250 m Höhe dessen Hilfsschirm heraus und leitete damit dessen Fallschirmöffnung ein.

Bärlauchs Hauptschirm entfaltete sich schnell. Just in dem Moment, in dem Tom seinen eigenen Schirm ziehen wollte, hörte er, wie sich seine Reserve öffnete. Sein Öffnungsautomat hatte bei exakt 225 m Höhe über Grund die Verpackungsschlaufe seines Reserveschirms durchtrennt.

Tom spürte schnell, dass der Reserveschirm nicht trug. Er war direkt in Bärlauchs Körper geschossen, hatte sich um ihn herumgewickelt und wieder gelöst.

Toms Reserveschirm konnte sich nicht mehr voll entfalten, als er mit hoher Geschwindigkeit auf den Boden aufschlug.

Tom vernahm ein kräftiges Krachen und Knirschen. Dann wurde ihm schwarz vor Augen.

›So also fühlt sich der Tod an‹, dachte er ganz ruhig. Bilder von Unfallleichen, die er in letzter Zeit gesehen hatte, zogen verschwommen vor seinem inneren Auge vorbei: der Raser, der frühmorgens mit seinem schweren BMW gegen einen Baum geprallt war, der Geköpfte von der Salzburger Autobahn, Florian. Dann wurden die Bilder immer schwächer und dunkler.

Man sagt ja, dass das Gehirn und das Gehör eines Toten noch eine Weile weiterarbeiten. Aber Tom bekam nicht mehr mit, dass Bärlauch völlig unbeschadet neben ihm gelandet war. Er hörte nicht, wie Pfiff mit blutverschmiertem Gesicht verzweifelt auf ihn einredete und er hörte auch den Rettungshubschrauber nicht landen.

KAPITEL 21

Drei Wochen später

Tom lag in einem geräumigen Einzelzimmer. Er war Privatpatient. Die Herbstsonne schickte ein paar warme, rötliche Strahlen durch das offene Fenster. Toms Glieder schmerzten – bis auf eines (frei nach Johann Wolfgang Goethe). Er stöhnte. Da klopfte es zweimal kurz an der Türe und der Professor trat, ohne eine Antwort abzuwarten, forsch zusammen mit dem Stationsarzt, einer Medizinstudentin und der Stationsschwester ins Zimmer. Der Professor war ein schlanker, hochgewachsener, gut aussehender Mann mit grauen Schläfen, spitzer Nase, feinen Gesichtszügen und schneller Auffassungsgabe. Die fußballgroße Beule unter Toms Bettdecke, die beiden herausragenden, nackten Schenkel und Toms rechte Hand dazwischen irritierten ihn nur kurz.

»Besucher bitte draußen warten!«, war der Standardsatz, der ihm sofort einfiel und den er auch dann immer sagte, wenn die Besucher brav neben dem Bett standen.

Anni lief feuerrot an und wollte beschämt unter der Bettdecke hervorkriechen, als Tom sie gerade noch rechtzeitig darunter festhielt.

»Herr Professor Hagebauer, Sie sind nicht nur ein hervorragender Mediziner, sondern auch ein Mann. Und von Mann zu Mann bitte ich Sie, einfach in zehn Minuten wiederzukommen!«

Der Professor hätte nun gerne gelächelt und etwas erwidert, wären da nicht die beiden Damen in seiner Nähe gewesen. Aber er verzog keine Miene und bedeutete seinem Anhang wortlos per Handbewegung, das Zimmer zu verlassen.

»Danke, Herr Professor! Sie dürfen heute gerne zwei Visiten mit meiner Krankenkasse abrechnen!«, rief ihm Tom nach.

Anni kam nicht mehr so recht in Stimmung, aber Tom bat sie, ihn nun nicht hängen zu lassen und sie erfüllte ihm seinen Wunsch.

Tom lachte laut, so laut, dass man es über den gesamten Südflügel des Westklinikums hören konnte, als es ihm kam. Es war sein erster Orgasmus seit Florians Todestag. Er hatte sich bei seinem Sprungunfall den linken Unterschenkel, den linken Oberschenkel und den linken Unterarm gebrochen sowie sich eine Rippenserienfraktur, eine schwere Gehirnerschütterung und eine lebensbedrohliche Lungenquetschung zugezogen. Nach mehreren Operationen, zwei Wochen Intensivstation, davon fünf Tage im Koma liegend, war er vor einer Woche auf die Privatstation verlegt worden.

Anni wollte dem Team, das sie gerade in flagranti erwischt hatte, nicht unbedingt unter die Augen treten und wäre gerne ein Stündchen spazieren gegangen.

»Die kennen dich doch sowieso alle«, hielt Tom dagegen, »du hast mich, seit ich aus dem Koma erwacht bin, jeden Tag besucht, bist echt 'ne treue Seele. Ich sollte dich heiraten!«

»Scherzkeks«, antwortete Anni.

»Nein, ganz im Ernst. Ich würde dich tatsächlich heiraten. Aber jetzt bin ich in der schlechteren Position und wenn ich dir einen Heiratsantrag machen würde, würdest du sicher denken, ich will dich nur heiraten, damit ich alter Krüppel zeitlebens eine Krankenschwester an meiner Seite habe, die mir auch noch ab zu einen bläst. Dabei liebe ich dich wirklich!«

»Wenn du mir einen Heiratsantrag machen *würdest* – ha ha ha!«

Just als die Tür aufflog und der Professor wieder mit seinen Leuten antanzte, rief Tom laut und innbrünstig:

»Anni, willst du mich heiraten?«

Alle Blicke waren auf Anni gerichtet und auch die Damen, die bei ihrem ersten Besuch mehr als missmutig dreingeblickt hatten, lächelten jetzt milde.

Anni zögerte eine Weile, schaute zuerst Tom und dann den Professor an und sagte – nichts.

»Sind wir jetzt schon wieder zum falschen Zeitpunkt gekommen?«, unterbrach der Professor die betretene Stille.

»Nein – Sie kommen genau richtig!«, antwortete Anni, gab Tom einen sanften Kuss auf die Stirn und verließ ihn mit den Worten »Ich werd's mir überlegen, Liebster!«

Nach der Visite kehrte Anni ins Krankenzimmer zurück.

»Na, hast du's dir überlegt?«, fragte Tom gespannt.

»So einen Antrag hab' ich noch nie bekommen. Und dass er ausgerechnet von dir kommt, hat mich überrascht und erfreut zugleich. Aber wir kennen uns noch nicht gut genug. Ich kann mich jetzt nicht entscheiden. Wir müssten erst mal eine Weile zusammengelebt oder vielleicht auch mal eine Reise gemacht haben.«

»Hab' ich dich gefragt, ob du mit mir zusammenleben oder eine Reise machen willst?«, fragte der in seinem Stolz gekränkte Heiratsantragssteller und fuhr nach einer Weile der Ernüchterung fort:

»Ja, eine Reise! Das ist eine gute Idee! Sobald ich wieder ohne Krücken laufen kann, machen wir eine Reise. Eine richtig tolle Reise! Eine *Weltreise,* einen Monat oder zwei oder gleich ein ganzes halbes Jahr! Solange du Urlaub bekommst!«

Tom hielt ihr die Hand zum Einschlagen hin und zum Zeichen, dass er es wirklich ernst meinte. Anni griff zu und küsste ihn.

Ohne anzuklopfen, stürmte Pfiff ins Zimmer.

»Wie geht es dir, Alter?«, stellte ihm Tom die Frage aller Fragen, die normalerweise der Besucher stellt.

»Mir geht's gut, Tom, aber dir geht's gleich schlecht. Ich hab' nämlich zwei richtig schlechte Nachrichten für dich!«

»Spuck's aus! Schlimmer kann's nicht mehr kommen!«

»Oh doch!«, legte Pfiff los:

»An dem Tag zwischen Florians Unfall und deinem Unfall hast du offenbar vergessen, den Deckel wieder auf dein Kakerlakarium zu legen und so viele Salatblätter hineingeworfen, dass deine Lieblinge über den Rand klettern und deine ganze Wohnung besiedeln konnten! Überall Kakerlaken, in jeder Ritze, sogar aus dem Brandloch in deiner provisorisch verklebten Matratze sind sie rein- und rausgekrochen. Es müssen Hunderte gewesen sein! Ich musste eine Spezialfirma um Hilfe bitten. Die haben dann alle Fenster- und Türritzen abgeklebt und die Viecher vergast. Heute früh hab' ich mal gesaugt und gekehrt. Die Kammerjäger haben zwar garantiert, dass keine Kakerlake und kein Ei überlebt hätten, aber dir werden da noch öfters mal ein paar Leichen entgegenfallen, zum Beispiel, wenn du die Vorhänge zuziehst oder eine Schranktüre öffnest. Ich bin schließlich keine Putzfrau.«

Tom rang nach Luft und Fassung und schrie entsetzt:

»Du hast meine Kakerlaken ausgerottet! Willst du mir wirklich meinen letzten Funken Lebensfreude nehmen?

Was bist du nur für ein Freund? – Und jetzt die zweite schlechte Nachricht! Heute kann mich nichts mehr erschüttern!«

»Bruce Springsteen spielt heute im Olympiastadion und du bist nicht dabei!«

»Mein Lieblings-Methusalem-Rocker! Du weißt genau, dass ich noch kein einziges seiner Münchner Konzerte versäumt habe. Musstest du mir das jetzt auch noch auf die Nase binden? Gibt's vielleicht noch mehr schlechte Nachrichten?«

Pfiff überlegte einen Moment.

»Mir fällt gerade nichts ein, aber schau' doch heute Abend mal *Tagesschau*, da gibt's so viele schlechte Nachrichten, das hältst du im Kopf nicht aus!«

Tom resignierte und wechselte das Thema:

»Was ist eigentlich aus Bärlauch geworden? Mir fehlt da ein Stück Film. Ich weiß nur, was ihr mir erzählt habt und kann mich nicht mal mehr daran erinnern, dass wir zusammen gesprungen sind.«

»Der Bärlauch ist wieder auf Haus M, der geschlossenen Männerstation für Langzeitpatienten und kommt auch nicht mehr so schnell raus. Er hält täglich seine *Sprechstunden* ab und erzählt neuerdings jedem, dass er auch Fallschirmsprunglehrer ist und kürzlich einem Kameraden unter dramatischen Umständen das Leben gerettet hat«, wusste Anni.

Tom schüttelte den Kopf und war sprachlos.

»Da fällt mir doch noch was ein«, bemerkte Pfiff.

»Als du im Koma gelegen warst, ist unser Patient Otto an einem Reinfarkt gestorben, du weißt schon, der, den wir in der Straßenbahn reanimiert hatten und der uns dann dieses wunderbare Klavierkonzert gegeben hat.«

»Verdammter Mist«, meinte Tom, »dem hätt' ich zu gerne noch ein paar Jährchen gegönnt! Aber wir können es uns alle nicht aussuchen. Und vier Wochen länger leben ist vier Wochen länger leben. Ich hoffe, er hat jeden Tag genossen!«

»Das hoffe ich auch!«, stimmte ihm Pfiff zu, »und gestern ist die Testamentseröffnung gewesen, zu der auch Berger und wir geladen waren.«

»Und?«, fragte Tom.

»Er hat uns beiden sein Klavier vermacht und der *Berger Ambulanz* fast eine Viertelmillion Euro!«

»Hat der nicht gesagt, er wär' nur ein armer Rentner?«, erinnerte sich Tom.

Pfiff zuckte mit den Schultern.

»Na gut, dann kann mir der Berger wenigstens seine Schulden zurückzahlen«, seufzte Tom.

»Es hätte auch umgekehrt laufen können«, ereiferte sich Pfiff leicht verärgert, »wenn du Herrn Otto nicht Bergers Kontonummer aufgeschrieben und jede finanzielle Anerkennung seinerseits so vehement abgelehnt hättest. Dann hätten *wir* jetzt das Geld und Berger könnte Klavier spielen!«

»Ach, Pfiff – Geld hat nur einen relativen Wert. Und der wird verdammt oft überschätzt! Das müsstest du doch inzwischen auch schon langsam begriffen haben. Außerdem hast du überhaupt keinen Grund, zu jammern. Denk an dein Schließfach. Es ist schon gut so, wie es ist!«

»Ich kann mich nicht immer deiner Meinung anschließen, aber, wenn ich so auf den August zurückblicke, dann hast du zumindest in einem Punkt recht gehabt: Wir haben in diesem einen Monat bestimmt mehr erlebt als andere Erdbewohner in drei Monaten!«

»Ich hab' immer recht«, antwortete Tom, um im gleichen Atemzug zu relativieren, »fast immer!«

Anni und Pfiff verabschiedeten sich amüsiert lächelnd. Kurz vor Erreichen der Türe drehte sich Pfiff nochmal um:

»Eine gute Nachricht noch, damit du besser schlafen kannst: Ich hab' zwanzig deiner Kakerlaken vor der Vergasung in das riesige Gurkenglas gerettet und zu mir nach Hause genommen. Ein paar riesengroße, ein paar mittlere und ein paar kleine. Du kannst dir Lauras Begeisterung vorstellen! Aber deine Zucht ist gerettet!«

Tom war wie aus dem Häuschen. Man konnte richtig sehen, wie sein Blutdruck anstieg und sein Kopf voll freudiger Erregung glühte:

»Komm sofort her!«, brüllte er, drückte Pfiff mit seiner rechten Hand ganz fest an seine Brust, küsste ihn auf die Stirn und bemerkte:

»Wenn mich sonst niemand will, dann heirate ich dich!«

Pfiff und Anni verließen lachend das Zimmer.

21:30 Uhr

Es war ruhig auf der Privatstation. Schlafenszeit. Pfiff und Anni betraten Toms Zimmer und knipsten das Licht an.

»Ihr schon wieder?«, lallte Tom müde, »ich wollte gerade schlafen!«

»Schlafen kannst du, wenn du tot bist! Der Spruch von Rainer Werner Fassbinder ist doch immer dein Lieblingsmotto gewesen, oder?«

»Kann sein. Was wollt ihr?«, fragte Tom, leicht unge-
halten.

Erst jetzt sah er, dass Pfiff und Anni Dienstkleidung
der *Berger Ambulanz* trugen und einen Rollstuhl zwischen sich hatten.

»Wir wollen zu Bruce Springsteen und haben keine
Karten!«

Glossar

1. Fachbegriffe aus
Rettungsdienst, Fallschirmsport und Luftfahrt

Adrenalin
Hormon der Nebennierenrinde, verengt die Blutgefäße, lässt
Blutdruck und Herzfrequenz steigen, erweitert die Bronchiolen,
reguliert die Durchblutung, hemmt die Magen-Darm-Tätigkeit
und erhöht kurzzeitig Konzentration und Leistungsvermögen.
Adrenalin kann vom Körper selbst hergestellt werden, z. B. bei
Stress und Lebensgefahr, oder synthetisch produziert werden,
siehe *Suprarenin.*

AFF-Springen
Accelerated Freefall
Fallschirmspringer-Intensivausbildung, bei der sich der Schüler
vom ersten Sprung an im freien Fall befindet (ohne vorher auto-
matische Sprünge mit Aufziehleine zu absolvieren). Dabei wird
der Sprungschüler von zwei erfahrenen AFF-Lehrern begleitet
und im freien Fall festgehalten.

Agnostizismus
Weltanschauung, die davon ausgeht, dass es nicht zu beweisen
ist, ob es einen Gott oder ein höheres Wesen gibt oder nicht.
Agnostizismus lässt sich sowohl mit Theismus (Glaube an Gott
oder Götter) als auch mit Atheismus vereinbaren, wird jedoch
häufiger dem Atheismus zugeordnet.

Ampullarium
Täschchen zur Aufbewahrung von Spritzenampullen

394

Amygdala
Mandelförmiges, paariges Areal (plural: Amygdalae) im Gehirn, das u. a. für die Entstehung der Angst und die Einschätzung von Gefahren verantwortlich ist.

Anamnese, anamnestisches Gespräch
Erfragung medizinisch relevanter Fakten (z. B. Vorerkrankungen, Symptome) zur Diagnosestellung und als Therapiegrundlage, Bestandsaufnahme

Anästhesist(in)
Narkosefacharzt, Narkosefachärztin

Anästhesiepfleger
Fachpflegekraft für Anästhesie und Intensivmedizin

antiseptisch
Maßnahmen, die zur Verminderung der Keimzahl führen

Aortenriss
Riss der Hauptschlagader; der Betroffene verblutet in kürzester Zeit; häufigste Ursache: Unfall oder extrem hoher Bluthochdruck

aseptisch
keimfrei

aspirieren / Aspiration
Zurückziehen des Spritzenstempels nach einer Injektion. Bei einer intravenösen Injektion (i. v.) zeigt zurückfließendes Blut, dass das Gefäß richtig getroffen wurde. Bei einer intramuskulären Injektion (i. m.) darf kein Blut kommen, da hier das Medikament nur in den Muskel gelangen soll.

ASS
Acetylsalicylsäure, am besten bekannt unter dem Handelsnamen

395

Aspirin, ist ein Schmerzmittel mit entzündungshemmender und blutverdünnender Wirkung.

BASE-Sprung
Sprung von einen festen Objekt. Die äußere Verpackungshülle des Fallschirms muss dabei – wie bei einem regulären Fallschirmsprung – vor dem Absprung vollständig geschlossen sein. Das Akronym steht für B = Buildings / Sprünge von Gebäuden, A = Antennas / Sprünge von Sendemasten, S = Spans / Sprünge von Brücken und E = Earth / Sprünge von Felsklippen oder Bergen.

Claviculafraktur
Schlüsselbeinfraktur, von Clavicula = Schlüsselbein und Fraktur = Bruch; manchmal auch eingedeutscht: *Klavikulafraktur*

Clopidogrel
Thrombozytenaggregationshemmer, Medikament, das die Verklumpung von Blutplättchen und die Entstehung von Blutgerinnseln (Thromben) hemmt

Crêpesatin
kräftiges Kreppgewebe in Atlasbindung mit einer glatten, seidig schimmernden und einer matten Seite

CT
Computertomografie, Gerät zur Herstellung von Röntgenschichtaufnahmen

Defibrillator, Defi
Gerät, das bei Kammerflimmern oder Kammerflattern das Herz mit einem Stromstoß wieder zum Schlagen bringen kann. Viele Geräte zeigen auch EKG und Pulsfrequenz an.

Diazepam
im Rettungsdienst häufig verwendetes Beruhigungsmittel

Dirt-Diving
Einübung von Exit und Formationssequenzen am Boden, wie sie
später von den Fallschirmspringern im freien Fall ausgeführt
werden

Dopamin
Neurotransmitter, der viele lebensnotwendige Vorgänge im Körper steuert, u. a. die Durchblutung der inneren Organe, aber auch
Antrieb und Motivation. Dopamin gehört, ebenso wie Endorphine, zu den vom Körper selbst produzierten *Glückshormonen*.
In synthetischer Form wird Dopamin u.a. bei Schockzuständen
verabreicht.

Downwash
durch die Rotorblätter eines Hubschraubers erzeugter, nach
unten gerichteter Luftstrom

Drainage
Schlauch zum Ableiten oder Absaugen von Körperflüssigkeiten

Drogue-Chute
kleiner, speziell für das Tandemspringen entwickelter Brems-
und Stabilisierungsschirm, der gleich nach dem Absprung aus
dem Flugzeug gesetzt wird und den freien Fall des Tandempär-
chens bis zur Schirmöffnung leicht abbremst und zusätzlich (zur
richtigen Körperhaltung) stabilisiert.

EKG
Elektrokardiogramm, Aufzeichnung der elektrischen Aktivitäten
des Herzens

Endorphine
vom Körper selbst produzierte Morphine mit schmerzstillender
und euphorisierender Wirkung, oft auch als *Glückshormone*
bezeichnet

Endotrachealtubus
Silikonschlauch, der vom Fachmann zum Zwecke der Beatmung
in die Luftröhre (Trachea) eingeführt wird

Epiduralblutung
arterielle Blutung zwischen Schädelknochen und harter Hirnhaut (Dura Mater)

Ethnophaulismus
abwertende Bezeichnung für eine ethnische Gruppe

Exit
Absprung der Fallschirmspringer aus einem Luftfahrzeug

Exit, gelinkt
Exit, bei dem sich die Springer schon beim Absprung festhalten

Exitus
Tod

Fake
Fälschung, Vortäuschung falscher Tatsachen, Schwindel

Fentanyl
starkes Schmerzmittel, Medikament zur Narkoseeinleitung
(kann zu Atemstillstand führen)

Fraktur
Bruch

FS (Formation Skydive)
Formationsfallschirmspringen, auch Relativspringen genannt,
Fallschirmsportdisziplin, bei der die Springer im freien Fall eine
oder mehrere Formationen bilden

Fuß
Höhenangabe in der Luftfahrt, 1 Fuß = 30,48 cm; 5000 Fuß = ca. 1500 Meter

Guedel-Tubus
Abgeflachtes Plastikrohr, das bei bewusstlosen Patienten das Zurückfallen der Zunge und die Verlegung der Atemwege verhindert. Der Guedel-Tubus ist nur eine kurzzeitige, notfallmedizinische Maßnahme, da er nicht das Eindringen von Sekreten (Speichel, Erbrochenes) in die Luftröhre unterbindet.

HEMS Crew
Helicopter Emergency Medical Services Crew, Rettungshubschrauberbesatzung, in der Regel bestehend aus Pilot, Notarzt und Notfallsanitäter

Heparin
Medikament zur Hemmung der Blutgerinnung

Hilfsschirm
Der Hilfsschirm ist ein kleiner, in einer Umhüllung am Gurtzeug untergebrachter Schirm. Wird er herausgezogen und in den Luftstrom geworfen, gibt ein an der Hilfsschirmverbindungsleine angebrachter Pin die Verschlussklappen des Fallschirmcontainers frei und zieht den Hauptschirm aus dem Rückenpaket.

Höhenruder
Klappen an der horizontalen Fläche des Heckleitwerks, mit dem ein Flugzeug um seine Querachse bewegt wird. Das Höhenruder ist wesentlich verantwortlich für das Steigen und Sinken eines Flugzeugs. Bei Kleinflugzeugen erfolgt die Steuerung mechanisch mittels Steuerhorn oder Steuerknüppel.

Intubation
Einführen eines Silikonschlauchs zum Zwecke der Beatmung

Kakerlakarium
Terrarium für Kakerlaken

Kalter Entzug
plötzliches Absetzten süchtig machender Substanzen

Kammerflattern
regelmäßige, EKG-Wellen mit einer Frequenz von 200 bis 350 pro Minute, führt unbehandelt wegen der fehlenden Pumpleistung des Herzens schnell zum Tode, oft fließender Übergang zum Kammerflimmern

Kammerflimmern
unregelmäßige, pulslose Flimmerwellen im EKG mit einer Frequenz von 300 bis 800 pro Minute, führt unbehandelt wegen der fehlenden Pumpleistung des Herzens schnell zum Tode, Therapie: sofortige Defibrillation (siehe Defi)

Knoten
Geschwindigkeitsangabe in der Luftfahrt, 1 Knoten entspricht 1,852 km/h, Beispiele: 60 Knoten = ca. 110 km/h; 135 Knoten = ca. 250 km/h; 160 Knoten = ca. 300 km/h

Kontrahieren
sich zusammenziehen

Kraniotomie
neurochirurgischer Eingriff, Öffnung des knöchernen Schädels durch Aufbohrung (Trepanation), z. B. zur Hirndruckentlastung bei Hirnblutung

Kurs
in der Luftfahrt wird die Flugrichtung in Grad angegeben: 360 Grad = Richtung Norden; 90 Grad = Richtung Osten; 180 Grad = Richtung Süden, 270 Grad = Richtung Westen; dazwischen gibt es alle Abstufungen, z. B. 45 Grad = Nordost oder 22,5 Grad =

400

Nord / Nordost; Landebahnen werden immer in der Richtung beziffert, in der sie aus der Geradeaussicht des Piloten zum An- oder Abflug genutzt werden sollen. Windrichtungen werden immer mit der Richtung angegeben, aus der der Wind kommt.

Lachyoga
vom indischen Arzt Dr. Madan Kataria 1995 ins Leben gerufene Yoga-Variante mit Lach- und Atemübungen, basierend auf der inzwischen wissenschaftlich verifizierten Erkenntnis, dass auch »Lachen ohne Grund« Glückshormone im Körper ausschüttet

Larygoskopspatel
Metallspatel mit Lichtquelle zur Betrachtung des Kehlkopfes vor einer Intubation

Leptosom (auch: Astheniker)
Konstitutionstyp mit schlankem, hagerem Körperbau, schmalem Rumpf, langem Hals, dünnen Extremitäten, flachbrüstig, mager

Lift
Beförderung von Fallschirmspringern, Passagieren und Tandem- passagieren mit einem Luftfahrzeug vom Start zum Absprung- punkt; auch durchnummerierte Startnummer / Flugnummer für Fallschirmspringer-Absetzflüge

Liquor
klare Körperflüssigkeit, z. B. Gehirn- und Rückenmarksflüssig- keit

Looping
Schleife, Überschlag, eine in einem vertikalen Kreis aufwärts (Innenlooping, positiver Looping) oder abwärts (Außenlooping, negativer Looping) geflogene Kunstflugfigur

LURU
Lust-Utensilien-Rucksack

livid
bleifarben, bläulich violett, blaugrau, bei Hautfarbe: schlecht durchblutet

Manifest
öffentliche Erklärung, Ladeliste, beim Fallschirmspringen der Ort, an dem man sich für den jeweiligen Lift eintragen lassen kann, Sitz der Sprungdienstleitung

Melusine
Mythische, weibliche Sagengestalt aus dem Mittelalter; heiratet einen Ritter unter der Bedingung, dass er sie an einem bestimmten Tag, an dem sie die Gestalt einer Wasserfee mit Schlangenleib einnimmt, nicht sehen darf. Solange der Ritter dieses Tabu nicht bricht, beschert ihm die Melusine Glück, Kraft, Reichtum und Ansehen.

Midazolam
im Rettungsdienst häufig verwendetes Beruhigungsmittel

multiple (Frakturen)
mehrfache (Brüche)

NEF
Notarzteinsatzfahrzeug, Fahrzeug ohne eigene Transportkapazität, mit dem der Notarzt im Rendezvoussystem zur Einsatzstelle kommt

Olfaktorisches Organ
für den Geruchssinn zuständiges Organ, Nase

OP
Operation, Operationssaal

Paramedic
Notfallsanitäter oder Rettungsdienstmitarbeiter mit gleich-

wertiger oder ähnlicher Ausbildung im englischsprachigen Raum

Patschouli (auch Patchouli, Patschuli, Patchouly)
krautige, tropische Pflanze aus der Familie der Lippenblütengewächse; gedeiht vor allem in Indonesien, auf den Philippinen und in Indien; ätherische Öle finden in der Parfümherstellung und in der traditionellen chinesischen Medizin (u. a. gegen Erkältungskrankheiten) Verwendung

PC-Muskel
Pubococcygeus-Muskel (sprich: »Pubokogzygäus«-M.; Schambein-Steißbein-M.); Muskel im Beckenbodenbereich, mit dem z. B. der Urinstrahl unterbrochen werden kann; nach Meinung namhafter Sexualforscher kann der Mann mit einem gut trainierten PC-Muskel auch den Zeitpunkt der Ejakulation (Samenerguss) steuern

Pincheck
Überprüfung, ob der Stift (Pin) in der Verschlussschlaufe des Fallschirmcontainers richtig sitzt

Punktieren
eine Nadel an einer bestimmten Stelle einstechen (z. B. Infusionsnadel in die Vene)

Polytrauma
mehrere gleichzeitig erlittene Verletzungen verschiedener Körperregionen, wobei mindestens eine Verletzung oder die Kombination mehrerer Verletzungen lebensbedrohlich ist

Pyrophobie
Angst vor Feuer und Flammen

Querruder
Klappen an den äußeren Tragflächenhinterkanten eines Flug-

zeugs; durch wechselseitige, synchrone Auf- und Abbewegung (z. B. linkes Querruder nach oben = rechtes Querruder nach unten) dreht das Flugzeug um seine Längsachse. Bei Kleinflugzeugen erfolgt die Steuerung mechanisch mittels Steuerhorn oder Steuerknüppel.

Radler Speziale
Gemisch aus hellem Bier (60%) und Zitronenlimonade (40%) – das Bier muss zuerst eingeschenkt werden – obendrauf eine Kugel Bourbon-Vanilleeis pro 500 ml Radler; erfrischende Kreation von Tom

Reinfarkt (auch: Rezidivinfarkt)
erneuter Herzinfarkt nach einem mit zeitlichem Abstand von einigen Tagen oder Wochen vorangegangenen Herzinfarkt

Rettungsrucksack
Rucksack mit den wichtigsten Geräten zur Diagnose und Therapie im Rettungsdienst, wie z. B. Blutdruckmessgerät, Stethoskop, Blutzuckermessgerät, Pupillenleuchte, Absaugpumpe, Absaugkatheter, Guedel-Tubusse, Larynxtubusse, Endotrachealtubusse, Intubationsbesteck, Beatmungsbeutel, Beatmungsmaske, Venenstauer, Infusionen, Infusionsbesteck, Kanülen, Pinzette, Arterienklemme, Verbandspäckchen, Kompressen, Heftpflaster, Schere, Rettungsdecke, Einmalhandschuhe u. v. m.

Rolle
Kunstflugfigur, bei der sich das Flugzeug 360 Grad um seine Längsachse dreht

Rotorblattverstellhebel (Pitch)
verstellt den Anstellwinkel der Rotorblätter eines Hubschraubers; bewirkt Steigen und Sinken, beeinflusst im Reiseflug auch die Geschwindigkeit des Hubschraubers; wird mit der linken Hand des Hubschrauberpiloten durch Hochziehen und Absenken bedient

RTH
Rettungstransporthubschrauber, Rettungshubschrauber, in der Regel besetzt mit Pilot, Notarzt und Notfallsanitäter (siehe HEMS Crew)

RTW
Rettungstransportwagen, Rettungswagen mit mindestens einem Notfallsanitäter

Schaufeltrage
zwei- bis vierteilige Trage aus Leichtmetall oder Kunststoff, dessen einzelne Komponenten wie Schaufeln unter den Patienten geschoben und danach fest miteinander verbunden werden können. Häufig eingesetzt bei Polytraumen, Verdacht auf Wirbelfrakturen oder unter stark beengten Platzverhältnissen

Sedieren
beruhigen, ein Beruhigungsmittel verabreichen

Seitenruder
Klappe an der vertikalen Fläche des Heckleitwerks, mit dem ein Flugzeug um seine Hochachse bewegt wird. Das Seitenruder wird in Kombination mit dem Querruder für Richtungsänderungen des Flugzeugs nach rechts oder links genutzt. Der Pilot bedient das Seitenruder mittels zweier Pedale.

Sesselpfurzer(in)
Sesselfurzer(in), Schreibtischtäter(in), unfähige Person im Verwaltungs- oder Administrationsdienst

SKYHIGH
Bistro von Tom im Münchner Stadtteil Haidhausen

Stomping Harry
Fiktiver Name für ein mobiles, mechanisches Reanimationsgerät zur Durchführung der Herzdruckmassage (Thoraxkompressions-

gerät), das es tatsächlich unter verschiedenen Herstellernamen gibt.

Steuerknüppel (Stick)
bewegt beim Hubschrauber die gesamte Rotorkreisfläche und bestimmt damit die Richtung des Hubschraubers; die Stärke der Neigung beeinflusst auch die Geschwindigkeit, mit der sich der Hubschrauber in eine Richtung bewegt; wird vom Piloten mit der rechten Hand bedient

Stiffneck (auch Stifneck)
verstellbare Plastikhalskrause zur Stabilisierung der Halswirbel

Suprarenin
kurz auch *Supra* genannt, Handelsname für ein Adrenalinpräparat (siehe *Adrenalin*), kommt vor allem bei Herzstillstand, Reanimation und anaphylaktischem Schock zum Einsatz

Süchtling
Süchtiger (Mundart, eher abwertend)

Slider
Rechteckiges Stoffteil (ca. 50 x 30 cm) mit Ösen an jeder Ecke. Der Slider rutscht beim Öffnungsvorgang eines normal gepackten Sprungfallschirms die Fangleinen von der Fallschirmkappe bis zu den Haupttragegurten hinunter und dient der Öffnungsverzögerung und der Abmilderung des Öffnungsstoßes.

Tandemsprung
Fallschirmpassagiersprung. Der Passagier ist in einem eigenen Gurtzeug mit Karabinerhaken an der Brustseite des Tandemmasters eingeklinkt. Die Tandemschirme sind für größere Lasten ausgelegt als normale Sprungfallschirme. Der Tandemmaster ist stets ein sehr erfahrener Fallschirmspringer mit einer Zusatzqualifikation.

Tracken / Tracking
Körperhaltung im freien Fall mit hoher Vorwärtsgeschwindig-
keit: Beine werden bis zu den Zehenspitzen durchgesteckt, Arme
v-förmig nahe an den Körper gelegt, Handflächen für Rechts-/
Linkskorrekturen nach unten; typische Position, die am Ende
eines Formationssprungs nach einer 180-Grad-Drehung zur
Separation (Trennung) eingenommen wird.

Trepanation
Aufbohrung des Schädels (siehe Kraniotomie) oder eines Zahnes

Trimmung
die richtige Trimmung bewirkt, dass ein Luftfahrzeug ohne
Steuerkräfte des Piloten seine Fluglage (z. B. Geradeausflug) bei-
behält

verifizieren
die Richtigkeit einer Sache bestätigen

Vitalparameter
Messwerte, die die wichtigsten Grundfunktionen des menschli-
chen Körpers widerspiegeln, wie z. B. Puls, Blutdruck, Atemfrequenz, Sauerstoffsättigung, Blutzucker, EKG, Körpertemperatur

2-Do-Liste (auch To-Do-Liste)
Merkliste mit dem, was zu tun ist

* * *

2. Übersetzung bayerischer und österreichischer Textteile ins Hochdeutsche

»*I hob scho owei an Blutdruck, aber etzat wui i's genau wissen!*«[1]
Ich habe schon immer einen Blutdruck, aber jetzt will ich es genau wissen!

»*Des woas i scho – des moan i ja.*«[2]
Das weiß ich schon – das meine ich ja.

»*Ha! 170ge! Des is ja goa nix! Sonst hob i oiwei üba 200! Dankschee und Servus!*«[3]
Ha! 170! Das ist ja gar nichts. Sonst habe ich immer über 200! Danke schön und auf Wiedersehen!

»*Der hot da jo a saubers Veilchen gschlong. Soi ma eam a weng aufmischn?*«[4]
Der hat dir ja ein schönes Veilchen (blaues Auge) verpasst. Sollen wir ihn ein wenig verprügeln?

»*… Hob i ma glei denkt!*«[5]
Hab' ich mir gleich gedacht!

»*… Soi ma eich begleitn?*«[6]
Sollen wir euch begleiten?

»*Kreizkruzifix, kreizkruzifix sapparament no amoi – der Herrgott wui mi mit dera Suppn vakocha!*«[7]
Zum Teufel noch mal, der liebe Gott will mich mit dieser Suppe verbrühen!

»*Vor a paar Minuten hat a no gsogt, dass eam schlecht is!*«[8]
Vor ein paar Minuten hat er noch gesagt, dass ihm übel ist.

»Oids Scheißhaus«[9]
Altes, hölzernes Toilettenhäuschen, wie man es in den Bergen findet; derb umgangssprachliche Begrüßung unter Freunden in manchen oberbayerischen Regionen, abgeschwächt auch: *oide Bredahüttn* = alte Bretterhütte

Pfurz (bayerisch)[10]
Furz (mittelhochdeutsch), Darmwind

»*I bin da Sepp und i hob mit Tom und Pfiff meine ersten AFF-Sprüng gmacht. Jetzt bin i scho auf Level 7 und derf boid ganz alloa springa!*«[11]
Ich heiße Sepp und habe mit Tom und Pfiff meine ersten AFF-Sprünge gemacht. Jetzt habe ich schon Level 7 erreicht und darf bald alleine springen!

»*I fahr ja bloß Kieslasta – aba so richtige Zehntonna, woast scho! Da muaß i eich wos vazein: Letzte Woch hat mi oana aus unsara Rundn beim Skat bschissn. Und am nextn Dog is ma amoi wieda so a heubate Tonna Kies übrig bliebn. Dann hob i ma denkt, bevor i de extrig zruckfoa, kipp i s dem Anderl – der mi bschissn hot – einfach vor d' Haustür. Möcht net wissen, wia dea gschaufet und gfluacht hot. Oiso, wenn von eich a amoi oana a Ladung Kies braucht, dann sogt' s mas einfach!*«[12]
Ich fahre ja nur Kieslaster – aber so richtige Zehntonner, versteht ihr? Dazu muss ich euch was erzählen: Letzte Woche hat mich einer aus unserer Runde beim Skat betrogen. Und am nächsten Tag ist mir mal wieder eine halbe Tonne Kies übrig geblieben. Dann habe ich mir gedacht, bevor ich extra zurückfahre, kippe ich die dem Andreas – der mich betrogen hat – einfach vor die Haustüre. Ich möchte nicht wissen, wie der geschaufelt und geflucht hat. Also, wenn von euch mal jemand eine Ladung Kies benötigt, dann sagt es mir einfach!

»*Grod woa Bolizä do und ozoagt woan seids aa no!*«[13]
Gerade war die Polizei da und angezeigt wurdet ihr auch noch.

»Kimmts eina, aba schnoi, es Wahnsinnigen!«[14]
Kommt rein (zur Wache), aber schnell, ihr Wahnsinnigen!

*»I hob no net amoi mein Kaffäh eigeschenkt, da woan heit fruah
scho zwoa Schandis do und woitn eire Personalien! Es seids ozagt
woan, olle zwo und du, Tom, glei zwoa moi. Und de Buidln do
hams a mitbrocht!«*[15]
Ich hatte noch nicht einmal meinen Kaffee eingeschenkt, da
waren heute früh schon zwei Polizisten da und wollten eure Personalien! Ihr seid angezeigt worden, alle zwei, und du Tom,
gleich zweimal. Und die Bilder da haben sie auch mitgebracht!

»Olle zwoa seids ozoagt woan, von am Dr. Hecht ...«[16]
Ihr seid alle beide angezeigt worden, von einem Dr. Hecht ...

*»Ob des ois is? Jo homs enk Dodln etzat ins Hirn gschissn, oder
wos? Wissz es übahaupt, wos des hoasst? Wenns bläd laft, griagts es
net nua a gscheide Strof – i muass enk a no ausseschmeissn. Und
zwoa fua oiwai! Aus, Epfe, Amen! Hobts mi?«*[17]
Ob das alles ist? Ja, haben sie euch Deppen denn ins Hirn
gekackt? Wisst ihr überhaupt was das bedeutet? Wenn es dumm
läuft, bekommt ihr nicht nur eine ordentliche Strafe, sondern ich
muss euch noch rauswerfen. Und zwar für immer! Schluss, aus,
fertig! Habt ihr mich verstanden?

»Des woas i a – i bin do net deppat!«[18]
Das weiß ich auch – ich bin doch nicht blöd!

*»Fang ma glei amoi mit dene Buidl o. Wos muast'n du am Samstag
auf'd Nacht mit unsam Behindertenfahrzeig und hundatzwanzge
durchn Richard-Strauss-Tunnel fetzn und a no bläd ins Buidl grinsen? Und wer is'n des kloane Schlamperl do auf 'm Beifahrersitz?
Des is doch koane von uns! Und überhaupt, warum woas i da nix
davo?«*[19]
Fangen wir doch gleich einmal mit diesen Bildern an. Warum
musst du denn am Samstag in der Nacht mit unserem Behinder-

tenfahrzeug und hundertzwanzig Sachen durch den Richard-Strauss-Tunnel rasen und auch noch dumm in die Kamera grinsen? Und wer ist denn dieses kleine Schlampinchen da auf dem Beifahrersitz? Das ist doch keine von uns! Und überhaupt, warum weiß ich da nichts davon?

… uns hat's pressiert.[20]
… wir hatten es eilig.

»Dass da leid duat, is scho amoi a guada Ofang. Owa wos mach ma etzat?«[21]
Dass es dir leid tut, ist schon einmal ein guter Anfang. Aber was machen wir jetzt?

»Na, gwieß net! I wui nua de Berger Ambulanz rettn, die i die letztn fuffzehn Joa so miasam aufbaut hob«[22],
Nein, gewiss nicht! Ich will nur die *Berger Ambulanz* retten, die ich die letzten fünfzehn Jahre so mühsam aufgebaut habe.

»Hia is Berger vo da Berger Ambulanz. Meine Buam hom enk am Samsdog a Reanimation einebrocht. Lebt dea no?« Pause. »Otto hot a ghoaßn.« Pause.
»A des wa leiwand, Schwesta!«[23]
Hier ist Berger von der *Berger Ambulanz*. Meine Jungs haben euch am Samstag eine Reanimation reingebracht. Lebt der noch? – Pause – Otto hat er geheißen. – Pause – Ja, das wäre prima, Schwester!

»Des verstenga's ned, gei? Des is Estreichisch.[24]
Das verstehen Sie nicht, gell? Das ist Österreichisch.

»Darauf trink ma a Schnapsal und a Zigarn kriags a no!«[25]
Darauf trinken wir einen Schnaps und ihr bekommt auch noch eine Zigarre!

»Dann kriagt dea a saftige Strof und vielleicht sogoa Berufsverbot.«[26]
Dann bekommt der eine saftige Strafe und vielleicht sogar Berufsverbot.

schnackseln[27]
bayerisch / österreichisch für Geschlechtsverkehr ausüben, vögeln

»*I bin da King, des is da Matti und der do drübn wui si owei seiba vorstoin*«.[28]
Ich heiße King, das ist der Matti und der da drüben will sich immer selbst vorstellen.

Obatzda[29]
auch Obazda, Obatzter, übersetzt etwa Angebatzter, Vermischter; eine besonders in Biergärten beliebte, bayerische Käsespezialität aus zermatschtem Camembert, Limburger, gerührter Butter, Rosenpaprika, Salz, Pfeffer, Kümmel und gehackten Zwiebeln (regionale Variationen möglich)

Radi[30]
Rettich

»*Woast wea des gsogt hot?*«[31]
Weißt du, wer das gesagt hat?

»*Der hot scho gwusst, wovo ea red!*«[32]
Der hat schon gewusst, wovon er spricht.

»*Des kenna's laut sogn! Obwoi – eigentlich war's a ganz nette Abwechslung. Jetzt, wo i wida draußn bin. Aber de hättn mi jo bis zum Sankt Nimmerleinsdog bhoitn, wenn net de junga Herrn kemma warn!*«[33]
Das können Sie laut sagen! Obwohl – eigentlich war es eine ganz nette Abwechslung. Jetzt, wo ich wieder herausgekommen bin. Aber die hätten mich ja ewig behalten, wenn da nicht die jungen Herren gekommen wären!

»*Dea kennt si ja doch aus. Wui mi dea aufn Arm nema?*«[34]
Der kennt sich ja doch aus. Will mich der auf den Arm nehmen?

»*Dea Dr. Hecht hot olle Anzeign gega enk zruckzogn!*«[35]
Dr. Hecht hat alle Anzeigen gegen euch zurückgezogen!

»*Ja, des woas. I hob glabt, des gfreit di!*«[36]
Ja, das war's. Ich habe geglaubt, das freut dich!

»*Ja, woher woast'n du des?*«[37]
Ja, woher weißt denn du das?

Bitte lesen Sie dieses Buch von Anfang an,

Kapitel für Kapitel!

Am Leben –
Notarzt im Rettungshubschrauber
von Dr. Tino Lorenz, HELLER VERLAG, 275 S., 12,90 €

Mehrfach täglich donnert ein Rettungshubschrauber über unsere Köpfe hinweg. Wir haben uns schon fast daran gewöhnt. Doch fragen wir uns nicht manchmal, zu welchem schweren Verkehrsunfall oder welchem tragischen Schicksal dieses Team gerade unterwegs ist? Welchen Patienten sie wohl geladen haben? Ob sie gerade um sein Leben kämpfen?

Dr. Tino Lorenz beschreibt medizinisch korrekt und mit chirurgischer Präzision den Ablauf verschiedenartigster Notarzteinsätze mit dem Rettungshubschrauber und durchleuchtet dabei mit hoher Sensibilität die Gedanken und Gefühle der Patienten, der Unfallopfer, der Angehörigen, der Hubschrauberbesatzung und des Klinikpersonals. Ein Buch, das tief unter die Haut geht!

ISBN 978-3-929403-24-4,
auch als eBook, Hörbuch auf 3 CDs
und MP3-Download erhältlich.
Leseproben, Autorenbiografie
und weitere Infos unter

www.amleben.de